2번가에서

Down Second Avenue
Es'kia Mphahlele

대산세계문학총서 139

2번가에서

Down Second Avenue

에스키아 음파렐레 지음 — 배미영 옮김

문학과지성사

대산세계문학총서 139_자서전
2번가에서

지은이 에스키아 음파렐레
옮긴이 배미영
펴낸이 주일우
펴낸곳 ㈜**문학과지성사**
등록번호 제1993-000098호
주소 04034 서울 마포구 잔다리로7길 18(서교동 377-20)
전화 02) 338-7224
팩스 02) 323-4180(편집) 02) 338-7221(영업)
전자우편 moonji@moonji.com
홈페이지 www.moonji.com

제1판 제1쇄 2016년 12월 13일

ISBN 978-89-320-2940-5
ISBN 978-89-320-1246-9 (세트)

• 이 도서의 국립중앙도서관 출판예정도서목록(CIP)은 서지정보유통지원시스템 홈페이지(http://seoji.nl.go.kr)와 국가자료공동목록시스템(http://www.nl.go.kr/kolisnet)에서 이용하실 수 있습니다.
(CIP제어번호: CIP2016029140)

• 작가 사진은 저작권자와 연락이 닿지 않아 사용 허락을 받지 못했습니다. 연락이 되는 대로 필요한 절차를 밟겠습니다.

이 책은 대산문화재단의 외국문학 번역지원사업을 통해 발간되었습니다.
대산문화재단은 大山 愼鏞虎 선생의 뜻에 따라 교보생명의 출연으로 창립되어
우리 문학의 창달과 세계화를 위해 다양한 공익문화사업을 펼치고 있습니다.

돌아가신 어머니 에바,

외할머니,

도라 이모,

레베카,

그리고 이들의 얘기를 해달라고 조른 제니에게

최상의 사람들은 신념이 부족한데,

최악의 인간들은 맹렬한 열정으로 넘친다.*

W. B. 예이츠

---

* 윌리엄 버틀러 예이츠(William Butler Yeats, 1865~1939)의 시 「재림The Second Coming」(1919)의 한 구절. '재림'은 제1차 세계대전 후 유럽의 암울한 분위기를 묘사한 말이다.

차례

일러두기

1. 이 책은 Es'kia Mphahlele의 *Down Second Avenue*(Gloucester, Mass.: Peter Smith Pub Inc., 1978)를 우리말로 옮긴 것이다.
2. 본문의 주 가운데 원주라고 밝힌 것을 제외하고 나머지는 모두 옮긴이의 것이다.

1. 부족

내 나이 다섯 살 때 남동생과 여동생 그리고 내가 왜 시골로 보내졌는지 나는 전혀 몰랐다. 우리는 그곳에서 친할머니와 살게 되었다. 우리 아버지와 어머니는 일터가 있는 프리토리아*에 남았는데, 그곳에서 아버지는 의류 회사 심부름꾼으로 어머니는 가정집 붙박이 하녀로 일했다.** 1924년 가을의 일이었다.

피터즈버그***에서 120킬로미터쯤 떨어지고 인구가 약 5천 명인 모

---

* Pretoria: 남아프리카공화국 하우텡 주 북부에 위치한 남아프리카공화국(이하 '남아공')의 행정수도로 원래부터 흑인 거주자가 많은 지역이었다. 남아공은 웨스턴케이프, 이스턴케이프, 노던케이프, 오렌지자유주, 콰줄루나탈, 노스웨스트, 하우텡, 음푸말란가, 림포포의 9개 자치주로 이루어져 있으며, 프리토리아 외에 웨스턴케이프 주의 케이프타운은 입법수도, 오렌지자유주의 블룸폰테인은 사법수도이다. 영국 제국의 자치령인 남아프리카유니언(The Union of South Africa) 설립 당시(1910) 지역별 균형을 꾀하기 위해 이렇게 수도를 나누어 정했다.

** 흑인들이 도시에 거주하려면 직업이 있어야 했고 설사 직업이 있더라도 가족을 동반할 수는 없었다.

*** Pietersburg: 남아공 림포포 주(과거의 노던프로빈스, 또는 노던트란스발) 중북부에 있는 주도로 현재 지명은 폴로크와네Polokwane이다. 프리토리아에서 동북부 방향이다.

파넹이라는 작은 마을에서 첫 주를 보내는 내내 어리벙벙했던 기억이 난다. 할머니는 헛간 옆에 있는 키 작은 레몬나무 아래, 숙명처럼 거대하고 산처럼 무서운 얼굴을 한 채 미모사나무처럼 딱딱하게 앉아 있었다.

할머니는 잘 웃는 편이 아니었다. 할머니가 웃는 표정을 지을라치면 심술궂은 표정 비슷하게 될 뿐이었다. 그렇다고 해서 할머니가 잘 우는 편인 것도 아니었다. 할머니는 정확하고 분명하게 명령을 내렸다. 마치 가루를 내기 좋도록 맷돌을 울퉁불퉁하게 만들려고 쇳덩어리로 두드릴 때 나는 소리처럼 말이다. 할머니가 나를 다정하게 불러준 기억은 전혀 없다. 고모 둘 중 하나는 할머니를 쏙 빼닮았고 다른 한 명은 빈혈기가 있었는데 알랑거리기를 잘했다. 하지만 둘 다 집에 오는 일은 거의 없었다. 프리토리아에서 일했기 때문이다. 일하지 않을 때는 아이를 낳았는데 남편이라 부를 만한 남자를 붙잡아두지는 못했다. 두 고모와 할머니가 아직 살아 있다는 건 알지만 지난 20년 동안 만나지 못했다.

그 시절 일들이 내 기억 속에 뚜렷이 남아 있다. 할머니의 모습과, 우리가 살던 마을이 거머리처럼 들러붙어 있던 산자락, 어둡고 울창하고 너무나 완강해 보이던 그 산 말이다. 할머니와 산과 어둠이 우리를 겁주려고 마치 합심한 것만 같았다.

부모님은 염소를 두 마리 샀다. 남동생과 내가 동물과 함께 지내고 싶어 하는 것을 염소들도 아는 것 같아서 기뻤다. 여동생에 대한 기억은 거의 없다. 지금도 내게는 그 시절의 여동생에 대한 기억이 전혀 없다.

우리는 매일 염소 두 마리를 끌고 나와 물기가 많은 새싹을 먹였다. 염소가 잎을 갉아먹을 때 손을 간질이면 그 느낌이 정말 묘했는데, 우리가 내미는 것을 거들떠보지도 않고 덤불만 뜯어먹으면 우리는 풀이 죽었다.

처음 학교에 가던 날은 특별히 즐거운 날은 아니었다. 학교에 가는 내내 나는 어리둥절했다. 우리는 학교를 오가는 데 11킬로미터나 걸어야 했다.

학교의 커다란 교실에는 학생들이 엄청나게 많았고 나이 많은 선생님이 우리 앞에 서 있었는데, 늙고 지쳐 보이는 어른이었다. 선생님이 우리들을 어떻게 통제했는지 아직도 모르겠다. 통제했다고 할 수 있다면 말이다. 우리는 학교에서 구구단과 단어 철자를 큰 소리로 외웠다. 손뼉으로 단어 하나하나를 가리키면서 '엠-에이-티'라고 소리 질렀다. 선생님이 먼저 '에프-오-엑스 포코스, 비-오-엑스 보코스, 에프-아이-엑스 피키스'*라고 소리 지르면 우리는 칠판에 적힌 글자와 그 글자들이 만들어내는 기적 같은 소리에 놀라면서 선생님을 따라 읽었다.

마을의 어떤 집에서 자기네 염소를 우리 염소와 한데 두었다. 그 집 아들과 나는 교대로 염소를 돌보면서 학교에 다녔다. 학교가 점점 끔찍하게 여겨졌다. 학교를 떠올리면 몽둥이로 맞는 고통이 연상되었는데, 선생님들은 학생들을 가르치면서는 물론 학교 조직상의 병폐에 대처하는 만병통치약으로 자기들 마음대로 몽둥이를 휘둘렀던 것이다. 내게 학교 문제에 대한 선택권이 있었다면 나는 학교에 가는 대신 차라리 햇볕을 쬐거나 새들의 노랫소리를 듣거나 시원한 강물로 뛰어들었을 것이다.

그랬다. 나는 학교를 증오했고 죽을 때까지 지긋지긋하게 여길 거라고 맹세했다. 선생님들의 얼굴을 보는 것 자체가 고문이나 마찬가지였다. 선생님들은 회초리로 우리를 고문하고 싶어 하는 것 같았다. 그

* F-O-X, fokos, B-O-X, bokos, F-I-X, fikis: 교사의 발음이 정확하지 않았음을 지적하고 있음.

래서 나는 할머니와 삼촌과 함께 학교 너머 들판으로 가서 괭이질이나 호미질을 하든지 새를 쫓거나 곡식을 수확하며 며칠 보내는 게 더 좋았다. 나는 학교를 생각 있는 사람이 하루를 보낼 만한 곳으로 도저히 생각할 수 없었다. 사실 다른 아이들도 이따금 생각났다는 듯이 학교에 갔다. 선생님들도 학교를 지루하게 여기는 것 같았다.

"너 학교에서 오는 길 아니지, 에스키? 네 눈을 보면 다 안다." 할머니는 풀로 빗자루를 삼고 있다가 눈을 들어 나를 똑바로 쳐다봤다.

"학교에서 오는 길이에요, 할머니."

"거짓말 마!" 할머니 심사가 좋지 않았다. 골치 아픈 일이 벌어질 참이었다.

바로 그때 함께 살던 삼촌이 나타났다.

"너 학교에 안 갔잖아, 에스키. 거짓말 안 하는 게 좋을걸." 삼촌은 푸른 고무나무처럼 내 위에 버티고 서서 말했다.

그렇다. 나는 학교에 가지 않았다. 나는 그날 친구들과 하루 종일 산에 있었다. 나는 채찍으로 얻어맞으며 그 값을 호되게 치렀다.

우리와 같이 살던 사람 중에는 새러라는 젊은 여자도 있었다. 새러는 자기 어머니가 아이를 낳다가 죽은 뒤에 우리 할머니가 양녀로 받아들인 여자였다. 나는 언제나 새러에게 도망을 쳤다. 새러는 나를 할머니의 폭정에 저항하는 동맹군으로 인정한다는 듯이 자주 고개를 끄덕여주고 웃어주었다.

우리가 키우는 가축에 당나귀 여섯 마리가 보태졌다. 나와 교대로 염소와 당나귀를 지키는 아이는 덩치가 꽤 컸는데, 그걸 인정받고 싶어 했다. 그래서 그 녀석은 자기가 나를 부르면 내가 항상 '형'이라고 대답해야 한다고 우겼다. 잊어먹기라도 하면 나를 밀치거나 꼬집거나 두드려 팼다.

"오늘 달이 뜰 거야."

"그래서?"

"그 강 잊어먹었어?"

"아, 싸움질 말이구나."

"그래."

이런 식이었다. 달빛과 강가의 싸움질, 맨주먹으로 말이다. 한판 붙고 싶으면 무리 중 누구와도 싸울 수 있었다. 구경꾼들로 만들어진 '원' 안에서 여섯 쌍 정도 짝을 지어 싸우다가 달빛이 비치는 레쇼아나 강의 흰 모래밭 위를 달렸다.

달이 비치는 밤이면 우리는 산토끼나 새앙토끼를 잡으러 나서기도 했는데 참 재미있었다. 우리는 이슬에 발이 젖고 가슴은 신선한 아침의 활기로 가득 차 헐떡이면서 이른 새벽에 집으로 돌아왔다. 우워우워 우는 올빼미에 누군가 화들짝 놀라기라도 하면 얼마나 웃었는지 모른다.

레쇼아나 강은 하얀 모래가 있는 아주 넓은 강이었다. 그 시절에는 별 무리가 타락해 천국에서 쫓겨났다는 전설이 있었다. 별들이 추락하면서 모래로, 하얀 모래로 바뀌었다는 것이다. 흰모래는 쌓였다가 나중에 레쇼아나 강으로 쓸려 들어갔다. 레쇼아나 강은 말랐을 때는 온순했지만 홍수가 나면 무시무시한 힘을 발휘했다.

강 한편에는 기독교인들 마을이 있었는데, 감리교와 장로교, 네덜란드개혁교회* 신자들이 자기들끼리 따로따로 모여 살았다. 다른 편에는 원주민들의 촌락이 있었다. 기독교인들은 그들을 '이교도'라고 불렀다.

---

* 남아공에는 다양한 종교가 있다. 그중 네덜란드개혁교회(Dutch Reformed Church)는 네덜란드계 보어인의 교회로 아파르트헤이트를 지지했다.

우리는 '이교도' 마을에 무당이 있다는 얘기를 자주 들었다. 그래서 그 마을 사람들이 지나간 뒤에 그들의 발자국을 밟아서도 안 되고, 그들은 무당이 준 기름을 몸에 발랐기 때문에 곁을 지날 때 숨을 쉬어서도 안 된다고 했다. 기독교인을 채찍으로 때리는 습성이 있으니 그들 마을을 돌아다녀서도 안 된다는 말도 들었다. 그러나 우리는 길 잃은 염소나 당나귀를 찾으러 자주 그곳에 갔는데 그들은 무심하기는 해도 마을의 공동 화로에서 우리를 제법 따뜻하게 맞아주었다.

어느 날 원주민 촌락에서 개코원숭이 고기를 얻어먹은 일을 나는 할머니에게 결코 말하지 않았다.

그런데 어쩌다가 기독교인과 할례파 사람들이 길에서 마주치면 주로 할례파 신자들이 기독교인을 쫓아가 때리면서 그는 물론 그의 조상한테까지 욕을 했다. 산과 숲에는 할례파의 사유지면서 그들이 신성한 장소로 여기는 지역이 있었다. 할례파 사람들은 외부인이 그곳에 들어오면 모욕을 당했다고 느끼고 화를 냈으며, 우리가 자기들 믿음의 비밀을 알 권리가 없다고 생각했다.

모디제 어른이 우리 마을 공동 화로 옆에 앉아 이런 얘기를 하던 기억이 난다. "내버려두라고. 발가벗고 있는 사람을 쳐다볼 권리가 있겠어 어디? 우리도 속옷을 내리고 있을 때 들키면 좋겠는가!" 세고네 어른도 거들었다. "그래, 게다가 우리에게도 비밀스러운 신들이 있으니까. 기독교 신이든 아니든."

2. 레쇼아나 강의 모래

마을의 공동 화로 얘기를 해보자. 마을의 남자 어른들과 사내아이들은 여자와 계집애들과 떨어져서 이런저런 일에 대해 얘기하려고 공동 화로에서 만났다. 여자나 계집애들이 근처로 올 수 있는 때는 표주박에 저녁밥을 담아 날라 올 때뿐이었고 그때도 나이 어린 축들이 왔다. 아내는 아픈데 밥해줄 딸이 없는 남자는 화로 옆에서 다른 사람의 음식을 함께 먹었다. 그 사람의 병든 아내에게는 다른 여자들이 밥을 해줬다.

우리 같은 남자애들은 초원에서 염소나 소, 당나귀를 데리고 돌아올 때 나뭇가지도 주워 와야 했다. 그날 저녁에 먹을 젖을 짤 때 누군가가 밤에 쓸 불을 피웠다. 우리는 이른 아침과 저녁 때 불 피우는 일도 순번을 짜서 했다. 너무 게을러서 나뭇가지를 주워 오지 않는 녀석은 우리와 함께 앉지 못했다. 하지만 가만히 앉아 저리 가라는 말을 듣지도 않았다. 집에서 여자나 계집애랑 있어야 하는 것은 치욕이었다.

우리는 그런 것이 있는지도 몰랐을 때부터 화로 주위에서 역사와 전통과 관습, 행동요령, 공동의 책임감, 이웃과 잘 지내는 법 등에 대해 참 많이 배웠다.

"스와지 족이 바페디* 족과 싸웠을 때 말이지……"

"보어인**이 통치하던 시절에는 말이야……"

"세쿠쿠니 왕을 살해한 그 반역자 맘푸루 있지…… 왕이 땅을 안 내놓으려고 너무 고집을 피워서 보어인들이 맘푸루에게 뇌물을 먹였다고 하는 사람도 있더군.*** 브롤롱 족의 모로카는 부끄러운 줄도 모르고 땅을 내줬지만."****

"네 녀석들, 너희들을 산 채로 껍데기를 벗기려는 선생님이 학교에 계신 것을 자랑스럽게 생각해야 해. 그건 단단한 가죽이 부드러워지고 길들여져서 써먹을 수 있게 되는 거랑 똑같다고. 선생님들이 너희들에게 채찍을 많이 휘두를수록 그만큼 더 너희들이 열심히 공부하기를 바란다는 뜻이야. 잊지 말거라, 선생님은 아버지와 같아……"

리바 노인은 이런 식이었다. 그가 이런 식으로 얘기할 때 그 조용

---

* Swazi, Bapedi: 남아공의 흑인 부족. 남아공의 주요 원주민 부족은 줄루, 코사, 바소토, 바페디, 벤다, 츠와나, 총가, 스와지, 은데벨레 족 등이며, 이중 줄루, 코사, 바페디, 벤다 족은 남아공에만 있다.

** 원래 '농부'라는 뜻의 이 말은 18세기 남아프리카에 발을 디딘 네덜란드 이민자들의 후손과, 19세기에 케이프콜로니를 떠나 오렌지자유국, 트란스발, 나탈 지역으로 진출한 사람들의 후손을 가리킨다. 이들이 케이프콜로니를 떠난 직접적인 이유는 영국의 통치에서 벗어나고 영국 제국과 흑인 부족들의 국경 분쟁을 피하기 위해서였다. 그들의 조상은 네덜란드 장로교 신자들이며 북쪽으로 확장하는 과정에서 줄루 족 등을 무력으로 몰아냈다. 이들은 영국 제국에 맞서 19세기에 오렌지자유국과 트란스발공화국을 세워 독립을 시도했고 약 200년 동안 존속했으나 제2차 보어전쟁(1899~1902)에서 패해 1877년 영국의 식민지가 되었다.

*** 세쿠쿠니(Sekhukhuni, 1814~1882): 현재 남아공 림포포 유역의 원주민인 바페디 족의 왕이었다. 그는 보어인의 공화국인 남아프리칸공화국과 영국 제국에 맞서다 사로잡히기도 했으나 결국 이복동생인 맘푸루에게 살해되었다.

**** 대이주에 나선 보어인 무리 중 하나인 포트기터르 일행은 1836년 오늘날 레소토에 속한 타바은추에 도착해 브롤롱Brolong 족 추장 모로카의 호의로 잠시 체류했다.

한 목소리와 염소수염을 내가 얼마나 역겨워했는지 모른다. 게다가 했던 말을 또 하는 것을 좋아했는데, 우리가 제대로 들었는지 확인하고 싶어서가 아니라 자기 말이 지혜롭다고 생각해서 스스로 다시 듣고 싶어서 그러는 것 같았다. 그가 예언자인 척하는 게 나는 정말 싫었다. 영국인들을 숨겨주고 있다고 의심한 보어인 파견대가 마을을 뒤지고 다니던 어느 날 밤에 그가 차가운 강가로 뛰어든 적이 있다는 소문을 나는 아주 재미있게 들었다. 리바 노인은 갈대처럼 머리만 내놓고 강물 속에서 밤을 홀딱 새웠다고 한다. 그가 틀림없는 겁쟁이라는 생각에 나는 정말 즐거웠다.

그 화롯가에서 이야기를 나누던 방식을 나는 아직도 똑똑히 기억한다. 할머니와 산이라는 짝 외에도 나를 무섭게 만들었던 짝이 하나 더 있었는데 그것은 레쇼아나 강과 그 강의 흰모래였다.

세고네 노인은 얘기를 참 잘했다. 아마 자기 마음대로 살을 좀 갖다 붙였을 것이다. 때때로 코담배를 킁킁거리면서 이런 얘기를 해주었다. "테마 녀석? 그 녀석은 바보였어." 그는 코담배를 만족스레 들이마시고 손바닥에 붙은 것을 툭 털어냈다. "봄이었지. 식물에 새로운 활기가 가득 차면 어떤 모습인지는 알지? 그리고 밭갈이가 시작돼. 공기가 콧구멍을 간질이다가 골수로 바로 들어가는 거라고. 우리는 장차 죽지만 아직은 죽지 않은 것들의 일부인 거야. 테마가 우리처럼 기독교인이라는 것을 말해둬야겠군. 그렇지, 테마 어머니랑 아버지는 교회에서 결혼했거든. 그런데 이 녀석이 백인 도시에 가면서 문제가 생겼어. 그 녀석 하고 다니는 꼴을 보니 내 평생 백인을 위해 일한 적이 없었다는 것을 신들께 감사하게 되더라고.

우리는 '너 도시에서 교회는 나가냐?'고 물었지.

'제발 더 이상 교회 얘기는 묻지 마세요.' 그 녀석이 이렇게 말하더라고. 그때도 우리는 여기 이 화롯가에 앉아 있었어. 나는 지금 모디제가 앉아 있는 곳에, 테마는 저기 저쪽 리바가 앉은 곳 옆에 앉아 있었지.

테마가 이교도의 악마가 들린 사람처럼 이러더군. '어르신, 모루티 포스터가 여기서 예수는 우리 모두를 위해 십자가에서 죽었고 우리의 형제라고 얘기하던 게 기억나요. 부활해서 제자들과 만나 것도요.' 그러더니 테마가 주위를 둘러보고는, 도시에서는 인간들이 서로 형제가 아니라는 거야. 흑인은 백인 집에 들어갈 때 뒷문으로 들어가야 한다는 거야. 흑인은 더러운 일만 도맡고. 학교에 가지 않는 백인에게 그런 일을 시키면 그 백인은 '내가 카피르*냐!'라고 한다지 뭐냐. 흑인은 거리를 청소하지만 그 길을 마음대로 걸을 수가 없고, 흑인은 백인의 집을 지어야 하지만 그 집에서 살지 못하고, 백인의 음식을 만들면서도 백인들이 먹고 남긴 것을 먹어야 한다는 거야. 흑인과 백인이 형제라며 우리를 속이는 사람들 말을 듣지 말라더군.

그러고는 그 녀석이 '왜 예수 그리스도가 인간을 가르치느라 시간을 허비했는지 모르겠어요!'라고 해서 우리를 아주 놀라게 만들었지.

그래서 나는 '네가 책만 너무 많이 읽었지 믿음은 아주 부족하구나'라고 말해줬어.

우리는 테마가 그런 생각을 하는 게 걱정되었어. 도시에서 그 애한테 무슨 일이 생긴 것만 같았어. 끔찍하고 나쁜 일 말이야. 테마는 마치 무슨 일이 일어나기를 기다리는 것처럼 그냥 떠돌아다녔어. 그런데 정말 일이 일어났지. 그 애랑 이교도 마을인 몰레포 출신 계집애 사이에

---

* Kaffir: 남아공에서 흑인을 천시해 부르는 말. 이교도라는 뜻의 아랍어에서 왔다.

일이 있었어. 그 뒤로도 그 둘은 여러 번 만났지. 그런데 여자 쪽 형제들이 그를 지켜보고 있었어. 하루는 비가 오는 날이었는데 그자들이 화가 엄청 난 거야. 테마랑 그 여자애가 같이 있는 걸 본 거지. 테마는 도망치려 했는데 그자들이 몽둥이를 들고 쫓아오는 거야. 테마는 레쇼아나 강이 머잖아 넘칠 것이기 때문에 그들에게서 벗어날 수 있을 거라고 생각했어. 그런데 그게 아니었어. 너희들도 전부 다 알고 있겠지만 테마는 강물을 따라 흐르는 웅웅거리는 소리를 멀리서도 들을 수 있었지. 만틀랄렐라, 만틀랄렐라(강이 넘친다, 강이 넘친다), 이렇게 경고하는 소리 말이야. 테마가 강에 이르렀을 때 사람들은 그를 잡아 패는 걸 포기해버렸어. 그런데 그 여자애가 거기서 테마를 기다리고 있는 거야. 세상에 테마보다 더 빨리 달려온 거지! 강물이 넘치기 전에 우리 강을 건너! 그 여자애가 말했지. 아냐, 혼자 가, 난 못 건너. 주저앉고 싶어, 테마가 말했어. 건널 수 있어, 넌 살아야 해. 네가 여기 있는 걸 찾아내면 저 사람들이 널 죽일 거야. 테마가 말했지, 이젠 상관없어. 상관있다니까, 그 여자애가 대꾸했어. 그 말에 테마는 새로운 힘이 생겼지. 그 여자애가 테마를 부축했고 테마는 자기 몸무게를 거의 그 애한테 의지하면서 그녀가 힘이 세다고 느꼈지. 그 여자애는 자, 내 사랑, 힘내요, 내 사랑, 이라고 계속 말했고 그들은 그렇게 강을 건넜지. 그리고 그 웅웅거리는 소리는 그들을 향해 덮쳐 왔다가 지나갔고 강 아래쪽 사람들의 귀에도 들리게 되었지.

그들은 강굽이에서 물이 강둑을 치고 사납게 치솟아 오를 때 레쇼아나 강의 화난 얼굴을 보았지. 커다란 돌덩이가 죽음의 경주라도 치르는 듯이 굴러 내려왔고, 구르면서 부딪히고 되튀면서 굉음을 내는데, 괴수의 널따란 등판 위에 올라타기라도 한 듯이 나무들이 이리저리 뒤집어졌어. 두 사람은 가까스로 강 건너편으로 갔지. 테마는 젖 먹던 힘까지 짜내서 강둑으로 올라갔고, 그 여자애도 펄쩍 뛰어올랐는데 그만 발목에 차고 있던 발찌가 뭔가에 걸린 것을 알았어. 나중에 테마가 생각해낸 거지만, 나무 그루터기였나 봐. 거친 물살에 그만 여자애의 손이 테마에게서 떨어져 나갔어. 레쇼아나의 사나운 강물 저 너머에서 길게 이어지며 웅웅거리는 그 울음소리처럼 한 여자의 딸이 비명을 내지르다가 강물 속으로 잠겨 떠내려가버린 거지. 테마는 그 여자애의 이름을 소리쳐 불렀지.

아무 소용도 없었지만.

우리가 강비탈에 엎드려 있는 테마를 찾아내서 집에 데려왔어. 테마는 나중에 내게 전부 얘기해줬고. 테마가 저 어디 먼 곳에 아직 살아 있다고 하는 사람도 있지만, 난 그 애가 정신이 살짝 나갔다고 봐. 이게 테마와 이교도 여자애의 이야기야."

열세 살 먹을 때까지 내 인생을 기억나는 대로 돌이켜보면 시간낭비를 했다는 생각을 떨쳐버릴 수가 없다. 그 시절을 분명한 모양으로 잡아줄 사람이 내게는 아무도 없다. 그 불분명한 모양의 혼란스러운 기억의 선을 좇다 보면 몇 가지가 내 판단력을 자꾸 흐려놓는다. 할머니, 산, 반딧불이, 아무리 흩어버리려 해도 헛일인 열대의 그 칠흑 같은 어둠, 길고 까만 열대산 뱀들, 나무와 소와 큰 돌까지 둥실 떠내려 보내던 야수 같은 레쇼아나 강, 억수같이 비가 퍼붓는 세계, 목마른 대지로 쏟아지는 뜨겁고 어른어른한 열기, 아이를 업고 머리에는 오지 단지를 인 채 신기루를 배경으로 선 한 여자의 낭만적인 실루엣.

그러나 대체로 내 인생은 여느 시골 아이들과 비슷했다. 인생에서 오직 한 가지 목적, 살아야 한다는 것만을 아는 사내애들 말이다. 흉작

일 때도 있었다. 어머니가 잼을 몇 통 보내주면 우리는 그걸 옥수숫가루죽에 곁들여 먹었다. 설탕을 보낼 때도 있었는데 그것도 죽에 넣어 먹었다. 구운 날개미나 털이 많은 나무벌레, 아니면 야생 시금치를 죽에 넣어 먹을 때도 있었다. 호박과 옥수숫가루로 죽을 만들어 먹으면 얼마나 맛있었는지 나는 잊을 수가 없다. 차와 빵을 먹을 수 있는 것은 크리스마스에 어머니가 우리를 보러 올 때뿐이었다. 그럴 때면 마을 사람 여럿이 우리 집에 와서 귀한 음식을 맛보았다. 사냥에 실패하면 고기도 없었다. 염소 고기나 쇠고기를 먹을 수 있는 유일한 때는 가축이 죽었을 때였다. 우리처럼 50마리가량이나 그 이상으로 염소를 키우는 사람도 6개월 동안 한 마리도 잡지 않았다. 실컷 배불리 먹고 나서 느껴지는 가축 잔해의 냄새가 잊히지 않는다. 물론 그냥 마른 옥수수를 구워 먹을 때도 자주 있었다.

들판에서 다른 사람의 가축을 잡는 것은 사내애들 사이에서 흔히 있는 일이었다. 길 잃은 돼지를 잡은 것도 여러 번이었다. 그때 우리는 돼지만이 내지를 수 있는 그 꽥꽥거리는 소리를 막으려고 돼지 주둥이에 누더기 천을 쑤셔 넣었다. 우리는 맛좋은 베이컨을 먹을 수 있었다. 내 동생은 길 잃은 병아리를 잡아 머리와 다리를 잘라내고 낡은 천 조각에 둘둘 싸 집에 가져와서는 새총으로 새를 잡았다고 얘기하곤 했다. 그런데 그 새총으로 동생은 거의 죽을 뻔했는데, 새러가 구해주지 않았더라면 할머니가 그걸로 동생 목을 졸라버릴 뻔했기 때문이다.

우리가 들판에서 염소젖을 짜 먹거나 염소가 우유통을 차서 엎어버리면 할머니는 저녁 치 우유가 부족하다는 것을 알아차렸다. 한 대 맞을 게 분명하니까 나는 다른 통에 우유를 좀 부어넣고 거기에 오줌을 싸서 우유를 약간 시고 엉기게 만들었다. 그러고는 염소 두세 마리는 젖을 너무 오래 짰고 새끼들도 다 커버렸다고 이야기를 꾸며댔다.

하지만 우리만 말썽꾼이 아니었다. 호파네(맨땅에 사는 악어) 여러 마리가 꼬리로 염소 다리를 휘감고 염소젖을 모조리 빨아먹을 때도 있었다.

우리 마을에는 몰래 소와 염소의 젖을 짜 가려고 아주 이른 아침에 원주민 촌을 헤집고 다니는 사람이 하나 있었다. 마을 사람들은 그자를 부락회의에 잡아가는 데도 지쳐버렸다. 사람들은 그저 머리를 설레설레 흔들고 에라 모르겠다는 듯 혀를 끌끌 차기만 했다. 그런데 이자가 염소젖만 몰래 짜 가는 게 아니라 재미를 보려고 염소 뒤에 올라탄다는 사실을 몇 사람이 알게 되자 진짜 문젯거리가 되었다. 그자는 마을에서 쫓겨났다.

"나가게." 모디제 어른이 그자에게 말했다. "이 마을을 떠나 모홀랄레체 강 쪽 저 먼 곳으로 가버려. 우리 마을의 먼지가 네 몸에서 다 떨어져나가면 새로운 인생을 살게 되겠지. 이 문제를 족장에게 알리지는 않을 걸세. 그 어른은 기독교도는 아니지만 엄청 진노할 거야. 자네는 이교도조차 먹은 걸 게워낼 만한 짓을 저질렀어."

우리 중 누가 그렇게 사라진 사람의 이름을 입 밖에 꺼내기라도 하면 할머니는 바로 옆에 있는 아무 물건이나 집어 들고 말한 사람에게 냅다 던졌다.

"요놈의 이교도 자식!" 이렇게 욕하면서.

그 시절 삼촌은 스물세 살 먹은 거만하고 키가 크고 마른 사람이었다. 가끔 자상하게 안됐다는 표정을 지을 때도 있었지만 자기 어머니나 누나인 베레타와 똑같이 잔인하게 굴기도 했다. 삼촌은 내가 초보일 때 이리저리 껑충대는 당나귀 등에 올라탄 채 겁에 질린 것을 보며 재미

있어 했다. 당나귀가 나를 떨어뜨리려고 일부러 미모사 덤불 속으로 달려 들어갔을 때 삼촌은 우스워 죽겠다는 표정이었다. 삼촌은 개코원숭이를 쫓아내라며 나를 옥수수밭으로 보내는 것도 아주 좋아했는데, 순전히 개코원숭이가 내게 옥수수자루를 마구 집어던지는 게 재미있었기 때문이다.

삼촌은 이런 얘기를 자주 했다. "길에서 네가 암컷 개코원숭이와 마주쳤다 하자. 그러면 너랑 그게 서로 버티고 쳐다보다가 그게 너더러 비키라고 할 거야."

"그다음엔?" 나는 입을 헤벌렸다.

"그다음엔, 요 겁쟁이 녀석아, 생전 처음 병에 걸려서 귀신처럼 말라가지고는, 이 겁쟁이 녀석, 암컷 개코원숭이가, 야 비켜,라고 말하는 걸 보며 죽게 될 거야. 넌 죽을 때 꼭 그렇게 죽게 될 거라고, 암, 내 맹세한다."

나는 그 말에 겁에 질려 숨도 못 쉴 지경이었다. 삼촌의 커다란 입과 실실 웃는 눈은, 그가 절대 나를 구하러 올 사람이 아니란 것을 말해주고 있었다.

피터즈버그 시절 또 다른 악몽은 벌레였다. 빈대와 이 말이다. 할머니는 기독교인임을 자랑스러워하는 다른 마을 사람들처럼 아주 깔끔한 편이었다. '이교도처럼 지저분한'이란 표현은 널리 쓰이는 말이었다. 하지만 빈대를 어떻게 해볼 수 있다고 생각한 사람은 아무도 없었다. 등에 가느다란 등고선 같은 줄이 그어진 커다랗고 납작하고 칙칙한 색의 빈대 말이다. 그놈들은 밤이면 풀로 이은 지붕에서 떨어져내려 습격에 나섰다. 진흙 바닥에 툭 하고 떨어지는 소리가 들릴 지경이었다. 몸을 뒤척이고 뒤집고 맨살을 벅벅 긁다 보면 바닥에서 같이 자던 사람들도 마치 단지라도 긁듯이 몸을 마구 긁어대고 끙끙거리고 중얼대는 소리가 들렸다. 잡으려고 살짝만 건드려도 빈대는 밑으로 툭 떨어졌다. 우리는 풀로 엮은 깔개나 다른 이부자리를 펴기 전에 진흙 바닥에 물을 뿌렸지만 아무 소용이 없었다. 여름이면 우리는 마당에서 잤는데 마당은 진흙 담으로 둘러싸여 있고 바닥은 매끄러운 진흙이었다. 그러나 뱀이 많아서 거기서도 자주 잘 수는 없었다. 빈대는 겨울이면 사라졌지만 여름이면 복수심에 불타 다시 나타났다. 해충을 잡는 약이 있을 거라는 생각은 누구도 하지 못했다.

우리에게는 일요일에만 입는 옷이 한 벌씩 있었다. 평일이면 낡은 옷이나 온통 꿰맨 옷을 입고 다녔다. 어머니는 옷을 아주 잘 만들었다. 어머니는 자기가 만들어 보낸 옷을 받았는지 자주 물어보았다. 무슨 일이 있었는지 어머니는 통 몰랐다. 몇 년이 지난 뒤에 어머니는 그 옷들이 상자 속에 보관되어 있는 것을 알게 되었다고 얘기해주었다. 할머니는 어머니가 우리 버릇을 망친다고 생각했고 우리를 강하게 키우고 싶었던 것이다. 어머니가 그 상자를 찾아냈을 때는 우리가 이미 너무 커버린 뒤였다. 그 옷들은 남에게 줘버렸다. 나는 낡은 옷이 완전히 이 천지가 될 때까지 몇 주씩이나 그대로 입고 다녀야 했다. 나는 들판에 앉아 서캐를 훑어내고 손톱으로 이를 눌러 죽이곤 했다. 나는 강물에 누더기 옷을 빠는 것도 포기해버렸다. 그래도 까끌까끌한 배를 너무 많이 먹어서 이따금 배탈을 앓았을 뿐 특별히 아팠던 기억은 없다. 배를 너무 많이 먹어서 변비에 걸렸을 때 유일한 치료는 끝이 뾰족한 막대기를 항문에 쑤셔 넣고 이리저리 돌리는 것이었다. 창자를 부드럽게 풀어주는 아주까리기름이나 설사제에 대해서는 거의 몰랐다.

3. 슬럼으로

열두 살 무렵 나는, 음파렐레 족장이 다스리던 트란스발* 동북부에서 그때 이미 벌어지고 있던 어떤 일을 알게 되었다. 젊고 건강한 남자들이 도시의 부름에 응해 일자리를 찾아 마을을 떠나고 있었던 것이다. 나는 어렴풋이 프리토리아가 그 중심지라는 것을 알게 되었다. 그들은 크리스마스가 되면 아랫단이 넓은 바지, 코가 뾰족한 구두, 챙이 좁은 모자, 엉덩이를 덮으려고 아무리 끌어내려도 안 되는 물고기 꼬리 모양의 윗도리 같은 화려한 옷을 입고 돌아왔다. 줄무늬 넥타이에 징과 스파이크를 박은 가죽 벨트, 바지 주머니 밖으로 달랑거리게 빼놓은 화려한 색의 손수건도 있었다. 그 사람들은 우리가 한 번도 본 적이 없고, 다 커서 프리토리아로 갈 때까지는 볼 가망도 없는 화려한 도시 생활과 돈(한 달에 3파운드)과 전깃불과 전차와 자동차 얘기를 들려줬다. 그들

* Transvaal: '발Vaal 강 너머'라는 뜻으로, 남아공의 북부 지역을 이른다. 보어인이 이곳에 독립국가인 트란스발공화국을 세웠지만 제2차 보어전쟁 뒤 영국령 트란스발콜로니가 되었다. 현재 '트란스발'은 행정구역상으로는 존재하지 않고 하우텡, 림포포, 음푸말란가 주 등으로 구분되어 있다. 그러나 관습적으로 이 지역은 아직도 트란스발이라고 불린다. 금광이 많이 분포되어 있다.

은 오는 내내 기차에서 틀었다는 유성기도 가져왔다. 그 사람들은 우리가 골드슈타인 잡화점에서 본 것들은 프리토리아에 있는 가게 진열장에서 번쩍이는 물건들에 비하면 아무것도 아니라고 했다. 그 사람들 때문에 우리는 아주 오랫동안 유성기 안에 매우 작은 사람들이 들어앉아 노래하고 있다고 믿었다. 그들도 그렇게 믿었는지 모른다. 크리스마스에는 당시에 인기가 있었던 지이미이 로자스(지미 로저스*)가 마을 이곳저곳에서 구슬프게 요들송을 불렀다.

하지만 별로 멋지지 않은 면도 있었다. 들판이나 마을 잔치나 교회 같이 사람이 모이는 곳 어디나 중년 여자들 아니면 남녀 노인들이 모여 있었다. 우리가 살던 곳은 소출이 좋지 않았다. 흑인은 족장이 주는 조그만 땅뙈기만 지어먹고 살 수 있었다. 족장도 더 줄 게 없었다. 늙은 남자들은 화롯가에 모여 자기들 땅 대부분을 백인들이 빼앗아갔다고 불평을 늘어놓았다. 모디제 어른은 그 문제의 결말이라도 짓는 듯이 코를 팽 풀고 침을 탁 뱉었다. "우리 아들들은 도시로 갈 거고 족장도 그걸 막지 못해. 소는 너무 늙었고 이제 젖도 짤 수 없어. 그렇다고 소를 두드려 팰 수는 없지 않나?" 노인들은 무기력해 보였고 일렁이는 불길처럼 고개를 저었다.

기독교도가 아닌 사람들은 변화를 좋아하지 않는 것 같았다. 땅은 모래땅이 되었지만 젊은 사람들은 그래도 땅을 경작했다. "그게 바로 기독교인들의 문제야." 그들은 이렇게 말했다. "그자들이 하는 일이라곤 교회에 가서 노래나 부르다가 백인들에게 달려가서 일해주는 것뿐이지. 하마 머리만도 못해서 자기 조상들이 먹고살던 땅에 남아 있지

* Jimmy Rogers(1924~1997): 미국 미시시피 주에서 태어난 블루스 가수.

못하는 거야."

기독교인에게든 비기독교인에게든 족장이 할 수 없는 것은 없었다. 기독교인이 아닌 사람들은 족장이 그들 방식대로 살게 내버려두었기 때문에 족장을 칭송했고, 기독교인들은 족장이 큰 학교를 지어주고 자기는 기독교를 안 믿어도 교회를 허락했기 때문에 족장을 칭송했다.

나는 내가 도시로 돌아가리라고는 꿈도 꾸지 않았고 그런 생각을 마음에 품을 수도 없었다. 그런데 어머니가 6월경에 오셔서 우리를 데려갈 거라고 했을 때 남동생과 여동생과 나는 기차를 탄다는 생각에 흥분했다. 도시로 돌아가기 전 며칠 동안 일어났던 세 가지 사건이 내 마음에 여전히 남아 있다. 그게 무슨 손인지는 몰라도, 길도 없는 거친 들판을 헤치고 다니던 내 인생이라는 열차를 몰아가던 어떤 손이 갑작스레 방향을 바꾼 며칠이었다. 첫째, 할머니가 울었다. 할머니가 우는 것을 본 것은 감리교부흥회 때뿐이었다. 어머니가 연말도 아닌데 그렇게 오셔서 집안사람끼리 하는 장난을 치듯이 완고한 시어머니를 울릴 수는 없는 법이란 걸 나는 알고 있었다. 둘째, 어머니는 이가 버글대는 누더기를 벗기더니 우리를 박박 문질러 씻어주고 아주 새 옷으로 치장해주셨다. 이것 역시 장난일 리가 없었다. 나는 어머니가 할머니에게 이렇게 말하는 것을 들었다. "제 마음은 바뀌지 않아요. 어머니 아들이 바뀌지 않는 것처럼요. 이 아이들은 제 아이들이니까 제가 데려갈 거예요." 셋째는, 먼지가 풀풀 나는 길을 몇 킬로미터나 달린 끝에 피터즈버그 역에서 환한 불빛들을 보고 지미 로저스의 요들송을 들은 일이었다. 마침내 기차가 도착했다. 나는 너무 멍해서 기쁜 줄도 몰랐다. 겁에 질려서 궁금한 것을 묻지도 못했다. 그다음 날에 프리토리아 역에 도착했다. 겨울날 아침 우리는 택시에 탄 채 흑인 구역인 마라바스타드*로 실려 갔다.

한 시골뜨기는 이렇게 도시의 슬럼 생활로 뛰어들었다. 도약대는 2번가였는데, 외할머니가 이곳에서 도라 이모와 외삼촌 세 명과 살고 있었다. 이모와 삼촌들은 모두 우리 어머니 손아래였다. 제일 나이 많은 삼촌은 위트뱅크**에서 경찰로 일하고 있었다.

며칠 후 남동생과 여동생과 나는 어머니 아버지와 함께 5번가로 살러 갔다. 우리는 그곳에서 부모님이 세를 얻은 방 한 칸에서 살았다.

오래지 않아 우리는 아버지와 어머니 사이가 좋지 않다는 것을 눈치챘다. 부모님은 항상 싸웠고 특히 주말, 금요일 밤부터 많이 싸웠다. 그리고 싸움의 가장 주된 이유가 돈이라는 것도 알아차렸다. 아버지는 돈을 벌어오지 않았다. 어머니가 북쪽에서 우리를 데려온 것도 그 때문이라는 것을 알게 되었다. 나는 그때 열세 살이었고, 남동생은 나보다 세 살, 여동생은 다섯 살이 어렸다.

어머니는 도시 바로 외곽에 사는 어떤 아프리카인*** 재단사 밑에서 옷 만드는 일을 했다. 밤에는 옥수수 엿기름으로 맥주를 만들어서 팔았

---

* Marabastad: 에이시애틱 바자Asiatic Bazaar 또는 그냥 로케이션Location이라고 부르기도 하는 이 지역은 프리토리아의 도심지에 있는 상업 구역이다. 현재 마라바스타드의 남쪽에 위치한 원래의 마라바빌리지는 페디 족 족장인 마라바가 통치한 지역이었다. 마라바스타드는 '마라바의 도시'라는 뜻으로 아프리칸스 말이다.

** Witbank: 남아공 트란스발 주의 프리토리아 동쪽에 있는 탄광 도시. 이곳 주민들은 아파르트헤이트 정책 아래 강제이주를 당하게 되는데 흑인들은 1945년 애터리지빌Atteridgeville로 이주되었다.

*** 대체로 유럽인은 아프리칸스어를 쓰는 네덜란드계 후손과 영어를 쓰는 영국계 백인을, 비유럽인은 백인을 제외한 아프리카인을, 비백인은 19세기 말 무렵 요하네스버그의 금광 노동자로 들어온 중국인 이민자들과 그 후손을 가리키고, 아프리카인이라고 하면 대체로 흑인 원주민을 뜻한다. 하지만 작가는 대개 흑인을 가리키면서 '비백인'이라는 용어를 쓰고 있다. 옮긴이도 비유럽인, 비백인, 아프리카인 등을 맥락에 따라 흑인으로 옮기기도 했다.

다. 우리 집 생활비는 모조리 어머니 어깨에 달려 있었다. 어머니는 열심히 일했고 강인한 분이었으며 한 번도 불평하지 않았다. 아버지는 한쪽 다리가 짧아서 걸을 때 다리를 절었다. 십대 시절에 마차 바퀴에 깔려 부러졌다고 한다. 하지만 자전거를 아주 빨리 타서 일하러 갈 때는 자전거를 타고 갔다. 도시는 4킬로미터밖에 떨어져 있지 않았다. 아버지는 술을 스펀지처럼 마셨는데, 특히 집에서 만든 맥주로 친구들에게 마음대로 선심을 쓰면서 같이 마시는 버릇이 있었다. 어머니는 무척 화가 났지만 어쩔 수 없었다. 아무리 사정을 해도 아버지는 꿈쩍도 하지 않았다. 아버지는 이스트와 물로 빚은 스코키안 술을 마시고 싶으면 컬러드*가 모여 사는 케이프 로케이션으로 가는데, 그곳은 우리 동네 바로 옆에 있는 에이시애틱 리저브의 반대편 지역이었다. 스코키안은 엿기름으로 만든 맥주보다 도수가 훨씬 더 높은 술이기 때문에 아버지는 어머니에게 이런 식으로 위협할 때도 많았다. "너 때문에 스코키안 마시러 가는 거야." 그러나 아버지는 원래 성질이 아주 험악했기 때문에 불을 붙여줄 술이 필요하지도 않았다.

사실 우리는 그 전까지 아버지를 제대로 몰랐다. 이사 와서 아버지와 함께 살고 한집에서 보게 되면서 아버지 얼굴이 정이 안 가는 얼굴이라는 것을 알게 되었다. 친할머니처럼 아버지도 호탕하게 웃을 줄 몰랐다. 아버지 얼굴 피부는 아예 뼈에 착 달라붙어 있었다. 다리를 저는

---

* the Coloured(s): 남아공의 '컬러드'는 넓게 말해 사하라 사막 이남의 흑인 원주민(특히 코이 족과 산 족)과 유럽 이민자의 혼혈을 말하지만, 실제로는 유럽인 외에도 인도네시아, 인도, 마다가스카르, 말레이, 모잠비크, 모리셔스, 세인트헬레나, 남부 아프리카인 등 매우 다양한 인종의 혼혈 후손들이다. 컬러드 인구는 웨스턴케이프에 집중되어 있으며 다수가 네덜란드계 백인의 언어인 아프리칸스어를 사용하며 백인 사회에 편입되기를 희망하지만, 백인 사회에도 흑인 사회에도 쉽사리 섞이지 못하고 있다. 남아공 인구의 약 9퍼센트를 차지한다.

모습이나 뒤통수에서 느껴지는 면과 마찬가지로, 아버지의 입가에는 잔인하고 면도날 같은 분위기가 있었다. 아버지는 우리와 놀아주고 싶은 기분이 들 때가 거의 없었다. 우리는 대부분 어머니 옆에 딱 달라붙어 있었다.

"도대체 언제까지 이럴 거예요, 모지스?"

"뭐가, 에바?"

"먹을 거 살 돈이 필요하다는 걸 알면서 모르는 척하지 마세요. 최소한 애들 옷 걱정은 해야죠. 당신 좀 봐요, 언제나 술에 취해 있잖아요. 도대체 당신은 누구를 챙기는 거예요?"

"그러니까 나한테 맥주를 안 팔겠다는 거야?"

"마셔야겠으면 마셔요. 하지만 술을 마시더라도 굶고 있는 다른 사람 배 속 생각도 좀 하세요."

아버지 얼굴에 잔인한 표정이 떠올랐다.

"이 미친년, 그따위로 말할래?" 아버지가 소리를 꽥 질렀다. 어머니는 입을 다물었다. 아버지의 모든 동작은 위협적이었고 다리를 저는 것조차 그랬다. 우리는 그런 식의 싸움에 익숙해졌고 우리 방에는 여섯 번째 동거인이 생기게 되었다. 공포라는 동거인이.

"그 자식이 여기 또 오는 거 싫다고, 알아들어?" 어느 날 저녁 아버지가 이렇게 말했다.

"그 사람은 당신 친구고 여기 술 마시러 오는 거 알잖아요." 어머니는 우리더러 밖으로 나가라고 했는데 광풍이 몰아닥칠 기미가 보이면 자주 그랬다.

"그따위로 말하지 마! 네 남편이고 주인인데 말대꾸하면 안 된다고 네 어미가 가르쳐주지 않던?" 우리는 창밖에서 아버지가 말하는 소리를 다 들었다.

"또 시작이군요, 모지스." 우리는 창밖에서 모든 것을 지켜보았다.

철썩하는 소리와 함께 어머니가 무릎을 꿇었다.

"죽여버릴 거야, 알겠어!" 아버지가 막 어머니를 발로 차려는 순간 어디서 손 하나가 나타나 아버지 목덜미를 잡았다. 우리 옆방에 사는 아저씨였다. 아버지 눈이 촛불 빛에 비쳐 번들거렸다. 어머니가 일어나 구석에 가 섰다. 그날 밤 우리는 한잠도 못 잤다.

"아버지는 왜 항상 어머니에게 그런 식이에요, 어머니?" 하루는 내가 용기를 내어 물어보았다.

"얘야, 나도 모르겠다." 어머니의 대답은 좀 퉁명스러웠다.

"셀로 아버지가 우리 아버지였으면 좋겠어요."

"왜?"

"그 아저씨는 자기 아이들이랑 모라바라바 놀이도 같이 해줘요. 우리 아버지는 절대 그러지 않잖아요."

"지금 무슨 소리를 하는 거냐, 에스키. 게다가 불평 따위 해봤자 무슨 소용이 있어."

"불평하는 게 아닌데."

그 문제는 그걸로 끝이었다. 어머니는 그런 점에서는 훌륭했다. 생각만 해도 고통스러웠을 텐데 절대로 불평하지 않는 분이었다.

어머니를 고용한 재단사가 알거지가 되었다. 어머니는 옷 만드는 일자리를 구하지 못했다. 공장은 몇 되지도 않았고 흑인 일손은 구하지도 않았다. 그래서 어머니는 백인들 빨래를 해주었고 로케이션에 사는 사람들 옷을 받아 삯바느질을 하기도 했다. 어머니는 치마, 바지, 윗도리, 여동생의 원피스나 앞치마 같은 우리 옷은 모두 직접 만들어주었다. 또 어머니는 내 몸에 다시는 이가 생기지 않고, 아버지가 더러운 옷을 입고 집을 나서는 일이 생기지도 않게 했다.

어머니와 달리 아버지는 언제나 사람을 괴롭히고 투덜대고 소리를 지르고 화를 냈다. 어머니는 집에서 맥주를 만들어 파는 일을 아주 잘 꾸려갔다. 아버지는 어디서 술을 마시고 와서는 어머니에게 돈이 있느냐고 묻고 달라고 했다.

"불평하지 마, 에바!" 어머니가 한마디 하려고 하면 아버지는 이렇게 말했다.

"돈 들고 가서 술이나 마시려면 돈 안 줄 거예요, 알았어요?"

"그래? 한번 두고 보자, 이년."

"애들 앞에서 그렇게 말해야겠어요?"

"내 자식인데, 왜?"

"아니, 내 자식이에요. 당신이 애들한테 뭘 해줬어요?" 어머니의 눈이 번쩍했고, 나는 그날부터 어머니가 새끼를 지키려는 암호랑이처럼 아버지에게 덤빌 수도 있다는 것을 알게 되었다. 그리고 바로 그날부터 나는 어머니 편이란 것도 알게 되었다. 아버지가 정말 싫었다. 그건 동생들도 마찬가지였다. 아버지가 집에 있으면 우리는 항상 밖에서 놀았다.

"에스키, 걸리,* 솔로몬!" 우리는 마지못해 방으로 들어갔다. 술 취하면 아버지는 이런 식으로 불렀다. 아버지는 우리를 불러서 자기 팔로 감아 안았다.

"내, 내가, 딸꾹, 사탕을 사 왔지, 봤냐? 시내에서…… 딸꾹."

---

* Girlie: 여자나 딸을 천하게 부르는 말.

어머니는 억지로 웃음을 참았을 것이다.

"보라니까!" 아버지는 담배 냄새가 나는 갈색 꾸러미를 꺼냈다.

"네가 애들한테, 딸꾹, 나눠줘라, 에스키, 넌 딸꾹, 맏이니까, 알았냐!"

그러자 어머니가 굵고 튼튼한 팔과 어깨를 흔들면서 왁자하게 웃었는데, 어머니는 간지럼을 태울 때만 웃는 분이었다. 어머니가 또 한 번 큰 소리로 웃으니까 아버지는 이렇게 말했다. "잊지 마라, 너는 나의 상속자야, 에스키. 아무도 널 속여서 그걸 빼앗아 가게 해선 안 돼, 알았냐!" 아버지가 거칠거칠한 뺨을 내게 문지르자 입에서 지독한 맥주 냄새가 났다.

나는 어머니가 우리를 모파넹에서 데려온 이유를 조금씩 캐물었다. 아버지가 우리를 부양하려 하지 않자 어머니는 아버지를 원주민 판무관에게 고발했는데, 그 사람은 우리가 같이 살면 아버지 눈에 계속 띌 거니까 아이들을 데려오라고 했다는 것이다. 그 당시 어머니는 판무관에게 정기적으로 보고를 해야 했다.

"염소랑 당나귀도 말이지, 그것도 바로 내가 산 거야." 어머니의 말이었다. "할머니가 밭 가는 데 필요하다고 당나귀 얘기를 편지에 써 보냈을 때도 네 아버지는 들은 척도 하지 않았어. 이제 그 생각은 더 하지 마라, 얘야. 넌 아직 어리고 그런 일은 네 조그만 어깨로 지기에 너무 무거우니까."

그날은 일요일 아침이었고 담요 속에서 뒹굴면서 일찍 일어나야 하는 의무를 조용히 무시해도 되는 날이었다. 프라이머스*제 난로가 김을

---

* 휴대용 석유난로의 제품 이름.

내는 냄비를 엎은 채 부드럽게 그르렁거리는 소리를 내고 있었다. 고기와 감자, 카레 냄새가 기가 막혔다.

나는 피터즈버그의 모파넹 시절을 생각하고 있었다. 거대하고 어두운 산과 들판, 놀이 친구들, 모디제 어른과 세고네 어른 생각이 났다. 창밖으로 하늘에 구름이 끼어 있는 게 보였는데, 지금도 그렇지만 나는 구름이 정말 싫었다. 모파넹에서도 이곳 프리토리아에서도 구름은 내 영혼을 원래보다 더 침울하게 만들어버리기 때문에 항상 질색이었다. 시골에서는 비가 엄청 내렸다. 염소라는 동물은 비가 오면 도저히 다룰 수 없는 동물이었다. 염소들은 겁에 질려 거대한 벼룩이라도 튀어나온 것처럼 미친 듯이 내달렸다. 당나귀는 빗속에서는 꿈쩍도 않는 동물이었다. 염소를 몰면서 얼마나 소리를 많이 질러댔던지. 한 놈을 잡으면 막대기로 마구 두드려 패는데, 그러면 그놈은 살려달라고 하늘을 향해 꽥꽥거렸다. 나는 내가 왜 화를 내는지 염소가 안다고 확신했다. 시간이 지나면 나는 염소를 어루만져주면서 정말 미안하다고 중얼거렸다. 나는 염소만큼 자존심이 세고 거드름 잘 피우는 가축은 없다는 것을 알게 되었다. 염소라는 동물은, 사람의 허영심에 아부하는 짓은 생각조차 해본 적 없는 것 같았다.

달음질치는 소리가 났다. 나는 공상에서 깨어났고 남동생도 깼다. 여동생이 어머니 뒤에 찰싹 붙어서 따라 들어왔고 어머니가 문지방에 놓인 나뭇가지에 걸려 넘어졌다. 아버지가 그런 식으로 들이닥치는 건 아버지가 어머니 뒤를 쫓아왔다는 얘기였다. 어머니는 계속 무릎을 꿇은 상태였는데 다친 게 분명했다.

"내가 누군지 가르쳐주지!" 아버지가 말했다.

"도대체 왜 이래요, 모지스? 왜 그렇게 서 있는 거예요?"

"일어나!"

"정말 못 일어나겠어요, 아, 내 무릎!"

"오늘은 네가 내 말을 듣게 될걸!" 아버지가 난로 위에 놓인 냄비로 절룩이며 걸어갔다. 눈 깜짝할 새 그 일이 벌어졌다. 어머니는 내가 아직도 잊지 못하는 비명을 내질렀다. 고기와 감자를 넣은 뜨거운 국물이 어머니의 블라우스 속으로 들이부어졌고 어머니는 그걸 털어내려고 발버둥 쳤다.

아버지가 어머니의 블라우스를 움켜쥐고 머리 정중앙에 텅 소리를 내며 냄비를 엎어버린 것이다. 어머니는 발버둥을 쳐서 아버지의 손아귀에서 풀려난 뒤 울면서 문밖으로 도망쳤다.

나는 그제야 겨우 도움을 청하러 가야 한다는 생각이 들었다. 도라 이모와 같이 돌아와 보니 앰뷸런스가 이미 도착해서 어머니를 병원으로 데려간 뒤였다. 경찰이 와서 아버지를 잡아갔다. 우리는 짐을 꾸려 2번가에 있는 할머니 댁에 가서 살았다.

어머니는 몇 주 뒤에 붕대를 두텁게 감은 채 퇴원해서 아버지에 대한 반대 심문을 하려고 법원에 갔다. 나도 갔다.

어머니는 일요일 아침에 벌어진 일과 그일 전후의 여러 사정을 상세하게 말했고 그것은 아버지에게 불리한 진술이었다. 판사는 아버지에게 14일간의 구금이나 벌금형 가운데 하나를 택하라고 선고했다. 벌금이 얼마였는지는 잊어버렸다. 아버지는 벌금을 냈다. 그때가 아버지를 마지막으로 본 때였으며, 1932년 여름의 일이었다. 지금도 가끔 난로에서 타는 지독한 파라핀 냄새를 맡으면 그 일요일이 떠오르곤 한다.

4. 공동 수도

물이 양철통에 똑똑 떨어졌다. 15리터쯤 되는 통에 가득 채우려면 한참 기다려야 할 것 같았다. 사람들이 점점 더 많이 와서 기다리고 있었고, 줄은 더 길어져서 뱀처럼 구불구불 늘어졌다. 우리같이 어린 사내애도 줄에 몇 명 서 있었다.

물통에 담는 사람도 있었고 그릇에 담아 가는 사람도 있었으며, 줄은 점점 더 길어져서 물방울이 똑똑 떨어지는 소리가 들리지 않을 정도였다. 줄을 서서 기다리는 사람 중에는 혀를 끌끌 차는 사람도 있었다. 넌더리나고 조바심이 나지만 어쩔 수 없기 때문에 내는 소리였다. 동네 수도로 오는 순례였다. 2번가는 이런 식이었고 마라바스타드의 모든 공동 수도가 이 모양이라는 것을 전부 알고 있었다.

사람들은 싸우다가 웃기도 했고 남의 말을 엿듣거나 소문을 퍼뜨리기도 했다. 양철통을 뒤집어 그 위에 걸터앉는 사람도 있었다. 기다리면서 아이 젖을 먹이는 사람도 한둘씩 있었다. 양철통의 물은 찰 때가 되어야 찼다.

"쯧쯧, 바다에는 물이 그렇게 많은데 마라바스타드에는 한 방울도 없네." 이런 말을 하는 사람도 있었다. "실컷 기다려봐, 실망이나 하겠지"라는 듯, 커다란 턱을 앙다물고 손뼉을 치다가 등 뒤로 깍지를 끼고 있는 사람도 있었다. 그런 사람은 기다리는 데 재주가 있는 사람이었다.

"이 얘기는 첨 들을걸." 공동 수도에서 제일 가까운 곳에 집이 있는 피부가 칠흑 같이 까만 마-자네와레라는 여자가 말했다. "마-레고디네 마당에 거북이 한 마리가 재수 없는 알이라도 까려는 것처럼 벽에 기대 쉬고 있더래."

"누가 봤는데?" 말라깽이 도키가 물었다. 뚱뚱한 도키도 있었기 때문에 그 여자는 '말라깽이' 도키로 불렸다.

"이름은 말 못 하지." 피부가 새까만 여자가 말했다.

"그럼 사실이 아닌 게지." 말라깽이 도키가 말했다.

"저기, 나는 남들이 무슨 음흉한 짓을 하고 다니는지 염탐하는 취미는 없지만, 음, 이거 아무한테도 말하면 안 돼. 나는 어쩌다 주워들은 거고 너도 누가 물으면 주워들은 거라고 해. 어쨌든 정말로 도라가 살짝 말해준 거야."

"그게 거북이인지 도라는 어떻게 알았대?"

"거북이랑 돌도 구별 못 하겠어?"

"시내에 거북이가 있다고? 말도 안 돼."

"넌 항상 그런 식이야, 도키. 눈으로 보기 전에는 절대 못 믿지."

"아유, 마-자네와레, 좀더 말해봐요."

"또 마법을 부린 거야. 얼마 안 있으면 그 여자가 밤에 길에서 개코원숭이를 타고 다닐 거야. 당신들 흑인들이 제일 좋아하는 게 그거잖아, 안 그래?"

여자 몇이 킬킬거렸다. 마-자네와레는 그걸 예상하고 있었다. 사람들이 항상 킬킬거리는데도 마-자네와레는 그들을 '당신들 흑인들'이라고 불렀다. 자기도 숯검정처럼 새까만데도 자기는 로렌수 마르케스* 출신이고 포르투갈 상인의 과부라고 우겼다.

"세상에, 자기도 마귀지옥처럼 새까만 주제에!" 할머니는 늘 그렇게 말했다. 길 건너 집에 사는 마-레보나도 맞장구쳤다.

나는 이웃집 사람이 음흉한 마법을 행한다는 얘기를 도라 이모가 누구한테 해주는 것을 엿들었다. 이모는 마-레고디네 마당에서 분명히 거북이를 봤다고 맹세했다. "그 여자가 만들어낸 것 중 하나라고." 도라 이모가 한 말이었다.

수도꼭지에서 느릿느릿하고 무자비하고 고통스럽게 흘러나오는 물처럼 시간도 그렇게 흘렀다. 물을 오래 쳐다보면 마치 조금 빨리 흘러나오는 것 같은 착각에 빠지기도 한다. 그러나 그 착각은 오래가지 않는다. 우리 모두 바짝 마른 인내심으로 기다렸다. 나는 레쇼아나 강이 2번가로 흘러들어오는 상상도 자주 했다. 우리가 필요로 하는 양 이상의 물이 말이다. 산에 있는 풍부한 샘물도 생각했다. 나는 양철통에 앉아 졸면서 북부 트란스발에 비가 억수같이 쏟아지는 꿈도 꿨다. 무시무시한 목적이라도 있는 듯 쏟아져서 폭삭 젖게 만들어 오줌을 누려고 가던 길을 멈출 필요도 없는 그런 비, 그냥 걸어가면서 오줌을 누면 될 정도로 내리는 비 말이다.

갑자기 늘어선 줄이 조용해졌다. 어떤 남자가 지나가고 있었다. 남자애들이 보에타 렘(브라더 블레이드)**이라고 부르는 자였다. 아무도 그

* Lourenço Marques: 모잠비크의 수도로 현재 지명은 마푸토Maputo이다. 남아공에서 광산 붐이 일었을 때 모잠비크 출신의 이주노동자가 가장 많았다고 한다.

** 아프리칸스어로 '보에타'는 형제, '렘'은 칼날(blade)을 뜻한다.

자의 진짜 이름을 몰랐다. 그는 몸의 피가 끓으면 기다란 칼을 휘둘러 댔기 때문에 보에타 렘이라고 부르는 걸 모두 알고 있었다. 토요일인 그날 아침에 블레이드는 좀 건방져 보이기는 해도 무심한 듯 몸을 수그린 채 걸어가고 있었는데, 바지는 낡았고 아랫단부터 위로 죽 터져 있었다. 너덜거리는 바지통이 빗자루처럼 길거리를 쓰는 꼴이었다. 그는 허세 부리듯 구부정한 자세로 걸었다. 위협적인 분위기였다. 얼굴이 잘생겨서, 처음 보는 사람은 그가 버터처럼 아주 부드러운 사람일 거라고 생각할 정도였다. 그런데 보에타 렘이 일단 고약한 짓을 하려고 마음먹으면 사람 자체가 상한 우유처럼 굳어지고 입에서는 지독한 욕이 부글거리며 튀어나왔다.*

"그 크고 벌건 눈으로 성냥불도 켤 수 있을걸." 라메체 어른이 그렇게 말했었다.

보에타 렘이 거리로 나오면 사람들은 인도 쪽으로 붙었다가 당장이라도 아무 집으로든 뛰어들 태세였다. 설상가상으로 그는 맹견을 데리고 다녔다.

"하나님의 형상으로 만든 사람을 죽이면 절대 그 피를 씻어낼 수 없어." 할머니 말이었다.

그는 살인죄로 감옥에서 5년을 복역했다. 교수형에 처해질 뻔했다가 과실치사로 감형되었던 것이다.

"그래서야 살인을 못 하게 할 수 있나." 할머니는 이렇게 말했다. "보어인들이 하던 대로 해야 해. 사람을 죽이면 그자도 죽여야지. 내가

---

* 아파르트헤이트 체제가 본격화되기 전이지만 이미 인종차별 정책이 현실이 되어버린 결과 남아공의 청소년 범죄는 매우 심각한 수준이었다. 빈곤과 가정 파괴로 인해 정신적으로 불안해진 삶 탓에 절도, 강간, 살인 사건이 많이 일어났다.

뭘 아나. 어쨌거나 정부에 있는 사람들, 희한한 사람들인가 봐." 라메체 어른은 언젠가는 보에타 렘이 2번가에 사는 모든 사람에게 달려들 거라고 생각했다. "죽은 자의 피가 보에타 렘을 어느 날 미치광이로 만들어서 그자가 우리 모두에게 지옥불을 쏟아부을지도 몰라."

보에타 렘은 2번가 위쪽의 셋방 한 칸에서 나이 많은 아버지와 맹견과 같이 살았다. 보에타 렘은 항상 밤에 일했지만 무슨 일을 하는지는 아무도 모르는 것 같았다. 어쨌든 그는 아버지와 자기가 낡은 옷이나 입고 개가 포악한 성질을 유지할 정도로는 먹여 살리는 것 같았다.

정오가 가까워지면 물 받는 줄이 짧아지고 1시쯤 되면 공동 수도 앞은 깨끗해졌다. 그게 가장 짜증나는 일이었는데, 학교가 쉴 때 우리 같은 사내아이들이 빵과 아차*—맵고 빨간 카레 반죽에 넣어 끓인 망고—를 살 돈 몇 푼을 벌기 위해 시장에서 일할 기회를 놓치게 되기 때문이었다. 또 우리에게 돈을 빌려간 아이들에게 푼돈을 긁어모아야 한다는 뜻이기도 했다. 별로 돌려받지 못했지만.

여느 로케이션처럼 마라바스타드도 양철 깡통 조각을 이어 붙여 만든 동네였다. 도로는 직선이었지만 집들은 다닥다닥 붙어 있고 집 바깥은 언제나 녹슨 꼬락서니였는데, 마치 그것이 운명이라면 차라리 나란히 늘어서서 한꺼번에 무너지는 편이 낫겠다고 생각하는 것 같았다. 내가 기억하는 한 집집마다 울타리 같은 게 있었다. 전선은 언제나 아래로 늘어져 있었고 전신주도 술에 취한 것처럼 항상 건들거렸다. 잘난 체하는 집도 몇 채씩 눈에 띄긴 했다. 그 집들도 다른 집들처럼 골함석으로 지었지만 그런 집에는 콘크리트를 바른 베란다가 있었고 기둥도

* atcha: 인도에서 건너온 절인 음식. 흔히 망고나 페퍼 종류로 만들지만 당근, 양파, 양배추로 만들기도 하며, 빵이나 카레에 곁들여 먹는다.

콘크리트였다. 우리 동네 아래쪽에 살던 음울한 표정의 한 노인은 포르투갈 공사관에서 일했는데 그도 그런 집이 한 채 있었다. 10번가에 한 채, 13번가에는 두 채가 그런 집이었다. 그 밖에는 베란다가 있다 해도 진흙을 바른 것이었고 네 개 정도의 기둥이 지붕을 비스듬하게 받치고 있는 모양이었다.

꽃밭이 있는 집은 딱 하나였다. 그 집은 바버 스트리트를 향해 있었고 자기 부인 거티가 컬러드라고 자랑하는 어떤 남자의 집이었는데, 그 집의 우글거리는 거만한 애들은 자기 아버지를 피부가 까맣다고 놀리는 데 선수들이었다. 사실 그 집은 석탄난로가 있는 유일한 집으로 유명했다. 크리스마스가 되면 마라바스타드 사람들은 한 접시에 1실링을 주고 빵이나 케이크를 구우려고 인도 사람 소유의 에이비씨 빵집 앞에 밀가루 반죽을 담은 접시를 들고 길게 늘어선 줄에서 기다려야 했었으니 그럴 법도 했다.

아침과 오후가 되면 항상 마라바스타드는 석탄화로에서 나오는 연기로 뒤덮이는데, 사람들은 겨울이면 마당에 그걸 내놓고 불을 지핀 다음 집 안으로 들고 들어가고 날씨가 더운 철이면 뒷마당에서 불을 지폈다.

뒷마당은 집에서 풀로 만든 빗자루로 쉬지 않고 쓸어대도 언제나 더러웠다. 대부분의 집들이 한 가족이나 혼자 사는 사람에게 방 한두 칸을 세주었다. 그래서 같은 집 마당에 세 개 정도의 화로에 불이 지펴져 있는 것이 이상한 일이 아니었다.

우리가 라-스탠드*라고 부르는 우리 로케이션 감독관인 그 무자비한 백인은 거리에 더러운 물이나 죽은 고양이나 개가 있어서는 안 된다

---

* 라Ra는 아버지를 뜻하는 소토 말(원주).

고 항상 유난을 떨었다. 하지만 뒷마당은 관심 밖인 것 같았다. 그 사람을 볼 수 있는 유일한 때는 사람들이 집세 14실링을 내러 가거나, 그가 차를 타고 유일한 포장도로인 바버 스트리트를 지나갈 때뿐이었다. 그래서 사람들은 그를 마라바스타드 노점 소유자로 생각했다. 그 밖에 다른 곳은 경찰서 소유지처럼 보였다. 우리 구역 깊숙이 들어가면 더러운 물과 파리, 죽은 고양이나 개와 아이들이 갖고 노는 잡동사니가 거리를 차지하고 있었다.

마라바스타드는 프리토리아 외곽의 다른 로케이션처럼 담을 둘러치지는 않았다. 반툴레나 케이프 로케이션도 마찬가지였다. 그래서 사람들은 여러 통로를 통해 그리로 들어갈 수 있었다. 하지만 감독관이나 경찰을 빼고 우리가 마라바스타드에서 본 백인은 백인 감리교 목사나 백인 성공회 신부, 몰래 살짝 다녀가는 장학사 정도였다. 어떤 백인 여자가 마라바스타드에 무료 식당을 세웠다가 몇 달 만에 식당과 함께 사라진 일이 있었다. 어떤 업무를 맡거나 누군가를 관리할 목적 없이 백인이 로케이션에 들어오는 일은 없었다. 사실 나는 그런 생각을 해본 적도 없었고 우리 동네 사람들도 신경 쓰지 않는 것 같았다.

5. 로케이션

남동생, 여동생과 나는 2번가에서 사는 데 차츰 익숙해졌다. 우리에게 거리들은 새로웠다. 그런데 사람들은 왜 줄을 똑바로 맞춰 집을 지으려고 했을까? 사람들은 왜 조그만 건물 안에 있는 통에다 볼일을 보려고 했을까? 왜 사람들은 담장을 쌓아서 서로 떨어져 살고 싶어 했을까? 모파넹에서는 그런 일이 없었다. 그곳에서는 줄을 맞춰 집을 짓지 않았고 우리는 서로의 집에 찾아갔으며 공동 화로 주위에 앉아 새벽닭이 울 때까지 이야기를 나누었다. 2번가에서는 그러지 않았다. 하지만 서로 관심이 없는 것 같아도 사람들은 묘하게 하나 된 목소리로 말했다. 한마을 사람처럼 행동했던 것이다.

외할머니는 대식구의 가장이었다. 할머니는 모페디 족이고 할머니의 아버지도 음파렐레 집안 사람이지만, 우리 아버지 쪽과는 혈연관계가 없었다. 하도 많은 사람들이 음파렐레 성을 가지고 있어서 음파렐레 족장이, 이 성이 꼭 혈연관계를 뜻하는 것은 아니므로 자기 가족만 빼고 나머지 사람들은 모두 새로운 성을 찾아보라고 선언했을 정도였다. 하지만 그 당시에는 도시로 나가버린 사람들이 많아서 족장은 그만 포기해버렸다. 외할머니는 리덴버그 구역*의 세쿠쿠닐란드 출신 모페디 족 사람인 타이터스 모갈레와 혼인했다. 리터 대령이 이끄는 백인 '필리버스터들'이 세쿠쿠니 왕을 그의 영지인 산에서 쫓아내려고 했을 당시에는 두 분 다 어린아이에 불과했다. 할머니는, 그 '필리버스터들'이 바페디 왕을 사로잡는 데 실패하자 리터가 피에 굶주린 스와지 족을 조직했고 결국 그들이 버글대며 산을 올라가 산에서 남자와 여자와 아이들을 모조리 죽인 뒤 왕을 사로잡았기 때문에 오늘날까지도 바페디 족은 스와지 족을 굉장히 증오한다는 얘기를 해주었다.**

우리 어머니와 도라 이모 그리고 삼촌 셋은 동부 트란스발 구역에서 태어났다. 도라 이모와 이모의 세 아이들, 그리고 세 명의 삼촌이 우리와 같이 살았다. 우리 집에는 방이 두 개 있었는데 둘 다 침실로 썼고 그중 식탁 하나와 의자 네 개가 있는 방은 침실도 되고 거실도 되었다. 식사 준비는 뒤 베란다에서 했다. 할머니는 방 세 개를 세주었다. 맏이인 어머니는 교외의 어떤 집에서 가정부로 일하면서 거기서 살았다. 어머니는 2주에 한 번 일요일에 우리를 보러 왔다.

일하려고 도시로 나온 남자아이들은 어린 시절 시골에서 달밤에 싸움질을 했던 것처럼 이곳에서도 싸움질을 했다. 일요일 오후마다 그 애들은 발이라고 부르는 커다랗고 넙데데한 살 판때기로 도시 외곽을 향해 행진을 벌였다. 그들은 경쟁하는 팀끼리 뭉쳐서 다녔다. 프리토리

---

* Lydenburg district: 리덴버그는 음푸말란가 주에 있는 도시로 농업과 광업이 주산업이다. 보어인들은 1856년에서 1860년까지 이 지역에 리덴버그공화국을 유지했다.

** 현재 스와질란드가 터전인 스와지 족의 왕 음반드제니Mbandzeni가 1880년 영국인들과 연합해 바페디 족의 세쿠쿠니 왕을 굴복시킨 사건을 말한다. 필리버스터filibuster는 중앙정부와 무관하게 사적인 군사력으로 타인의 영토를 침입하는 사람을 뜻하며 현재는 의회의 의사 방해자나 그런 행위를 의미한다.

아에서는 이 '말라이타'*들에게 작은 구역을 하나 배정해주었고 그들은 경찰의 감시를 받으며 행진했다. 프리토리아 시의회의 주장처럼, 이런 식으로 '원주민들은 분을 토해냈다.'

우리 집은 바버 스트리트를 마주보고 있었다. 일요일 오후 베란다에 앉아 있는 일이 우리 가족에게는 유흥거리였다. 큰 발로 타르 바닥을 구르며 말라이타들이 우리 집 앞을 지나가면, 그다음에 경찰들이 우리 집 앞에서 흩어져 자기들 구역으로 갔고, 교외에서 온 출퇴근 가정부들이 로케이션으로 숨어들기 전에 우리 집 앞을 지나갔다가 나중에 빠져나오는 길에 다시 우리 집 앞을 지나갔다. 경찰이 한 남자의 목덜미를 움켜쥐고 경찰서로 몰아가면서 우리 집 앞을 지나치는 것은 일요일 오후에 흔히 볼 수 있는 풍경이었다. 특히 아주 다양한 옷차림을 한 여자들이 우리 눈길을 끌었다. 꽉 끼어서 아픈 게 분명한 표정으로 어색하게 하이힐을 신고 뒤뚱대며 지나가는 여자들도 있었고, 진짜 멋있어서 부러움을 사는 여자들도 있었다.

우리 집 담장은 계속 넘어져서 끊임없이 세워줘야 했다. 할머니는 무척이나 꽃을 심고 싶어 했다. 우리는 용감하게 꽃밭을 만드는 시도는 했지만 아무도 꽃에 줄 물을 길어올 용기는 없었다. 꽃은 포기해버렸다. 그나마 우리가 할 수 있는 최선의 일은 가족들이 빨래를 할 때 상쾌한 그늘을 드리워주는 포도덩굴을 세우는 일이었다. 녹이 잔뜩 슨 쇠대문은 특히 거슬리는 물건이었다. 개미가 땅에 묻힌 버팀대를 계속 갉아먹는 바람에 우리도 기둥을 계속 더 밑으로 묻다 보니, 마침내 대문도 우리도 모두 뾰족해져서 결국 '현 상태'나마 유지하기 위해 버팀대

* Malaita: 소토 말로 깡패라는 뜻.

주위에 돌을 쌓아버렸다. 그래도 우리는 골함석 담장의 사면에 접한 3미터짜리 경계인 마당을 열심히 비질했다. 여자들은 대문부터 현관문까지 난 통로를 예쁘게 꾸몄는데, 그 통로는 집 뒤편으로 이어졌다. 통로는 양쪽으로 나지막한 진흙 담으로 둘러쳐놓았고, 바닥은 진흙을 붓고 매끈매끈한 돌로 부드럽게 다진 뒤 거름이 스며들게 했다. 조그만 자갈들을 삼각형 모양으로 반복해서 모양을 내 깔았다. 낮은 담이 이 통로를 쓰레기장과 갈라놓았는데, 우리는 난로 만드는 데 쓸 콜라 깡통을 찾을 때 늘 쓰레기장을 헤집고 다녔다. 그 당시 우리는 난로 재를 쓰레기장에 버렸다. 바버 스트리트와 2번가를 향해 난 마당 앞쪽 가장자리에 옥수수를 심을 때가 많았다. 이 조그만 땅뙈기에서 옥수수를 거의 매년 정확하게 딱 일곱 개를 거둬들였다. 가족 중 어린 축에 드는 우리들은 각자 옥수수 반 토막씩을 얻었다. 뒷마당은 1미터 좀 더 되는 높이의 진흙 담으로 둘러쳐놓았다. 우리 식구와 뒷방 두 개에 세 들어 사는 사람들이 마당에서 음식을 만들었기 때문에 바닥은 진흙으로 다져놓았다. 뒷문에서 앞문으로 이어지는 통로와 이 방들은 좁은 베란다로 연결되어 있었다. 겨울에는 베란다를 부엌으로 사용했다. 부엌 탁자가 구석에 있었는데 내가 기억하는 한 우리가 피터즈버그에서 왔을 때부터 그곳에 있던 것이었다. 1.8미터 이상은 깊지 않은 현관 바닥은 부서지고 고르지 않은 슬레이트 판때기로 만들었다. 이 판때기는 아무리 열심히 문질러 닦아도 항상 보기 흉한 촛농 자국이 덕지덕지 남아 있었다.

마테불라는 베란다 한쪽 구석에 자기 담요와 자루를 보관해놓고, 잘 때 궤짝 위에 깔고 잤다. 그는 현관에서 잤다. 그 사람은 주술사였는데 하루는 묵을 곳이 있느냐면서 우리 집에 왔다. 그자는 북쪽의 샨가 나란드 출신으로 집 없는 사람이었다. 할머니가 그를 받아주었다. 난로 주위의 재는 영원한 골칫거리였다. 골함석 벽은 포치 끝으로 난 부분만 빼면 언제나 검댕이투성이였는데, 인도인 옷 보따리장수인 치필레가 자주 거기서 거래장에 뭘 끼적거렸다. 마테불라는 매일 아침 뒷마당 한 구석에 자리를 깔고 앉아 자기 앞에 뼛조각들을 흩어놓고 샨가나* 말로 주문을 외었다. 우리 식구는 물론 우리 집에 온 손님들도 틈만 나면 마테불라의 힘이 미치는 영역에서 벗어나려고 기를 썼다.

집안일은 거의 다 내가 했다. 여동생과 남동생은 아직 너무 어리고 삼촌들은 집안일을 하기에는 너무 컸다는 게 이유였다. 낡은 물 양동이로 만든 난로에 불을 피우려고 새벽 4시 반이면 일어났다. 나는 세수를 하고 나서 가족이 마실 아침 커피를 만들고 커피를 마시지 않는 할머니에게 드릴 차를 만들었다. "그래서 내가 커피를 안 마시게 됐지." 할머니는 자기가 어렸을 때 누가 돌을 던져서 관자놀이에 피가 났다는 얘기를 해주었다. 할머니는 그 돌을 주워 왔고, 웬 주술사가 그걸로 무슨 약을 지어주었는데, 그때부터 쇠고기도 못 먹고 커피도 마실 수 없게 되었으니 아무 효과도 없었다는 거였다. 쇠고기와 커피를 먹으면 몸이 너무 아팠다고 했다.

아침 커피와 함께 때때로 그 전날 먹고 남은 옥수수죽을 같이 먹고 나면 학교로 갔다. 도라 이모와 할머니는 하루 종일 백인들 빨래를 하기 때문에 나는 학교에서 돌아오면 집 안 청소를 했다. 불을 지피고 에이시애틱 리저브에 있는 인도인 정육점에서 고기를 사와야 했다. 가족 수가 하도 많아서 대형 냄비로 죽을 두 번 끓였다. 양고기를 450그램

* 샨가나Shangana 또는 샨가안Shangaan은 모잠비크의 마푸토와 가자에 주로 거주하는 부족이며 남아공의 림포포에도 많이 모여 산다.

이상 산 적은 거의 없었다. 주중에는 같은 죽과 고기만으로 아주 간단하게 저녁을 먹었다. 돈이 없으면 토마토를 튀겨 먹었다. 일요일이 아니면 절대 채소를 먹지 않았다. 요하네스버그*에서는 손님이 오는 날이 아니면 절대로 버터를 먹지 않았다. 커스터드도 마찬가지였다. 그리고 450그램짜리 버터는 본 적도 없었다. 버터를 사면 3페니짜리 버터를 샀다. 버터를 산 날이면 할머니가 빵 한쪽에만 아주 얇게 버터를 바르는 동안 우리 어린애들은 줄을 서 있었다.

아침 식사로는 빵을 잘라 먹었다. 빵을 접시에 담아 먼저 어른들에게 드린 다음 남은 것을 가르고 더 작은 조각으로 잘라 돌렸다. 나보다 몇 살 더 먹지 않은 막내삼촌이 제일 먼저 자기 몫을 집는데, 양이 가장 많은 걸 가져갔다. 그다음이 나, 남동생, 그리고 여동생 순서였다. 저녁엔 우리 같은 아이들은 밥을 한 접시에 담아 같이 먹었고 고기는 빵처럼 제각각 다른 크기로 순서에 따라 받았다. 우리는 식탁에 앉아 먹는 일이 없었다. 손님에게만 그런 현대적인 개혁의 방식으로 대접했다.

월요일 새벽 4시쯤이면 나는 도라 이모의 빨랫감을 가지러 교외 지역으로 나섰다. 목요일과 금요일 오후에는 빨랫감을 되돌려주어야 했다. 우리가 그냥 '움피'(삼촌이라는 뜻)라고 부르는 세 들어 사는 아저씨가 있었는데, 아주 운이 좋아서 그 아저씨가 중국 파피** 도박꾼들의 숫

---

* 요하네스버그Johannesburg는 남아공에서 가장 큰 도시로, 이 나라에서 가장 부유한 자치구인 하우텡Gauteng의 수도이다. 수도인 프리토리아, 케이프타운, 블룸폰테인을 뛰어넘는 경제와 산업의 중심지로서 경제 수도라고 할 수 있으며 아파르트헤이트 박물관과 대법원도 이곳에 있다.

** fah fee: 중국인 이민자들에서 유래한 숫자 맞히기 게임. 요하네스버그의 가난한 사람들 사이에 널리 퍼졌다.

자를 받기 위해 로케이션을 돌려 자전거를 타고 나가지 않으면 빌려 탈 수도 있었다. 아침이나 오후에 자전거를 빌리지 못하면 나는 머리에 빨래 꾸러미를 이고 편도로 11킬로미터쯤 되는 거리를 걸어갔다.

다른 세입자들처럼 움피 아저씨도 청소 때문에 할머니와 싸울 때가 있었다. 그런 날은 자전거를 얻어 타지 못하는 날이었다. 걸어갈 때에도 일요일에 신으라고 사준 테니스화를 신을 수 없었다. 겨울 아침이 가장 힘들었는데, 발의 여기저기 갈라진 피부 틈으로 차가운 공기가 찌르듯 파고들었다.

빨래를 배달하고 돌아와서 나는 학교에 갔다. 청소를 다 마치고 다른 식구들이 모두 잠이 든 뒤인 밤 10시 전에는 전혀 숙제를 할 수 없었다. 우리 식구는 옷상자와 부엌 찬장이 있는 방에서 다 같이 잤다. 이모와 이모부는 탁자와 의자가 있는 방에서 잤다.

대식구였지만 침대는 하나밖에 없었다. 보통 크기의 침대로, 할머니와 도라 이모 아이들이 썼다. 우리가 자는 나무 바닥에는 커다란 구멍이 두 개 있었다. 방바닥 아래에서 항상 살을 에는 외풍이 올라왔다. 게다가 우리 머리는 쥐들의 놀이터가 되었고 이 녀석들은 음식과 옷도 상하게 만들었다.

가끔씩 조리한 고기를 훔쳐서 주머니에 넣어둔 적도 있었다. 나는 그걸 완전히 까먹고 있다가 야밤에 찾아온 손님들이 잔치를 벌이고 떠난 뒤 주머니의 커다란 구멍을 보고서야 생각이 나기도 했다. 겨울의 이른 아침이면 양철로 된 지붕에서 커다랗고 차가운 물방울이 뺨이나 귀에 떨어져 깜짝 놀라 깨기도 했다. 우리 집의 유일한 창은 밤새 닫아두기 때문에 김이 잔뜩 서려 있었다. 그럴 때면 피터즈버그에서 출발해 달려가는 정기 증기기차의 날카로운 경적 소리를 들을 수 있었다. 1번가에 있는 경찰서 부지에서 석탄같이 새까만 은야사* 경찰이 훈련을 명령하는 소리도 들렸다. 그가 불어대는 호루라기 소리도 들렸다. 그러면 곧 이들은 두꺼운 부츠를 신은 채 큰 보폭으로 우리 집을 지나 바버 스트리트로 행진한다. 그런 다음 행진을 멈추고 또 한 번의 구호에 맞춰 해산한 뒤, 로케이션을 마주하고 줄을 지어 늘어선 인도인 상점과 중국인 상점의 자기 구역으로 가는 것이다. 그들은 정기 순찰 때는 로케이션에 거의 들어가지 않았다. 아직 이부자리 속에 있는 동안 이 모든 일이 일어난다면, 그것은 이불 속에서 늑장을 부렸다는 얘기이고 그러면 할머니의 불평과 신음 소리를 들으면서 그날 아침을 정신없이 보내야 한다는 의미이다. 마라바스타드에서는 아무리 후텁지고 나방이 우글거리는 여름밤이라도 창을 열어두는 것은 현명한 행동이 아니라는 것을 곧 배우게 된다. 우리는 도둑과, 할머니가 '신의 모습으로 만들어진 피조물을 공경할 줄 모르는 야밤의 못된 부랑자들'이라고 부르는 사람들을 항상 무서워했다. 그들은 주술사들이었다. 비도 조심해야 했다. 여름과 가을에는 프리토리아에 엄청난 비가 쏟아졌다.

비가 내리는 여름 몇 달간의 마라바스타드에 대한 기억은 전혀 나지 않는다. 마라바스타드에 대한 기억은 오직 겨울하고만 연결된다. 그리고 난로 옆에 있거나 햇볕을 쬐고 있을 때를 제외하면 겨울에 따뜻했던 기억도 전혀 없다.

어느 월요일 아침 나는 자전거 손잡이에 커다란 빨래 보퉁이를 얹은 채 워터클로프** 교외에서 돌아오고 있었다. 추위가 매서운 한겨울이

---

* Nyasa: 오늘날 말라위 호수 근방에서 '호수'라는 뜻으로 쓰이는 말. '은야사 경찰'이란 그 지역 출신의 경찰을 말함.

** Waterkloof: 프리토리아 외곽의 지명.

어서 나는 온몸을 와들와들 떨고 있었다. 아주 얇고 해지고 찢어진 윗도리 하나만 입었을 뿐이었다. 코, 입술, 귀, 발가락, 손가락이 몸에서 떨어져나간 퉁퉁한 물체처럼 느껴졌고 온몸에 한기가 스며들어 신경 끝을 태우듯 파고들었다.

나는 광장에 다다라서 오른쪽으로 꺾었어야 했는데 그러지 않았다. 아니, 그러지 못했다. 자전거 손잡이가 빨랫감의 무게 때문에 돌지 않았다. 반대편에서 한 떼의 백인 아이들이 자전거를 타고 내 쪽으로 오고 있었다. 그 아이들이 방향을 틀었는데 바로 그때 내 자전거가 그 모퉁이 쪽 인도로 돌진했다. 그 아이들은 나란히 달리고 있었다. 어쩐 일인지 나는 브레이크도 밟지 못했다. 아주 쉬운 일이지만 그렇다고 꼭 쉬운 일만은 아닌 손잡이 돌리는 일에 정신이 팔려 있었는지도 모르겠다. 나는 제일 앞서 달리던 아이와 충돌했고, 그 아이는 옆의 아이를 덮치며 넘어졌고 그들의 행렬은 엉망이 되어버렸다. 내가 타고 가던 자전거는 모퉁이를 들이받았고 나는 눈 깜짝할 사이에 길바닥에 내동댕이쳐졌다.

"이 새끼가!" 제일 먼저 넘어진 아이가 소리를 질렀다.

그 아이 친구들도 내게 다가왔고 세 녀석 정도가 내 등과 허벅지를 제각각 세게 걷어찼다. 한참이나 욕을 하더니 그 애들은 추위와 고통과 얼얼함과 펑크 나고 구부러진 자전거 앞바퀴만 남겨둔 채 자기들 자전거를 타고 가버렸다.

나는 빨랫감을 집어 들고 인도로 기어가서 나무 옆에 기댔다. 처음에는 너무 어리벙벙해서 아무 생각도 나지 않았다. 다시 출발해서 집까지 10킬로미터를 절뚝거리며 돌아왔다. 이모와 할머니는 움피의 자전거가 수리될 때까지 잔소리를 계속 늘어놓았다.

"또 해봐." 2번가 아래쪽 끝에 사는 치나가 말했다. 나는 자전거 충돌 사건 얘기를 또 해주었다.

"이 촌닭아!" 옆집에 사는 몰로이가 웃으면서 말했다.

"여기가 피터즈버그의 숲인 줄 알았냐?" 이건 라타우의 냉소적인 말이었다.

라타우만 빼면 모두에게 그건 농담이었다. 라타우는 음울한 인상의 아이였다. 리틀 링크스는 "첫번째 수업이군. 앞으로는 눈 똑바로 뜨고 다녀야 할걸"이라고 하면서도 아무 관심 없어 보였다.

스카피, 즉 양이라고 불릴까 봐 걱정하지는 않았다. 그 말은 시골에서 갓 올라온 아이라면 무조건 갖다 붙이는 딱지라고 들었기 때문이다.

6. 토요일 밤

어둠이 내렸다. 이미 가로등이 들어왔고 마라바스타드 로케이션은 뿌연 빛에 깊이 잠겨 있었다. 나방 몇 마리가 전구 주위를 홍겹게 날아다녔다. 토요일 밤이었다. 슬럼 지역 로케이션의 토요일 밤은 대체로 지루함과는 거리가 멀었다. 모두 활기가 넘치는데 특히 여자들이 그랬다.

그날 토요일 밤도 마찬가지였다. 무서운 비명 소리가 밤의 어둠을 파고들었다. 나는 횃불이 흐릿하게만 보여도 잽싸게 다리를 놀렸다. 지금 생각하면 그 횃불에 굉장히 시달렸던 것 같다. 항상 이런 식이었다. 토요일 밤과 횃불. 토요일 밤과 경찰의 호루라기 소리. 토요일 밤과 비명 소리. 토요일 밤과 백인의 입에서 나오는 욕설과 저주. 그러나 그 누구도 거기 익숙해져서 그런 경험이 상식이 되고 처음부터 끝까지 무감각해지지 못했다. 게다가 나는 고작 열세 살이었다.

이모가 마지막 남은 맥주를 쥐어짜서 3.8리터들이 기름통에 붓고 있었고 나는 마당을 감시하고 있었다.

늘 이런 식으로 돌아갔다. "바깥 좀 살피고 와라, 얘야" "얘, 구멍을 깊게 파" "얘, 그걸 세게 밟아봐" 등등. 늘 똑같이 돌아갔다. 딸아,

학교 그만두고 일을 해라. 집에 가만 앉아서 남들이 일해주기를 바라서는 안 돼. 일어나서 백인들 빨래를 하고 맥주를 팔아라. 그랬다. 그것이 여자가 사는 방식이었다. 그게 여자가 해야 할 일이다. 우릴 봐, 우리는 가만 앉아서 남편이나 아버지 혼자 일하는 걸 보고 있지 않아. 맥주 판 돈으로 아이들을 학교에 보냈단다……

그랬다. 언제나 그래야 했다. 우리는 백인의 땅에서 살고 있으니까 백인들 빨래를 해야 한다. 백인의 돈으로 백인의 빵을 사야 하고 백인이 지은 집에서 살아야 하고 백인은 우리 구역을 순찰해야 한다……

다른 통은 벌써 구멍 속에 넣어두었다. 마지막 통도 곧 창을 통해 내놓아야 한다. 이모가 서두르지 않으면…… 그때 묵직한 발소리가 들렸다. 덩치 큰 두 남자가 마당으로 펄쩍 넘어 들어왔고 커다란 횃불이 사방을 훤히 비추면서 주위의 작은 물체를 모조리 삼켜버렸다. 그들이 모퉁이를 돌기 전에 내가 통을 받았다. 눈 깜박할 사이에 나는 그 옆 마당으로 통을 던져버렸다. 첨벙하며 통이 떨어졌다. 그 소리에 내 운명을 저주했지만 더러운 물이 든 물탱크에 떨어진 것을 신에게 감사하고 있을 때, 백인 한 명과 아프리카인 경찰이 모퉁이를 돌아 나타났고 내 얼굴에 그 무시무시하고 눈부신 불빛을 들이대자 곁눈으로 백인의 널찍한 어깨만 볼 수 있었다. 나는 겁에 질려 멍해졌고 온몸을 떨었다.

"너 여기서 뭐해, '요놈'?" 덩치 큰 백인이 아프리칸스 말로 물었다. 그가 소름끼치는 횃불을 다른 쪽으로 돌렸다.

"아무것도 안 했어요."

"이 카피르 놈아, 여기 혼자 서서 아무것도 안 한다고?"

아무 말도 오가지 않았다. 그때조차 나는 어머니가 정신없이 돌아다니며 남은 맥주와 도구를 치우는 장면을 그려볼 수 있었다.

"여기 올 때 내가 들은 게 무슨 소리지?"

"개한테 돌을 던졌어요." 내가 말했다. 어머니가 마무리할 때까지 이자들을 여기에 잡아두어야 한다. 하지만 그 대가가 무엇일지 나는 거의 생각할 수 없었다.

"이 새끼 팔을 잡아, 조나스. 그리고 엉덩이에 갖다 붙여." 흑인 경찰이 손을 뻗기도 전에 넓적한 흰 손이 내 뺨에 철썩 떨어졌고 나는 욕을 들으며 비틀거리면서 덩굴을 지지하고 있던 기둥에 부딪혔다. 그 흑인이 나를 홱 잡아당기는 바람에 옆구리가 찔린 듯 아팠다.

"자, 이제 사실대로 말할 테냐? '이 죽일 놈아'?" 이젠 신경 쓰기도 싫었다. 될 대로 되라지. 그런 생각을 했다. 입에 주먹이 날아들었고 금방 짠맛이 느껴졌다. 내가 입을 헤벌리고 있는데 덩치 큰 백인이 내 뒷덜미를 잡고 거대한 다른 쪽 손으로 내 얼굴을 찍어 눌러서 나는 숨이 막혔다.

"이건 네놈의 못된 거짓말 값이다, 이 구린내 나는 카피르 새끼!" 그 말을 마지막으로 그자가 나를 밀쳤다. 나는 딱딱한 바닥에 툭 떨어졌다.

소름끼치는 커다란 불빛…… 맥주통을 박살내는 끝이 날카로운 번들거리는 쇠꼬챙이…… 묵지근한 발소리…… 쇠가 쩔렁이는 소리…… 이런 소리가 흐릿하게 들리다가…… 토할 것 같은 기분이 들었다. 땅이 빙빙 돌고 내가 땅 끝에 간당간당 매달린 것만 같았다. 천지가 깜깜하고 시커멓게 되었다.

마라바스타드는 계속 맥주를 만들었고 경찰도 집요하게 추적해서 박살을 냈다. 토요일과 일요일 아침이면 말 그대로 거리에 맥주가 흘러넘쳤다. 중국인과 인도인 상점 주인들은 옥수수 맥주 판매가 금지되지 않았다. 마당마다 구멍을 여러 개 파서 맥주통을 숨겨두었다. 한번은 5번가의 어떤 집이 불에 홀랑 타버렸다. 잔해를 걷어내자 진흙 바닥이었던 곳에서 구멍이 몇 개 드러났다. 말라깽이 도키가 그 구멍에 숨겨둔 맥주통들에서 동물 털 뭉치가 나왔다고 맹세까지 했다. "그게 바로 주술사들이 맥주 장사를 하면서 행운을 빌 때 하는 짓이지!" 그 여자 말이었다.

도키 말이 참말일까 봐 사람들은 대개 겁을 먹었다. 여자들은 아주 나쁜 혼합주를 만들기도 했다. "그건 이교도나 하는 짓이야!" 할머니는 역겹다는 듯 말했다. "내가 만드는 맥주는 사람의 위장이 필요로 하는 깨끗하고 몸에 좋은 음식이라고." 우리 손님 중에는 싸움꾼도 없었다. "싸움꾼이 찾아오더라도 신께서는 우리 아이들을 대학에 보낼 수 있게 돈을 벌게 해주실 거야." 할머니가 말하는 대학은 고등학교나 교사양성학교를 말하는 것이었다. 할머니는 아들 셋을 고등학교와 교사양성학교에 보냈다.

막간극

토요일 밤이고 어둡다. 구석에서 삼촌이 코고는 소리가 들린다. 소가 나지막하게 음매 우는 소리 같다. 내일이면 바닥에서 이 삼촌과 같이 자는 다른 삼촌 하나가 코고는 소리 때문에 자다 깼다고 투덜거릴 것이다. 남동생은 내 옆에서 꿈쩍도 않고 잔다. 동생 건너편에서 우리와 같은 담요를 덮고 자는 막내삼촌도 그렇다. 나는 깊은 잠을 자는 아이가 아니었다. 잠이 오려고 하면 남동생과 막내 삼촌과 나는 담요를 당기고 차대고 돌돌 말고는 했다. 방바닥 판자에 난 구멍으로 들어오는 차가운 공기가 맨살에 스치면 잠에서 소스라쳐 깨기도 하고 다른 사람 다리가 내 목에 얹히면 악마가 내 목을 베는 꿈을 꾸다가 비명을 지르면서 벌떡 깨기도 한다. 역시 바닥에서 자는 여동생이 탁자 밑에서 자다가 탁자 다리를 걷어차고 있다. 할머니와 도라 이모의 아이 셋은 오래된 더블 침대에서 조용하게 자고 있다. 하나뿐인 문과 하나뿐인 창은 닫혀 있다. 덥다. 닳아빠진 담요 두 장만 덮고도 더위를 느끼다니, 좋다. 집 안 청소를 하고 온갖 것의 먼지를 털면서 그 먼지 속에서 목이 막혔기 때문에 온몸의 뼈가 아파 잠은 안 오는데, 일어나 마당을 거닐 수도 없다. 땀이 난다. 입술에서 배어나오는 짠물을 뱉어낸다. 콧속이 간질거려서 누그러뜨리려고 코를 조몰락거려본다. 그래도 소용이 없다. 서까래에 걸쳐놓은 판자 위에 쌓인 상자와 할머니의 쓸데없는 잡동사니 꾸러미는 영원히 먼지를 털어내지 못할 것이다. 오래전에 잊어버린 부인네들이 준 낡은 핸드백과 모자와 장신구를 담아둔 바닥의 상자들은 너무 높이 쌓여 있어서 좀 내려놓아야 했다. 하지만 내가 그걸 찾아냈을 때 할머니는 그냥 두라고 했다. 그 상자 더미 너머 바닥에 파놓은 맥주통 구덩이와 맥주가 발효하면서 나는 코를 찌르는 냄새, 구멍 주위 바닥에 생긴 회색 얼룩들. 어떤 경찰도 그걸 쉽게 찾아내지 못할 거다. 경찰? 그렇지, 토요일 밤이다. 제복 차림의 사람들이 지금도 마당 둘레를 킁킁대며 다닐지도 모른다. 마라바스타드 서쪽 멀리서 경찰 호루라기 소리와 개 짖는 소리가 들린다. 아니, 묵직한 부츠 소리로 보아 4번가인 것 같다. 틀림없이 법과 경찰서 감방과 법정과 감옥에서 도망치려는 사람일 것이다. 지금은 토요일 밤이고 10시 10분 전이며, 경찰서의 시끄러운 통행금지 벨이 '10시 10분 전, 10시 10분 전, 10시 10분 전'이라며 흑인들은 돌아다니지 말고 집에 들어가서 경찰한테 잡히지 말라고 왕왕 울려대는 소리가 들린다. 해가 바뀌어도 매일 밤 10시 10분 전이면 이 통행금지 벨 소리는 허공에 울려 퍼지고 그러면 흑인은 집으로 달려가 집에서 잠을 자거나 야간 통행 허가증을 받아야 한다. 호루라기 소리가 이제 아주 가까워졌으니 쫓기는 사람이 2번가에 들어선 것이 확실한데 통행금지 벨 소리는 여전히 우렁차게 울린다. 흑인 아저씨 어디 있든지 달려요, 달려야 해요. 호루라기 소리가 잦아들고 벨도 멈추었지만 나는 등이 아파 잠을 잘 수가 없어서, 아파서 흘리던 눈물을 멈추고 다른 이들을 걸터듬어 넘어 물동이가 있는 3미터짜리 통로 쪽으로 난 문을 향해 더듬거리며 간다. 나는 한 모금 넘기고 돌아온다. 비스듬히 기운 상자 더미에 머리를 부딪치지 않게 조심해야 한다. 안 그러면 이 밤이 금방 무시무시한 파국으로 끝나버릴 것이다. 컬럼비아 댄스홀의 우-노-메스 밴드의 음악이 아직도 이 밤을 타고 흘러 다니는데, 전단에서 말한 「새벽의 춤」이 그것이다. 그래도 잠은 전혀 오지 않고 우리 동네 저 아래에 사는 사울과 리에타 얘기 등 떠오르는 일만 많을 뿐이다. 오늘 아침 그들은 깨어나 리에타가 자면서 몸을 굴리다 그만 갓난아기를 깔아 죽여버린 것을 알게 되었고, 그래서 그들은 지금 감방에 있다. 사울과 리에타. 사람들이 사울 얘기를 꺼내면 리에타 얘기도 꼭 따라 나오게 되어 있었다. 그 둘은 맥주를 너무 많이 마셨고 붙었다 하면 싸웠으며 리에타는 가끔씩 사울의 손가락을 물어뜯고는 둘이 같이 울기도 해서, 할머니는 저 둘은 소돔과 고모라 같다고 하셨는데, 이제 그들은 평화로이 누워 있던 곳에서 신의 아기를 데려와서는 죽여버린 것이다. 사울과 리에타는 둘 다 참 말랐는데 할머니 말로는 악마의 사자(使者)처럼 말랐고 물가의 갈대처럼 말라서, 언제나 바람에 흔들리는 것처럼 걸어 다녔다. 토요일 밤의 웅웅거리는 소리가 이제는 멎었다. 시키가 거리를 걸어가면서 항상 메고 다니는 기타를 연주하고 있다. 그는 계속 기침을 하면서 기타를 연주하고 있는데 아주 오래전 내가 처음 알게 되었을 때부터 그는 기침을 했다. 시키의 음악이 들려왔다 사라졌다 들려왔다 사라졌다 하고, 그가 우리 집 옆을 지나 그에게 먹을 것과 입을 것을 대주는 형과 함께 사는 집으로 구르듯 걸어가는 게 마치 내가 바깥에 서서 직접 보는 것처럼 보인다. 시키가 카트리나랑 같이 있나. 아니다, 카트리나와 같이 있으면 저렇게 연주할 리 없다. 카트리나는 그를 자주 돌봐주는 여자 친구다. 음악이 점점 잦아들더니 결국 밤과 하나가 되어버렸다. '백인은 힘이 세다.' 마치 어머니가 이런 말을 하는 것처럼 들리다니 우습다. 왜 그런지 모르지만 백인은 힘이 세. 백인을 가로막으면 안 돼, 그러면 널 해칠 것이야. 네가 다 커서 네 입을 열어 네 마음속에 있는 말을 할지는 모르지만, 그래도 지금은 알아둬. 백인의 팔은 아주 튼튼하단다. 지금은 토요일 밤이고 나는 학교와 반 친구들을 생각한다. 나는 참 힘이 없고 하잘것없고 무식하고 자의식이 강한 것 같다. 토요일 밤이고 나는 여전히 생각하고 느끼고 있다. 내일이면 말라이타가 행진할 것이고, 화사한 제복을 입은 부녀회가 멋지고 웅장한 취주악대의 인도에 따라 행진할 것이고, 우리는 악대 소리와 깃발이 공중에서 펄럭이는 소리를 듣게 될 것이다. 하지만 지금은 토요일이고 내게는 잠이 필요하다. 그 불쌍한 남자가 잡혔는지 궁금하다. 경찰, 경찰. 어머니, 경찰이 무서워요. 할머니, 경찰이 싫어요. 도라 이모, 삼촌, 경찰이 무서워요, 경찰이 싫어요. 어머니는 이렇게 말한다. 네가 자라면 네가 몸집이 커지면…… 당신이 지어준 약초에 뭐가 잘못된 거예요? 이모가 가족의 앞날에 대해 물어보는 샨가나 주술사 마테불라는 지금 평소처럼 뒤쪽 베란다에서 자고 있다. 우리는 그에게 음식과 잠잘 곳을 주고, 그는 우리가 아플 때 쓴 약초를 주고 뼈를 던져서 왜 우리가 이렇게 가난하고 왜 경찰이 우리를 못살게 굴고 왜 삼촌들과 이모가 한 번씩 싸우는지 이유를 알려달라고 물어봐준다. 마테불라는 자고 있겠지만 약초의 도움으로 내게서 잠이 싹 달아난 것을 알 거라는 생각이 든다. 그는 늘 그러듯이 자러 갈 때 다른 사람들의 개코원숭이를 쫓아내기 위해 작대기 하나를 불속에 꽂아두지만, 경찰은 어떻게 쫓아낼 수 있는지 말해주지 못한다. 마테불라의 약초는 뭐가 잘못된 건지 모르겠다……

7. 뒤처진 아이

우리 반 선생님은 내가 뒤처진다고 말했다. 교장선생님도 내가 뒤처진다고 말했다. 이모도 내가 뒤처진다고 했다. 모두가 그렇게 말했다. 어머니는 모르고 있었다. 나는 그걸 받아들이는 수밖에 없었다. 그래서 4학년으로 올라가는 대신 3학년에 남게 되었을 때 그 사람들이 틀렸을 수도 있다는 생각은 들지 않았다.

덩치 큰 애들이 눈에 띄자 나는 내가 몸집이 작은 애들에 속한다는 것을 알게 되었다. 그래서 위로받는 기분이 들었다. 우리 반은 모두 80명가량이었다. 반년마다 치는 시험에서 나는 반에서 77등을 했다. 우리 집 식구들은 모두 꾹 참고 머리를 설레설레 흔들어댔고 시골 학교가 얼마나 수준이 떨어지는지에 대해 얘기했다. 그들에게는 놀라운 일이 아니었다. "네가 등수에 들었다는 게 놀라울 뿐이야." 삼촌 한 명이 그런 말을 했다.

나는 겨우겨우 4학년이 되었다. 담임선생님은 '쿠즈위'라는 별명으로 불렸다. 이름을 멋대로 바꾼 것이었다. 땅딸막하고 보수적인 폭군 쿠즈위 선생님. 그는 조금만 성질이 나거나 변덕이 일어도 우리를 막대기로 때렸다.

그는 우리가 학교 운동장에 한참 못 미친 곳에 온 걸 확인하고 아침 시작종을 치려고 달려가곤 했다. 우리가 지각을 하면 그는 매질하고 싶은 신경질적인 욕망을 충족하는 것 같았다. 50등이다가 그다음 시험에서 51등을 하면 쿠즈위 선생님은 '뒷걸음질'했다면서 작대기로 두들겨 팼다. 자전거를 타고 시내로 나가다가 걷고 있는 쿠즈위 선생님을 만나기도 했다. 그는 '걷는 걸 배워라'라고 했다. 하루는 선생님이 나를 회초리로 지독하게 두드려 팼다. 전날 선생님은 내가 찢어진 바지를 입고 온 걸 봤는데 내가 다음 날도 그 바지를 입고 간 게 화근이었다. 선생님이 누가 바지를 고쳤느냐고 물어서 나는 이모가 고쳤다고 했다. 내가 매를 맞은 이유는 스스로 바지를 수선하지 않았기 때문이었다. 선생님이 너무나 불공정하다고 생각하면서 나는 울고 또 울었다. 울음이 그치지 않아 영원히 코를 훌쩍일 것만 같았다. 불공정하다는 생각이 들면 내 눈물샘은 다시 터져버리곤 했다.

쉬는 시간에 쿠즈위 선생님이 병에서 차를 한 잔 따라 내게 주었다. 나는 받아 들었지만 선생님을 미워하면서 차를 받았다고 생각하자 부끄러워졌다. 산수 시간의 쿠즈위 선생님은 공포 그 자체였다. 나는 수를 이해하는 데 아주 둔한데 선생님은 문제를 지독히도 빨리 푸는 데다, 피할 수 없는 매질 때문에 더 어렵게 느껴져 우리같이 느린 아이들은 잘해내겠다는 용기를 낼 수가 없었다. 나는 산수 과목이 점점 더 싫어졌고 선생님을 미워해서 그렇다는 상상까지 했다. 나는 선생님의 '약식풀이 방식'을 싫어했고, 매번 우리 앞에 번드르르한 '요령'을 늘어놓는 게 싫었다. 나는 숫자에 너무나 서툰 내가 싫었다. 나는 선생님이 똑똑한 아이들의 등을 토닥여주는 게 싫었다.

하지만 이 덩치 작은 선생님이 자기 조카인 플루엔자에게 제일 엄하게 구는 이유는 아무도 알지 못했다. 그 여자아이는 선생님과 같이 살고 있었는데, 집에서 걔가 뭘 잘못한 것을 가지고 못살게 군다는 얘기는 모르는 사람이 없었다. 그래서 음흉한 얘깃거리가 많이 생겨서 머리 굵은 녀석들의 상상력을 자극하고 우리 같은 어린애들이 낄낄거리게 해주었다.

"저 선생님은 도대체 어떤 사람인 거야?" 내가 플루엔자에게 물어보았다.

"몰라."

"정말 사람을 헷갈리게 하고 겁을 주잖아."

"난 이제 겁 안 나."

"네 엄마도 아셔?"

"난 엄마도 없고 아빠도 없어." 이 말을 하면서 그 아이는 웃었는데, 당장이라도 울 것 같은 표정이었다.

"집에서도 널 그렇게 때리니?" 플루엔자는 나를 쳐다보았는데, 눈에는 아픔이 가득했다. 그런 걸 묻다니, 후회스러웠다. 어떤 면에서는 폭정을 빨아들일 수밖에 없는 수동적인 스펀지에 불과하더라도 우리가 동맹군이라는 기분이 들었다.

우리가 쿠즈위의 손아귀에서 벗어나 5학년으로 진급한 날이 제일 행복한 날이었다. 하지만 우리는 비쩍 마르고 얼굴이 창백하고 이가 누렇고 늘 기침을 하는 선생님에게 넘겨질 운명이었다.

"몰로이! 저거 좀 봐!"

"저게 뭔데?"

"저기 저 위에 사람들 말이야." 내가 처치 스트리트에서 공사 중인 고층 건물을 가리켰다.

“빨리 와, 에스키! 영사기 구경하려면 늦겠어!”

나는 그 건물을 보고 놀라서 멈춰 선 채 꼼짝도 못 했다. 금방이라도 건물이 기울어서 내가 그 아래에 깔릴 것만 같았다. 나는 약간 겁을 먹었다.

“이 겁쟁이 얼른 오라니깐! 고층 건물 처음 보니?” 몰로이는 참을성이 없었다.

몰로이는 이웃집 친구였는데 다른 녀석들이 내게 거칠게 굴며 위협할 때마다 항상 내 옆을 지켜주는 친구였다. 그는 아주 활기찬 성격이고 집에서 큰 소리로 노래하는 걸 좋아해서 목소리가 길 아래까지 울려 퍼지곤 했다.

그 건물은 북부 트란스발에 있는 모든 산만큼 높아 보였다. 그 건물을 보니 그곳 산들의 모습이 떠올랐다. 옛날에 그 산들 기슭에 서 있다가 산들이 나를 납작하게 깔아뭉개버리지 않을까 겁에 질렸던 적이 있었다. 시골에서 느꼈던 두려움이 어딘가에 조용히 숨어 있다가 언제라도 시커먼 물체가 되어 몰래 나의 심약한 마음을 따라올 수 있다는 것을 알고 있었지만, 도시에서는 그 두려움이 놀라움으로 바뀔 때가 자주 있었다.

“금방 넘어올 것 같지 않아, 몰로이?”

“바보같이. 백인들이 얼마나 똑똑한데, 짜식.”

“그래도 우리 같은 사람들도 저기 있잖아.”

“머리로 일하는 건 백인들뿐이라고.”

“그게 무슨 말이야? 내가 전에 살던 북쪽에서는 흑인들만 일하는데.”

"짜식, 여긴 북쪽이 아니잖아."

"그래도 언제나 흑인은 흑인이고 백인은 백인이야."

"내 말은, 머리로 생각하는 일은 백인이 한다는 거야."

"오늘 아침 시장에서 날 철썩 때린 그 사람처럼?"

"그래, 이 짜식아." 그러면서 몰로이는 웃어대다가 결국 제대로 앉지도 못했다. 몰로이는 귀가 굉장히 커서 아주 쾌활한 인상이었다. 나는 바퀴 넷 달린 수레를 힘차게 밀다가 수레가 길 아래로 구를 때 수레 가장자리에 뛰어 올라탔다.

나도 따라서 큰 소리로 웃었다. '마켓 마스터'의 넓적한 손바닥으로 맞은 매는 정말 얼얼했다. 사실 그 사람은 마켓 마스터도 아니었다. 그 사람은 그저 관리인 같은 사람이었는데 우리는 그냥 마켓 마스터라고 불렀다. 그자는 덩치가 너무나 커서 우리가 도시의 시장같이 넓은 장소를 관리하는 사람으로 여길 만했다.

우리는 교외를 오가는 사이에 먹으려고 길에 흩어진 홍당무와 너무 익어 물러터진 토마토 따위를 줍고 있었다. 그런데 그 '마켓 마스터'가 우리를 덮친 것이었다. 흰색 외투가 내 바로 옆에서 팔락거리는 것을 본 순간 그가 넓적한 손바닥으로 나를 내려쳤고 내 뒤통수에 가해진 일격으로 나는 대자로 엎어져버렸다. 내 앞쪽에 있던 어떤 애한테는 채찍질이 떨어졌다. 우리는 흩어졌다. 그전에 몰로이는 어떤 백인 손님의 채소를 수레에 실어놓았었고, 우리는 교외를 향해 출발했던 것이다.

아침나절 서니사이드로 가는 내내 나는 혼란스러웠다. 이게 한 인간이 죽을 때까지 계속해서 살아내야 하는 인생인지 아닌지 나는 알 수가 없었다……

실컷 웃고 난 뒤였고, 수레가 타르로 잘 포장된 길을 매끈하게 굴러가고 있어서 나는 허기와 우울함을 동시에 느꼈다. 어찌 보면 나는 목적지도 없이 길고 긴 구불구불한 길을 여행하는 것만 같았다. 마치 어린 시절의 붉은 흙길 같았는데, 저 앞에 자욱한 먼지가 끝은 아직도 멀었다고 말하는 것 같았다. 도시에서는 이렇게 살아야만 하는 건가?

그러나 우리는 곧 배고픔이니 낙담 따위는 잊어버리고 신나게 영화를 볼 생각에 빠졌다. 우리는 4펜스를 내고 항상 큰 표를 얻었다. 극장에서는 영화 네 편과 시리즈 중 한 편을 자주 틀어주었다. 그 시절은 무성영화 시절이었기 때문에, 후트 깁슨, 톰 타일러, 프랭키 대로, 벅 존스, 텍스 메이너드, 팀 맥코이의 시절이었고, 해럴드 로이드, 리처드 탤매지, 래리 사이먼, 찰리 채플린, 버스터 키튼* 같은 희극 배우들의 시절이었다.

우리는 좌석에 올라서서 영화 주인공들을 보며 환호했다. 피아노가 시끄러운 음악을 메들리로 연주했는데 그래도 훌륭한 배경음악 노릇을 했다. 다른 애들은 내가 대사와 제목을 큰 소리로 읽어줘야 이야기를 따라올 수 있었다. 나는 빨리(그 시절의 느릿한 삶의 속도가 요구하는 정

---

* Hoot Gibson(1892~1962): 미국의 로데오 경기 챔피언이며 카우보이 영화 배우이자 감독.
  Tom Tyler(1903~1954), Frankie Darro(1917~1976): 미국 영화배우.
  Buck Jones(1891~1942): 서부영화로 특히 유명했던 미국 영화배우.
  Tex Maynard(1897~1971): 미국 영화배우. 본명은 커밋 메이너드Kermit Maynard.
  Tim McCoy(1891~1978): 미국 영화배우.
  Harold Lloyd(1893~1971): 미국 영화배우이자 영화 제작자.
  Richard Talmadge(1892~1981): 스위스 태생의 미국 영화배우이자 감독.
  Larry Simon(1933~1994): 미국 프로레슬링 선수.
  Charlie Chaplin(1889~1977): 영국 태생의 영화배우로 아카데미상을 수상했고 기사 작위를 받았다.
  Buster Keaton(1895~1966): 아카데미 수상자인 배우이며 영화 제작자이다.

도의 빠르기로) 읽을 수 있었기 때문에 내가 정말로 다 자랐고 중요하고 쓸모있는 사람이라는 기분이 들었다.

"그런데 넌 어떻게 그렇게 빨리 읽냐?" 몰로이가 묻기도 했다.

"그냥." 나는 비밀이라는 듯 웃으며 대답했다.

"너한테 뭘 물어 뭣하겠냐." 몰로이는 진짜 짜증난다는 듯이 말했다.

사실 나는 인쇄된 종이는 뭐든 집어 들고 읽어댔다. 그 일이 내게는 하나의 광기였다. 글자가 적힌 물건은 그냥 지나치지 못했다. 학교에서 나는 대부분의 급우들에게 열등감을 느꼈다. 학교에서 수업할 때 영어를 쓰는데, 내 영어 실력은 형편없었다. 나는 읽고 또 읽고 눈이 아플 때까지 읽었다. 하지만 나는 그 일에서 상당한 즐거움도 얻었다. 또 뒤처지는 것을 극복해가는 중이어서 자부심도 느꼈다.

영화 볼 돈이 없을 때도 흔했다. 그럴 때는 애들 중 한 명이 대신 내 입장료를 내주었는데 그러면 내가 친구들에게 대사를 읽어줄 수 있었다. 나는 관객들이 내는 소음과 상영 시간 내내 계속 연주되는 피아노의 띵똥 소리를 뚫고 친구들이 내 말을 알아들을 수 있게 하려고 애썼다.

8. 폭스단원들

우리 2번가 사내아이들 떼거리는 압둘네 가게 앞 베란다에 서 있었다. 그곳은 자칭 폭스단원들의 방과 후 회합 장소였다.

"너 쿠즈위가 내준 산수 숙제 했어?" 치나가 물었다.

치나는 동양인처럼 광대뼈가 툭 튀어나오고 얼굴 피부가 팽팽한 아이였다.

"쿠즈위는 병아리 모이나 주라지!" 누가 말했다.

"쿠즈위가 널 산 채로 가죽을 벗기고 너한테 고래고래 소리를 질러대도 넌 누가 네 이름이나 부르고 있다고 생각하겠지." 몰로이가 말했다.

"너 쿠즈위 겁내지!" 치나가 대들었다.

"안 그런 사람이 어딨어?" 몰로이가 말했다. "오늘 아침에도 애 하나 껍데기를 벗겨놓고서야 기분이 좋아졌잖아."

"그건 아무것도 아냐." 어디선가 리틀 링크스가 끽끽댔다. "넌 폰고세가 벤치 위에 올라가서 막대기로 맞던 날의 쿠즈위를 봤어야 해! 그날 폰고세 바지 엉덩짝에 난리가 났었지. 정말 웃겼어."

"대니가 오줌 싼 날도 그랬지." 누가 또 거들었다. 우리는 배가 터져라 웃었는데, 리틀 링크스는 그렇게 데굴데굴 구를 정도로 웃어대기에는 몸이 너무 약해 보일 지경이었다.

"애들아, 컬럼비아 댄스홀에서 빅 아이즈가 프랜스하고 춤춘 거 기억나?" 누가 말했다.

"큰 애들을 낚으려고 빅 아이즈가 여자처럼 변장했던 거 말이야?" 우리는 떠나가라 웃었다.

'빅 아이즈'는 우리가 눈이 큰 교장선생님에게 붙인 별명이었다. 그는 채찍질 도사였고 우리 남자아이들은 때때로 빅 아이즈가 작대기로 두드려 패는 기쁨을 누릴 수 있도록 계집아이들의 팔다리를 벤치에 붙들어 매는 당황스러운 즐거움을 느껴야 했다. 놀이 시간에 어떤 계집아이의 속옷 색깔 얘기를 했을 때 느꼈던 즐거움 역시 더 말할 나위가 없었다.

상급반 남학생들은 빅 아이즈의 매질은 이전 교장의 매질에 비하면 살짝 토닥이는 수준이라고 말하기도 했다. 우리는 그 교장선생님이 6펜스어치의 땔나무를 사서 교실 바닥에 부려놓고는 어떤 남자아이를 그 위에 눕게 하고 두드려 팼다는 얘기를 자주 들었다. 그 땔나무는 다듬지 않은 것이어서 가시와 마디가 튀어나와 매 맞는 아이가 아파서 움직이면 콕콕 찔러대어 오히려 꼼짝 못하게 만들었다고 한다. 남자아이들은 아브라함이 이삭을 장작 위에 눕혔을 때도 똑같은 식이었을 거라고 말했다. 그래서 학교에서는 남학생이 '이삭이 됐다'라는 게 흔히 쓰이는 말이었다.

"아, 난 그 선생 정말 싫어. 그리고 산수도." 나는 이렇게 말하면서 화제를 쿠즈위로 돌렸다. 옛날 기억들이 쓰라리게 떠올랐다. 2번가의 라메체 어른은 왜 어린애들이 셈을 제대로 못하는지 알 수 없다고 말했다. 라메체 어른이라면 이렇게 말했을 것이다. “나한테 성냥갑 안에 성냥개비 세 개를 넣고 나서 두 개를 꺼내 버렸다고 얘기해줬다 치자. 그리고 선생이 남은 게 몇 개냐고 오늘 묻는데 내일 대답하면 안 될 게 뭐 있어?”

바버 스트리트에 있는 중국인 가게 세 곳은 골함석으로 지은 낡은 집들이었는데 우리 집 건너편에 사는 부자인 풍 프락의 가게도 그중 하나였다. 그 가게들은 그냥 잡화점인데 지저분했다. 인도인 상점 다섯 곳은 건물이 더 큰 데다 모두 벽돌로 지은 것들이었다. 그 가게들은 말끔하고 가게마다 식료품 코너와 직물 코너가 있었다. 모든 가게 베란다에는 땅콩 껍질이 깔려 있었다. 압둘의 가게도 그런 가게 중 하나였다. 커다란 창 하나에는 바나나, 오렌지, 시계풀 열매, 쿠자바(우리가 구아바라 부르는 열매)를 진열해놓았다. 다른 창에는 먼지 쌓인 그릇과 종이가면, 작은 장난감이 진열되어 있었다.

그 가게에서는 언제나 향신료 냄새가 풍겨 나왔다. 문 하나가 뒤쪽 살림집과 석탄을 쟁여놓은 마당으로 이어졌다. 벽에는 춤추는 자세의 인도 여자들이 그려진 그림들이 여기저기 붙어 있었다. 통통한 얼굴과 커다란 눈에 날씬하고, 피부가 분홍빛과 노란빛인 여자들이었다. 그림마다 중국어와 아랍어로 전설이 한 편씩 적혀 있었다. 여러 가지 색의 종이 띠 장식이 중앙의 전기선에 매달려 천장에서부터 드리워져 있었다. 크리스마스 철에 한 세트 설치해놓으면 몇 달씩 그대로 달려 있었다. 우리가 크리스마스에 허름한 노점에서 사서 여러 차례 걸레로 먼지를 털어내며 다음 크리스마스까지 탁자 위에 올려놓는 종이꽃처럼 말이다. 압둘이 종이 띠 장식의 먼지를 털어내는 수고를 했는지는 알 수 없다.

밤에 10시 10분 전 통행금지 벨이 울리면 압둘은 하인들(언제나 굶주린 인상에 표정 없는 거무튀튀한 사람들)을 불러내어 나무 셔터와 쇠빗장으로 창문을 걸어 잠그게 했다.

우리 중 몇은 압둘의 침실 문 바로 앞 계단에 앉아 있었다. 다른 아이들은 나처럼 문 양쪽 벽에 기대서 있었다. 그 일은 우리가 왁자하게 웃던 중에 벌어졌다. 리틀 링크스와 치나가 압둘의 부인이 가족용 크기의 커다란 크림색 요강에서 쏟아부은 오줌 폭포를 뒤집어쓰는 최악의 일이 벌어진 것이다. 우리는 베란다 너머로 우당탕 흩어졌고 그 인도 여자는 퍼런 불길을 뿜으며 지독하게 상스러운 욕을 하면서 문간에 버티고 서 있었다. 그러는 동안에도 그 여자는 자기 사리* 매무새를 가다듬었다. 나는 그 여자의 배가 아주 둥그렇다는 것을 알아차렸다. 그러자 그 여자의 배가 작았던 것을 본 적이 거의 없다는 것도 떠올랐고, 할머니가 도라 이모에게 압둘 마누라는 언제나 애를 배고 있다고 얘기하는 것을 들은 기억도 났다.

불쌍한 링크스와 치나는 제일 가까운 노상 수도로 씻으러 갔다. 그 인도 여자는 벌겋고 누르스름한 침을 찍 내뱉고는 사라졌다. 친구들이 낄낄거리는 동안 나는 그 침이 베란다 위 오줌 위로 떨어져 섞이는 것을 보았다.

"그 여자 죽어버렸으면 좋겠어." 리틀 링크스가 돌아와서 말했다.

그때 우리는 어떤 여자애가 길을 지나가는 것을 보았다. 그 애의 걸음걸이는 아주 경쾌했고 당장이라도 날아오를 듯이 두 팔이 힘차게

---

* sari: 인도 여자들이 입는 겉옷.

흔들렸다.

"재 누구지?" 몰로이가 눈에 호기심을 반짝이며 물었다.

"어제 자기 아버지랑 우리 동네로 이사 온 애잖아, 이 바보야." 누가 새로 이사 온다는 이유만으로도 2번가 전체가 들떠 있어야 한다는 듯이 치나가 말했다. 그 애는 금방 무사의 가게 안으로 사라졌다. "고것 참 건방진걸." 몰로이가 불쑥 말했다.

"왜?" 내가 물었다.

"어제 여기 이사 와가지고는 가게는 어디 있냐, 학교는 어디냐, 경찰서는 어디냐, 그런 걸 묻지도 않잖아!" 몰로이는 마지막 말 두 마디를 하기 전에 침을 뱉었다.

"랜드*에서 온 계집애들 중 하나일 거야." 이 말은 음울한 표정의 라타우가 내린 결론이었다.

"도대체 우릴 뭘로 보는 거야?" 이건 카비의 말이었다.

"우리 아버지가 그러는데 랜드에서는 사람들이 서로 아무것도 묻지 않는대." 리틀 링크스가 말했다.

"웃기는 동네군." 치나가 오줌을 뒤집어쓴 귀 뒤쪽을 긁어 가려움을 누그러뜨리는 데 푹 빠져서 초연한 태도로 이 모든 추측들을 종합했다.

"내 말 들어봐, 폭스들. 저 애가 뭘 물으면 아무것도 안 보이는 것처럼 다른 쪽을 보라고." 몰로이가 제안했다. "알았지?" "알았어!"라는

---

* the Rand: 위트워터스랜드Witwatersrand를 가리킨다. 남아공 동북부 트란스발의 남부 지역으로 금과 석탄이 다량 매장되어 있다. 금광이 집중된 요하네스버그 도심 지역을 가리키기도 하고 리프Reef, 란드Rand라고도 불린다. '허연 물마루'라는 뜻의 아프리칸스어이다.

합창이 울려 퍼졌다.

그 여자아이가 다시 지나갔고 쥐 죽은 듯한 침묵이 내려앉았다. 발이 엇갈리며 쉿쉿 하는 소리만 났다. 그 애는 바버 스트리트를 아무렇지도 않게 걸어갔고 2번가 저 아래에서 모퉁이를 돌아 사라져버렸다.

'정말로 건방진 애네!' 나는 그렇게 생각했다. 다른 아이들 얼굴에서 마음 상한 표정을 본 것 같긴 한데 확실하지는 않았다.

나는 그때 집에 가야 한다는 생각이 떠올랐다. 너무 오래 놀았던 것이다. 어른들이 모두 요하네스버그로 갔기 때문에 늦게 가면 안 되지만, 집 안에서는 좀 자유가 있었다. 우리는 흩어졌다. 나는 다른 무엇보다도 바닥을 치우고 가구의 먼지를 털어야 했다. 할머니와 도라 이모는 백인들 빨래를 하기 때문에 집안일을 할 시간이 없었다. 청소를 마친 뒤에는 인도인 정육점에 갔다 오고 난로에 불을 지피고 전날 밤에 쓴 냄비 두 개를 씻어야 했다. 죽을 끓인 냄비는 그때쯤엔 물에 푹 불어 있었다.

집에는 노상 수도 옆 하수구에 내다 버려야 하는 구정물 담긴 통들이 항상 있었다. 구정물을 길거리에 내다 버리는 것을 가지고 시 당국은 그다지 까다롭게 굴지 않았다. 하지만 할머니는 우리가 하수도까지 들고 가야 한다고 거의 종교적으로 고집을 피웠다. "안 그러면 아침에 일어났을 때 손이 쪼그라들어 있다고." 할머니는 항상 그렇게 말했다. 할머니 설명은, 주술사들이 자기들이 미워하는 사람들이 못된 병에나 걸리라고 그런 구정물을 가져가서 마법을 걸기 때문이라는 것이다. 우리가 깨끗한 물 한 통을 집 안에 들여놓기 전에는 절대 잠을 재우지 않는 것도 그와 같은 믿음에서 생긴 것이었다. "집안 식구 누가 한밤중에 기절이라도 하면 어쩔 거니?" 할머니는 이렇게 주장했다.

9. 행상꾼의 딸

그 애가 이사 왔다. 그 애와 그 애 아버지는 우리와 비슷한 점이 아주 많았다. 그 둘은 2번가 저 아래 있는 집을 차지했다.

"그 사람 아주 부자라는군요." 마-레보나가 할머니에게 말했다. 그 아줌마는 뭔가 놀래줄 얘깃거리가 있다 싶으면 언제나 맞은편 자기 집에서 우리 집으로 출두하곤 했다. "그런데 그렇게 보이지는 않는단 말이죠. 누가 알겠어요, 히빌라."

"자넨 언제나 그런 걸 잘 알아내지, 안 그래?" 할머니가 웃으면서 말했다. 그러면 마-레보나는 온몸을 흔들어대고 등을 꼿꼿이 편 채 비쩍 말라 힘줄투성이인 손으로 무릎을 탁탁 치면서 웃어댔다.

"또 절 놀리시네요, 엉큼한 양반 같으니라고." 마-레보나가 말했다. "말인즉 사실이지만, 딸내미는 아주 예뻐요. 그런데 그 집에 인사하러 갔다 그 딸내미 얼굴을 보고는 나도 모르게 그만 오렌지자유주 묘지에 편안하게 잠들어 계시는 우리 아버지 엘리샤와 우리 어머니 라베카(그분들에게 신의 은총을)에게 말해버렸죠. 요 계집애는 아주 교활한 고양이 같아서 사람 얼굴을 할퀴고 생채기를 내겠는걸, 이라고요. 아, 모르겠어요."

"으응?"

"그 애 아버지한테, 만나서 반갑고 이 평화로운 동네에서 당신들도 행복하게 살기를 바란다고 했죠. 그런데 뭐라 그런 줄 아세요, 히빌라?"

"뭐랬는데?"

"고 깜찍한 게, 이름이 레보네라는 것 같았어요. 맞아요, 레보네. 고것이 내 얼굴을 똑바로 쳐다보는데, 히빌라, 듣고 있죠? 내 얼굴을 똑바로 쳐다보는데, 꼭 자기 아버지한테 감히 손이라도 대면 눈알을 빼버리겠다고 하는 것 같았다니까요!"

"그 사람 건드릴 생각은 없는 거예요?" 도라 이모가 물었다.

"아이고, 도라. 우리 남편 조아스의 혼령이 나를 보면, 아이고 불쌍한 양반, 뭐라 하겠어요. 죽은 지 4년밖에 안 됐어요!"

"너무 늙어서 딩쿠 디카에를 마음에 품지는 못한다는 소리예요?"

"히히히히! 당신 딸 말 좀 들어보세요, 히빌라. 항상 날 골려먹고 싶어 한다니까. 히히히히!"

마-레보나가 간 뒤에 할머니가 말했다. "저 여자 참! 언젠가는 저 입에서 기막힌 얘기를 듣게 될 거야. 아니면 당나귀가 돼지를 낳을 거니까 두고 보라고."

"하지만 이미 들은 적 있잖아요, 엄마." 이모가 말했다. "그때 기억나요? 에스키, 가게 가서 커피 좀 사오너라." 나는 쓸데없이 방해만 되는 청중이었다.

레보네의 아버지 딩쿠 디카에(성과 이름을 항상 같이 불렀는데, 그러면 '양이 어디 갔지?'라는 뜻이 되기 때문이다)는 2번가로 이사 왔을 때 분명 마흔 살가량이었다. 레보네는 우리 또래로, 열세 살 정도였다. 딩쿠 디카에는 체격이 좋았고 어깨가 넓었으며 팔이 대장장이 같았다. 그의 목소리를 들으면 언제나 모파넹의 산들에 울리는 메아리가 떠올랐다. 날카롭기도 하고 흐릿하기도 하고 무섭기도 하고 위안도 되는 소리 말이다.

그 부녀 사이에는 매우 두드러진 차이가 있었다. 그런데 내게는 이 고양이 같은 계집아이 속에 딩쿠 디카에와 똑같이 불이 들어앉아 있다는 느낌이 들었다. 그들이 살게 된 집은 내 기억에 혼자서 쓸쓸히 살다 떠난 어떤 여자의 집이었다. 소문으로는 그들이 그 여자에게서 집을 샀다고 했다. 나중에 레보네가 맞다고 내게 말해주었다.

그들은 금방 손수레를 하나 구하고 마당 한구석에는 수레를 보관할 천막도 세웠다. 딩쿠 디카에는 채소와 과일 행상을 시작했다. 레보네는 우리와 같은 5학년으로 학교에 들어왔다. 우리는 그 애를 잘 알게 되었는데, 레보네는 부끄러움이 많아서 새 친구를 사귀지 못하는 그런 애는 아니었다. 사실 학교의 모든 아이들이 레보네에게는 애걸하지 않고도 친구를 자기에게 끌어당기는 특별한 재주가 있다고 생각하는 편이었다. 학급의 여자아이들 중에는 겉으로 질투심을 드러내는 경우도 있었다. 하지만 레보네는 말없이 대응했다. 그 애의 조용한 의지와 매력에 고개를 숙이는 아이들도 있었고, 그 애가 받는 주목과 인기를 두고 경쟁하는 아이도 있었다. 그 애가 리프에서 왔다는 소문이 즉시 나돌았다. 나중에 그게 사실로 드러났다.

레보네는 눈이 크고 검은색이었는데 금방이라도 밖으로 튀어나올 것만 같았다. 나는 그 두 눈을 끄집어내서 구슬치기를 하는 상상을 자주 했다. 또 그 아이의 허리는 말벌을 떠올리게 했다. 마-레보나는 반은 우스개로 반은 짜증내면서 자주 콧방귀를 뀌었다. "조 깜찍한 말벌 같으니라고. 히빌라, 언제 저게 우리 머리 위를 왱왱거리며 날아다닐지 아무도 모르니까 조심해야 해요! 내 피가 뭔가 말해주고 있다니까요."

나중에 레보네는 정말로 침을 쏘았다. 하지만 그 얘기는 나중에 하겠다.

어느 날 오후 우리는 한여름의 열기 때문에 수업 시간에 모두 졸리고 축 처져 있었다. 나는 '널 사랑해. 에스키'라는 짤막한 문장을 적어서 내 뒷자리 애에게 주면서 내 뒤로 두 줄 뒤에 있는 레보네에게 전달해달라고 했다. 나는 졸면서 답장을 기다렸는데, 진짜로 기대하지는 않았다. 우리는 칠판에서 역사 과목 내용을 베껴 적고 있었는데 그건 내가 끔찍하게 싫어하는 지루한 일었다. 그런 식으로 세쿠쿠니라는 이름까지 적었다. 기분전환 삼아 나는 그 이름을 여러 번 적었는데 결국 연습장 흰 면이 까맣게 되어버렸다. 나는 이런 생각을 하고 있었다. '세쿠쿠니, 세쿠쿠니, 보어인들한테 덤비지 않았다면 당신은 다른 미친 짓을 했겠지, 보어인들은 정말 지독한……' 그때 내 귀 뒤에서 철썩 소리가 났다. 내 이름이 불리는 걸 들은 것 같기도 했다. 그걸 본 아이들은 킬킬거렸다. 내가 돌아보았을 때 레보네는 자기 자리로 돌아가 다시 앉는 중이었다. 우리의 눈이 마주치자 오직 아프리카 여자들만이 낼 수 있는 성난 뱀의 쉭쉭거리는 소리가 그 아이의 뾰족 튀어나온 입술에서 흘러나왔다.

"거기 뒤에 뭐야?" 어마어마한 여름의 열기에 수그러져 있던 선생님의 머리가 쳐들렸다. 선생님의 눈은 축 늘어진 개 눈 같았다. 그는 개처럼 이전의 편안한 자세로 다시 돌아갔다. 난 아파서 눈에 눈물이 고였다. 하지만 나는 새 힘이 생겨서 그 길고 긴 베껴 쓰기를 끝마쳤다.

그 뒤로 몇 주 동안 집에 갈 때 레보네의 책을 들어주는 게 내 일과가 되었다. 레보네는 놀라서 입을 떡 벌리고 얼떨떨해진 사내아이에게 요하네스버그 얘기를 많이 해주었는데 그곳은 우리 둘이서 '란텡', 즉 랜드라고 부르는 곳이었다.

10. 마-레보나

“저기 그 여자가 있어!” 아프리카 사람들이 누가 ‘저기 있다’라고 하면 그건 그 사람이 살아 있다고 느낀다는 뜻이고, 세상에 태어나 육신과 영으로 살아 있음을 잊을 수 없다는 의미이다.

“시어머니한테는 수행해야 할 중대한 사명이 있고 거기에 맞춰 살아가야 할 중대한 뜻이 있어.” 마-레보나는 그런 말을 하곤 했다. 나는 쉰의 나이에 마르고 귀신같은 모습이던 마-레보나를 기억한다. 가슴이 안으로 좀 굽었고 전체 체형이 팽팽하게 당긴 끈으로 만들어진 것 같아서 언젠가는 툭 튕겨져 온 동네에 혼돈과 지옥불을 가져올 것만 같았다. 그 여자는 항상 숄을 걸치고 큰 보폭으로 느릿느릿 이 집 저 집 2번가를 헤집고 다니면서 이 남자 저 여자의 목구멍 저 아래로 자신의 충고를 쑤셔 넣었다. 마-레보나는 신이 진정한 시어머니의 모습을 본떠 만든 유일한 사람이 자기인 양 행동하고 말하면서 다녔다.

사람을 쳐다볼 때 마-레보나의 눈은 먼저 상대의 몸 전체를 이리저리 옮겨 다니다가 그다음 상대의 눈에 초점을 맞춘다. 그 여자의 최대 허세 중 하나는, 흑인이건 백인이건 항상 먼저 인물을 평가한 뒤에 그 사람 얼굴을 똑바로 쳐다보는 것이었다. 당시는 아프리카 여자가 인물평가는 고사하고 남자 얼굴을 감히 똑바로 쳐다보는 것도 있을 수 없는 일이었다. 같은 연배의 여자들은 그런 행동을 마-레보나만의 특이한 대담함으로 쳤다.

"괜찮은 여자라면 시어머니에게 반드시 순종해야 하고 빨래, 청소, 요리도 잘하고, 집 안 청소도 잘하고 애들도 잘 돌봐야지." 항상 그런 말을 했다. "그런데 요새 며느리로 오는 젊은 것들이란, 휴! 그것들은 멍청하고 고집만 세다니까."

마-레보나의 얘기를 들으면서 좀처럼 수긍할 수 없었던 사람들은 마-레보나가 돌아간 뒤에 다른 사람들에게 이렇게 얘기하는 것이었다. "하, 참, 저 여자한테는 통 뭘 가르칠 수가 없어." 그러면 다른 사람들도 모두 맞는다며 머리를 끄덕거렸다.

"살로메 아들이 도대체 저 계집애 어디를 보고 결혼한 거죠?" 마-레보나는 할머니에게 이렇게 묻곤 했다. "금방 그 사람들을 보고 왔어요. 그냥 마코티(며느리)에 대해 좀더 잘 알아보려고요."

"그게 무슨 말인가?" 빨고 있던 백인의 옷깃에 침을 뱉은 뒤에 할머니가 물었다.

"너무 게으르다고요. 젊은 여자면 밖에 나가서 일을 하든지 남편 돈벌이에 보탬이 되게 빨래라도 해야죠. 걔는 음식도 못 만든다니까요!"

"신식 여자가 요리할 줄 아는 거 본 적 있나?" 그거야말로 할머니의 단골 주제였기 때문에 할머니는 신이 나서 침을 뱉으며 말했다. "우린 보어 사람들한테서 요리법을 배웠지. 보어 사람들은 요리를 할 줄 알거든. 아직도 그런지는 모르지만."

"젊은 엄마들은 아이들을 좀더 자주 데리고 나가야 해요." 마-레보나는 그런 말도 했다. "나는 젊었을 때 조엘을 데리고 테니스장에 갔었어요. 내가 테니스를 치는 동안 조엘은 유모차 안에서 기다리고 있었죠, 이렇게, 이렇게요." 마-레보나는 양손잡이 선수처럼 양손을 왼쪽 오른쪽 번갈아가며 휘둘러서 할머니와 도라 이모를 자주 웃겼다.

"거짓말쟁이 같으니라고!" 마-레보나가 돌아간 뒤에 할머니는 비누 뭉치에 그 말을 내뱉듯 했다.

"그런데 엄마, 마-레보나 아들 조엘이 좀 모자란 것 같지 않아요? 머리에 테니스 네트 그림자가 덮여 있어서 그런 건가?" 도라 이모가 말했다.

마-레보나는 테니스 얘기를 할 때면 최대한 기억을 되살려 영어로 말할 때가 자주 있었는데, 나이 든 사람 중에는 그걸 아주 질색하고 경멸하는 이들이 많았다. 게다가 마-레보나는 자기가 동네에서 13킬로미터 떨어진 곳에 있는 킬너튼 학교에서 교육받은 여교사였다는 얘기도 결코 빼먹지 않고 끄집어냈다. '내가 학교 선생님이었을 때……' 마-레보나는 종종 이런 식으로 이야기를 시작했다. 그것은 다른 여자들이 질투와 시기와 짜증과 비참함을 한꺼번에 느끼도록 하기에 충분한 말이었다. 마-레보나는 자기가 잘한 일이 있으면 무조건 자기가 교사였기 때문이라고 했다. 또 자기가 무슨 문제를 해결하거나 다른 여자들과 잘못된 일에 연루되지 않았을 때도 자기가 한때 교사였기 때문에 그럴 수 있었노라고 주장했다. 다행스럽게도 무슨 일이든 잠깐만 해봐도 그게 나쁜 일인지 알 수 있고, 예전에 교사였기 때문에 일을 망친 적이 없어서 감사하다고 했다.

마-레보나가 두 번 결혼했다는 사실을 나는 도라 이모가 친구에게 말하는 것을 듣고 알았다. 첫 남편은 3년 동안 함께 살았는데, 아프리카 사람들이 인간관계가 끊어질 때 하는 말인, '일 그만하라는 종이 울리면서' 그 남자는 사라졌다. 마-레보나는 2번가의 버림받은 어떤 여자 얘기를 꺼내면서 이렇게 말했다. "그러니까 내가 첫 남편한테 그랬듯이 남자한테 잘해주면, 뭐든지 다 해주고 좋은 음식을 차려주고 옷을 고쳐주고 청소를 어떻게 하는지, 몸을 어떻게 씻는지 일러주고 온갖 뒤치다꺼리를 다 해줘도 떠나버린단 말이야. 내 첫 남편처럼."

두번째 남편은 2년 동안 함께 살았다. 잔소리와 염탐질과 캐묻기와 추잡한 소문으로 가득 찬 2년이었다. 도라 이모는 그 남자가 딸 하나를 낳은 것을 후회하는 것 같았다고 믿었다. "그 남자는 마-레보나를 계속 떠올리게 만드는 건 세상에 아무것도 남기고 싶지 않았을 거야."

마-레보나는 자기 인생의 세번째 남자와는 교회가 아니라 원주민 판무관청에서 식을 올렸다. "그냥 둘이 같이 살았지"라는 말은, 혼인신고만 하고 사는 것을 마치 미끄러운 벽을 기어오르는 일처럼 말하는 아프리카식 표현이었다. 세번째 결혼에서 조엘이라는 아들이 태어났으며 그들은 10년 동안 같이 살았다.

마-레보나가 남편에게 어느 날 이런 말을 하면서 문제가 불거졌다. "여보, 당신한테는 돈이 있고 내게는 똑똑한 머리가 있잖아요." 그러자 그녀의 남편이 눈썹을 치켜세우며 마음의 준비를 했다면서 도라 이모는 이야기를 이어갔다. "우리 가서 낡은 전차 차체 하나 사요. 시에서 벨트스쿤에 그런 거 내다버리잖아요. 그걸 칠을 잘해서 이 근처에 커피 가게나 하나 열자고요." 한동안 곰곰 생각한 끝에 내놓은 그의 유일한 대답은, 자신에게는 그런 미친 짓에 쓸 돈은 전혀 없다는 것이었다.

"마-레보나는 자기 생각을 진저리나게 강요했어." 도라 이모가 말했다. "그러고는 자기 남편을 어찌나 못살게 굴었는지 결국 그 사람이

미칠 지경이 되어서 집을 뛰쳐나가버렸지. 그 뒤로 그 사람 다시는 마라바스타드에 안 나타났어."

마-레보나는 온 동네를 몇 번씩이나 돌아다니면서, "남자들은 바보 천치야. 조상들이 좀 도와주셔서 남자들의 멍청한 머리통 속에 뭐라도 괜찮은 게 있는지 내가 알았더라면 좋았을 텐데!"라고 했다고 한다.

"저 여자는 남편을 10년은 길들였어야 했다고 하지"라고 말하는 남자들도 있었다.

"그자가 마-레보나 겨드랑이 아래로 기어들어갔을 때, 우리가 손에 침을 뱉어 하늘을 가리키면서 그 여자랑 5년만 살면 악어가 사슴을 낳을 거라고 맹세했던 거 생각해보라고!" 이런 말을 하는 사람들도 있었다.

도라 이모는 계속 마-레보나 얘기를 했다. 마-레보나가 며느리 휘어잡기에 뛰어들었다는 것이다.

마-레보나의 딸은 스물두 살 정도였다. 배 다른 자기 남동생처럼 그 딸도 학교에서 8학년 이상은 진급하지 못했는데, 둘 다 진급 시험에 떨어졌기 때문이었다. "에미가 자식들한테 크게 실망했지." 할머니가 친구들에게 말했다.

"우리 애들은 둘씩이나 킬너튼 고등학교에 다녀요." 마-레보나는 이웃들에게 길쭉한 두 손가락을 펴 보이면서 이렇게 말했다. "애들이 고등학교를 마치게 하는 게 쉬운 일이라고 생각하는 바보들도 있죠. 죽어라고 일, 일, 일만 하고, 밥과 스튜만 먹고 살고, 거친 독일제 천으로 옷을 해 입어야 한다고요. 그 애들이 포트헤어*로 가버리면 난 뭘 하고

---

* Fort Hare: 이스턴케이프 주에 있는 대학교. 1916~1959년 사이 남아공 흑인들이 진학할 수 있었던 유일한 고등교육기관으로 서구식 교육제도를 도입하고 수준 높은 교육을

살아야 할지 모르겠다니깐!"

포트헤어는 케이프 프로빈스에 있고 남아프리카에서 비백인이 진학할 수 있는 유일한 대학이었다. 그곳에서는 인문, 과학, 경제학 학위와 교사자격증을 받을 수 있었다. 마-레보나는 한숨을 쉬고 절망스럽다는 듯 손을 철썩 치더니 팔을 축 늘어뜨렸다.

마-레보나가 그런 말을 할 때 할머니는 자기 아들 하나를 피터즈버그에 있는 그레이스듀 사범학교에 보냈기 때문에 속으로는 기분이 좋아서 고개를 끄덕거렸다. "물론이지, 그게 어떤 건지 그 사람들이 어떻게 알아, 마-레보나. 그래서 그런 사람들 자식들은 눕기는 해야겠는데 고개를 어디로 둬야 할지 모르는 개처럼 가게 베란다에나 나앉아 있는 거 아냐."

"호주머니에서 두 손이 썩어문드러지게 내버려두는 보에타 렘처럼 말이죠." 마-레보나는 경멸스럽다는 듯이 손을 휘휘 젓다가 다시 엉덩이에 걸치고는 결론을 내렸다.

"그 애들이 포트헤어에 가는 날, 아이고, 절대로 마-레보나를 안 만나게 해줍소서!" 라메체 노인이 그렇게 말했다.

마-레보나의 딸인 은카티와 아들 조엘이 아주 엄한 교육을 받고 자란 것은 모두가 알고 있었다. 하지만 조엘이 겸손하고 순종적인 반면 은카티는 조심성 없는 혀로 언제나 날름날름 대꾸하는 반항기 많은 건방진 계집아이 취급을 받았다.

"그런데 마-레보나가 이제는 며느리와 사위를 길들여보고 싶은 거야." 도라 이모가 5번가에서 온 친구에게 이렇게 말했다. "자기 딸 구

제공했는데, 당시에는 대입 준비학교 같은 곳이었다. 넬슨 만델라, 데스먼드 투투 주교, 올리버 탐보 같은 인물이 이 학교를 졸업했으며 남아공의 엘리트를 많이 배출했다.

혼자가 찾아오면, 마-레보나는 적당한 꼴이 되도록 다듬어보겠다는 듯이 그 젊은이를 붙잡아두고 싶어 해. 지금 은카티한테 구애한 총각이 괜찮은 사내야. 그 총각은 저 늙은 여자가 자기를 소라도 되는 양 쳐다보는 게 아주 싫더라고 내게 말했어."

"그 딸내미는 뭐라고 했는데?" 이모 친구가 물었다.

"'조금만 있으면 우린 이 집에서 영원히 떠날 거야'라고 했대." 이모가 말했다. "마-레보나가 자기 딸한테 이렇게 말했다고 그 남자가 말해줬어. '네가 데려온 남자는 너무 조용해서 별로야. 저런 남자들은 믿을 수가 없어. 산처럼 떡 버티고 앉아서는 별로 말을 안 해.' 마-레보나가 총각에게 이렇게 말했다지. '난 자네처럼 그렇게 조용하게 앉아 있지 못하네. 내가 자네 나이였을 때는 사람들이 몇 시간이고 내 말에 푹 빠져 있었다고.'"

그 두 젊은이는 결혼했다. 그들은 14번가에 있는 자기들만의 방 두 개짜리 살림집으로 떠났다.

"나랑 같이 살자고 여러 번 부탁했어요." 하루는 마-레보나가 할머니에게 얘기해주었다. "어쨌거나 사위 녀석은 은카티가 인도 사람들 뒷마당에서 쓰레기 줍는 건 아직 몰라요. 그래도 그것들은 머리가 아둔해요. 이스라엘의 여호와여, 그 애 녀석(애가 아니면 뭐겠어요), 자기 장모한테 쥐여 사는 건 생각하기도 싫다고 지 마누라한테 말할 용기는 있었던 거죠."

"그러면 자네 딸은?" 할머니가 물었다.

"이제는 자기가 다른 사람 거라고 생각하나 봐요. 그렇게 말했어요. 그 깜찍한 이교도 계집애가 실제로 그렇게 말했다니까요. '내가 뭐 친오빠랑 결혼한 건가'라고. 힐리바, 이제 내가 나이를 먹고 보니 흑인 부모들은 옛날 딸들 같은 애들은 못 낳는 것 같아요. 우리는 옛날에 첫 애는 자기 어머니 집에서 낳아야 한다고 들었어요. 그래야 한다는 부탁을 받은 게 아니라요. 그런데 은카티랑 걔 남편은 안 그런다는 거예요. 걔들은 절대 안 그럴 거래요!"

마-레보나는 딸을 만날 때마다 사위가 노인을 공경할 줄 모르고 어떤 젊은이도, 아니 어떤 노인도 감히 하지 못하는 식으로 자기에게 말했다며 그걸 상기시켰다. "요 은카티는 꼭 지 애비 같아요. 하지만 태양이 높이 떠오르는 이치처럼, 언젠가는 반드시 조상님들의 화가 고 둘한테 미칠 거예요." 마-레보나가 말했다.

실제로도 조상의 화가 미쳤는지는 모르겠다. 내가 아는 바로는 교육받은 아프리카 사람 열 중 여덟가량은, 기독교인임을 공언하면서도 아직 조상들의 혼령을 굳게 믿고 있다. 배운 사람들끼리는 그런 얘기를 하지 않는다. 하지만 우리 존재의 깊숙한 어떤 곳에서 정신적인 지도나 용기와 희망을 찾을 때, 우리는 조상들의 혼령과 어떤 식으로든 이어지려고 한다.

우리는 할머니나 다른 어른 식구들이 며칠씩 집을 떠나 있으면 우리 집 맞은편에 있는 마-레보나 집에 자러 가기도 했다. 그럴 때면 마-레보나의 아들 조엘이 자기 어머니를 얼마나 공경하는지 깨달았다. 아주 어렸을 적에도 나는 조엘이 길이 잘 든 망아지처럼 자기 어머니에게 응석을 부리는 것을 보고 적잖이 당황했었다. 언제나 '예, 엄마' '그럴게요, 엄마' '좋아요, 엄마'였다. 마-레보나의 기분이 안 좋으면 조엘은 어머니가 뭐 때문에 화가 났는지 얼른 물어보고 기분이 풀리도록 달래주었다. 조엘은 자기 어머니가 고른 여자, 자기 어머니의 오랜 친구 딸과 결혼했다.

'얘야, 안 돼, 화로가 더러워……' '안 돼, 얘, 아기 가졌을 때는 그렇게 앉으면 안 되지……' '안 돼, 아가, 배추를 그렇게 물을 많이 붓고 조리해서는 안 돼……' '네 타월을 삶아야겠구나……' '조엘은 삶은 달걀을 좋아해, 프라이가 아니고……' '조엘은 차는 안 좋아해, 걔는 우유를 넣은 물을 마셔, 또 물이랑 우유는 뜨거워서는 안 돼……'

내가 우유를 가득 넣은 차를 맛본 유일한 때는 마-레보나 집에서였고, 또 한 번은 교외에서 일하는 어머니를 찾아갔던 때였다.

그런 식으로 잔소리가 이어졌다. 마-레보나는 백인 집에서 키우는 고양이처럼 깔끔했다. 우리 할머니도 그랬다. '자기들이 백인인 줄 아나 봐'라는 말은 흑인들이 흔히 쓰는 말이었다. '백인처럼 먹고 입으려고 하는군'이나, '자기가 백인인 것처럼 나한테 말을 해' '그자가 백인이라 해도 나는 그 사람 명령에 따르지 않아' 또 '세상에, 자기가 백인이라고 생각하나!' 같은 말도 있었다. 마-레보나는 그저 청결함에 강박된 사람일 뿐이었다. 자기네가 쓰는 방 세 개와(마-레보나에게는 방 여섯 개짜리 양철 판잣집이 있었다) 베란다를 아침에 치우지 않은 채 오래 두는 법은 없었다. 고기를 끓는 물에서 건져내 다시 씻는 경우도 허다했다. 집안일은 모조리 꼼꼼하게 살폈다. 조엘의 아내 안나는 결혼식 날 이모와 삼촌들이 신부에게 일러준 대로 아무런 대꾸도 하지 않고 시어머니에게 순종했다.

"안나가 슬슬 말을 안 들어요." 도라 이모가 우리 식구들에게 얘기해주었다. 마치 오래전부터 그걸 예상하고 있던 사람 같았다. "설탕 좀 빌리려고 갔는데 안나랑 마-레보나 사이에 아주 험한 말이 오가는 거야. 멍청이 같은 조엘은 계속, 어머니랑 싸우면 안 돼, 소리만 하고. 안나는 정말 너무나 외로울 거야. 그런데 기억나? 안나가 지금 키우는 아기 낳기 직전에 말이지. 그때 마-레보나가 무슨 무슨 약초를 써야 한다는 둥 하도 일을 많이 시켜서 그 어린 안나가 어쩔 줄을 몰랐대."

"맞는 소리네 뭐." 할머니는 이를 쑤시고 트림을 하고 냅킨으로 쓰다가 잘라낸 커다란 손수건에 침을 뱉으면서 말했다. "나는 밤에 발가벗고 돌아다니는 무당들이 제일 싫어. 운이 좋을 때는 친구들이 웃어주지만, 친구란 것들이 얼마나 못된 짓도 하는지 너희들은 몰라. 새로운 생명이 싹을 내밀자마자 그걸 죽이고 싶어 하는 사람들도 있다고. 친구들이, 친구들이 말이야! 사람들이 전부 네가 애를 낳는 걸 좋아한다고 생각하지 마라. 그리고 돈 때문에 아기를 가져서도 안 돼. 우리 어머니도 내게 약초를 쓰셨고 나도 너희 모두에게 약초를 썼고 너희들도 네 자식들한테 약초를 써야 해. 신은 백인한테는 안 주셨지만 흑인 의사들한테는 지혜를 주셨다고."

마-레보나의 집안 문제는 곧 공공연히 떠도는 소문이 되었다. 마-레보나는 자기 며느리가 무신경하고 어른을 공경할 줄 모르고 실수를 잘 저지른다며 마구 떠벌리고 다녔다. 안나가 그걸 듣고는 조엘에게 그도 알고 있었느냐고 따졌다. 안나는 눈물범벅이 되어 도라 이모에게 그 얘기를 했다.

"일을 냈어요!" 도라 이모는 무슨 대단한 일이 닥칠 거라는 거대한 징조를 살피고 있던 사람처럼 그렇게 선언했다.

"누가?" 말라깽이 도키가 물었다.

"안나요. 걔가 자기 시어머니 뺨을 때렸다고요!"

2번가 사람들 모두 충격을 받았다. 소문이 재빨리 퍼졌다. 고개를 끄덕이며 이렇게 말하는 사람들도 있었다. "마-레보나한테는 잘됐지 뭐야. 임자를 만났네."

"고약한 것!" 라메체 어른은 숨도 못 쉴 지경이었다.

"두고 봐. 그냥 기다려보라고. 진실이 밝혀질 날이 올 거야. 신은 게처럼 움직이지, 아주 이상하게." 이런 말을 하는 사람들도 있었다.

어느 날 안나가 또 시어머니 뺨을 때렸다. 어떤 말전주꾼이 우리에게 얘기하기를, 일터에서 돌아온 조엘이 안나가 또 시어머니 뺨을 때렸다는 얘기를 그 사람에게서 듣고 화가 나서 정신이 나갈 지경이었다는 것이다. 그 얘기를 전한 사람은 이렇게 말을 맺었다. "그 불쌍한 친구는 성질이 불같은 여자랑 결혼한 거야. 도시에서 자란 여자들이 그렇지 뭐."

"걔가 집을 나가버렸어." 도라 이모가 우리에게 전해주었다. "집을 나가면서 나한테, 자기는 그렇게 살면서 사람이 할 수 있는 일은 다 했어요, 이러지 뭐예요. 또 조엘한테는, 며느리가 조엘 엄마 마누라 노릇도 해야 하니까 조엘은 절대 아내를 못 가질 거고, 또 할 수만 있으면 조엘 어머니는 조엘 자식도 낳아줄 거라고 말했대요."

"그년 아주 몹쓸 년이군!" 할머니가 결론을 내렸다.

"조엘도 그렇게 말했어요. 괴물이라고도 했고요. 그런데 안나가 저한테, 도라 언니, 절 데려오려고 조엘 엄마가 자기 아들보다 더 공을 들였어요,라지 뭐예요."

사람들이 전부 조엘의 다음 결혼을 기다렸다. 조엘은 쿠쿠라는 아주 예쁜 여자와 결혼할 예정이었다. "마-레보나의 벌통에서 또 하나 나오는구나." 할머니의 말이었다.

종이 울렸다. 교회에 사람들이 가득 찼다. 11시가 되었고 식을 올릴 시간이 되었다. 여자들 한 무리가 지참금 얘기를 하면서 사건을 염탐하는 것처럼 서로의 어깨에 기대어 있었다. 목사도 기다리고 있었다.

신랑이 도착했다. 숨 막히는 기대감이 공기 중에 떠다녔다.

신부가 탄 차가 늦나보다…… 구두 한 짝을 잃어버렸나…… 머리 핀을 찾고 있는지도 모르지…… 신부 몸이 안 좋아서 간호사를 기다리는지도 몰라…… 글쎄, 조그만 말썽도 안 일어나는 결혼식은 행복한 결혼 생활에는 좋은 징조가 아니야, 그렇지? 사람들은 이렇게 속삭였다. 11시 30분, 11시 45분…… 문가에서 커다랗게 웅성대는 소리가 들렸다. 불길한 속삭임이 줄지어 앉은 사람들 사이를 훑고 다녔다. 목사조차 안달이 났다. 웅얼거리는 소리가 났고 이어 신부가 들어오는 것 같았다. 우리는 목을 길게 빼고 내내 살펴보았다. 속삭이는 소리가 점점 더 커졌다.

어여쁜 쿠쿠는 오지 않았다.

요하네스버그에서 온 'T. J.' 번호판이 달린 차가 집에서 쿠쿠를 태워 가버렸다고 사람들이 말했다.

"처녀건 총각이건 하나같이 황금 도시로 총알처럼 가버리면 절대 안 돌아와. 누가 관심이라도 보이면 빼내 가버리는 거지." 이것이 우리 할머니의 판결이었다.

"신만이 아실 일이지만, 어쨌든 조엘은 고 예쁜 계집애 짝은 아니었던 거야." 도라 이모가 말했다. "결혼식 전날 밤 벌레 꿈을 꾸고 나서 나는 모조리 잘못되었다는 걸 알 수 있었어. 달무리가 진 것도 그랬고."

11. 마-보틀즈

마라바스타드와 겨울은 내 마음속에서 둘이 아니다. 양철과 나무로 지은 판잣집들은 난로에서 나오는 휘장 같은 연기 아래 사방으로 기울어져 있었다. '애버뉴'라고 부르는 좁은 거리는 이리저리 가로질러 이어지다가 시영(市營) 플랜테이션과 하수처리장을 둘러친 담에서 끝이 나는데, 거기서 흐릿한 냄새가 흘러나와 로케이션 위를 떠돌아다녔다. 지붕에서 녹은 이슬이 떨어져 집 주위에 여러 개의 작은 고랑을 만들었다. 중국인 상점 주인 풍 프락이 쪼그라드는 몸으로 다리를 질질 끌며 베란다로 걸어 나와 만성 위장병이기는 하지만 견딜 만하다는 듯 몸을 구부리곤 했다. 압둘은 팔짱을 끼고 나와서 고양이 같은 턱을 움직이지 않으면 당장 죽기라도 할 것처럼 쉴 새 없이 우물거렸다. 이런 것들이 겨울철 마라바스타드 풍경이었다.

우리가 교외 지역에서 빨랫감을 받아오던 몇몇 백인들을 나는 아주 생생하게 기억한다. 그중 하나가 골드스미스 씨였다. 얼굴이 아주 붉은 중년 남자였다. 그 사람은 박물관에서 일했는데 도라 이모의 남편도 거기서 일했다. 그 사람은 차로 빨래뭉치를 직장까지 잘 들고 왔기 때문에 나는 시의 중심가에 있는 박물관에만 가면 되었다. 그 사람은 자신이 화를 잘 낸다고 전혀 생각하지 못했을 것이다. 내가 문간에서 소리쳐 불러도 아무 소용이 없어서 창을 두드리면 그자는 큰 소리로 욕을 하곤 했다. 그러다가 내가 창 아래에서 기다리고 있으면 창을 열고 내게 빨랫감을 내던진 뒤에 다시 창을 닫았다. 나는 그 사람 얼굴을 한 번 보려고 몇 달이나 시도한 끝에 겨우 얼굴을 보았다. 그는 내 얼굴을 똑바로 보는 것을 일부러 피하는 것 같았다. 그는 매달 말일에 12실링 6펜스가 든 봉투를 내게 던졌다. 돈 낼 때가 되었다고 일러주면 뭐라고 중얼대다가 몸을 돌려 어딘가에서 돈을 꺼내서는, 내 손에 돈이 쥐어지건 말건 신경 쓰지 않는다는 듯 팔을 쭉 뻗기만 했다.

레이네케 부인도 있다. 가슴이 커다랗고 쑥대머리에 손이 몽땅한 아프리카너*였다. 목이 아주 가늘고 엉덩이 살도 거의 없었다. "야, 네 엄마한테 내일 돈 준다고 해라." 그 여자는 월말이면 대개 그렇게 말했다. 그 말은 돈 줄 날이 지나서 아무 때나 주겠다는 소리였다. 우리는 레이네케 부인을 항상 '모레 콤môre kom', 즉 '내일 와'라고 불렀는데, 그 말은 흑인 남자와 여자, 아이 들이 매일같이 일해야 하는 백인 농장의 중노동 체제를 가리키는 말이기도 했다.

포스터 양은 알코올중독자였다. 그 여자는 나이가 아주 많이 들어 보였다. 그 여자는 나랑 상관없는 수많은 일들을 가지고 늘 내게 불만을 늘어놓았다. 집주인, 날씨, 주말에 '보에레 무지이크Boere musiek'—아프리카너 음악—를 연주하면서 이웃 사람들이 내는 소음, 또 자기한테 돈을 보내지 않는 요하네스버그의 남동생 따위 말이다. 우리는 그

---

* Afrikaner: 남아프리카에서 태어난 백인들로 주로 네덜란드계를 말한다. 이들이 사용하는 언어가 아프리칸스Afrikaans이다.

여자를 마-보틀즈라고 불렀다. 그 여자는 매주 내게 집에 가는 길에 도시에 있는 술집에 들러 술을 주문해달라고 시켰다. 매번 술심부름으로 1실링을 받았기 때문에 나는 작은 수고를 개의치 않았다. 도라 이모는 그 여자의 속옷에 묻은 더러운 얼룩에 대해 자주 불평했다. "이것 말고도 빨아야 할 냅킨이 천지인데 말이야." 이모는 말했다.

내가 싱어 집안에 대해 아직도 기억하고 있는 한 가지는 그 집 개와 그 개 때문에 가족이 벌인 소동이다. 그 집 사람들은 싱어 부인이 빨랫감을 모으는 동안 나를 부엌에서 기다리게 했다. 그들이 '저 애'라고 부르는 그 집 하녀는 스물다섯 정도는 된 나이였는데 그 집 개가 아침을 먹고 나면 개에게 새로 차를 만들어주었다. 나는 부엌에 앉아서 우리 동네에서는 아주 낯선 음식인 따뜻한 커피와 달걀과 햄 냄새를 맡으며 침을 흘릴 때가 많았다. 싱어 부인은 그 집 개한테 잘못한다고 '그 애'를 항상 나무랐다. 하루는 또 다른 '애'가 싱어 씨네 집에서 일하는 것을 알게 되었다. 전임자가 그 개를 두드려 팼다는 이유로 쫓겨난 거였다. 그 뒤로 나는 애완동물을 잘 받아들이지 못하게 되었고 한 마리 길러보자는 제안도 늘 거부하게 되었다. 우리 집에서는 싱어 부인을 '초볼로Chobolo', 즉 잔소리 심한 여자라고 이름 지어주었다.

버스의 엔진이 어느 겨울 아침 냉기 속에서 웅웅, 부르릉, 커억커억거렸다. 마라바스타드 사람들이 모두 보금자리에서 줄지어 나왔고, 자기 발밑에서 무엇이 무너질까 겁난다는 듯 굽은 무릎으로 종종걸음 치는 이들도 있었다.

사람들 입에서 김이 뿜어져 나왔지만 말은 거의 없었다. 사람들은 운명에 쫓기는 것처럼 보였고, 자신들이 찾아낸 세상살이 이치에서 자리를 잡고 똑같은 모양으로 자전거를 타고 시내로 갔다.

마라바스타드 위로 연기가 층층이 내려앉으면서 양철로 만든 집들의 칙칙한 분위기를 아침햇살 속에 도드라지게 만들었다. 돌아올 때와 똑같이 일하러 나갈 때도 일꾼들의 순간적인 모습에는 어떤 역설적인 안정감이 있었다.

구우려고 꼬치에 꿰어놓은, 불황에 시달린 커다란 새들을 올려놓은 화롯가 앞에 노인들이 웅크리고 앉자 뾰족한 무릎이 튀어나왔고, 아이들은 불 가까이 오려고 서로 밀고 당기기를 했다. 냉기가 묘하게 밀려들 때면 조그만 턱들이 저도 모르게 떨곤 했고 서 있을 수 있는 남자들은 엉덩이와 배를 차례로 데우려고 몸을 이리저리 계속 돌려댔다.

"우리 집은 별일 없어, 그런데 날씨가 너무 춥구먼……"

"우리는 안 좋아요, 애들이 전부 백일해에 걸렸어요……"

"끓는 물 한 통이 불가에 있던 애 둘한테 쏟아졌다는군. 병원에 가자마자 죽었대요……"

"겨울이면 늘 일어나는 일이지……"

"어제 아침에 한 가족 세 명이 뻣뻣하고 차갑게 죽은 채 발견됐대요. 밤새 난로를 켜놓고 잤나 봐…… 반툴레 공동묘지에 누워 있는 우리 아버지처럼 죽어버린 거지."

이런 것들은 계절의 순환만큼이나 확실하게 늘 일어나는 겨울철 이야기였다. 도라 이모의 큰딸도 그해 겨울에 죽었다. 그 아이가 몸을 덥히려고 진흙 바닥에 무릎을 꿇었을 때 석쇠 위에 아슬아슬하게 얹혀 있던 끓는 물 냄비가 바로 그 위로 엎어진 것이다. 그 애는 병원에서 죽었다.

우리는 학교가 쉬는 어느 날 아침 테니스 공으로 축구를 하고 있었다. 여자들 여럿이 식은 고구마와 땅콩, 집에서 구운 빵을 풍 프락 가게 바로 옆 풀밭에서 팔고 있었다. 그들은 소가 끄는 마차를 타고 프리토리아의 북쪽 시골에서 와서 로케이션 끝에 있는 공터에 짐을 풀었다. 그들은 철이 되면 꼭 감자와 옥수수를 익혀서 로케이션의 여러 장소에서 팔러 왔다.

어떤 여자가 아주 더럽고 낡은 담요로 감싼 아이를 무릎에 올려놓고 있었다. 그 여자는 아이가 심하게 기침을 하면 계속 담요를 들춰보았다.

“렌가나(야생 약초)를 좀 삶아서 마시게 해요.” 어떤 여자가 일러주었다.

“그리고 세로콜로를 씹게 하든지. 그러면 가슴의 염증이 좀 가라앉을 텐데.” 이렇게 나서는 사람도 있었다.

“우리 아들도 저렇게 기침을 했지.” 구석 자리에서 어떤 여자가 말했다. “그렇게 기침을 하니 듣는 사람 가슴도 간질거린다고. 내가 걔를 데리고 병원으로 갔지. 직접 보지 않으면 믿기 힘들 정도로 기침을 했어요.”

“병원이라고요!” 기침하는 아이를 안고 있던 여자가 말했다. “나도 거기 한 번 갔었는데 간호사들이 아주 무례하더군요. 내 엉덩이를 때리고 이렇게 소리 질렀어요. ‘애니, 이렇게 해, 애니, 저렇게 해’. 그러면서 아픈 애들은 아무도 신경을 안 썼어요!”

나는 통통한 고구마나 다른 먹을거리가 없는지 둘러보았고 그 여자는 계속 떠들었다.

“아가야, 넌 곧 나을 거야.” 그 여자는 아이를 좀더 편한 자세로 안아주면서 그렇게 말했다.

나는 해가 몸을 따뜻하게 덥혀줄 때의 그 간질거리는 기분을 즐기고 있었는데 그때 쿵쾅거리는 발소리가 들렸다. 어느새 경찰들이 들이닥쳐서 일대를 뒤덮어버렸다.

"너희들은 여기서 장사하면 안 된다는 경고를 여러 차례 받았다. 이곳은 정부 재산이고 너희들은 이곳을 더럽히고 있다." 그자는 경찰서장이었다. 그의 목소리에는 겨울의 냉기가 가득했고 얼굴 표정도 얼음장 같았다. 아프리카인 경찰도 적개심으로 가득했다.

"자, 이게 마지막 경고다." 경찰서장은 계속 말했다. "다음에는 모조리 부수어버리고 너희들을 감옥에 보낼 것이다. 자, 당장 짐을 싸서 가라!"

그들이 떠나자 두 경찰은 오렌지와 김이 나는 고구마를 마음대로 집어먹고 가버렸다.

나는 테니스 공 차기로 돌아왔다. 그때 우리 뒤에서 짐을 싸고 있던 여자들 사이에서 아주 날카로운 비명이 터져 나왔고, 우리는 그 자리에 얼어붙어버렸다. "조, 조-웨!" 그때 그 여자가 제일 가까운 곳에 있는 우리 집으로 달려가는 것이 보였다. 나는 그 여자의 짐이 담긴 그릇을 들고 뒤따라갔다.

할머니와 도라 이모가 그 여자 위로 몸을 숙이고 있었다. 할머니가 그 여자에게서 아이를 받아들었고 나는 아이가 축 늘어진 것을 알아차렸다. 아이 엄마는 정신이 나간 것 같았다.

"우리 애는 안 죽었어요, 내 아들은 안 죽었어." 그 여자는 얼굴을 손에 묻고 울부짖었다. "우리 애는 병이 나아 건강해질 거예요. 그리고 자라면 학교에도 갈 거라고요. 제 이름 쓰는 걸 배우고 내게 편지 쓰는 것도 배울 거예요. 그런데 난 걔 편지를 어떻게 읽지요? 일을 더 열심히 해서 저지 양복 사줄 돈에 10실링을 보태야 해요. 그러면 두 벌이

돼요. 남편은 직장에서 쫓겨났어요. 너무 고집이 세서 직장에서 백인과 말다툼을 했거든요. 백인은 힘이 세고 부자니까 백인하고 싸우면 안 된다는 걸 알아야 하는데. 내 아들이 죽을 리가 없어요. 조, 조-웨! 메-웨!"

도라 이모는 그 여자를 달래려고 애썼다.

그 아이는 죽었다.

막간극

레위 집안에 한 남자가 있었는데 그는 레위 집안의 딸을 아내로 맞았다.

그리하여 여자가 잉태해 아들을 낳았으며 아기의 용모가 단정한 것을 보고 석 달을 숨겨 길렀다.

더는 아이를 숨길 수 없게 되자 여자는 아기를 위해 파피루스 갈대로 작은 바구니를 만들어 그 안을 진흙과 역청으로 바른 뒤 아기를 그 안에 누이고 강가의 물풀 사이에 내려놓았다. 그리고 아기의 누나가 멀리 떨어져서 아기에게 무슨 일이 일어날지 지켜보았다.

그때 파라오의 딸이 강가로 몸을 씻으러 왔다. 시녀들은 강가를 거닐고 있었는데 공주가 물풀 사이에 걸린 바구니를 보고 시녀를 시켜 가져오게 했다.

바구니를 여니 아기가 울고 있었다. 파라오의 딸은 아기를 가엾게 여기며, 이 아이는 히브리인의 아이구나,라고 말했다.

아기의 누나가 파라오의 딸에게, 제가 가서 이 아이에게 젖을 먹일 수 있는 히브리 여인을 데려올까요,라고 물었다.

그러자 파라오의 딸이 아기의 누나에게 말하기를, 이 아이를 데려가서 나 대신 키우라, 그러면 내가 수고비를 주겠다,라고 했다.

아이가 자라자 누나는 아이를 파라오의 딸에게 데려갔고 아이는 공주의 아들이 되었다. 공주는 이름을 모세라 짓고, 이는 내가 물에서 이 아이를 건져냈기 때문이다,라고 말했다.*

'암기수업'은 뭔가를 머리로 외우는 수업이다. 내용을 이해하고 그것을 외우는 것이다. 토요일인데 영화를 볼 수 없었다. 월요일까지 선생님 앞에서 외운 것을 반드시 암송해야 했기 때문이다. 월요일까지 외우지 못하면 선생님은 회초리를 휘두르며 야단을 치면서 자기가 하고 싶은 말을 고래고래 소리 질러댈 거라는 걸(그 짓은 제발 사라져야 한다) 나는 알고 있었다. 강둑에 배를 깔고 엎드렸다. 그곳은 경찰서 바로 아래였다. 나는 성서 구절을 외우려고 애썼다. 키쿠유 풀** 위에 납작하게 엎드려서. 내 뒤로는 잎이 무성한 포플러들이 서 있다. 나뭇잎들은 나른한 한낮의 산들바람에 흔들리면서 은회색도 되었다가 회색으로 바뀌기도 했다. 흙에 바짝 몸을 붙여 흙의 차가움과 부드러움을 알고 느끼면 기분이 좋다. 푸른 고무나무가 몸 위로 그늘을 드리우는 것을 느끼는 것도.

강가에 있으면 두렵지 않았다. 우리가 빨래를 해주는 백인, 골드스미스 씨는 여기 없다. 모레 콤, 레이네케 부인도 없고, 초볼로, 싱어 부인도 없다. 마-보틀즈, 포스터 양의 건들건들거리는 뼈만 남은 비쩍 마른 몸뚱이도 보이지 않는다. 손바닥이 거대한 '마켓 마스터'도 저 멀리,

* 『구약성서』「출애굽기」 2장 1~10절.

** kikuyu grass: 여름철에 생장이 아주 뛰어난 풀.

내가 모르는 곳에 있다. 월요일까지는 빅 아이즈도 쿠즈위도 안 봐도 된다.

모세는 갈대로 만든 작은 바구니에 담겨 물 위를 떠내려갔다고 한다. 바구니 속에 숨겨진 사람에게는 얼마나 멋진 일이 일어날까. 아주 자유로워지고 사랑받는 사람이 될 것 같다. 공주님의 사랑을 받고 공주님이 애지중지하고 원하는 것은 공주님의 분부로 뭐든 얻는다. 만약 내가 모세를 저 포플러 사이에서 찾아낸다면? 나는 당장 경찰서로 달려가서 신고했을 것이다. 아니다, 그러면 그자들은 나를 체포하고 감옥에 가둬버릴 것이다. 신문지 쪼가리에서 읽었던, 경찰들이 어떤 남자에게 한 짓과 꼭 마찬가지로. 그자는 주머니에 금 한 조각을 갖고 있다가 발각되어 체포되었는데, 그건 그가 주웠기 때문에 자기 거라고 생각했던 것이었다. 나라면 할머니에게 데려갔을 것이다. 아니다. 할머니는 끝도 없이 불평을 하겠지. 할머니는 이렇게 말할 것이다. 아이고, 이 애한테 먹일 음식이 어디 있느냐, 잘생긴 아기이기는 하지만 아이고, 나한테 군입 하나 더 먹일 밥이 어디 있느냐, 신께서 나의 증인이 되어주실 것이다, 이 아이를 주워온 곳으로 다시 데려가거라, 신께서 먹여 살려주시겠지, 이 녀석, 넌 나를 유혹에 빠뜨리는 일 말고는 달리 할 일이 없더냐?

불쌍한 어머니! 왜 어머니는 왕의 딸로 태어나지 않은 걸까? 왜 어머니는 나를 물에서, 포플러로 둘러싸인 물에서 건져내지 않았을까? 만약 아기를 물에서 건져내는 일이 벌어진다면 바로 여기서 건져내는 편이 좋을 것이다. 선생님은 「출애굽기」 2장의 처음 두 절을 서둘러 읽어준 뒤 세번째 절부터 외우라고 시켰다. 학생 몇이 낄낄거렸다. 선생님은 '그리하여 여자가 잉태해……'라는 부분은 재빨리 읽어버렸다. 그러고는 얼굴을 찌푸리는 거였다. 선생님, 왜 처음 두 절은 안 외워요? 레보네가 물었다. 이건 성서지 영화 이야기가 아냐, 선생님이 말했다. '잉태'가 뭔지 물어봤자 소용없었다. 성서에 있는 말이야, 그런 줄 알아.

조각난 것을 한데 모으려 해봤자 소용없었다. 내 인생의 조각들 말이다. 순전히 뒤범벅에 불과하다. 아버지의 모습은 계속 떠오르지만 흐릿하게 사라질 뿐이다. 아버지는 가혹하고 무자비하고 냉담한 사람으로밖에 기억나지 않는다. 자기 어머니처럼. 아버지의 무자비한 불구의 다리도 그렇다. 난로의 파라핀 냄새와 펄펄 끓는 토마토와 카레 냄새도. 일요일 아침의 그 사건 말이다. 아버지의 어머니와 그 산. 마당에 앉아, 먹고살기 위해 잠자리용 깔개나 보통 깔개를 짜고 있는 노파의 모습. 돌덩이 위로 몸을 구부린 채 옥수수를 가는 할머니의 힘센 어깨와 불같고 냉담한 성질. 할머니의 어깨는 기대어 잠을 자고픈 어깨가 절대 아니었다. 하지만 허깨비는 곧 사라졌다. 음침한 구름과 억수처럼 쏟아지는 비와 겁에 질린 염소들 너머로 사라져버렸다. 하지만 염소 몇 마리가 길을 잃게 만들었다는 이유로 벗은 거나 다름없는, 비에 흠뻑 젖은 손자의 등짝에 매질을 하러 할머니는 다시 나타났다. 침울한 귀향이다.

다음엔 레쇼아나 강이 나타났다. 모두가 건너야 하는 잔인한 그 강. 무자비한 강물은 강둑을 쳐대고 거칠고 악마 같은 장난이라도 치듯 드넓은 물살 위로 큰 돌과 나무를 실어 날랐다. 약간 솟은 곳에 올라서면 시커먼 물이 인상을 잔뜩 찌푸리는 것 같아 감히 가까이 다가가지도 못하고 오래 쳐다보지도 못한다. 물길을 따라 귀를 먹먹하게 만드는 포효와 길고 긴 울부짖음. 만틀랄렐라! 만틀랄렐라!(강이 넘친다, 강이 넘친다). 그 작은 아피에스 강은 머지않아 언젠가는 범람할 게다. 거대한 강의 포효가 들리는 것만 같았다. 나는 벌떡 일어나 앉았다. 아니다, 여기서는 겁낼 것 없다. 그래도 레쇼아나 강은 그렇게 두려웠다. 우리는 레쇼아나 강의 흰모래 위에서 즐겁게 놀고 그 위를 굴러다녔고 간질거리는 따스한 온기를 느꼈다. 그러다가 갑자기 물거품 소리가 들리지만 물이 우리 중 몇 명의 몸을 찰싹 칠 때까지는 알아차리지 못한다. 그러면 우리는 깜짝 놀라 달아나다가 납작한 물살이 넓게 퍼지는 것을 본다. 우리는 겁에 질리고 숨이 찬 상태에서 바보같이 웃어댄다. 난폭한 것들은 장난도 아주 잘 친다.

경찰의 날카로운 호루라기 소리다. 엎드려 있어서 갈비뼈가 아프다. 해가 기울어간다. 집에 가야 한다. 갈대 바구니 속 버려진 모세에 대한 구절은 냄비를 닦으면서 외워야겠다.

12. 이웃집 여자의 주술

도라 이모는 스물다섯 살가량 먹은 거칠고 땅딸막한 여자였다. 사람 뺨을 치는 데는 동작이 아주 빨랐다. 이모는 매우 엄격한 규칙을 세우고 일이 시간에 맞춰 철저하게 처리되기를 바라는 여자였다. 독설을 잘 내뱉고 맥주 외상값을 오랫동안 안 갚는 사람은 말 그대로 집어던질 수도 있었다. 이모가 없을 때 내가 맥주를 팔면 돌아와서 내가 1, 2실링 훔친 걸 재빨리 알아냈다.

우리는 몰트(갈아놓은 수수 같은 옥수수)를 사서 그걸 드럼통이나 15리터짜리 파라핀 통에 미지근한 물과 함께 섞었다. 그리고 약간 신맛 나는 옥수숫가루를 같이 넣어서 하룻밤 그대로 두었다. 신맛이 나고 발효가 되면 불 위에 얹어 끓였다. 그다음에 그걸 식혀서 걸쭉해진 걸 체에 걸렀다. 남은 것은 딩쿠 디카에처럼 말이 있는 행상꾼에게 팔았다. 맥주를 만드는 과정에서 거르기가 가장 까다롭고 짜증나는 단계였다. 게다가 들키지 않기 위해 모두 혹시나 횃불이 보이는지 밖을 지켜보거나 발소리가 들리는지 땅바닥에 귀를 갖다 대야 했다. 도라 이모는 덩치가 컸지만 안팎을 재빠르게 왔다 갔다 했다. 이모의 엉덩이는 거대했고 두꺼운 팔을 피스톤처럼 움직이며 일했다. 이모의 두터운 입술은 집중해서 연구해야 할 대상이었다. 이모의 잘 빠진 다리는 발목으로 내려가면서 점점 매끈하게 가늘어졌다. 앞치마는 이모에게 아주 잘 어울렸고 이모의 가슴을 사납고 대담한 모양으로 만들었다. 머리 모양도 내 어머니처럼 아주 예뻤다. 이모의 검은 머리는 어머니의 진갈색 머리 길이의 반도 안 됐으며 얼굴색은 아주 검었는데, 어머니의 얼굴색은 밝아서 언제라도 컬러드 여자로 통할 정도였다. 도라 이모는 맥주를 만드는 모든 과정을 항상 번개 같은 속도로 해냈다. 특히 이모가 술을 거를 때면 집 안은 대체로 공포 분위기였다. 어떤 실수를 해도 채찍질이나 뜨끔하게 매운 따귀를 맞는 벌을 받았다. 나는 밖에서 경찰이 오는지 망을 보고 서 있어야 했다. 이모는 자기를 화나게 한 사람에게 비누를 냅다 던져놓고도 금방 잊어버리는 사람이었다. 1번가에서 14번가까지 모든 주민들이 이모를 '2번가의 도라 이모'라고 불렀다. 남자를 담장 너머로 던져버리는 여자라고 말이다. 만약 이모가 '골드스미스한테 돈 못 받으면 돌아오지도 마'라고 했다면, 그건 진담이었다. 이모가 잘 쓰는 말은, '사랑은 아주 실질적인 거라서 돈으로 사야 하는 거야. 날 사랑하지 않는 사람은 나도 사랑 못 해!'였다. 할머니도 어쩔 수 없다는 듯이 거기에 맞장구를 쳤다.

이모는 어디서 나오는지도 모를 용기로 계속 빚을 내고는 꾀를 써서 빚쟁이의 그물에서 요리조리 잘 빠져나갔다. 이모는 '치필레'('싸요'라는 뜻)라는 인도인 일용품 행상꾼에게 계속 빚을 지고 있었다. 이모가 뭘 살 때마다 치필레는 집 뒤에 있는 골함석 벽에 액수를 연필로 적어두었다. 그 사람이 이런 외상 장부를 얼마나 믿었는지는 정말 알 수 없는 일이었다. 그 사람이 때때로 빚을 받으러 올 때마다 도라 이모는 화장실에 가 앉아 있었다. 그러면 치필레는 화장실 문 앞으로 가서 무심한 목소리로 이렇게 말했다. "도라, 도라, 화장실에는 얼마나 앉아 있을 거요?" 그런 일을 겪고도 그 인도인 장사꾼은 이모에게 새로운 물건 파는 것을 거절하지 않았다. "자매님, 언젠가는 돈을 내겠죠." 그는 그렇게 말했다.

이모 남편은 이모와 성질이 정반대였다. 이모부는 절대 재촉당할 성질이 아니었고 이모가 아무리 김을 내뿜어도 눈 하나 깜짝하지 않았다. 그것이 이모를 더욱 성질나게 만들고 우리한테 화풀이하게 만든다는 것을 나는 알아차렸다. 키가 크고 마른 사람이었던 이모부의 느릿느릿한 태도가 이모를 나가떨어지게 했다.

그때 삼촌 둘은 기숙학교로 갔는데, 그 사실을 할머니는 여러 사람에게 자랑하고 다녔다. 다른 삼촌 하나는 집에 있으면서 형들 중 하나가 얼른 공부를 마치고 와서 대신 자기를 그리로 보내주기를 기다렸다.

할머니는 신앙심이 깊은 분이었다. 쉰 살 때도 젊어 보였다. 할아버지는 우리가 피터즈버그에 있을 때 돌아가셨기 때문에 나는 한 번도 보지 못했다. 하지만 사람들은 모두 할아버지에 대해 좋게 말했다. 할머니가 한 번씩 할아버지의 말을 인용하기 좋아한 것을 보면 할아버지가 집안을 진정한 루터교 방식으로 엄하게 이끈 것이 분명했다. 할아버지는 혼자 기술을 배우고 익혀 구두수선공이 되었다.

할머니도 아주 엄격한 규칙으로 집안을 다스렸다. 우리는 심부름을 가거나 저녁 예배에 가도록 허락받지 않으면 해가 진 뒤에는 절대 밖에 나가지 못했는데, 그것이 바로 우리가 커온 생활 습관이었다.

"이건 너희 할아버지 법이었다." 할머니는 엄한 표정으로 말했다.

매일 밤 우리는 잠자는 방에서 기도하기 위해 모였고 매일 아침 깨자마자 다른 일을 하기 전에 기도를 했다. 기도 끝에는 할머니가 주기도문을 외고 우리가 따라 했다. 그 즈음이면 우리는 무릎을 꿇은 채 졸았다. 할머니는, 친구는 깊이 사랑했고 원수는 격렬하게 증오했다. 할머니는 우리들의 학교 친구나 동네 놀이 친구 누구의 부모가 싫으면 우리에게 그렇다고 얘기를 하고 같이 못 놀게 했다. 할머니의 솔직함이 당황스러울 때도 있었다. "네 이름은 뭐니?" 할머니는 우리 집에 놀러 오는 애들은 누구든 어떤 애들인지 항상 알려고 했다. "네 부모는 누구냐?" "너 교회에 가니?" 이런 말을 할 때도 있었다. "오늘이 너를 우리 집에서 보는 마지막 날이다."

어느 날 아침 할머니는 자신이 항상 '이웃집 여자'라고 부르는 사람과 싸움을 벌였다. "그 여자하고는!" 할머니는 으르렁대면서 그 여자를 아주 경멸한다는 것을 보여주려고 간간이 침도 뱉었다. "아니, 네 에미는 도대체 어떤 인간이냐? 옷핀이라고는 본 적도 없어서 옷을 미모사 가시로 여미더니, 이교도에다가 지참금도 못 받았지! 넌 앞으로도 지금처럼 영영 거지같이 살다가 개고기하고 쥐고기나 먹고 살아라!"

하지만 할머니는 비록 계승권은 없어도 족장의 아들이라며 그 집 아저씨는 존중해주었다. 그 이웃집 여자는 아저씨의 첩이었고 아저씨는 진지한 사람이어서 나도 족장 같다고 생각했다. 할머니는 그 아저씨에게 항상 공손하게 인사했다. '툴라레!'라고. 그것은 아저씨 부족을 높여 부르는 명칭이었다. 할머니의 '심기를 거스르는' 옆집 여자의 두 가지 나쁜 점은 말이 너무 많고 '밤에 돌아다닌다'는 것이었는데, 그건 주술을 쓴다는 뜻이었다.

도라 이모가 낳은 첫 아기가 몹시 앓게 되었다. 어느 날 아침 우리는 마당에서 거북이를 한 마리 발견했다. 도라 이모는 성이 나고 겁에 질려 거의 정신이 나갈 지경이었다. 그때 이웃집 여자는 자기 집 밖에 나와 당나귀 등에 걸쳐놓은 옥수숫가루 부대처럼 펑퍼짐하게 퍼져 앉아 있었다. 그 여자는 약간 사시여서 진짜로 우리 집 통로를 똑바로 쳐다보고 있었는지 아닌지는 알 수 없었다. 하지만 도라 이모는 그랬다고 생각했던 것 같다. 그래서 이모는 두 집을 갈라놓은 담을 따라 나 있는 마당에서 우리에 갇힌 호랑이처럼 씩씩거리며 왔다 갔다 했다.

이모는 이웃집 여자에게 서슴없이 대들지는 못하고 대충 아무것에나 대고 지독한 욕을 퍼부어댔다. 이모의 원수는 우리를 향해 앉은 채 난로에 손을 덥히면서 그대로 있었는데 좀 도전적인 자세였다. 도라 이모의 말은 이웃집 여자를 표적으로 삼기 위해 점점 더 대상을 좁혀 들어갔다. 그래도 그 여자는 우리를 향해 그대로 앉아 있었다. 그 여자는 목이 아주 짧아서 머리와 몸이 돌덩이 두 개를 포개놓은 것 같았다. 그런 자세로 있으니 거북이 사건에 대해 되게 많이 아는 것 같기도 하고 전혀 모르는 것 같기도 했다. 그래서 이모는 더 화가 치민 것 같았는데, 이모의 말이 이랬기 때문이다. "아무것도 모른다는 듯이 달걀 품은 암탉처럼 가만 앉아 있기만 하지! 내 아이가 죽으면 저 여자 에미를 누가 잡아먹어버릴 거야. 빌어먹을, 무당이란 것들 땜에 사타구니에 열불이 난다니까."

젖은 목재에 불을 지피려는 거나 마찬가지였던 그 장광설을 토해낸 뒤에 이모가 어떻게 보였는지 나는 잊을 수가 없다. 이모는 부끄러워하는 것 같았고 뒤 베란다에 앉아 있는 우리와 눈도 맞추지 못했다. 나는 그 여자가 안됐다고 느껴야 하는 건지 말아야 하는 건지 알 수가 없었다. 우리 집 마당에 거북이가 놓여 있던 사실과 도라 이모의 아기가 병이 난 것에 이웃집 여자가 어느 정도는 책임이 있다고 의심했기 때문이었다. 모파넹에서 살던 시절부터 나는 주술을 굉장히 두려워하게 되어 버린 것이다.

도라 이모의 남편은 이모보다 훨씬 더 담담하고 조용한 사람이었다. 도라 이모는 말할 때 쇠고기를 튀길 때처럼 기름이 지글지글거리는 소리가 나는 사람이었다. 이모부는 조용히 말했고 절대 재촉당하는 사람이 아니었다. 그에게는 자기 말을 듣는 사람이 괴로워하거나 벌벌 떨게 만드는 능력은 전혀 없었다. 그렇다고 자기 말을 듣는 사람에게 위대한 지혜로 전율을 가져다주는 사람도 아니었다.

그래도 이모부는 자기에게 오는 사람이면 누구든지 증기롤러처럼 무장해제 시켜버리기 때문에 더 화나게 만들었다. 이모는 이모부에게 절대적으로 순종했기 때문에 모두가 놀랄 정도였다. 이모는 이런 말도 하는 사람이었기 때문이다. "바지 속에 든 게 나한테 무슨 소용이야! 나는 손가락으로 그걸 탁 튕겨서 먼지구덩이에 팽개치고 똥값이 될 때까지 굴릴 수도 있어." 이모 말은 진담이었다. 이모는 우리 식구들한테는 일종의 경비원으로 통했다. 그래도 이모는 열여덟 살이 될 때까지는 시골에서 자란 사람이었다.

나는 이모가 우리 어머니의 조용한 성품을 이용해서, 아버지가 집을 나간 뒤부터 어머니가 집 안에 챙겨둔 그릇과 침구와 옷가지 등을 마음대로 쓰는 것을 다 알고 있었다. "그 모지스라는 절름발이 하이에나가 만약 언니 대신 나랑 결혼했으면, 나하고 끝장을 냈을 때 날아다니는 독수리를 옭아맨 그물이 뭔지 알게 되었을 거야." 이모는 어머니에게 그런 말을 하곤 했다.

할머니가 청결함을 거의 숭배하는 수준이기도 했고 주말과 월요일 아침에는 화장실이 엉망진창이기도 했기 때문에, 우리는 살균제로 화장실 안을 문질러 씻는 가외의 일을 해야 했다. 그런 날은 집에 술손님이 너무 많이 왔기 때문에 오물통은 구역질이 날 정도로 가득 차고 바닥은 오줌 웅덩이나 다름없었다. 우리는 화장실 뒤쪽과 옆을 깨끗하게 치우는 일은 오래전에 포기해버렸다. 손님들은 늘 띄엄띄엄 밖으로 나가 술에 취해 비틀거리며 화장실 뒤쪽과 옆쪽으로 가서 머리를 팔에 박은 채 벽에 기대 오줌을 눴다. 그 사람들은 자기 입 밖으로 뱉어내는 침을 증오라도 하는 것처럼 계속 뱉어댔다. 화장실 뒤쪽의 시커먼 진흙 속에서 탐욕스럽게 꿈틀대는 구더기 떼는 도무지 줄일 수가 없었다.

우리 식구 외에 우리가 세를 내준 네 명의 세입자들도 맥주를 만들어 팔았다. 할머니는 절대로 스코키안 술을 만들지 못하게 했는데 그 술은 아무리 튼튼한 사람이라도 술에 취해 사나워지게 하기 때문이었다. 스코키안은 눌린 누룩을 따뜻한 물 속에서 두드렸다가 발효시켜 만드는 술이다. 아주 독한 술이었는데 파인애플(발효시킨 파인애플 혼합주) 같은 더 독한 술도 있었다. 세바팔레-마센케는 '담에 기댄 사람', 보펠로-본테네는 '사는 게 지겨워'라는 뜻의 술이었다. 혼합주 가운데에는 메탄올 변성 알코올을 넣은 것도 있었다. 집에서 만드는 맥주는 인도인이나 중국인 가게에서 마음대로 파는 깨끗한 옥수수엿기름으로 만든 것이었다. 그래서 술에 취하려면 여러 잔을 마셔야 했다. 당시에는 누구나 취하려고 술을 샀으니까 말이다.

세입자들은 매달 1파운드씩 세를 냈다. 모든 마라바스타드의 집주인들은 자기들이 직접 구한 재료로 스스로 판잣집을 지었기 때문에 시에 매달 14실링만 냈다.

우리 집에서 나이가 제일 많은 남자 세입자는 고래고래 소리를 지르는 주정뱅이였다. 그 사람은 언제나 자기 아내의 손님들과 술자리에

합석했다. 그런가 하면 아내가 아주 게으른 세입자도 있었다. 그 여자는 아침에 일어나면 햇살이 내리쬐는 벽 쪽에 가서 기대앉았다. 그러고는 땟국이 흐르는 데다 오줌까지 지린 아기가 역시 때가 끼어 번들거리는 자기 블라우스 밖으로 삐져나와 덜렁거리는 젖가슴을 찾아 기어오르게 내버려두었다. 파리 떼가 웅웅거리며 가슴 주위를 날아다녀도 쫓아내려고 하지도 않았다. 파리 한 마리가 입술에서 눈으로 기어가도 놀라울 정도로 꿈쩍도 않고 앉아 있었다. 하루는 어쩌다가 그 여자네 방으로 잘못 들어갔다가 그만 그 여자가 자기 남편 찻잔에 제 젖을 짜 넣는 것을 보았다. 너무 게을러서 다른 사람들처럼 길거리에 서서 지나가는 우유 장수를 기다리지도 못한 것이다. "저 여자는 인생의 쓴맛을 좀 봐야 해." 할머니 말씀이었다. "열 살이나 먹을 때까지도 지 에미 젖을 빨아먹었을 거야." 할머니는 달관한 듯이 한마디 덧붙였다.

13. 빅 아이즈

감리교 학교 건물은 마라바스타드의 다른 교파들이 세운 학교 건물과 매한가지로 초라했다. 그 밖에도 아프리카감리교감독파 학교, 네덜란드개혁교회 학교, 성공회 학교가 있었다. 분리파 루터교회에는 낡고 오래된 예배당은 있었지만 학교는 없었다. 그런가 하면 감리교회나 아프리카감리교감독파 교회같이 학생이 넘치는 학교에 건물을 빌려준 몇몇 분리파 교회도 있었다. 그래서 유치원 두 개 학년은 우리 학교의 주요 건물들 외부에서 수업을 했다.

학교는 대부분 철근과 목재로 지은 교회 건물로 이루어져 있었고, 이곳에 1, 2, 5학년이 들어가 있었다. 그리고 거기서 떨어진 작은 벽돌 건물이 있었는데 그곳에는 3, 4학년이 들어가 있었다. 교실과 교실 사이에는 벽이 없었다. 철근과 목재로 지은 낡은 날림 건물이 한 동 더 있었는데 당장이라도 무너져 내릴 것만 같았다. 그건 6학년 학생용이고 6학년은 초등학교의 마지막 학년이었다. 모든 건물은 바닥이 나무였으며 사람이 걸어 다닐 때 삐거덕, 끼익, 앓는 소리를 내는 느슨한 합판으로 되어 있었다.

반마다 작은 책상에 세 명씩 앉게 되어 있었다. 칠판은 이젤에 걸쳐놓았는데 심하게 벗겨져 있었다. 하지만 선생님들은 학생들이 잘 볼 수 있도록 애쓰면서 칠판에 당당하게 글을 썼고 일종의 체통을 지켰다. 그러는 와중에 분필 가루는 소나기처럼 계속 쏟아져 내렸다.

월요일 아침이면 교장인 빅 아이즈가 또다시 잔인한 모습으로 교회의 예배 모임에 나타나는데, 언제나 부릅뜨고 있는 두 눈에서 잔인한 그 표정을 놓치기란 불가능했다. 빅 아이즈에게 월요일은 최후의 심판을 내리는 날이고, 학교 조회 시간에 주말 동안 죄를 지은 죄인에게 매질을 하는 날이었다. 토요일 댄스장이나 일요일 오후 파티에서 그에게 들킨 학생들도 있었고, 연애질을 하다가 들키거나 커다란 횃불같이 번득이는 그의 눈에 연애질로 의심을 살 만한 태도로 거리 모퉁이에 서 있다가 들킨 학생들도 있었으며, 금요일 오후 스카우트 행진에 빠진 학생들도 있었다. 빅 아이즈는 댄스장이나 야간 파티에 여자처럼 차려입고 나타나기도 했다. 그는 그런 식으로 물고기를 그물로 낚았다. 물고기들은 월요일이 되면 그에 대한 호된 대가를 치렀다. 비록 1학년에서 6학년까지 학생이 300명이 넘었지만 그는 자신의 십대 학생들을 철저하게 파악하고 있었다.

수많은 사람들이 "저분이 우리가 찾는 교장선생님이야"라고 했고, "인간쓰레기로 꽉 찬 거리를 치워줄 분을 보내주오"라고 하는 사람들도 있었다.

"그래! 이제야 새로운 아이들이 자라는 걸 보는구나." 누구는 이렇게 말했다. "건방진 것들, 자기 부모는 공경하지도 않으면서 컬럼비아 댄스홀에 가서 제 눈도 제대로 뜨기 전에 애를 만들지. 저분이야말로 우리를 도와줄 교장선생님이셔!"

할머니는 빅 아이즈가 하는 일을 칭송했다. 하지만 내가 학교 합창단 공동 연습에 빠졌다고 빅 아이즈가 매질을 하자 그 칭송은 순식간에 사라져버렸다. 우리 합창단은 경찰이나 다른 공무원들처럼, 고(故) 켄트 공 조지 왕자*의 남아프리카 방문에 맞춰 연습을 하고 있었다. 1934년의 일이었다. 당시 나는 막 6학년에 올라갔을 때였다. 나는 교외로 빨랫감을 가지러 가야 했기 때문에 연습에 참석할 수 없었다. 빅 아이즈는 사정을 봐주지 않았다. 할머니는 나더러 사정을 설명하고 벌을 받지 않도록 하라고 했다. 하지만 자기 생활의 질서가 무너질 수 있다고 생각하면 즉각 공격하는 도라 이모는 당당하게 변호에 나섰다. 화요일 아침 이모가 나를 질질 끌고 학교로 갔을 때 바버 스트리트에 늘어선 인도인과 중국인 상점 주인들 여럿은 아주 재미있고 궁금하다는 표정이었다. 압둘은 뭘 씹고 있다가 퉤 뱉어내고 자기네 베란다 끄트머리에 배를 불쑥 내밀고는 가게에 있는 자기 동업자를 불러냈다. 그의 아버지 엘리샤는 수염 사이로 무슨 말을 웅얼거렸다. "무슨 일이지, 모사디(아줌마)?" 중국인 숭 리가 콧물을 뱉으려고 들이켜면서 말했다. 도라 이모는 나를 질질 끌고 계속 가던 길을 갔다.

"교장선생님, 에스키가 어제 빨랫감 가지러 가야 한다고 말했는데 애를 왜 때렸죠?" 이모가 빅 아이즈에게 물었다.

"학생들이 전부 핑계를 대고 연습에 안 나오면 나더러 어쩌란 말입니까?"

"나는 에스키 얘기를 하는 겁니다. 다른 애들한테 어쩌는지는 내 알 바 아니에요."

---

* The Prince George, Duke of Kent(1902~1942): 조지 5세의 넷째 아들. 제2차 세계대전 당시 폭격기 추락 사고로 사망했다.

"아이고, 보세요, 요새는 힘들어요. 그리고 왕자님께서 오시기 전에 노래를 전부 외워야 한다고요."

"아, 그러니까 왕자님이 온다고 빨랫감은 안 가져와도 된단 말인가요? 왕자님이 나한테 먹을 거라도 준답디까?"

"다른 날 가져오면 안 됩니까?" 사실 나는 빨랫감을 배달하고 가져오기 위해 교외로 가는 것보다 합창 연습을 하고 싶었다. 그리고 영국에서 오는 높은 분과 여러 사람이 들을 노래를 부르는 합창단의 일원이 꼭 되고 싶었다. 그래서 이모 옆에 서 있던 나는 이모가 다른 날 교외로 가게 해주기를 간절하게 바라고 있었다. 목요일 아니면 토요일 일찍.

"안 돼요." 이모가 퉁명스럽게 말했다. "선생님은 애가 참말을 하는지 알아내기 전에 벌을 줄 권리가 없다고요."

빅 아이즈는 놀라서 머리를 뒤로 젖혔다. "부인, 저는 학교를 어떻게 운영하는지 잘 압니다." 교장선생님의 콧구멍이 바람 든 자루처럼 커졌다 작아졌다 했다.

"나도 내 식대로 살림 살게 내버려두세요. 그리고 나는 죄 없는 애한테 매질하면서 살림을 살지는 않아요. 애는 내 아들처럼 착한 애라고요. 우리 언니가 애를 나한테 맡겼다고요."

"저한테는 교회가 학교를 맡겼습니다, 부인."

"한 번만 더 이런 일이 생기면 교육감한테 가서 얘기할 거예요. 자, 에스키, 네 반으로 가라." 나는 교실로 갔다. 빅 아이즈가 "두고 봅시다"라고 말하는 소리가 들렸다.

모든 교회 부속학교의 교육감은 대개 도시에서 유럽인들의 의회를 위해 일하는 백인 관리였고 그를 통해 정부는 교육감의 교파에 속한 모든 아프리카인 학교에 지시사항을 내려보냈다.

나는 빨랫감을 배달하는 일과에 따라야 했다. 하지만 왕자님이 왔을 때 경마장을 지나가는 행렬에 참여하는 스카우트단에 들어간 일도 흥미 만점이었다. 게다가 우리에게 배급되는 차가운 음료와 빵도 맛있었다. 예전에 '유럽인만' 해당하는 기념일이 있었듯 그 행사는 '비유럽인만' 해당하는 행사였다.

나는 열다섯 살 때, 아주 꼴사납게 걸어 다니고 뭘 해야 좋을지 모르는 것처럼 팔이 기다랗고 지저분하고 썩은 이를 가진 키가 큰 선생님 밑에서 5학년을 마쳤다. 초등학생이 되고 나서 처음으로 나는 자신감을 가졌다. 5학년 때 나는 레보네와 1등 자리를 다투었고 서로 합의라도 본 것처럼 1등과 2등을 번갈아 차지했다.

나는 여전히 산수는 질색이었다. 하지만 책읽기에 대한 열정은 점점 더 강해졌다. 어머니가 일하는 백인 집안에서 내게 낡은 신문과 잡지들을 주었다. 어머니가 그 사람들에게 내게 신문이 필요한 이유를 말해주자 그들은 그저 어깨만 으쓱거렸다. 차라리 그들은 전혀 관심을 기울이지 않았다고 해야겠다. 나는 실망했다. 그들이 나나 우리 같은 사람들보다 뛰어난 사람들이라면 자신들이 누리는 문자 해독력의 수준에 이르고 싶어 하는 불운한 사람들에게 조금이라도 관심을 보여야 한다고 나는 순진하게 생각했다. '이야, 영어를 읽을 줄 아네!' 같은 악담이나 할 정도의 관심이라도 말이다. 그렇다. 나는 영어를 읽을 줄 안다는 것이 무척 자랑스러웠다.

우리 어머니는 내가 점점 실력이 좋아지자 아주 대견스러워했다. 어머니는 학교에서 꼭 필요한, 하나는 지역어 하나는 영어로 된 두 권의 독본 외에는 책을 사줄 형편이 못 되었다. 나는 읽기 공부를 위해,

버려지고 껍데기가 달아나고 쥐가 쏠고 좀이 슬고 볕에 바랜 책들을 계속 뒤지고 다녔다. 너덜너덜한 『돈키호테』—옛날 번역본—를 우연히 얻게 된 것도 그렇게 마구 뒤지고 다닌 결과였다. 아마 세 번 이상은 읽었을 것이다. 책을 읽다 보면 책장이 마구 떨어져 나갔다.

빅 아이즈가 프리토리아를 떠나자 그가 왜 떠났는지를 두고 온갖 지저분한 얘기가 떠돌았다. 하지만 마라바스타드의 부모들은 대체로 그가 떠난 빈자리에만 집착해서 떠들어댔다. "이제 누가 우리 애들을 돌봐줄까?" 학생들은 그가 왜 떠났는지 아무도 몰랐다. 작별 인사도 하지 않았던 것이다. 그는 그저 우리의 인생에서 빠져나가버렸다. 우리가 아는 것은 빅 아이즈가 요하네스버그에서 일하기 위해 떠났고 더는 가르치지 않는다는 것뿐이었다. 하지만 그가 떠나고 나자 허전해졌다. 월요일 아침 조회 시간은 다른 날과 똑같았다. 우리는 교실에서 떠들다가도 창턱에 턱을 걸친 선생님의 얼굴에서 우리를 감시하는 커다란 두 눈이 툭 튀어나오지 않을까 싶어 창을 흘끗흘끗 바라보곤 했다.

동부 트란스발 출신의 키가 크고 마른 선생님이 감리교 학교 교장으로 왔다. 그는 훨씬 부드러운 사람이었다. 빅 아이즈처럼 목소리도 크지 않았고 험악한 얼굴도 아니었다. 쿠즈위는 4학년 담임에 딱 붙어 있었다. 결핵으로 죽은 선생님이 한 명 있었고 몇몇은 학교를 떠나 다른 선생님으로 대체되기도 했다.

6학년이 되자 새벽의 위대한 여명이 내게 비치는 것 같았다. 어려운 집안 사정에도 불구하고 학교에서 내 자리는 아주 분명한 모양을 잡아갔다. 예전에는 그저 망망하고 흐릿한 빛줄기였는데 이제는 좁혀지고 날카로워지면서 분명한 초점을 찾아가고 있었다. 여러 과목에서 얻은 성적으로만 보면 나는 우리 학급에서 월등한 1등이었다. 산수만 제외하면 말이다. 레보네는 나중에 3등이나 뒤로 처졌다. 큰 애들은 "봐, 얼마 못 갈 거라 했잖아"라고 했다. 나는 이유를 알고 있었다. 레보네 아버지의 장사가 잘 안 되었던 것이다. 채소와 과일 값이 점점 올라서 딩쿠 디카에는 압박감을 느끼고 있었다. 나는 레보네가 매일 밤 자기 아버지에게 읽기와 쓰기와 간단한 계산법을 가르쳐주는 것도 알고 있었다. 그래서 레보네는 아버지의 아주 미묘한 감정 변화도 알아차릴 수 있었다. 레보네는 내게 그런 얘기를 전부 해주었다.

"있잖아." 하루는 레보네가 말했다. "아버지는 그냥 경찰이 무서운 거야. 아버지는 수레가 지나가기 전에 경찰이 길을 건너기만 해도 그날 저녁에는 공부를 못 하셔. 경찰이 서라고 할까 봐 겁을 먹는 거야."

"나도 경찰이라면 질색이야." 내가 말했다. "피터즈버그에서는 말 탄 경찰이 지나갈 때까지 나무 뒤에 숨어 있기도 했는걸. 그렇게 숨어 있으면서도 내가 거기 숨어 있다는 걸 경찰이 아는 것 같은 기분이 늘 들었어. 말을 탄 그 경찰의 반짝거리는 배지랑 커다란 덩치라니. 무서워서 목이 다 아팠어. 그런데 저번 토요일 날, 기억나지?" 레보네는 초조하게 고개를 끄덕였다.

"넌 절대 겁을 내지 않는구나." 내가 말했다.

"나? 겁이 나서 죽을 지경인데." 우리는 함께 웃었다.

레보네와 플루엔자 사이에도 아주 친밀한 우정이 자라났다. 둘 다 어머니가 없었는데, 레보네 어머니는 그들이 프리토리아로 이사 오기 직전에 죽었다고 했다.

장학관이 구두시험을 보러 오기로 해서 내가 암송 준비를 했는데 특별히 좋아했던 시 두 편이 아직도 생생하게 기억난다. 테니슨의 「조금만 더, 조금만 더」*와 바이런의 「산헤립의 멸망」**이다. 우리는 그 시구에 표현된 영웅의 모습이 그저 좋았다. 유럽인 장학사들은 시 암송에 동작도 곁들여야 한다고 우겨서 학생들은 그들에게 좋은 인상을 주려고 전력을 다해 얼굴과 온몸을 뒤틀었다. 선생님과 우리는 우리의 공연에 대단히 감동한 채로 그 시들을 가지고 무대에 올라갔다. 우리는 관객들에게 고래고래 소리를 지르고 짖어댔다. 우리는 어떻게 '아시리아 왕이 늑대처럼 양 떼들을 덮쳤'***는지 보여주려고 앞으로 펄쩍 뛰고 무대 바닥에 발을 굴렀으며, 목소리를 낮게 깔기도 했다. 하지만 지금 생각해보면 우리가 무슨 소리를 하는지 알아들은 사람이 얼마나 되었는지 궁금하다. 우리가 암송한 것을 우리도 거의 이해하지 못했던 것이다. 우리는 종종 선생님에게 어떤 시구의 의미를 물어보기도 했는데, 선생님은 "얘들아, 그냥 시야, 그냥 시라고, 모르겠어?"라고만 했다. 우리는 경외감을 느끼며 그냥 넘어가버렸다.

* Alfred Tennyson(1809~1892): 영국의 계관시인으로 본문의 구절은 크림전쟁을 배경으로 한 그의 산문시 「경기병대(輕騎兵隊)의 돌격The Charge of the Light Brigade」(1854)의 첫 부분('Half a league, half a league')인데, 작가는 제목으로 잘못 기억한 듯하다.

** 「산헤립의 멸망Destruction of Sennacherib's Host」(1815년 작)은 영국 낭만주의 시인 바이런(George Gordon Byron, 1788~1824)의 작품으로, 『구약성서』「열왕기하」 18장과 19장에 나오는 예루살렘 정복에 나선 아시리아 왕 산헤립의 이야기에 기초한 작품이다.

*** 앞의 바이런의 시 첫 구절.

14. 컬럼비아 댄스홀

1930년대 초기의 불경기에 대해 말하자면, 표면적으로는 그것이 당시 흑인들의 가난한 삶에 특별히 더 큰 고통을 준 것 같지는 않았다.

타르로 포장한 거리는 여전히 경찰이 순찰을 돌고 백인 로케이션 감독관이 미끈하고 번쩍이는 자기 차를 몰고 가는 길일 뿐이었다. 거리 모퉁이에 전깃불 가로등이 몇 개 있을 뿐 가정집에는 여전히 전깃불이 없었다. 거리 아래쪽 플랜테이션의 하수처리장에서는 예나 지금이나 숨 막히게 만드는 냄새가 새어 나왔다. 시장과 골프장 경기가 나쁘고 백인들도 예전만큼 돈을 쓰지 않았기 때문에 우리 중에 두걸 홀 극장에 가는 사람은 물론 거의 없었다. 백인들은 서니사이드 교외 지역까지 8킬로미터 거리에 채소를 배달해주는 값을 9펜스에서 6펜스로 내렸다. 아이들은 여전히 거리에 웅크리고 앉아 놀았고 닭들도 예나 다름없이 간이의자를 쪼며 놀았다.

집에는 먹을 것이 너무 적어서 우리 또래 아이들은 내다버린 과일이나 빵, 채소 따위를 뒤지려고 인도인 행상들의 뒷마당 쓰레기통을 헤집고 다녔다. 그래도 항상 수업을 마친 뒤에 그렇게 했다. 우리는 계획을 짜서 뒷문으로 들어가는 전략을 세웠다. 장사꾼들은 채찍을 휘두를 정도로 못된 사람들이었는데 특히 카심 하심이 그랬다. 여자들 중에는 우리 행동을 눈감아주는 사람들도 있었지만, 장난으로 발코니에서 우리에게 쌀겨나 물을 쏟아붓는 사람들도 있었다. 우리도 발코니를 올려다보며 같이 웃으면서 셔츠에서 쌀겨를 털어냈다. 우리는 쓰레기통 뒤지기로 다시 돌아왔다. 리틀 링크스와, 2번가에서 가장 시끄럽고 폭스단원이라는 책임감을 느끼면서 '일을 제대로 해내리라고'는 도저히 믿을 수 없는 녀석인 대니가 어느 집 마당을 기습했다. 라타우와 치나는 '틴-마이-무사'를 하려고 무사네 도매상으로 갔다. 그건 무사에게 트럭에서 바나나 통을 내려주겠다고 하고 그 대가로 너무 익어 껍질이 시커먼 바나나를 조금 얻는 일이었다. 라타우는 우리 중에 가장 조용하고 한결같고 말이 거의 없는 아이였다. 치나의 부모는 옷을 항상 깔끔하게 입는 사람들이었고 부자로 이름이 나 있었다. 라타우에게는 그 일이 '점잖은' 일이었고 치나에게는 일종의 놀이였다. 몰로이, 그리고 여기서 3킬로미터쯤 떨어진 다른 로케이션인 반툴레 출신의 아이작과 나는 다른 곳을 기습했다. 아이작은 우리랑 같이 학교에 다녔고 폭스들과 노는 것을 좋아했다. 그렇게 우리는 에이시애틱 바자*로 흩어져 갔다.

습격을 마친 뒤 우리는 오렌지, 멜론, 홍당무, 토마토, 바나나 따위를 한 아름 가지고 경찰서 바로 아래쪽의 강에서 만났다. 전부 조금씩 썩은 것들이었다. 우리는 경찰서 테니스장 구석에 있는 수도꼭지로 가서 썩은 부위를 씻어낼 수 있을 만큼 씻어냈다. 그걸 전부 먹어치운 뒤에 우리는 마른 나뭇가지를 가지고 풍 프락네 마당의 골함석 벽을 전부

* Asiatic Bazaar: 흑인 구역인 마라바스타드의 다른 이름. 30쪽 주석 참조.

긁어댔다. 그 중국인은 로케이션의 불법 가내 맥주 제조에 쓰는 엿기름을 만들어 동네 가게에 팔았다. 우리들 장난질이 그 집 담 너머에 있던 사나운 불도그의 성질을 건드려서 그 개가 벽을 탕탕 치고 내내 짖어댔지만 소용이 없었다. 전리품을 나누어서 집에 가져오는 날도 있었다.

우리는 일주일에 두 번 자루를 짊어지고 도시 서쪽 끝 외곽의 시영 쓰레기장으로 먼 길을 나섰다. 거기서 우리는 쓰레기를 뒤져 집의 난로에 쓸 콜라 깡통을 찾았다. 우리는 먼지를 뒤집어써서 허옇게 되어 돌아왔다. 갈라지고 튼 발을 씻고 나면 발이 마르면서 어찌나 따끔거리는지 춤이라도 추는 기분이었다.

그즈음 나는 그 인도인 가게 주인을 우리나 컬러드보다 돈을 더 많이 벌 수 있는 특권을 가진 사람으로 보게 된 것 같다. 그 사람은 우리와 거래했지만 우리가 겪는 고통과는 동떨어져 있고 거기에 무슨 영향을 받는 것 같지 않았다. 그 시절 그 사람은 절대 고통을 겪지 않고 절대 죽지 않고 절대 울지도 않고 걱정도 하지 않는 사람 같았다. 우리는 그의 가게에서 웃고 농담을 했으며 그는 여자아이들을 놀려주려고 젖가슴을 가지고 장난을 쳤다. 우리는 서로를 별명으로 불렀지만 남의 인생에 깊이 끼어들지 않고 어떤 것을 함께 나누지도 못한 것 같다. 그렇다고 신경을 쓰지도 않았다. 반대로 중국인 상점 주인은 불퉁하고 불만이 가득한 사람으로, 발을 질질 끌고 음흉하고 구부정한 자세로 걸어다녔다. 중국 사람은 사람 고기를 먹으니까 중국 사람 가게 계산대 너머를 절대 기웃거리지 말라는 어른들의 말을 어떻게 믿지 않을 수 있었겠는가? 풍 프락의 키 작은 부인은 손님이 들어올 때까지 가게 베란다에 버티고 서 있곤 했다. 그 여자는 거기 서서 팔짱을 낀 채, 묵직한 부츠를 신은 아프리카인 경찰들이 엉덩이를 상의 뒤쪽의 터진 부분으로 불룩 내민 채 걸어가는 것을 보고 비웃었다. 그 여자한테는 엉덩이라고는 거의 없다시피 했다. 그 여자의 아랫니는 안으로 쑥 들어갔고 윗니는 툭 튀어나왔다. 그러다가 몸을 돌려 가게 안으로 들어가려고 하면 치맛자락이 모직스타킹을 신은 다리 이쪽저쪽에 들러붙는 것이었다.

작정하고 아시아 사람들의 태도를 살펴볼 수는 없었다. 어느 정도의 접촉을 넘어서면 장벽이 있다는 것을 느낄 뿐이었다.

마라바스타드와 그 서쪽의 반툴레, 10킬로미터 더 떨어진 레이디셀번, 에이시애틱 바자 옆의 케이프 로케이션, 시의 동쪽에 있는 도시 근교 지역들에서는 새롭고 큰 변화가 일어났다. 우리 나이의 사내아이들은 점점 더 거칠어졌고 칼 쓰기를 좋아했다. 수십 명의 사내아이들이 학교를 그만두고 일을 안 하는 아이들이나 일자리를 잃은 아이들과 어울렸다. 그들은 가게 베란다에서 어슬렁거리면서 상스러운 농을 지껄이고 쉰 목소리로 웃어젖혔으며 풍선껌을 질겅질겅 씹고 건방진 태도로 담배를 피웠다. 우리 동네의 보에타 렘(브라더 블레이드)은 자기 주위에 이런 구경꾼들 한 무리를 쉽게 끌어 모았다. 사람들은 그를 전과자라면서 숭배했다. 아이들은 집에서 음식과 돈을 가져다 그에게 바쳤다. 그들은 '랜드에서' 자기들 맞수들이 벌인 대담한 행동에 대해 떠벌리곤 했다. 우리는 황금의 도시 어딘가에서 엄청나게 끔찍한 일이 벌어지고 있다는 것을 알아차렸다. 어른들은 모든 잘못을 이 알 수 없는 패거리 탓으로 돌렸다.

"네놈들이 한 번만 더 그 보에타 렘 말을 듣는 걸 보면 도끼로 목을 아주 조각조각 내버릴 게다!" 할머니가 우리에게 경고했다. "그놈은 이교도고, 입에서는 저 아래 길거리 하수구 같은 냄새가 나. 그 애 애비도 이제는 자기 아들한테 아무것도 못하니까 마찬가지로 이교도고, 알았어? 아들 녀석이 일은 안 하고 그 누더기 바지로 신의 거리를 쓸고 다니면서 쓰레기통이나 뒤지니까 애비란 자는 자기 집에 앉아서 손톱으로 이나 눌러 죽이고 있지. 무덤 속에 누워 있는 타이터스에 맹세컨대 그놈은 교회 문이 어느 쪽에 붙어 있는지도 모를걸. 둘 다 얼마 안 있으면 쥐, 개 따위나 먹게 될 거야." 타이터스는 할머니의 죽은 남편인 우리 할아버지 이름이었다.

마라바스타드가 제 속을 까뒤집어 더러운 속옷을 보려주려는 것 같았다. "세상이 끝나려나 보다." 할머니는 한숨을 쉬며 말했다. "그건 타이터스가 무덤에 묻힌 것과 마찬가지로 확실해. 요새 세상에 보이는 건 신이 노하셨다는 징표뿐이야. 내가 어렸을 적에는 이 정도로 증오가 심하지 않았지. 아이들이 어른들에게 이렇게 대들지도 않았고 굶을 때도 우리는 서로서로 도왔다고. 이제 세상이 끝나려나 보다." 할머니는 이런 말을 해서 내게 겁을 주었다.

"말도 안 돼요, 힐리바." 길거리 아래쪽 끝에 사는 라메체 노인이 말했다. "이제 새로운 세상의 시작이란 말이오. 내가 백인 농장주 반웍 밑에서 일할 때 그자가 이런 말을 했지. '페트로스, 오우타,* 내 말 잘 들어, 네 자식이 도시로 가면 그걸로 끝장인 줄 알라고. 내 아들 코스는 이미 오래전에 집을 떠났고 이제는 그리에타가 떠나려고 하는데, 나는 이걸로 걔들이 끝인 거 알아. 하지만 감사하게도 이 아이들은 고결하고 신을 두려워하는 집안 출신이지. 내 자식들이 성서의 가르침을 팽개쳐버리면, 신이여 용서하소서. 내 자식들을 돌봐달라고 그로테 케

* Outa: 아프리칸스들이 흑인 하인을 부르는 말. 하녀는 아이아Aia라고 부른다. 아무 흑인에게나 멸시하는 투로 이렇게 부른다(원주).
페트로스Petros는 백인들이 라메체를 부르는 이름이다(옮긴이).

르크에 있는 도미네 브링크에게 벌써 편지를 써 보내놨지.'" 라메체 노인이 킬킬거렸다. "아, 힐리바, 그 반 웍이란 사람은 친절하기는 했지만 그래도 주인 나리였다오. 내가 여기서, 보자, 얼마를 살았지? 10 더하기 5, 얼마야? 15년을 살았군. 그런데 작년에 그 꼬맹이 코스를 시내에서 봤는데 팔에 계집애를 달고 있더라고요. 둘 다 취해 있었어, 심하게는 아니고. 이제는 많이 컸더라고. 날 기억하더냐고? 허허, 내가 걔를 불러 인사를 하고 작은 나리, 농장에서 일하던 페트로스 기억하십니까, 하고 물었지. 눈을 보니 날 기억하는 게 분명했는데, 그냥 '저리 꺼져, 이 카피르!'라고만 하더라고요. 그러고는 지나가버렸어요. 힐리바, 하나 물어봅시다. 백인은 늘 이런 식으로 살고 모든 것, 농장, 돈, 좋은 옷, 깨끗한 얼굴을 계속 누리고 사는데, 당신하고 나는 도대체 이게 뭐요, 그냥 빌린 것만 갖고 사는 우리는 말이오? 그 커피 잔 좀 다오, 얘야." 그는 우리 집에서 특별 대우로 커피 대접을 받았다. 라메체 노인이 오면 나는 대개 별로 기분이 좋지 않았지만, 그는 내게 꼭 커피 심부름을 시켰다.

"꼭 남의 걸 빌리러 다녀." 도라 이모는 그가 가고 난 뒤에 이렇게 말했다. "저 노인은 우리가 갓난애인 줄 아나 봐. 저 노인이 어딘가에 돈을 엄청 숨겨놓았다는 거 모르는 사람이 없다고. 그런데도 저렇게 구두쇠야. 저 카키 옷 입은 거 좀 봐요. 돈이 그렇게 많으면서."

그게 사실이었다 해도 라메체 노인이 정확히 얼마나 부자인지는 아무도 몰랐다. 하지만 사람들은 그게 사실인 것처럼 말했다. 며칠 뒤에 그가 우리 집에 실성한 것처럼 팔을 휘두르며 들어왔다. "당신들은 저런 인간 한 번도 못 봤을 거야. 저 불한당*이 또 일을 저질렀어. 이번에

* skelm: 원래 '불한당'이라는 뜻의 아프리칸스어였지만 소토 말이 되었다(원주).

는 나한테 그러네. 쥐새끼, 돼지 새끼, 이교도 새끼, 개코원숭이 새끼, 이름도 없는 악어 새끼, 집 나간 에미의 새끼!"

"누구 말이에요?" 할머니가 물었다.

"저 쓰레기 같은 보에타 렘 말이오. 매트리스 아래에 넣어둔 내 돈을 몽땅 훔쳐 가버렸어. 우리 집에서 뛰쳐나가는 걸 마누라가 봤대요, 제 눈으로 똑똑히. 내가 그 돈을 모으려고 몇 년이나 일했는데, 그놈 에미가 배 속에 저 죄악 덩어리를 품고 다니기 훨씬 전부터 말이야. 정직한 일은 하지 않고 남의 인생을 망치려고 하니까 주머니 속에서 손에 곰팡이가 스는 거야. 어린 목자 예수여, 그놈이 제 돈과 인생을 강탈해 갔습니다요!"

"경찰서로 가요." 도라 이모가 말해주었다.

"그러면 내가 달리 어디로 갈 줄 알았나?"

도라 이모는 몰래 웃었다. 라메체 노인은 경찰서로 가면서 큰 소리로 떠들고 손짓 발짓을 했다. "모디사나!"* 노인은 계속 외쳤다.

블레이드를 경찰서로 데려갈 수는 있었지만 경찰은 그를 기소하지 않았고 기소할 수도 없었다. "신이 바본 줄 아나. 언젠가는 실수를 저질러 나무에서 떨어질 거야. 두고 보라고." 우리 할머니의 판결이었다. 마-레보나, 마-자네와레, 그리고 사팔뜨기 이웃집 여자조차 할머니 말씀이 정말로 옳다고 했다. "신께서 저 녀석을 처분해주실 거야." 돈을 얼마나 도둑맞았는지에 대해서는 라메체 노인의 말이 자주 바뀌었다. 한번은 5파운드라고 했다가 그다음에는 20파운드, 그다음에는 10파운드라고 했다. 그래서 사람들은 그가 얼마나 부자인지 얼마나 가난한지

---

* Modisana: '어린 목자', 예수를 가리킴(원주).

여전히 알 수가 없었다.

결국 신께서 블레이드를 잡은 것 같았다. 어느 토요일 밤에 그가 두걸 홀 근처의 어두운 들판에서 십대 여자아이를 강간한 것이다. 그는 칼끝으로 여자아이를 겁주어 극장 문에서 들판까지 억지로 끌고 갔다. 여자아이는 집으로 달려가 말했고 경찰이 보에타 렘의 자취를 추적했다. 그는 컬럼비아 홀에서 잡혔다. 그때까지도 여자아이의 속옷을 주머니에 넣은 채였다고 한다.

그다음 주 일요일 2번가 사람들이 블레이드가 자기 아버지와 계모와 살고 있는 집 문 앞에 모여들었다. 사람들은 몹시 화가 나 있었다. 블레이드가 보석으로 풀려났기 때문에 사람들이 더 화가 난 것이었다. 할머니는 안 가고 이모가 갔는데, 할머니는 다리가 아파 못 간 것이 속상해서 다리만 멀쩡했으면 당장 가서 '저 이교도 블레이드에게 한두 마디 해주고 그놈을 먼지 구덩이에 몇 번 굴려 그놈 값어치를 폭삭 낮춰 놓았을 것'이라고 했다.

"블레이드 나와라!"

"그놈 얼굴 좀 보자!"

"우리 동네에 짐승은 필요 없다!"

"뭐라? 범죄자한테 변호사를 구해준다고?"

"게다가 그놈 애비는 제 자식이 범죄자라는 걸 알고 있잖아!"

"애비는 제 자식한테 더 큰 죄를 지으라고 부추긴다며!"

"내가 맹세하는데, 저놈은 사람을 또 죽일 거야!"

"자네들 저놈을 데려다 도대체 뭐하려고 하는가?" 라메체 노인이 한구석에서 사람들에게 물었다.

"그걸 질문이라고 하세요, 저놈이 어르신 돈도 훔쳤잖아요?"

"알아, 그런데 내가 여기 왜 와야 하는지도 알고 싶네."

"저놈을 경찰서로 도로 끌고 가야 해요. 재판정에 끌려갈 때까지 저 개를 사슬에다 묶어놔야 한다고요."

라메체 노인은 알았다는 듯이 고개를 끄덕거렸다.

계모가 숨을 헐떡이고 앞치마를 휘두르면서 블레이드와 의절이라도 하듯, "걔 아버지한테 말하라고요"라고 했다.

마침내 블레이드의 아버지가 돼지우리 같은 집에서 나왔는데, 힘줄이 불거진 손이 자기 아들의 손을 꽉 쥔 채 덜덜 떨고 있었다.

"이 사람들한테 말해요, 이 사람들한테 말하라고요." 계모가 통통한 손으로 앞치마 가장자리를 돌돌 말면서 떠들어댔다. "내가 그동안 당신 아들 걱정을 얼마나 많이 했게요! 난 이제 지쳤어요, 하느님은 아신다고요. 자, 이 사람들한테 얘기해요."

"신의 사람들이여!" 웅성대던 소리가 차츰 가라앉았다. 그런 소동 한가운데에서도 블레이드의 아버지가 그날 얼마나 위엄 있게 보였는지 나는 아직도 잘 기억하고 있다.

"신의 사람들이여!" 그가 한 번 더 말했다. "제가 어쩌면 좋겠습니까?"

"당신 아들을 경찰서 감방으로 돌려보내요." 어떤 여자가 말했다.

"옳소!" 어떤 사람이 말했다. "당신한텐 집에 죄인을 데리고 있을 권리가 없어요!"

"범죄자를 위해 변호사를 구할 권리도 없지."

"백인 여자를 강간했다면 목매달리기 전까지 감방에 갇혀 있어야 했을걸."

"당신이 데리고 가야 하오."

보에타 렘의 아버지는 잠시 무슨 말을 해야 할지 모르는 것 같았다. 그는 곧 이렇게 말했다. "여러분, 제 말을 들어주십시오. 여러분에게는 자식이 있지요. 여러분 자식은 이 아이 같지 않으니 여러분은 운이 좋습니다. 여러분 자식은 강간도 도둑질도 하지 않으니 여러분은 운이 좋습니다. 내 피를 이은 자식이 다른 사람의 인생을 망쳐놓았으니 참으로 고통스럽습니다. 제 자식이 죄 없는 사람을 한 번 찌를 때마다 저는 제 심장이 백 번 찔려 심한 상처를 입는 것 같습니다. 여러분은 제가 제 자식이 풀려나오도록 변호사에게 돈을 주면 그건 저 녀석이 저지른 추악한 죄와 과거에 저지른 죄를 내가 기뻐한다는 뜻이라고 하셨지요."

그가 말을 끊었는데 우는 것이 보였다. 그의 아들은 자기 아버지 옆에 서 있었는데, 더러운 조끼를 웃옷 삼아 걸치고 통이 넓은 플란넬 자루를 바지로 입고 있었으며 그 아래로 아무것도 신지 않은 기다란 발가락이 삐죽 나와 있었다. 그는 얼이 빠진 것 같기도 했고 반항하며 버티는 것 같기도 했다.

"그런 생각을 하는 사람은 무조건 잔인한 사람이겠죠. 그런데 내가 왜 변호사를 사느냐고요? 나도 모르겠습니다."

"내 돈은 어쩔 거요?" 라메체 노인이 이렇게 말하는데, 툭 튀어나온 목젖과 목의 힘줄과 핏줄이 그의 괴로운 심정을 드러내주었다.

"그건 경찰이 알아서 할 문젭니다, 라메체의 아들이여." 블레이드의 아버지가 말했다. "저는 자기 죄를 사람들이 어떻게 생각하는지 보라고 이 녀석을 데리고 나왔습니다."

웅성거리는 소리가 군중들 사이에서 새어 나왔고, 사람들은 흩어지면서 신의 심판이 다가오고 혼돈이 닥칠 거라며 신이 벌을 내릴 도구 얘기도 했다.

"그러면 당신이 알아서 그 개를 사슬로 묶으시오." 누군가가 팔을 휘두르며 말했다.

보에타 렘은 결국 법정에 섰다. 그는 10년의 중노동형을 선고받았다.

할머니는 이런 말을 했다. "봐라, 백인들은 백인 여자가 바로 제 침대에서 흑인한테 해달라고 해도 그 흑인을 교수형에 처하면서 우리한테 하는 꼴을 보라고! 에스키, 너는 그만 가거라, 아니면 네 친구들한테 모두 거짓말로 이 얘기를 전해야 할 거다." 나는 그곳을 나왔다.

컬럼비아 댄스홀은 마라바스타드와 케이프컬러드리저브 사이에 끼어 있는 에이시애틱 바자의 인도인들 주택가 중간에 자리 잡고 있었다. 그 건물은 낡은 데다 벽은 그을음이 잔뜩 묻었지만, 사람들 눈을 속여 끌어들일 속셈으로 덧칠을 여러 번 했다. 무대로 쓸 나지막한 단의 양편에는 휴게실로 이어진 문이 달려 있었고 길이가 댄스홀 너비만 한 그 휴게실은 작은 방으로 나누어져 방마다 소파가 갖추어져 있었다. 컬럼비아 댄스홀의 조명은 늘 어두웠다.

우리는 용돈이라도 벌려고 댄스홀의 지배인이 시키는 허드렛일을 할 때도 있었는데 그럴 때면 우리는 숨을 죽인 채 구석구석을 살펴보았다. 숨을 죽인 것은 부모들이 '컬럼비아'라는 이름을 듣는 것조차 아주 싫어했기 때문이다. 어른들은 미심쩍다는 듯이 그곳이 댄스니 콘서트니 하는 껍데기를 쓰고 상스러운 짓거리를 하는 아주 못돼먹은 장소라고 말했다. 집에 매어 있지 않는 남자아이들은 무대 뒤쪽에서 댄서들과 연주자들이 무슨 일을 하는지 신이 나서 얘기해주었다. 남자들은 여자들과 소파를 이용하는 편리를 위해 돈을 냈다. 나는 소파를 보고 온갖 장면들이 떠올라 얼굴이 벌게진 채 고개를 돌렸고, 할머니와 도라 이모가 우리가 보지 않기를 바라는 게 과연 무엇인지 반드시 알아내겠다고 마음먹었다. 그런 행사에 참여할 기회가 생기면 말이다.

마침내 기회가 찾아왔다. 프리토리아에도 유성영화가 들어온 것이다. 인도 사람 소유의 새 극장인 '스타 픽처 팰리스'가 처음으로 에이시애틱 바자에 문을 열었는데 앨 졸슨이 주연한 「더 싱잉 풀」*을 상영했다. 기대에 부푼 관중들이 영화 역사상 새로운 볼거리인 그 영화를 보기 위해 극장으로 모여들었다.

막내삼촌과 나는 큰삼촌과 도라 이모의 보호 아래 영화관에 가는 허락을 받았다. 매일 밤 컬럼비아 댄스홀에서는 무슨 일인가 벌어지고 있었다. 댄스홀에 가는 데 그날만큼 좋은 날이 언제 또 있겠는가? 하지만 나는 영화를 아주 좋아했기 때문에 다른 애들이 '스타 픽처 팰리스'에서 본 영화를 가지고 자기들끼리 얘기하는 걸 들으면 가슴이 찢어질 것 같기도 했다. 나는 시장에서 번 돈이 좀 있어서 컬럼비아의 입장료인 1실링을 낼 수 있었다. 그래서 일단 입장권을 얻자 나는 사람들 사이를 헤매다가 모퉁이 바로 다음에 있는 그 댄스홀로 돌진해 갔다. 영화관에서는 앨 졸슨 영화를 상영하기 전에 영화 장면을 보여주는 소개 프로그램과 무성영화 한 편을 틀어줄 터였다.

나는 컬럼비아에 입장했다. 나는 우-노-메스 댄스밴드와 딱 마주쳤는데, 그 전에는 그저 댄스홀을 지나면서 이 밴드의 음악을 멀리서 들

---

* Al Jolson(1886~1950): 러시아 태생으로 미국에서 최초로 유대인임을 밝히고 연예 활동을 한 가수이자 코미디언, 배우. 빙 크로스비, 프랭크 시내트라, 딘 마틴, 주디 갈런드, 엘비스 프레슬리 등이 그에게 큰 영향을 받았다. 「더 싱잉 풀The Singing Fool」(1928)은 전년에 상영된 졸슨의 영화 「재즈 싱어The Jazz Singer」의 후속작으로 일부가 유성으로 제작되었다.

었을 뿐이었다. 거칠고 시끄럽고 신나는 음악이었다. 지금 돌이켜보니 '마라비'* 재즈가 연주하던 타락과 자포자기의 심정, 감미로우면서도 관능적이던 유흥의 분위기가 떠오른다. 우-노-메스나 메리메이커즈 같은 소규모 재즈 그룹들은 새로 등장한 '투투더바' 재즈도 두드려 연주했는데, 그럴 때면 꼭 드럼을 탕 쳐서 두번째 음을 강조했다. '마라비'라는 이름은 '마라바스타드'에서 따온 것이고 거기서 리프 지역으로 흘러들어갔다. 전봇대나 녹슨 골함석 벽에는 분홍색, 녹색, 흰색의 전단이 붙어 있었는데 이렇게 적혀 있었다.

세상만사 뒤집어지네!
왜? 센세이셔널하고 판타스틱하고
흥미진진 쟁쟁 울리는
호화찬란 재즈쇼가 왔으니까!
애인을 데려와 빙빙 돌려요
가슴 뛰는 우-노-메스 밴드의 마라비 리듬에 맞춰
매일 밤 컬럼비아 댄스홀에서
새벽의 춤을

나는 불빛이 흐릿한 어두침침한 댄스홀 벽에 기대서 있었다. 커플들은 쌍쌍이 딱 달라붙어서 엉덩이를 맞댄 채 옆으로 뒤로 앞으로 흐느

* 20세기 초 위트워터스랜드 같은 금광 지대로 흘러들어온 흑인들 사이에 생긴 음악으로 미국의 랙타임이나 블루스와 유사하다. 사람들은 가내 제조 술인 스코키안을 파는 술집에 모여들어 이 음악에 맞춰 춤을 췄다. 프리토리아와 요하네스버그는 이 같은 흑인만의 독특한 대중문화가 깊이 뿌리내린 지역이다.

적거렸다. 그들의 얼굴은 땀에 젖어 있었다. 가끔씩 남자나 여자가 손등으로 땀을 훔쳐냈다. 그들은 단조로운 곡에 몸을 흐느적대면서 밴드의 야수 같은 음악에 완전히 정신이 나가서 아무것도 안 들리고 아무것도 안 보이는 것 같았다. 그 사람들은 너무 행복한 나머지 한 블록만 돌아가면 앨 졸슨이 획기적인 마술인 유성영화를 보여주는 중이라는 사실도 모르는 것 같았다. 나는 계속 거기 서서 콘크리트 바닥에서 올라오는 먼지와 흐릿한 불빛과 땀 냄새와 담배 냄새를 들이마셨다. 그곳이 바로 컬럼비아, 인간이 저지르는 짓 때문에 근심걱정하는 사람들에게 공포와 저주를 의미했던 컬럼비아 댄스홀이었다. 그때 나는 그들을 보았다. 그 커플은 춤을 추면서 문 여러 개를 통과해 무대 뒤 휴게실로 갔는데 서로 딱 붙어 있었으며 서로를 이끌기도 하고 밀어붙이기도 했다.

목구멍에서 단단한 덩어리가 튀어 올랐다가 다시 내려가는 기분이었다. 벽에 대고 있던 두 손바닥은 땀으로 축축하게 젖었다. 나는 밖으로 뛰쳐나가 영화관 쪽으로 갔는데 죄의식으로 무릎이 후들거렸다. 만약 우리 식구 누가 이 사실을 알아낸다면……

나는 언제나 앨 졸슨 영화를 즐겨 보았다. 몇 주 지나서 우리는 찰리 채플린의 「시티 라이트」를 봤다. 영화 간판 그림에는 '유성' '노래' '춤'이라는 낱말이 익숙한 선전 문구가 되었다. 나는 이제 내 역할이 사라질 거라는 생각에 처음엔 마음이 좀 불편했다. 이제 친구들은 내가 스크린에 찍혀 나오는 대사를 읽어주기를 바라지 않을 것이다. 들리는 대사를 듣기만 하면 될 터였다. 하지만 나는 곧 유성영화의 새로움과 편리함에 빠져 눈물은 잊어버렸다.

이것이 대공황기 마라바스타드의 모습이었다. 사람들은 가난했지만 컬럼비아 댄스홀 외에도 오락의 욕구를 해소할 출구를 찾아냈다. 재즈 연주단이 점점 더 많이 생겼다. 공휴일이면 낡은 피아노가 실린 마차와 네 명가량의 연주자들이 바버 스트리트에 와서 마라비 재즈를 연주했고, 어떤 악단은 「좋은 시절은 또 온다네」나 「창문까지 까치걸음」을 연주하기도 했다. 내가 모르는 튤립, 장미, 나른한 늪, 산타루치아의 만돌린, 푸른 옷을 입은 아름다운 아가씨들, 늙은 아버지 템스 강, 전에는 몰랐던 「서니 사이드 오브 더 스트리트」* 등을 상상해보면 정말 멋있었다. 새해 첫날에도 똑같은 일이 벌어졌다. 같이 소풍 갈 그룹을 짰지만 재미있는 일은 집에 돌아온 뒤에야 생겼다. 모든 그룹에는 나름의 밴드와 유니폼이 있었다. 선빔즈, 서니보이즈(여자들도 끼어 있었다), 캘리즈, 레드-화이트-디지(디지는 녹색이라는 뜻)라는 그룹들이 있었다. 이런 이름들은 그 그룹이 응원하는 풋볼 팀 이름과 똑같았다. 무개화차에 올라타 로케이션을 돌면서 자기들 유니폼 색깔을 자랑하는 것을 보면 그들의 깃털은 전혀 불경기에 찌든 새들의 깃털로 보이지 않았다.

교회 목사들은 비도덕적인 것을 열광적으로 비난했다. 그들은 컬럼비아 댄스홀 같은 곳을 저주했고 영원한 벌을 받을 거라고 예언했다. 그들은 사람들에게서 끊임없이 돈을 거둬들였다. 다달이, 분기별로, 일년에 두 번씩 표값을 받아냈고, 영성체를 위해서, 목사가 총회에 갈 경비로, 오지에 세울 교회를 위해서, 목사의 자전거를 사기 위해 돈을 요구했다. "우리는 가난해요. 이제 더는 돈이 없어요." 사람들은 이렇게 말했다. 그렇지만 그들은 뭔가를 가져와서 탁자 위에 올려놓았다. 그

---

* 'old Father Thames'는 영국의 노래 가사고, 「The Sunny Side of the Street」는 1930년에 만들어지고 뮤지컬에 삽입된 곡으로 훗날 재즈의 스탠더드 넘버가 되었으며, 루이 암스트롱 등이 불러 유명해졌다.

리고 백인 감독관들도 정기적으로 찾아와서 설교를 늘어놓았다. 아프리카감리교감독파 교회를 제외한 모든 교회에는 감독자로 백인 목사를 두었다. 그리고 그들이 오면 회중들은 백인 목사의 설교를 듣기 위해 전력을 다해 나와야 했다. 그런 날에는 집사나 교회 임원들이 보통 때보다 더 깐깐하고 주제넘게 나섰으며 막중한 책임을 진 사람들처럼 턱을 단단하게 당기고 있었다. 풍채 좋은 여자 기도자들은 번쩍거리는 빨간 블라우스와 풀 먹인 흰색 모자를 쓰고 티 하나 없는 모습이었다. 하지만 그 색깔들은 여자들이 걸친 매끈하고 반짝이는 검은색 숄 때문에 색조가 부드러워 보였다. 그 여자들을 볼 때마다 새 같다는 생각을 할 수밖에 없었다!

여러 교파의 교회에서 부흥회가 폭발하듯 일어났다. 아버지가 명목상 감리교도여서 어머니도 감리교도였기 때문에 할머니는 남동생과 여동생과 나를 감리교회로 몰고 가서 거기 내버려두었다. 그리고 할아버지가 루터교 신자였기 때문에 할머니, 도라 이모, 나머지 식구들은 루터교 교회로 갔다. 그리스도 수난일 전날 밤이면 루터교 여자들은 노래를 부르며 길거리를 돌아다니고, 계속 노래하면서 자기 교회 신도들을 깨웠다. 그들의 노랫소리에 우리는 잠에서 벌떡 깨어 눈을 비비며 앉아 있다가 그 음울한 노래의 마지막 곡조가 저 멀리 흐릿하게 사라지기 시작하면 다시 쓰러져 잤다.

하지만 그 당시에는 사람들이 대체로 교회에 잘 가지 않았다. 그래서 목사들은 신앙심이 해이해졌다고 비난했다. 그들은 대공황을 신이 내린 벌이라고 했다. 여자들과 나이 든 남자들, 우리 또래의 아이들은 교회에 잘 출석했다. 젊은 남자와 여자들은 교회에서 멀어졌다. 늙은 남자들은 교회에서 대개 졸았다. 우리는 예배 보는 동안 대체로 여자들과 목사를 쳐다보기도 하고 조는 할아버지들을 쳐다보기도 했다.

사람들은 맥주를 점점 더 많이 마셨다. 학교를 그만둔 뒤 애가 생긴 남학생과 여학생들도 점점 더 많아졌다. 그러면 목사는 집안의 풍습이나 명예에 매여 아직도 집에 남아 있고 말도 없고 힘도 없는 우리 같은 아이들에게 비난의 손가락을 돌려댔다. 보에타 렘이 사라졌지만 자칭 '똘똘한 애들'이 활기를 잃은 것은 아니었다. 오히려 그 애들은 경쟁 관계에 있는 갱단과 한판 붙었다. XY 랜치, 점보 랜치, 프리스코 랜치, 텍사스 랜치, 특급 랜치, 어퍼컷 랜치* 등 갱단들은 다양했다. 그들은 길에서 사람들을 잡아 세워 칼끝을 겨눈 채 옷을 완전히 벗기고 그대로 내버려둔 채 사라졌다. 그 애들은 옷을 팔아치웠고, 강간과 강도짓도 했다.

그때쯤 나는 일요일마다 이 교회 저 교회를 돌며 예배를 보는 데 열중했다. 나는 변화가 좋았고 그것이 활력을 불어넣어 목사마다 제각각 다른 설교를 해도 별로 어렵지 않게 들을 수 있었다. 나는 루터교 교회의 성가가 좋았다. 그 교회의 성가는 감리교나 아프리카감리교감독파 교회처럼 단조롭지 않았다. 성공회 교회에서는 향과 보기(寶器)가 좋았다. 영어와 소토말을 섞어서 설교하기 좋아하는 아프리카감리교감독파 교회 목사의 설교도 들어보니 재미있었다. "미친놈이야." 할머니가 말했다. "그자의 신이 내려와서 네 모국어를 어디다 내팽개쳤느냐고 묻는 날에는 비명이나 질러대겠지." 나는 그 사람이 그저 재미있다고만 생각했다. 그 목사가 낡고 부러진 안경을 고정하려고 귀 뒤에 끈을 감은 모양을 보면 언제나 우스웠다.

---

* ranch: 원래는 넓은 목장이나 사육장 또는 그곳에서 일하는 일꾼을 뜻하지만, 여기서는 패거리 이름에 붙인 말로 쓰였다.

스스로 가자교파라고 부르는 작은 무리가 예배를 보는, 철망으로 둘러친 조그만 구역이 있었다. 그곳에 가볼 용기는 나지 않았다. 대공황기에는 자칭 예언자라면서 믿음으로 치유한다느니 하고 떠벌리는 사람들이 아주 많았다. 가자교회 목사인 은자마도 그런 '예언자'였다. 매년 그리스도 수난일이면 그는 우리 로케이션 제일 낮은 곳에 있는 자기 교회 아래쪽 플랜테이션에 파놓은 깊숙한 구덩이에 들어갔다가 3일째 되는 날, 즉 부활절에 '부활'했다. 그동안 그가 아무것도 안 먹는다고 말하는 사람들도 있었고 아무도 안 볼 때 그의 부인이 담요와 먹을 것을 갖다준다고 말하는 사람들도 있었다. 하지만 은자마와 그의 신도들은 은자마에게 그리스도의 힘이 있기 때문에 그가 실제로 죽었다가 부활한다고 주장했다.

하루는 어떤 여자가 몸이 마비된 자기 아들을 신앙으로 낫게 해달라며 은자마에게 데려갔다. 은자마는 의식을 거행했는데, 환자가 아무런 반응을 보이지 않자 은자마는 환자의 발목과 무릎의 굳고 쪼그라든 힘줄을 잘라버렸다. 아이는 죽었고 은자마는 체포되어 감옥에 갇혔다. 가자교회에 가볼까 하는 생각만으로도 몸이 떨렸다. 나는 그곳에 가지 않았다.

나는 할머니에게 교회를 순례한 이야기를 했다. 할머니는 그러면 내가 결국 아무 교회에도 못 가게 될 거라고 했다. "천하에 쓸모없는 이교도인 네 애비처럼." 할머니가 '이교도'라고 말할 때마다 그 말에 실리는 끔찍한 예언 같은 기미가 이번에는 없었다. "이제는 길 위쪽에 있는 천막교회에도 가보고 싶겠구나. 가기만 하면 네 머리를 잘라버릴 거다. 네 녀석을 아주 조각조각 잘라버릴 거야."

길 위쪽에 천막 교회가 생긴 건 대공황기 무렵이었다. 음콘도 목사는 요하네스버그의 알렉산드라 타운십*에서 몸이 약한 부인과 함께 왔다. 그들은 남아프리카 감리교회에서 떨어져 나왔다. 그가 새로 몸담게 된 교회는 흔히 나귀교회라고 불리는 어떤 교회의 분파라고 했다. 그 교회의 상징은 나귀를 타고 예루살렘으로 들어가는 그리스도의 그림이었다. 새 교회의 라무슈 주교는 가장 힘이 넘치는 설교자라며 떠들썩했다. 그런데 그 교회의 본산이 교회에 낼 돈 여러 항목 중 하나를 2실링에서 2실링 6펜스로 올려버렸다. 음콘도 목사는 고위직 백인들에게 저항했지만 그들은 요지부동이었다. 결국 그는 수천의 신도들을 이끌고 그곳을 떠나버렸다.

얼마 지나지 않아 지역 성공회 목사인 핏소가 자기 교회에서 수많은 신도를 빼내 나갔다. 프리토리아 주교와 다투고 난 후의 일이었다. 그는 자기 교회를 아프리카 가톨릭교회라고 명명했다. 하지만 나중에 그는 그게 아주 잘못된 처사라고 깨닫고 회중을 이끌고 성공회로 되돌아갔다. 그는 참회하기 위해 오지 벽촌으로 들어가서 다시는 프리토리아로 돌아오지 않았다.

수많은 젊은 남녀들이 북부 트란스발에서 프리토리아로 흘러들어왔다. 피터즈버그에서 학교 다닐 때 우리보다 더 큰 학생이었던 사내들을 이따금 만나기도 했다. 그들은 교외에서 가정집에 고용된 하인으로 일했다.

일요일이면 그들은 마라바스타드에서 11킬로미터 떨어진 교외에서 그 반대편 지역인 반툴레까지 나왔다. 그곳에 그들의 놀이터가 있었

* township: 타운십은 일반적으로는 시 단위 행정구역에 속하지만, 남아공의 경우 아파르트헤이트 정책 당시 흑인과 컬러드, 인도인 노동자 들을 시 외곽에 집단으로 거주시킨 지역을 가리킨다.

던 것이다. 그곳 풀밭에서 그들은 맨주먹으로 권투를 했다. 그런 날이면 우리는 집을 나서서 그들이 라이벌 시합을 벌인 뒤 바버 스트리트로 몰려가는 것을 보러 갔다. 그들은 반바지에 테니스 모자와 테니스 운동화를 신고 주머니 밖으로 손수건을 늘어뜨리고 다녔다. 그들은 몸을 웅크린 채 허공에 주먹을 휘둘러 손목에 찬 플라스틱 팔찌가 쟁그랑대게 했다. 그들은 흑인 군인들처럼 성큼성큼 걸어 다녔고 다리를 씻은 뒤에 바셀린이나 기름을 발라 번들거리게 했다. 그런 식으로 돌아다니면 (말 그대로) 그들의 '피가 끓어서' 아주 험악해진다는 말이 나돌았다. 매주 일요일 말 탄 백인 경찰들이 반툴레까지 따라가며 그들을 감시했다.

자기들 놀이터에 도착하면 그들은 링을 만들고는 피가 튀고 야만적이며 맹렬한 한판 승부를 위해 라이벌끼리 짝을 지어 링으로 들어섰다. 누구나 시합에 참여할 수 있었고 반대파의 아무에게나 도전할 수 있었다. 그것은 내가 북쪽에서 살 때 열대의 달빛 아래 레쇼아나 강의 흰모래 위에서 즐겨 논 것과 똑같은 권투 경기였다.

이들은 말라이타라고 불리게 되었는데 소토 말로 깡패라는 뜻이었다. 이들이 흩어져 도망치면 경찰들은 바로 뒤까지 쫓아가서 채찍으로 등을 갈겼다. 그게 말라이타들을 미치게 만든 것 같았다. 왜냐하면 그들은 흩어졌다가 다른 길로 다시 시내에 들어왔기 때문이다. 마라바스타드를 통과해서 간 자들도 있었고 인도인과 컬러드의 리저브를 통과해 간 자들도 있었다. 경찰은 그들이 이런 지역에 못 들어가게 하려고 제압한 거였는데 채찍을 너무 잔인하게 휘둘러서 그만 역효과를 낸 셈이었다.

말라이타들은 자기들 가는 길에 거치적거리는 사람들에게 폭력을 휘두르고 여자들과 어린 계집애들을 강간했다. 한번은 그들이 우리 집

아래쪽 강가에서 어떤 남자를 거세한 적도 있었다. 동네 사람들은 그들을 두려워하고 미워했으며, 경찰들이 그들을 채찍으로 갈기고 덮치려고 웃으면서 말을 몰아도 누구 하나 불쌍하게 여기지 않았다. 막대기와 돌멩이를 들고 그들 뒤를 쫓는 일도 재미있었다. 우리는 그들이 시내 중심가에 이를 때까지 쫓아갔다. 그래도 말라이타들은 일요일 오후마다 자기 주인집을 나서서 매번 똑같은 꼴을 당했다!

15. 이모와 압둘의 대결

프리토리아는 원래가 아주 거친 짐 크로* 지역이었다. 지방의 가장 외딴 마을보다 나을 게 하나도 없었다. 때때로 어머니가 일해주는 영국인 가족들 중에는 내게 잘해주는 사람들도 있었지만 나를 싫어하는 사람들도 있었다. 한번은 어머니가 닥터 브로더릭이라는 사람 집에서 일한 적이 있었다. 그 집 애들은 한번씩 내게 다가와서 이런 식으로 말했다. "존, 에바 찾아?" 에바는 내 어머니 이름이었지만 내 이름은 존이 아니었다. "에바, 네 아들이 왔어"라고 하기도 했다. 그러고는 나를 위아래로 훑어보고 얼굴을 찌푸린 채 실눈으로 쳐다보기도 했다. 내게 오렌지를 던져줄 때도 있었다. 그런 식으로 심문당하는 일에는 아무래도 적응이 되지 않았다. 나는 그게 너무 싫었지만 그 애들이 금방이라도 내가 꼴 보기 싫다고 자기 부모한테 이르러 갈까 봐 겁이 나기도 했다. 물론 걔들은 그러지 않았다. 하지만 얼마 뒤부터 나는 어머니가 쓰는 작은 방 쪽으로 곧장 걸어가 벽에 기댄 채 어머니가 그 큰 집에서 나올

* Jim Crow: 1876년에서 1965년 사이 모든 공공장소에서 흑인과 유색인을 차별한 미국의 짐 크로 법(The Jim Crow laws)에서 나온 말로, 짐 크로는 흑인을 가리킨다.

때까지 기다렸다. 어머니는 계속 영국인들 집에서 일했다. 어머니는 결코 아프리칸스어를 배우려 하지 않았고 틀릴 때도 많았지만 영어를 술술 말했다. 어머니의 영어는 줄곧 영어를 쓰는 집안에서 일하면서 대부분 스스로 익힌 것이었다. 우리는 집에서는 북부 소토 말을 썼고 밖에서는 아프리칸스어와 소토 말을 섞어 썼다.

도라 이모가 빨래를 해주는 아프리칸스인들은 내가 자기네 부엌에 들어오는 게 싫다는 것을 노골적으로 드러냈다. 그 집 애들은 창문으로 몰래 내다보기만 했다. 그것만 아니면 나는 존재하지 않는 거나 마찬가지였다. 나는 그런 식이 더 편했다. 어떤 애는 내가 온 걸 자기 엄마한테 알려야겠다 싶으면 이렇게 말했다. "마, 디 바스괴트카피르 이즈 히아(엄마, 빨래 카피르가 왔어)." 그러고는 내 존재 따위는 까맣게 잊어버렸다.

나는 백인이 다니는 길에 거치적거려서는 안 된다는 것을 실수를 통해 배웠다. 주변 환경이 던지는 더 냉혹한 충격을 흡수하려고 억지로 기다리지 않아도 집 안에서도 힘든 일은 충분히 많았다. 그래서 백인들 한 떼가 길을 다 차지하며 나란히 걸어가면, 자주 있는 일이지만, 우리는 그냥 비켜줬다. 어떤 점에서는 특정한 날, 즉 백인들이 가지 않는 날 박물관이나 동물원, 유니언 빌딩* 같은 공공 건물에 갈 수 있는 것이 아주 행복한 일이기도 했다. 우리 흑인들은 공원의 담벼락 근처에 가는 것도 허용되지 않았다. 그런 장소는 너무나 낯선 곳이어서 우리는 철조망을 친 담장에 얼굴을 댄 채 백인 아이들이 그네를 타거나 '목마'를

* Union Buildings: 남아공의 대표적인 건축물. 프리토리아에 위치하며 빼어난 건축미로 유명하다. 허버트 베이커 경의 디자인으로 1913년 완공된 이 건물은, 현재 정부청사로 사용되고 있으며 1994년 최초의 보통선거 실시 이후 대통령의 거주지가 되었다.

타고 노는 것을 부러워하며 서 있는 것도 좋아했다. 우리 눈에 그 애들은 마치 곡예를 부리는 것만 같아서 우리는 걔들이 재주를 부리면 환호성을 지르기도 했다. 백인 관리자가 소리를 질러 우리를 쫓아내면 그가 너무나 미웠으며 그 아이들도 미웠고 그러면서 그 애들이 부러웠다.

하지만 흑인들만 가기로 정해진 날이라도 백인들은 자기들이 가고 싶으면 공공장소에 갈 수 있었다. 대개 평일과 일요일 아침 12시까지가 그랬다. 한번은 폭스단원들이 동물원을 습격하기로 한 날이었는데, 어떤 남녀 한 쌍이 나무 아래에 나란히 앉아 있는 거였다. 그들은 아프리칸스 말을 하고 있었다. 대니와 라타우와 나는 세발자전거를 타는 원숭이를 보려고 가다가 걸음을 멈췄다. "악, 안 돼, 블리키스!" 그 백인 여자가 신경질적으로 웃으면서 말했다. 우리는 무슨 일인가 싶어 그쪽을 흘깃 봤다. 블리키스라는 남자는 술에 취한 게 틀림없어 보였다. 그는 무릎을 꿇고 있었고 여자는 무릎을 꿇은 자세로 머리를 가다듬고 있었다. 여자의 얼굴이 귀까지 빨갰다. 블리키스는 여자를 팔로 안더니 자기 무릎 위에 여자를 엎어놓고는 엉덩이를 몇 대 살짝 때리고 풀어주었다. 여자는 웃으면서 계속 이렇게 말했다. "그러지 마, 그러지 말라니까, 블리키스. 악, 아이!" 남자가 여자의 엉덩짝 사이에 손가락을 밀어 넣으면서 치마 속으로 손을 넣으려고 했다. 그러다 보니 여자 몸은 자꾸 앞으로 밀렸고 남자는 뒤에서 쫓아가는데, 둘 다 무릎걸음이었다. 블리키스라는 남자는 여전히 손가락을 빼지 않았고 여자는 너무 간지러워서 그러는 거겠지만, 날카로운 소리로 웃고 소리를 질러댔다. "어머, 블리키스, 어머, 블리키스, 어머! 악, 그러지 마, 아이, 씨이!" 그 와중에도 여자는 간간이 웃었다.

우리 셋은 서로 팔꿈치로 쿡쿡 찌르며 킬킬거렸다. 그러자 그 둘이 벌떡 일어나더니 우리 쪽으로 걸어왔는데 블리키스라는 남자는 조금 비틀거렸다.

"오늘 밤에 카피르 하나 잡아줘, 블리키스." 끔찍스럽게 태연한 표정으로 여자가 말했다. 그 둘이 그런 장난을 치는 중에 여자와 내 눈이 아주 잠깐 마주쳤던 기억이 난다. "오늘 밤에 카피르 하나 잡아줄 거지? 자기야, 안 그래, 자기? 저 깜둥이 카피르 원숭이 엉덩이를 멋지게 한 번 차줄 거지, 응?"

"오늘 밤 말이야, 자기? 지금은 아니고?"

남자가 우리 쪽으로 왔다. "이것들은 도대체 뭐야?" 그가 말했다. 그가 다리를 내질렀는데 언제나 날쌘 대니를 맞힐 수는 없었다. 블리키스라는 작자의 발은 원숭이 우리의 쇠창살을 걷어찼고, 쓰러지면서 몹시 아픈지 몸을 뒤틀었다. 우리는 잽싸게 도망쳤다. 우리는 코끼리 우리 뒤에서 원숭이가 블리키스에게 경의를 표한다는 듯이 세발자전거 묘기를 멈춘 것을 지켜보았는데, 여자가 블리키스를 도와 일으키고 있었다.

눈 깜짝할 새 모든 아프리카인이 그곳을 피해 다른 곳으로 가버렸다. "백인을 조심해라. 백인은 아주 아주 힘이 세단다." 우리 어머니가 자주 하던 말이었다. 그 말은 어린 시절 내내 내 머릿속에서 울렸다.

12월 16일은 딩가안* 데이였다. 그날은 피에트 레티에프와 그의 부

---

* Dingaan(1795?~1840): 딩가네Dingane로 더 알려져 있다. 1828년 이복형인 줄루 왕 샤카를 암살하고 왕이 되었다. 처음에는 나탈의 영국인에게 호의적이었고, 또 유럽인들이 계속 몰려오자 자국의 안전을 위해 선교 활동을 허용하는 등 협약을 맺기도 했다. 그러나 보어인과는 계속 마찰을 빚었고, 결국 1837년 후어트레커에게 땅을 넘기기로 피에트 레티에프와 조약에 서명하지만 그해 2월 레티에프의 사절단을 살해하고 여자와 어린이가 포함된 500여 명의 보어인을 살해한다. 그러나 블러드 리버Blood River 전투에서 3천여 명의 줄루 족이 사망하는 큰 타격을 입었고, 결국 1840년 1월 보어인 리더 프레토

하들이, 줄루 족의 왕이고 샤카*의 이복동생인 '교활한 딩가안'의 손에 죽은 사건을 상기하는 공휴일이다.

딩가안 기념일에 아프리카너들은 대개 말을 타고 프리토리아의 중심가인 처치 스트리트를 행진했다. 사람들은 후어트레커** 의상을 입고 테가 넓은 모자를 쓰고 커다랗고 널찍한 탄띠를 두르고 있었다. 그 가운데에는 보어전쟁***에 참전한 사람들도 섞여 있었는데, 이 행진 무리가 인도와 지붕 꼭대기에 올라간 엄청난 백인 군중의 눈에 띄는 환호를 받으며 암울한 분위기로 길을 메우고 있는 것은 분명 대단한 구경거리였다.

내가 1934년에 시골에서 올라온 날이 바로 딩가안 데이였는데, 그

리우스에 의해 축출된 뒤 반기를 든 같은 줄루 족에 의해 암살되었다.

* Shaka(1787?~1828): 줄루 왕국의 왕. 줄루 족의 정복 전쟁을 의미하는 음페카네 Mfecane를 이끈 전사 왕으로 그에 의해 줄루 족은 번성하고 영토를 크게 확대했다. 보어인이 세운 나탈공화국을 여러 차례 공격했으며 주변 원주민 국가들로부터 공물을 받기도 했으나 1828년 딩가네 등에 의해 살해되었다. 그 뒤 딩가네, 음판데, 세츠와요 등이 왕위를 이어가지만, 샤카가 획득한 영토는 마침내 1879년 13개 지역으로 나뉘어 트란스발에 합병되고 줄루 족의 영광도 사라졌다.

** Voortrekker: 아프리칸스어와 네덜란드 말로 개척자를 의미하며, '앞서 이주한 사람'이라는 뜻이다. 후어트레커는 1830년대와 1840년대 케이프콜로니를 떠나 현재 남아공 내륙으로 이주한 보어인들로 그들의 이주를 대이주(The Great Trek)라고 부른다.

*** Anglo-Boer War: 일반적으로 보어전쟁(Anglo-Boer War)이라 하면 제2차 보어전쟁을 말하며 남아프리카 전쟁이나 트란스발 전쟁이라고도 한다. 이 전쟁은 1899~1902년 사이 남아프리카의 네덜란드계 보어인의 트란스발공화국, 오렌지자유국의 7만 연합군과 45만 영국군 사이에 다이아몬드 광산과 금광 이권을 둘러싸고 일어난 전쟁이다. 영국이 승리함에 따라 트란스발공화국과 오렌지자유국은 영국령이 되었다가 최종적으로는 영국 식민지가 된다. 병력 차이가 너무나 커서 영국이 쉽게 이길 것으로 예상되었고 실제로 그러했지만, 전쟁 말기 영국군에 의해 강제 수용된 여자와 어린이를 포함한 보어인 2만여 명이 굶주림과 전염병 등으로 사망하면서 영국은 전 세계의 비난을 받게 된다. 제2차 보어전쟁의 전초전 격인 제1차 보어전쟁은 1880~1881년에 치러졌다.

때 나는 말 탄 사람들의 무리가 큰길을 행군해 가는 모습을 보았다. 나는 레보네가 백인들 무리의 가장자리에서 주저하며 목을 길게 뽑고 있는 것을 보았다. 내가 레보네 옆으로 가자 그 애는 요하네스버그로 가는 자기 이모를 배웅하러 역에 갔다 왔다고 말했다.

"좀더 안쪽으로 들어가보자." 레보네가 평소처럼 활기차게 말했다.

"난 무서운데."

"가자니까, 에스키, 설마 우릴 죽이겠어."

"우리는 여기 있으면 안 돼."

"하지만 이미 여기 온걸." 레보네가 내 팔을 잡아당겼다. 벌써 군중들 속으로 들어와버렸으니 이제는 소용없었다. 그곳에 있은 지 얼마 안 되어 어떤 키 크고 비쩍 마른 아프리카너 하나가 내 옆구리를 찌르면서 이렇게 말했다. "저리 가, 이 카피르! 이게 원숭이 쇼인 줄 알아?"

"우린 그냥 구경만 하는 거예요." 레보네가 말했다.

순식간에 어떤 커다란 손이 내 뒷덜미를 움켜쥐고 나를 끌어냈다. 어디선가 다른 손이 나를 잡으려고 튀어나왔다. 내 뺨을 서너 차례 철썩 올려붙이는 손도 있었다. 내 얼굴이 어딘가에 부딪혀서 콧등이 엄청 아팠다. 어떻게 군중들 밖으로 떠밀려 나왔는지 모르겠지만 결국 나는 모퉁이 쪽으로 비틀거리며 나왔다. 그제야 나는 등까지 걷어차였다는 것을 알았다. 레보네가 길 아래에서 나와 다시 합류했다.

우리는 한동안 아무 말도 하지 않았다. 그러더니 레보네가 "구린내 나는 보어 놈들!"이라고 퉤 내뱉었다.

"보어 놈이든 아니든 이건 너 때문이야."

"우리가 어디에 있든지 그놈들은 결국은 그렇게 했을 거야."

"도망치면 되잖아."

"이자들은 사람을 쫓아오는 걸 좋아해. 그 사람들한테 우리는 재미있는 장난감일 뿐이라고."

레보네 말이 맞는 말이었기 때문에 더욱 기분이 상했다. "너한테는 무슨 짓을 했어?" 내가 물었다.

"그냥 빰 몇 대 맞았어."

"프로스펙트 타운십도 이랬어?"

"거긴 좀 달라. 경찰들이 이런 짓을 하지."

"우리는 저 군중들 속에 들어갈 권리가 없어. 거기 가서는 안 되는 거였어." 눈에 눈물이 고이고 목에 씁쓸한 덩어리가 꽉 막힌 것 같아서 나는 더는 말을 할 수 없었다. 그러나 그 씁쓸함의 우물 저 차가운 밑바닥에서부터 레보네에 대한 강렬한 존경심이 샘솟아 오르는 것을 느꼈다. 그리고 그것이 주는 서늘하고 신선한 느낌이 내 배 속 깊이 다시 가라앉는 것을 느꼈다.

흑인들은 살아남기 위해 하루 단위로 맞춰가며 살았다. 백인들은 흑인들의 노동이 필요하면 할수록 흑인들을 더욱더 증오했다. 북부와 동부에서 사람들이 점점 더 많이 프리토리아로 쏟아져 들어왔다. 불안감을 느끼면 느낄수록 그들은 영원히 그런 모습으로 살 것처럼 보였다. 로케이션에 숨어들어 와 그 동네 사람들에게 할당된 땅뙈기에 양철로 판잣집을 세워 살았기 때문이다. 끝없이 밀려들어 오는 난민들은 짐 크로의 도시에서 삶과 안전을 찾았다.

"해마다 수확이 점점 더 나빠지네." 누군가 그렇게 말했다.

"우리는 곡물통이 텅 비었어요." 이렇게 말하는 사람들도 있었다.

"시골로 되돌아가라고? 미친 소리!" 누군가는 이렇게 말했다.

백인이 가는 길에 거치적거리지 마라! 이것은 모든 흑인들이 실수를 통해 배운 교훈이었다. "백인은 위험해." 한바탕 맥주 검문이 휩쓸고 지나가면 마-레보나는 이렇게 말하곤 했다. "저자는 백인이고 우리가 못하는 일을 할 수 있기 때문에 우리는 백인이 흑인을 지켜줄 거라고 생각하는 거지."

"네가 본 건 아무것도 아냐." 할머니가 말했다. "폴 크루거* 시절에 보어 사람들이 우리를 어떻게 지켜주었는지 네가 봤어야 해. 그 사람들이 총과 신의 말씀으로 우리를 얼마나 잘 보호해주었는지 영국 사람들은 감히 우리를 건드리지도 못했다니까. 백인은 우리의 신인데, 뭘 달리 생각할 수 있었겠어? 나리들과 마님들이 흑인 대신 생각을 해줬다고. 적어도 너는 지금 마라바스타드에서 살고 있고, 네가 궁지에 빠진 채 어떤 주인 나리가 널 채찍으로 패주라고 적은 편지를 들고 다른 주인 나리에게 달려갈 일은 없잖아."

할머니는 지치지도 않고 우리에게 '폴 크루거의 날'이니, 보어인들이 통치하던 시절의 고난이니, 영국인을 위해 싸우거나 염탐을 해준 혐의를 쓰고 생매장당한 아프리카인 얘기 따위를 해주었다. 또 보어인 군인들이 흑인 여자의 가슴을 잘라버린 얘기, 무자비한 '메네어** 파울렌' 얘기도. 메네어 파울렌은 자기는 신의 저주를 받아 암흑 속에 내동댕이쳐진 양 떼를 이끌어내라고 신께서 보낸 사람이라고 말했다는 독일인 루터교 선교사다. 또 견진성사를 받는 날 교회에서 메네어 파울렌이 성서에 나오는 이야기를 물을 때 할머니가 얼마나 대답을 잘했는지, 할

---

* Paul Kruger(1825~1904): 보어인의 공화국인 남아프리칸공화국(또는 트란스발공화국)의 대통령을 지냈으며 보어전쟁 당시 영국에 저항한 보어인들의 상징적인 인물이다. 네덜란드개혁교회를 신봉했고 매우 편협한 종교관에 비과학적인 주장을 서슴지 않았다. 제2차 보어전쟁의 패배로 몰락했다.

** Meneer: 영어의 미스터mister에 해당하는 아프리칸스어.

머니가 그의 질문에 모두 대답하자 신도들이 얼마나 놀랐는지도 끊임없이 얘기해주었고, 또 일 년에 한 번 있는 견진성사 날 제일 좋은 옷을 입은 후보자들이 구두시험을 통과해 견진성사 받을 자격을 입증하면 몇 학년이든 상관없이 '학교를 마친' 것으로 봐준다는 것을 알았기 때문에 무척 들떴다는 얘기도 해주었다. 할머니는 자기 남편인 '무덤에 누워 있는 타이터스', 좀더 잘 살아보겠다고 가족을 이끌고 이리저리 이사를 다녔던 구두수선공, 강철 같은 손과 의지를 가졌던 사람, 독실한 루터교 신자였고 워낙 거만해서 자기가 메네어 파울렌보다 더 낫다고 생각했다는 우리 할아버지 얘기도 해주었다.

도라 이모에게 과거는 낭만적인 기억으로 남아 있는 게 결코 아닌 것 같았다. 이모는 미래에 대해서도 절대 말하지 않았다. 이모는 현재를 쥐고 씨름할 뿐이었다.

나는 편한 시간에는 뒤 베란다 가장자리에 걸터앉아 도라 이모와 할머니가 빨래통 위로 몸을 구부리고 있는 것을 가끔씩 지켜보았다. 빨래판을 쓸 때는 몸을 수그렸다가 웃옷 소매나 깃을 빨 때는 몸을 똑바로 세워 앉았고, 몇 시간씩 얘기를 하며 보내기도 하고 물에 이따금씩 침도 뱉고 땀을 닦으려고 앞치마를 걷어 올리기도 했다. 내가 보고 있는 것은 삼십대의 도라 이모였다. 이모는 덩치가 컸고, 화가 나서 비누를 쥐고 던질 때 거의 표적을 놓치지 않는 튼튼하고 굵은 팔을 가졌다.

수만 가지 일이 도라 이모를 화나게 했다. 집에 차나 설탕이 떨어지면 나는 그 아슬아슬한 문제 때문에 이모에게 조심조심 다가가는데 그러면 이모는 나를 날카롭게 쏘아보며 이렇게 말했다. "이렇게 낭비를 하다니, 그게 바로 네 문제야. 너는 내가 돈이 필요하면 화장실에 가서 가져오는 줄 알아? 뼈 빠지게 일해서 버는 거야. 그렇게 마구 써서 날 아주 홀라당 벗겨먹을 셈이냐……" 이모는 말을 다 마칠 때까지 숨도 안 쉬고 떠드는 것 같았다. 그래서 나는 재난이 닥쳤다는 것을 알리기 전에 먼저 말을 꺼낼 좋은 기회가 찾아오기를 기다렸다. 그건 이모가 미친 듯이 날뛸 때 완충 장치 노릇을 해줄 손님이 찾아올 때였다. 아니면 이모가 고기를 먹고 있을 때가 그때였다. 이모는 고기를 무척 좋아했다. 임신했을 때는 정말 대단했다. 이모는 두터운 쇠고기를 사서 그걸 화로 위 석쇠에 올려놓고는 느긋한 마음으로 아주 맛있게 먹었다. 그래서 이모가 입으로 쇠고기를 나르는 그 몇 안 되는 순간에는 기세도 꺾였다. 다 먹고 나면 이모는 앞치마 주머니에 손을 깊숙이 찔러 넣어 6펜스짜리 동전을 꺼내 떨어지기라도 할까 봐 내 손바닥에 꼭 쥐어주었다. 우리는 뭘 살 때면 항상 조금씩만 샀다.

도라 이모는 몽상가가 아니었다. 뭔가 마음에 들지 않으면 이모는 뒷마당을 쿵쿵 걸어 다니며 큰 소리로 욕을 해댔다. 도라 이모의 어떤 점이 마음에 들지 않으면 할머니에게 와서 말하는 우리 어머니와는 달랐다. 우리 어머니가 몇 년 동안 모아서 침실 상자 안에 보관해둔 식기나 칼 따위를 이모가 몇 번 썼던 경우처럼 말이다.

우리 식구 모두 어머니를 오랫동안 고통을 겪은 환자로, 돈으로든 말로든 언제든 도와주려고 하는 현명한 누이로 보고 존경했다. 이모는 이렇게 말했다. "언니는 너무 착해서 세상살이가 힘들어. 나는 날 좋아하는 사람을 좋아해." 이모는 자기가 말려든 싸움이 해결되지 않고 질질 이어지는 것을 아주 싫어했다.

우리가 단골로 이용했던 인도인 가게 주인 압둘도 다른 가게 주인들처럼 물건을 살 때 6펜스만큼씩 고무도장을 찍어주는 작은 장부를 만들었다. 도장이 200개 정도 찍히면 그 장부는 컵과 컵받침 두 세트로 바꿀 수 있었다. 도장을 다 채우든 못 채우든 크리스마스에 장부를 내밀면 그는 '크리스마스 선물 상자'라며 컵과 컵받침 두 세트 외에 큰 컵 두 개도 주었다. 한번은 내가 엿기름과 식료품을 10실링어치 샀는데, 압둘이 물건을 그렇게 많이 사면 장부가 금방 꽉 차버릴 거라고 솔직하게 말하면서 장부에 액수만큼 도장을 찍어주지 않았다.

이번에도 도라 이모는 잘못을 즉각 바로잡을 증거물로 나와 장부를 잡아 쥐고 질질 끌고 갔는데, 두 증거물들은 너무 멍한 상태여서 잘못을 바로잡는다는 게 뭔지 알 수가 없었다. 이모는 그자를 먼지구덩이에 몇 번 굴려서 시장에 내놓을 때 값이 떨어지게 만들어 잘못된 것을 바로잡는 거라고 말했다.

"10실링어치 산 만큼 그 장부에 도장을 찍어요, 지금 당장!" 이모가 증거물 A를 계산대 위에 탕 하고 내려놓자 그만 땅콩 몇 개가 바닥으로 굴러떨어졌다. "이 작자가 5실링어치만큼만 도장을 찍었다고 했지, 그렇지?" 이모는 증거물 B를 계산대 가까이로 질질 끌어당겼다. 증거물 B는 고개를 끄덕거렸다. 아버지가 일찍 죽어서 학교를 그만두지 않았더라면 훨씬 더 잘했을 거라고 자주 말하던 그 영어 실력으로 이모는 유창하게 말했다.

"아니, 아니, 어, 어!" 그렇게 생각할 줄은 꿈에도 몰랐다는 듯이 압둘이 소리를 질렀다. "10실링은 너무 많아, 너무 많아."

"압둘, 몽땅 엎어버리기 전에 도장을 찍어요."

"돌라, 돌라, 모사디,* 왜 도대체 당신 이런 마쿨루** 소동 벌여? 당

* Dolla-Dolla, mosadi: '돌라'는 도라를 압둘의 발음대로 표기한 것이고 '모사디'는 여자, 아줌마라는 뜻.

** makulu: '크다'는 뜻으로, 반투어에 다른 언어가 섞여 생긴 말(원주).

신 언제나 소동 소동이야, 왜?"

"돌라, 돌라, 흥 지옥에나 가라지! 난리는 당신이 피웠잖아, 이 사기꾼. 나는 뭐 돈을 화장실에서 주워오는 줄 알아? 이 손을 봐, 일을 해서 거칠어진 손이라고."

"나도 우리 식구 먹여 일해 살자 일해."

"이 쿨리,* 당장 도장 찍어! 너 우리한테서 돈 빼앗으려고 인도에서 왔지, 응!"

"조아 조아, 나, 힌디아에서 왔다, 내가 장부랑 무슨 상관이야? 안 돼, 안 돼, 어, 어!"

"압둘, 난 정말이지 이런 말도 안 되는 짓거리 싫다고!"

"나, 쿨리면, 너, 카피르, 너, 열 배 카피르."

그 순간 도라 이모가 증거물 B를 계산대에서 순식간에 세게 밀쳐내더니 중간 사이즈인 압둘의 옷깃으로 손을 뻗어 '빨랫거리를 잡아챘'는데, 그건 공격을 했다는 일상적인 말이었다. 압둘이 몸을 빼내려고 하다가 페즈 모자**가 떨어졌다. 도라 이모는 계산대 위에 살진 무릎 한 쪽을 떡 올려놓았다. "왜 그러는지 말해줄게, 야, 쿨리, 이리 나와, 이리 나오라고." 이모는 계속 떠들고 압둘은 계속 소리를 질렀다. "저리 가, 저리 가, 카피르 미친년, 돌라, 돌라!"

이모가 순간 몸을 날렸고 살이 출렁대는 이모의 두툼한 몸이 카운터를 넘어 상점 주인 옆으로 철퍼덕 떨어졌다. 나는 이모 목이 부러진 줄 알았지만 이모는 금방 벌떡 일어났다. 이모는 압둘을 가게 밖으로 몰아냈고 두 사람은 베란다로 나갔다. 상점 주인은 도라 이모의 손아귀

---

* coolie: 중국이나 인도에서 온 하급노동자를 천하게 부르는 말.

** fez: 붉은색에 검은 술이 달린 터키 모자.

에서 벗어나려고 온 힘을 다해 몸을 뒤틀었다. 나는 무섭기도 했고 도라 이모 편이니까 승리감도 느껴져서 심장이 쿵쿵 아주 빠르게 뛰었다.

그때 증거물 B의 이름이 불리고 머릿수건이 건네졌다. 나는 즉시 증거물 A와 컵과 컵받침 두 쌍이 생각났는데, 만약 압둘이 지면 쓸모가 있을 테니 그걸 차지하려고 계산대로 즉각 달려갔다. 나는 바닥에서 그걸 주워들고 다시 달려왔다. 구경꾼들은 두 사람을 둘러싸고 흉을 보기도 하고 도라 이모를 응원하기도 하면서 아주 재미있게들 싸움 구경을 했다. 압둘을 응원하는 것 같은 사람들은 그가 어쩔 수 없이 싸우는 걸 알고 있었지만 어쨌든 그들 나름대로 재미를 보고 있었다. 압둘은 아직도 이모에게 놔달라고 소리를 질러대고 있었다.

얼마 안 되어서 수염이 난 압둘의 아버지 엘리샤 노인, 압둘의 부인, 한 번도 본 적 없지만 압둘의 자식, 사촌, 조카, 누이 들로 보이는 다른 인도 사람들이 가게 뒤에 있는 살림집에서 몰려나왔다. 그들은 흥분해서 이리저리 돌아다니고 사리 자락을 만지기도 하면서 내내 서로 딱 붙어 서 있었는데, 그 와중에도 그들 입에서 인도 말이 쉴 새 없이 쟁쟁거리며 폭포처럼 쏟아져 나왔다.

도라 이모는 압둘의 얼굴을 머리로 몇 번이나 들이받았는데 이것은 그때나 지금이나 여자들끼리 싸울 때 사용하는 가장 흔한 기술이었다. 이모가 마침내 압둘의 코피를 냈다. 이모는 삽시간에 압둘을 콘크리트 바닥에 깔고 앉았다. 둘은 베란다에서 굴러떨어져 흙바닥에 몇 번 처박혔고, 그러다가 여전히 압둘을 깔고 앉은 도라 이모가 이렇게 소리 질렀다. "자 이제 도장 찍을 거지, 압둘?" 압둘이 몇 마디 내뱉었고 도라 이모가 일어섰다.

엘리샤가 자기 아들에게 황급히 달려가 그를 일으켜 세우자 그의 가족들이 큰 소리로 울어댔는데, 폭포같이 쏟아지는 말들은 여전했다. 압둘은 도라 이모가 입증해 보인 시장 가격 폭락의 아주 유감천만인 사례로 보였다. 이모는 상점 주인을 따라 들어갔고, 가슴을 가리기 위해 심하게 찢어진 웃옷을 고쳐 입었다.

장부에는 도장이 찍혔다. 우리는 그날 컵과 컵받침을 두 쌍 받았다. 도라 이모는 그날 밤 자기 남편한테 아주 심하게 두드려 맞았는데, 그렇게 맞는 걸 본 것은 처음이자 마지막이었다. 하지만 이모는 절대 울지 않았다. 나는 그 뒤로 며칠 동안 이모의 미사일 사정거리 밖에 있으려고 필사적으로 노력했다.

할머니는 이모가 그런 짓을 했다며 이교도라고 욕을 했고, 아이고, 만약, 지금 고요한 무덤 속에 있는 타이터스가 살아 있었으면 이모가 아직 어린애였을 때도 몇 번 그랬던 것처럼 이모 머리를 주먹으로 날려버렸을 거라고 말했다. 할머니는 그날 밤 도라 이모를 위해 기도를 드렸다. 있잖아, 2번가의 도라는 남자를 두드려 팬대,라는 얘기가 이제 우리 로케이션에 널리 퍼졌다.

이모가 압둘을 공격하고 나서 몇 주인지 몇 달인지 지난 어느 날 오후 나는 반틀레에 심부름을 갔다가 돌아오고 있었다. 나는 좀 피곤해서 압둘의 가게 베란다에 앉아 집안일을 하러 가기 전까지 시원한 그늘에서 좀 쉬기로 했다. 십대 시절에는 가게 베란다에 서 있거나 앉아 있는 게 어딘지 멋있어 보였다. 함께 몰려다니는 애들이 있다면 끝내주게 멋지거나 치사한 이야기도 떠들어댈 것이다. 내가 웃는 걸 보면 할머니나 이모나 어머니는 질색했겠지만, 그래도 그런 자유를 즐기는 것이다. 베란다는 가장 생생한 장면을 얘기하면서 자기가 본 영화를 다시 한 번 되새겨보는 (그런) 곳이었다. 친구들끼리 어떤 계집애가 얼마나 싫은

지, 어떤 선생이 얼마나 미운지에 대해 떠들고 또 어느 날 밤 화장실에서 오줌통을 들고 나와 그 선생의 교실에 가서 그 선생 책상에 그걸 쏟아붓겠다는 얘기를 늘어놓는 것이다. 하, 그 끔찍한 냄새만 아니었으면 우리는 그런 짓을 했을 것이다! 빵조각이나 사탕이라도 사서 함께 나눠 먹는 것도 바로 그런 가게 베란다에서였다. 빵을 사면 거기에 인도아차를 끼워 먹으면서 지나가는 사람들을 버르장머리 없이 놀려먹기도 했다.

그러나 혼자 있으면, 이 세상의 전부라고 알고 있는 것들이 반은 무심하게 반은 무언가에 푹 빠진 채 바버 스트리트를 스쳐 지나가는 모습을 골똘히 바라보게 된다.

엘리샤 노인은 빈 궤짝 위에 올라앉아 그 옆 기둥에 기대고 있었다. 그는 궤짝 위에서 다리를 모아 앉아 있었고 샌들은 궤짝 아래 자기 앞쪽에 놓아두었는데 샌들 안쪽이 반짝거렸다. 그는 시장에서 파는 꼬챙이로 꿴 닭을 커다랗게 부풀려놓은 것 같은 모습이었다. 나는 노인이 그런 자세로 있다가 무슨 사고라도 나지 않을까, 재미로 생각해보았다. 그때 텍사스 랜치파의 남자아이들 넷이 베란다로 어슬렁어슬렁 걸어왔다. 그 애들은 엘리샤 노인 맞은편 벽에 기대섰다. 그 노인 입장에서 보면 그 애들은 거기에 없는 거나 마찬가지였다. 노인은 그저 땅콩을 씹으면서 자기 뒤쪽 땅바닥에 한 번씩 기다랗고 벌건 침을 내뱉을 뿐이었다.

14번가를 주름잡고 있는 얼굴이 예쁘장한 프레디가 대장인 그 무리는 느릿느릿 어슬렁대고 있었고 다가*를 피우는 애도 하나 있었다. 보에타 렘, 즉 블레이드가 강간죄로 감옥에 갇히고 난 뒤 프레디는 자기

* dagga: 남아프리카가 원산지인 식물로 주로 약용으로 사용된다.

세력을 동쪽으로 확장하겠다는 듯이 우리 동네로 넘어오는 습관이 생겼다. 당연히 다른 랜치들은 그게 기분 나빴고, 모두들 프레디가 칼부림이라도 벌일 것 같다고 했다. 텍사스 랜치는 단원이 고작 네 명뿐이었고 그 밖에는 별로 대단치 않은 구경꾼들과 따라다니는 아이들만 있었다. 하지만 그 애들은 힘이 아주 세서 마라바스타드의 여자애들 절반 이상이 걔들 거라는 소문도 있었다. 그 애들은 옷 입는 것부터 시작해 모든 점에서 2번가 사람들과는 전혀 달랐다. 입고 있는 바지는 다리 중간까지 말아 올린 채였고, 캔버스 신발인 '화이트 덕스'를 신고 있었다. 결혼식장에서 취주악대의 연주로 불리는, '흰 오리는 때가 묻지 않아요'라는 가사의 인기 좋은 노래가 있었는데, 소문에는 그걸 프레디가 만들었다고 했다.

"메이지가 북을 치고 있어." 프레디가 의기양양해하며 말했다. 어떤 취주악대의 드러머가 '스톡 페어'* 파티에서 자기 배 위에 드럼을 올려 불룩하게 해서 다닌 뒤로 그 말은 유행어가 되었다.

"누가 걔 배에 바람을 불어넣었는데?" 넘버 투가 물었다.

"누구겠어?"

"쉬쉬지 뭐." 넘버 쓰리가 자신해서 대답했다.

"아니야, 쉬쉬는 회전목마에도 제대로 못 올라탈걸." 프레디가 대답했다.

"그럼 봄바이구나." 넘버 포가 대답했다.

"좀 괜찮은 애를 들어보라고."

"엘리샤?" 넘버 투의 말이었다. 나머지 애들이 큰 소리로 웃어댔

* stock-fair: 일종의 상호부조 모임.

다. 넘버 투는 노인을 비스듬히 쳐다보았다. 그 인도인 노인이 지금까지 들은 소리라고는 그 애들의 웃음소리뿐이라는 듯이 녀석들을 쳐다보려고 고개를 돌리자, 나는 배 속이 오그라드는 것 같았다. 그러더니 노인은 자기 앞을 멍하니 쳐다보다가 영겁의 세월 한 조각을 다시 우물우물 씹기 시작했고, 주인 발치의 신발은 주인 없이도 내 머리꼭대기로 걸어 오르기라도 할 것처럼 보였다.

"아니, 그러면 도대체 누군데, 너야?"

나는 프레디가 화를 낼 거라는 생각이 들었다. 하지만 그러지 않았다. "나는 더 센 것들을 상대하지, 메이지 같은 것들은 상대도 안 해. 나는 더 센 것들을 건드린다고, 알아들었어? 너네 아빠한테 맹세코, 걔들은 내 발 아래 깔리면 그저 고분고분해진다고."

"예를 들면, 누구?"

"예를 들면 둥가 말이야. 어젯밤 회전목마 앞에서 걔를 봤어. 제길, 이 녀석들아,* 내가 점쟁이네 창문에서 그 계집애를 보고 야, 우리 그네 타러 가자, 그렇게 말했지. 그런데 그게 내 말을 못 들은 척하면서 획 돌아서는 거야. 그래서 가까이 가서 아이스크림 사먹고 나서 그네 타러 가자고 또 말했지. 어떻게 되었는지 알아? 그년이 내 앞에서 코를 후비지 뭐냐. 너네 엄마한테 맹세할 수 있어. 나는 됐네, 하고 와버렸어. 근데 나한테 애인이 둘 있었는데 하나는 나더러 겁쟁이라 하고 다른 하나는 내 주제나 잘 챙기라고 하더군. 그래서 나는 일단은 그냥 놔두자고 생각했지. 나는 피터즈버그 출신 권투선수처럼 마구 달려들지는 않아."

"그래서?" 넘버 쓰리가 물었다.

---

* outjies: '사내아이'를 의미하며 오키즈okies로 발음된다(원주).

“아, 잠깐 잠깐, 넌 아무것도 몰라. 내가 회전놀이기구 쪽으로 가니까 둥가가 막 거기에 올라타고 있더라고. 그 기계가 타타타 하면서 돌려고 할 때 내가 같은 그네에 올라탔지. 그 계집애 눈이 끔찍한 걸 본 것처럼 휘둥그레지는 거야. 나는 거기 앉아서 그 계집애 다리를 내 무릎 위에……”

“뭐라고!” 넘버 포는 믿을 수 없다는 듯이 소리를 질렀다.

“네 엄마 아빠, 우리 엄마 아빠한테 맹세코 정말이야. 그네가 높이 돌기 시작했고 나는 둥가, 겁내지 마,라고 했지. 내가 손을 걔 허벅지 위에 올려놓으니까 걔는 먼 산을 쳐다보더라.”

“무슨 색깔이었어?” 그건 넘버 투가 물은 말이었다.

“무슨 색깔이라니?”

“속옷 색깔이 뭐였냐고?”

“내가 그걸 어떻게 알아?”

“어이고, 이 지저분한 자식들, 우웩!” 넘버 쓰리가 걱정된다는 듯이 말했다.

나는 부끄럽기도 하고 겁도 나고 기분도 나빴고 머릿속에서 뭔가 어지럽게 웅웅거렸다. 나는 엘리샤 노인을 바라보았다. 그는 아직도 영원을 씹어 없애는 중이었고, 나는 기둥에 땀으로 축축한 손을 갖다 댄 채 그 자리를 뜨고 싶기도 하고 그대로 있고 싶기도 했다.

“도대체 언제부터 너네 아버지가 목사라도 된다고 그러냐?” 넘버 포가 물었다. “계속해, 프레디.”

“그네가 멈추고 나서 우리는 내려왔어. 내가 걔 손을 잡았는데, 유원지에서 걔를 데리고 틴-마이-무사네 가게 뒤쪽의 어두컴컴한 벽으로 데려가는데도, 제길, 걔는 손을 안 빼더라고. 너희들 둥가가 얼마나 거센지 알지. 흠, 자랑은 아니지만 거기 서서 내가 키스를 했는데 내 얼굴을 할퀴지도 않고 침을 뱉지도 않는 거야. 내가 걔 옷 안에 손을 슬쩍 집어넣으려는 찰나 그만 그 지겨운 경비원이 와서 우릴 쫓아내버렸어. 내가 무슨 얘기 하는지 알겠어, 꼬맹이들?"

"여기 잘난 고양이가 납셨네." 넘버 투가 말했다.

그때 레보네가 베란다 쪽으로 걸어왔다. 그 애들은 휘파람을 불었다. 무뢰한들 앞을 걸어가도 레보네는 태연했다. 레보네는 압둘 가게의 옷감 파는 쪽으로 들어갔다. 레보네가 다시 나오자 프레디가 레보네를 가로막고 그 애 앞에 버티고 섰다.

"자기가 맘에 드는걸." 그가 말했다.

"윽, 이 똥 덩어리 같은 게!" 레보네가 공격 태세를 갖춘 암탉처럼 팔꿈치를 들어 구부렸다.

"욕하면 안 되지, 아가씨. 난 네가 맘에 든다고, 네 아빠한테 맹세해."

레보네가 프레디 얼굴에 침을 뱉었다. 엘리샤 노인이 멍하니 쳐다보았다. 나는 이제 열이 확확 났고 화도 났다. 얼굴이 예쁘장한 그 소년은 레보네의 팔목을 잡고 아프다고 비명을 지를 때까지 레보네의 팔을 비틀었다. 프레디가 레보네를 붙잡아 자기 얼굴을 똑바로 쳐다보게 하자 레보네의 가슴이 프레디의 가슴에 딱 붙은 채 헐떡거렸다. 레보네는 얼굴을 돌려버렸다.

"내 얼굴을 닦아." 프레디가 명령했다. "원래대로 깨끗하고 말끔하게 해놔."

그러자 레보네가 그 말에 따르는 거였다. 레보네의 성질이 죽은 것이다. 레보네는 자기 셔츠 소매로 침을 닦았다.

"좋았어. 너, 내 맘에 들었어, 기억해라, 응?" 그가 레보네를 놓아 주었다. 레보네는 2번가로 걸어가면서 옷소매로 눈물을 닦았다.

바로 그때 어떤 여자가 가게로 걸어오고 있었다. 이러다가는 이모한테 곧 발각되리라는 걱정이 점점 커졌다. 나는 펄쩍 뛰어내려 모퉁이를 돌아 사라지려고 했는데 그만 균형을 잃고 엘리샤 노인과 부딪혔다. 쿵 소리와 함께 궤짝과 노인이 굴러 떨어지는 소리가 들리더니 이어서 폭포 같은 인도 말이 엘리샤 노인의 입에서 쏟아져 나왔다.

나는 그날 아주 간발의 차이로 이모를 피해 달아날 수 있었다. 이모와 할머니는 가게 베란다에서 어슬렁거리는 아이들을 아주 싫어했다.

16. 공포에 질린 딩쿠 디카에

“너 오늘 밤에 올 거야?” 레보네가 물었다.

“응.” 내가 대답했다.

우리는 학교를 나서서 바버 스트리트를 걷고 있었다.

“있잖아, 새로 온 선생님은 필기거리를 너무 많이 내줘.”

“그래, 하지만 이제 5학년이 아니잖아, 몰랐어?”

“이러다가 우리 모두 6학년이 되기 전에 죽으면 어떡해?”

“난 필기는 괜찮아. 연습장을 많이 가지고 다니면 점점 더 어른이 되는 기분이야.”

“저기 좀 봐!”

“뭘?”

“우리 아버지가 풍 프락 아저씨네 가게 앞에 있어. 누가 아버지를 잡아 세웠나 봐. 가보자.”

검은색 제복을 입은 어떤 백인이 레보네 아버지에게 무슨 말을 하면서 말의 털과 갈기 속과 꼬리 아래와 말발굽에서 뭔가 찾는 것처럼 말을 꼼꼼히 살펴보고 있었다.

"아빠, 이분은 경찰이 아니에요." 나는 레보네가 자기 아버지 옆에서 속삭이는 소리를 들었다.

"아빠, 경찰이 아니라고요." 딩쿠 디카에는 마치 귀가 먼 사람 같았다. 나는 그렇게 온몸을 떠는 사람은 처음 보았다. 레보네의 아버지는 거의 쓰러질 것처럼 그를 따라갔는데, 말은 한마디도 하지 않았다. 레보네는 얼굴을 잔뜩 찌푸린 채 계속 자기 아버지에게 신경을 쏟고 있었다.

"겁내지 마세요, 아빠." 레보네가 속삭였다. "저 사람은 위생감독관이지 경찰이 아니라고요." 레보네의 아버지는 전에도 물론 여러 번 길에서 위생감독관을 만나 걸음을 멈춘 적이 있었다.

그 백인이 "됐어"라며 퉁명스럽게 말하고 가버린 뒤에도 딩쿠 디카에는 금방이라도 기절할 것처럼 마구에 몸을 기대고 있었다.

"자 이제 가요, 아빠." 레보네는 그런 일이 있고 나서 자기 아버지가 그날 계속 일을 할 수는 없다는 것을 알고 있었다. 레보네가 고삐를 잡았고 그들은 갈 길을 갔다. 나는 레보네가 그렇게 능숙하게 말고삐를 잡는 것을 보고 몹시 부러웠다.

그날 오후 그리고 밤까지도 백인 감독관 앞에서 그토록 몸을 떨던 딩쿠 디카에의 모습이 내 머리에서 떠나지 않았다. 튼튼한 자기 말에 기댔다가 튼튼한 수레바퀴에 기댔다가 아주 튼튼해 보이는 수레 멈춤대를 꼭 쥔 채 뭔가 웅얼거리던 딩쿠 디카에의 모습. 수레바퀴가 삐거덕거리며 2번가를 굴러갈 때 그의 널따란 등이 레보네의 말벌 같은 몸집과 대조되어 두드러져 보였다.

그렇게 넓은 어깨를 가진 튼튼한 남자가 어떻게 경찰이나 경찰처럼 보이는 사람을 그토록 두려워할 수 있는 걸까? 나는 금방 레보네 아버지와 아주 친밀한 연대감을 느끼게 되었고 그에 대해 약간의 경외심도 생겼다. 그렇다, 경찰은 수갑과 널따란 벨트, 곤봉, 두꺼운 부츠, 반짝거리는 배지를 차고 있으니 원래 무서운 존재 아니었던가? 소토 사람이 대부분인 우리 동네에서조차 경찰 대부분은 줄루 족 사람들이었다. 그들은 키가 크고 힘이 세고 배도 크고 엉덩이도 아주 거대하고 귓불이 뜯겨나간 사람들이었다. 백인 경찰들은 맥주를 마시러 오거나 세금을 걷거나 추격을 벌일 때 아프리카인들과 함께 나타날 뿐이었다. 우리는 흑인 경찰들이 곤봉을 치켜세운 채 '가슴을 똑바로 펴고 배는 집어넣어!'라는 대장의 명령에 따르려고 하릴없이 엉덩이를 쑥 내밀면서 바버 스트리트를 행군하는 모습을 흉내 내기 좋아했다. 하지만 우리는 훨씬 뒤에 처져 벌벌 떨면서 따라다녔다.

나는 평소처럼 레보네와 숙제를 같이 하려고 레보네 집에 갔다. 하지만 레보네의 아버지는 뚱한 기분이었고 레보네는 그 때문에 슬퍼 보였다.

"나는 말을 잘 다룬다고." 딩쿠 디카에가 말했다. "나는 말을 아주 잘 다뤄. 그런데 그 백인은 도대체 나더러 뭘 어쩌라는 거지?" 그는 늘 그러듯 내가 무슨 상관이라도 있는 것처럼 나를 쳐다보았다. "어디를 가든 경찰, 경찰, 경찰이야." 그는 내 앞에 와 앉으면서 손등으로 이마의 땀을 닦았다. "나는 조용하게 살려고 이리로 왔고, 절대 말썽을 일으키고 싶지 않은데 도대체 이러면 어디서 조용하게 살란 말이야?"

"그 사람은 경찰이 아니라니까요, 아빠."

"무슨 꼬투리라도 잡아서 경찰서에 끌고 가려고 길에서 왔다 갔다 하는 백인을 보는 건 마찬가지야." 그가 말을 멈추었다.

"저애도 아는데 모르는 척해." 레보네 아버지가 눈짓으로 자기 말을 들어보라고 했다. 나는 기꺼이 귀를 기울였다.

"내가 얘기 하나 해주마, 얘야. 우리는 골든 시티*에 있는 프로스펙트 타운십에 살았었단다. 우리 가족 셋, 그러니까 나랑 레보네랑 레보네 엄마랑 같이. 프로스펙트에 가본 적이 없다면 넌 세상을 안다고 할 수 없어. 먹고살려면 맥주를 팔거나 백인 밑에서 일을 해야 하는데, 나도 머리가 있어서 벌어먹고 살 수 있는데도 도대체 왜 백인을 위해 일해야 하는지 알 수 없는 노릇이었지. 나도 먹고살 만큼 돈을 충분히 벌었단다. 하느님 용서하소서, 모를 일이야, 경찰은 우리가 악마나 좋아할 만한 일을 바라고 저지르게 만들었어. 레보네 엄마는 참 좋은 여자였는데 레보네가 어릴 때 죽었단다. 나는 의사를 구하러 요하네스버그의 어떤 병원으로 밤새 달려갔는데 의사는 못 데려오고 나만 그냥 돌아왔지. 오, 하느님이 내 증인이시지, 난 레보네 엄마가 죽는 것을 그냥 지켜볼 수밖에 없었어, 도대체 어째서 내가 아무것도 할 수 없었던 걸까. 내가 불러온 어떤 여자가 최선을 다했지. 집사람은 아이랑 같이 죽었어. 새벽 1시, 밤이 깊었을 때. 요하네스버그 정부가 프로스펙트를 없애버리고 공장을 지으려고 했을 때까지만 해도 나는 내 눈으로 세상의 암흑을 볼 만큼 봤다고 생각했어. 우리 동네 사람들은 그곳을 떠나지 않으려 했고 경찰은 우리가 만든 맥주를 둘러엎으려고 오고 또 오고, 예전보다 더 많이 왔어. 우리는 울면서 머리를 팔로 싸매고는 제발 요하네스버그 정부는 이제 그만하라고 외쳤지만 그래도 백인 경찰들은 다시 왔지. 모르긴 하지만 정부에서 일하는 사람들은 모두 이상한 사람들이야. 우리는 눈물을 흘리며 울다가 화가 나서 고함도 쳤는데, 어떤

---

* 요하네스버그를 가리킨다.

바보 같은 사람들이, 나는 그런 미친 짓은 안 하지만, 그만 경찰한테 돌을 던져버린 거야. 경찰이 더 몰려와서 우리한테 총을 쐈어. 우리 바로 옆집에서 겨우 네 나이 정도 된 남자애가 뛰쳐나오며 살려달라고 울어대는데 어떤 경찰이 그 애 쪽으로 총을 겨누더니 아이를 쏘아 죽여버리더구나. 정말이야, 신께서 내 증인이시지. 나랑 레보네가 창문으로 그걸 내다보고 있었는데 총에서 연기가 나더니 아이가 쓰러져 죽어버렸다고. 차갑게. 그걸로 끝이었지."

마지막 말을 하고 나서 레보네의 아버지는 이야기를 하는 내내 계속 움직이던 팔을 좍 펼쳤다. 크고 거친 두 손이 넓게 펴졌다. 튼튼하지만 너무나 무기력해 보였다.

"나는 레보네가 잘 자라기를 바랐기 때문에 골든 시티의 프로스펙트를 떠나 이리로 데려오고 싶었지. 나는 바푸루체의 땅 서쪽에 있는 제루스트 출신이지만 좋은 땅은 백인한테 다 넘어가버려서 거기 다시 돌아갈 수 있을지는 당최 모르겠다. 그런데 여기도 굶주림뿐이고 사람들은 이제 별로 많이 사가지도 않아. 암탉이 다리로 흙을 파내는 것처럼 함부로 쓰지만 않으면 아직 돈은 좀 남아 있으니까 곧 일자리를 구하게 되겠지. 그런데 지금 또 경찰, 경찰, 경찰이지 뭐냐."

사람들은 딩쿠 디카에가 옛날에 어디서 누굴 죽인 게 틀림없기 때문에 경찰을 겁낸다고 말했다. 새가슴이어서 그렇다고 말하는 사람들도 있었다. 언젠가는 심장마비로 쓰러져 죽을 거라고 말하는 사람들도 있었다.

나는 얼른 집으로 가고 싶었지만 겁이 났고 딩쿠 디카에의 집이 안전하게 느껴졌다. 레보네와 나는 공부는 더 못 했지만 그래도 나는 나올 수가 없었다. 벽 한쪽에는 레보네 아버지 것이 틀림없는 커다란 침대가 하나 있었고 반대쪽 벽에는 좀 작은 레보네의 침대가 있었다. 유행이 지났지만 깨끗하고 하얀, 삼각형 무늬와 면사가 눈에 띄는 이불이 깔려 있었다. 작은 탁자와 함께 시트 밑에 철사와 볼트가 든 등이 높은 의자 네 개가 놓여 있었다. 우리 집처럼 음식은 바깥에 있는 화로에서 만들게 되어 있었다. 레보네 아버지는 채소는 수레에 놔두고 캔버스 천을 덮어두었지만 감자 자루는 문 뒤에다 두었다. 창은 하나가 있었다. 딩쿠 디카에의 침대 앞에 늘어진 줄에는 커튼이 걸려 있었는데 말아 올려진 상태였다. 레보네의 침대 머리맡 벽에는 옛날 영화 포스터 두 장이 붙어 있었는데 한 장에는 매 웨스트가 요염한 자세로 다른 포스터에 실린 프레더릭 마치*의 머리를 굽어보고 있었다. 남자 배우는 벽에 붙어서 음울한 표정으로 앞을 응시하고 있었고, 여자 배우는 좀더 사람처럼 보이고 싶어서 꼬리로 서 있어야 하는 인어 같았다. 그 포스터를 보니 안전하다는 기분이 더 강해졌다. 내가 밖으로 나갔을 때 다행스럽게도 음콘도 목사의 옆집에서 사람들이 막 나오고 있었는데, 그들이 거기서 합창 연습을 하고 있었다는 기억이 났다. 많은 사람들이 나와 같은 방향으로 가고 있었다.

그랬다. 딩쿠 디카에가 파는 시들고 축 늘어진 채소를 살 사람은 거의 없었다. 레보네는 1934년에 학교를 그만두었는데, 초등학교의 마지막 학년인 6학년을 중간까지 다닌 때였다. 우리는 그때 열여섯이었다. 레보네는 자기 아버지를 도와야 했다.

"네 아버지가 너 어제 컬럼비아에 갔다고 하시던데?" 어느 일요일 아침에 내가 레보네에게 물어보았다.

---

* Mae West(1893~1980): 미국 배우로 섹스 심벌로 유명했다.
Frederic March(1897~1975): 아카데미상을 2회 수상한 미국 배우.

"도대체 우리 아버지가 왜 너한테 그 얘기를 했다니?" 레보네는 나를 날카롭게 쏘아보았다.

"언젠가는 거길 불태워버려야겠다고들 해, 아주 나쁜 곳이니까."

"그러는 넌 어젯밤에 거기 왜 갔는데?"

"그냥 구경이나 하려고. 다른 건 없어."

"내겐 너보다 더 마땅한 이유가 있어. 난 춤추러 갔어."

"춤이라고?" 나는 숨이 막혔다.

"여자들은 마라비 춤을 추면 안 되니?" 그 애는 지독하게 무심한 표정이었다.

"그래도 컬럼비아라니! 너네 아버지가 너 죽이려고 안 해?"

"흥, 성이 엄청 나서는 벨트를 풀어 두드려 패려고 했는데 내가 탁자에서 의자로 침대로 이리저리 도망쳐서 날 못 잡은 거지. 그랬더니 포기하더라. 지금 생각해보니 진짜 웃겼어." 어찌나 생기 넘치게 얘기하는지 나는 웃지 않을 수가 없었다.

마라바스타드는 레보네가 컬럼비아 댄스홀에 다닌다는 얘기로 온통 흥분 상태였다. 춤을 추러 간다고! 그래서 학교를 그만뒀구나…… 아, 학교를 그만뒀다는 개, 들었지…… 분명히 오래전부터 거기 다녔을 거야…… 아버지는 그렇게 열심히 일하는 겸손한 사람인데…… 애물단지겠구나…… 쐐기풀을 키우면 나중에 긁히기만 하지…… 벌써 애 아버지는 병이 들었다던데…… 그 때문에 그 애 아버지 곧 죽겠군…… 요새 애들이 그렇지…… 내 생각엔 너무 똑똑해요…… 엄마 없는 집안에서 뭘 기대하겠어……

레보네는 아버지를 도우려고 열심히 일했다. 하지만 컬럼비아에는 더 자주 갔다. 레보네는 "비즈니스 비사이즈!"라고 대꾸했는데, 그건

'당신 일에나 신경 쓰시지'라는 뜻의 유행어였다.

레보네는 한두 번 나를 부추겨서 컬럼비아에 가자고 했다. 나는 겁이 났다. 나도 무척이나 가고 싶었는데, 구경도 구경이지만 레보네와 춤을 춰보고 싶었기 때문이기도 했다. 레보네와 춤추는 꿈을 여러 번 꿨었다. 하지만 나는 무서웠다. 단순히 할머니 때문은 아니었다. 할머니 몰래 갈 수도 있었다. 사람들이 뭐라고 할까 봐 겁이 난 것도 아니었다. 어쨌거나 사람들은 무슨 꼬투리를 잡아서든 말을 만들어내니까. 내게는 없는 강단이 있었기 때문에 나는 레보네를 더욱 좋아했다. 그걸 깨닫지 못하고 나는 레보네 집에 더는 가지 않게 되었다.

우리 이웃의 시끌벅적하고 활기 넘치는 아이 몰로이가 어느 날 우연히 뭘 보고 와서는 우리들에게 그 얘기를 해주었다.

"마-레보나가 공동 수도에서 레보네를 봤대. 그 아줌마가 '얘, 딩쿠디카에의 딸아, 왜 학교에 다시 안 가는 거니?'라고 물었어.

그런데 레보네가 '왜요?'라고 그 아줌마한테 되묻는 거야. 니들이 그 애를 봤어야 했는데. 옆집 개 앞에 딱 버티고 선 고양이 같더라니까.

그래서 그 아줌마가 '얘, 넌 아직 그렇게 어린데 온 마라바스타드 사람들이 전부 널 두고 나쁘게 말한단다. 네가 그 댄스홀에서 하는 짓을 가지고 말이야! 듣기만 해도 창피해서 얼어붙겠더라'라고 했지.

'아줌마, 아줌마네 애들한테나 그렇게 말하지 그래요? 아줌마는 마코티*도 못 붙잡아뒀잖아요, 그것도 둘씩이나. 그러면서 나한테 충고예요?'

'아이고! 우리 애들은 절대 나한테 너처럼 말 안 해. 아이고! 맹세

* makoti: 며느리를 뜻한다(원주).

코 우리 아버지가 무덤에서 벌떡 일어나시겠네.'

'그리고, 전 아줌마 애 아니에요!'

'하이고! 너 이 흰머리 안 보이니? 네가 욕보인 사람들을 죽을 때까지 기억하게 될 거다! 네 아버지한테 다 일러야겠어.'

'아, 우리 아버지랑 결혼하고 싶어서요?'

'어머나, 어머나, 어머나!' 그러더니 그 아줌마는 손뼉을 치면서 온 마라바스타드 사람들이 전부 와서 그 꼴을 봐야 한다고 소리를 질렀어. '또 한 번 그렇게 말하기만 해봐!'

내 말이 안 믿기겠지만, 그 계집애가 우리 손만 한 작은 접시를 물통에다 푹 담그더니 그걸로 그 아줌마 얼굴에다 물을 확 끼얹어버리는 거야." 몰로이는 웃을 때 항상 그러는 버릇대로 나를 확 밀면서 웃었다.

"그래서 마-레보나가 뭐라 그랬는데?" 내가 물었다.

"말해줄까? 그렇게 물어볼 줄 알았지."

"뭐랬는데?"

"그 아줌마는 그냥 돌아서서 가버렸어. 꽃무늬가 잔뜩 박힌 깨끗한 자기 앞치마로 얼굴을 닦으면서 말이야."

"설마, 마-레보나가?" 대니가 말했다.

"그럼 네가 여자 옷 입고 그랬나 보구나."

"마-레보나가 그냥 가버렸다고!" 리틀 링크스가 말했다.

"그러면 수도꼭지 아래 도랑에 빠졌는지 한번 찾아볼래?"

"에이, 말도 안 되는 소리 그만해." 내가 말했다. "믿을 수가 없어."

애들이 마구 떠들기 시작했다. 레보네가 마-레보나의 얼굴에 물을 끼얹었다니. 레보네가? 그렇단다. 그런데도 마-레보나는 그냥 갔다고? 그럴 리가, 마-레보나 얼굴에는 파리 한 마리도 마음대로 못 앉는데!

"고 말벌 같은 계집애!" 마-레보나는 할머니와 도라 이모한테 얘기하면서 계속 씩씩거렸다. "고 말벌 같은 계집애는 그 나이에 배 속에 짐 덩어리나 담고 와서 불쌍한 딩쿠 디카에더러 자기를 먹여 살리라고 할 거야. 아니면 지 애비를 정신병원에 가게 만들거나. 내 말 듣고 있어요? 힐리바, 도라, 그러니까……" 마-레보나는 손에 침을 뱉고 손가락으로 하늘을 가리켰다. "신께 맹세코, 저 애가 곧 임신을 하지 않으면 내가 내 팔꿈치를 물어뜯을 수도 있어요."

"그래도, 그런 말 하면 못써. 그건 나쁜 짓이야." 할머니가 말했다.

"아니에요. 내 팔꿈치를 물어뜯을 거라고요."

그 뒤에도 나는 레보네를 자주 만났지만, 우리 중 누구도 마-레보나의 이름을 꺼내지 않았다. 레보네는 컬럼비아에서 애인을 하나 사귀었다. 그곳의 단골손님들 사이에는 다 퍼진 얘기였다. 이름은 판얀이라고 했다. 10번가 XY 랜치 소속이었다. 면도날처럼 매끈하게 아주 잘생긴 애였다. 나는 그 아이를 더 지독히 미워하게 되었다. 나는 사람들이 판얀에 대해 나쁜 말을 하는 것을 들으면 고소했다. 하지만 레보네가 연애를 한다고 그 애를 미워하지는 않았다.

레보네 아버지도 분명히 그걸 싫어했다. 판얀과 컬럼비아 때문에 레보네는 자기 아버지한테 계속 채찍으로 얻어맞고 더 심하게 때릴 거라는 위협을 당하게 되었다고 그의 이웃 사람들이 우리에게 말해주었던 것이다.

"누구든지 내 여자를 건드리면 그건 반툴레로 불러줍쇼, 하는 거나 마찬가지야." 이 말은 판얀이 늘 하는 말이었는데, 이 입 저 입으로 퍼져갔다. 반툴레는 묘지가 있는 곳이었다. 레보네와 판얀이 바버 스트리트를 걸어갈 때마다 압둘 가게 앞에 늘어선 사내아이들은 손으로 입을 가리고 휘파람을 슬며시 불어댔다. 판얀은 마치 영웅처럼 걸었다. 분명 자기가 영웅이라고 생각했을 것이다.

밀주단속반은 백인과 비백인으로 구성된 범죄수사과* 출신의 사복 경찰일 때가 자주 있었다. 그들은 함께 단속에 나섰다. 제복을 입은 경찰은 모두 아프리카인들인데 백인 경찰서장과 백인 경사 몇 명의 지시에 따랐다. 경찰에게 잡혀 경찰서로 가는 데는 딱 두 가지 방법이 있었다. 수갑을 차고 경찰을 따라 걸어가거나 수갑을 차고 뒷덜미를 잡힌 채 경찰서까지 가는 것 말이다. 아프리카인 경찰들은 곤봉을 아주 잔인하게 사용했다. 미친개들 한가운데로 굴러떨어진 사람처럼 피를 흘리며 경찰서로 끌려가는 경우가 수도 없이 많았다. 왜 체포하느냐고 따질 때마다 경찰이 하는 말은 늘 정해져 있었다. "가서 백인한테 말해." 그러면서 주먹으로 때리거나 곤봉으로 찌르거나 넓적한 손으로 철썩 때리는 것이었다.

밀주단속반 중에 어떤 흑인이 있었는데, 그 사람은 마쿨루-스콥**—대두—이라는 별명으로 유명했다. 그 사람 머리는 들소 머리만 하다 할 정도로 희한하게 컸다. 할머니는 "마쿨루-스콥 머리만 한 냄비를 쓰지 그러냐?"라는 말을 자주 하셨는데, 그건 어쩌다가 한 번 가족 전체가 먹을 음식을 만들 때 필요한 제일 큰 냄비를 가리키는 말이었다. 그 냄비는 곧 우리 집에서 '마쿨루-스콥' 냄비가 되었다.

---

* CID(Criminal Investigation Department): 1878년 영국의 C. E. 하워드 빈센트가 창설했으며 영국과 영연방국가에서 사복 차림의 경찰이 활동했다.

** Makulu-Skop: 반투어와 아프리칸스어가 조합된 말로, 커다란 머리라는 뜻(원주).

마쿨루-스콥은 원기 왕성한 경찰이었고 자기 백인 상관보다 더할 때도 아주 많았다. 그는 단속에 나서면 어디서나 무자비하게 부수고 다녔다. 그는 노동자인 척하고 맥주를 산다며 가정집에 들어가곤 했다. 그는 거기서 술을 마시는 대신 그 집 남자나 여자를 체포했다. 그 사람 이름만 나와도 술자리는 깨졌고, 맥주는 창밖으로 던져버리거나 마당의 구덩이나 바닥 판자 아래로 숨기거나 난로 위의 냄비 속에 부어버렸다. 그의 이름은 이 집에서 저 집으로 전달되었다.

거의 아무도 밀주 단속이 나올 거라고 예상하지 않는 주중의 어느 날 밤 마쿨루-스콥은 혼자서 임무를 수행하러 나섰다. 남자 셋이 그를 발로 짓뭉개고 눈을 가려 2번가 끝에 있는 플랜테이션으로 질질 끌고 갔다. 그의 시체가 하수처리장 근처의 나무에 매달린 채 발견되었다. 바로 그 즈음 신문에는 다음과 같은 아주 큰 제목의 기사가 실려 떠들썩했다. **'합당! 양당 합당! 헤르트초크* 장군 정부 구성.'** 아프리카너 민족주의자들의 두 정당 사이에 짝짓기가 이루어진 뒤 연합정당이 탄생한 것인데, 그중 온건한 정당에는 영어를 쓰는 사람**들도 가입해 있었다. 극단적인 보어 민족주의자들은 그 반대파였다. 이런 통합은 나로서는 참 모를 일이었다. 그렇다고 내가 그 문제 때문에 잠을 못 잔 것은

* James Barry Munnik Hertzog(1866~1942): 케이프콜로니에서 태어나 제2차 보어 전쟁 때 활약한 장군으로 1920~21년, 1924~39년, 남아공의 총리를 지냈다. 1924년 총선에서 그가 속한 국민당(National Party)이 얀 스무츠Jan Smutz의 남아프리카당(South African Party)을 물리침으로써 다시 총리가 되었는데, 본문의 사건은 이 두 당이 1934년 통합해 연합당(United Party)을 결성한 것을 말한다. 헤르트초크는 영국으로부터 아프리카너 문화를 지키고 발전시키는 데 전념한, 아파르트헤이트 정부의 핵심 인물이다.

** 남아공의 백인 사회는 네덜란드 이민자 후손인 아프리카너와 영국계 백인들로 구성되어 있었다.

아니었다. 나는 마라바스타드 사람들이 당시 활동 중인 세력들을 얼마나 제대로 알고 있었는지 궁금하다…… 밤에 내 머리 위로 설치고 다니는 쥐나 내 피를 빨며 잔치를 벌이는 빈대에게조차 별 위안이 되지 못하는 소식이었다.

17. 세인트피터스 학교

나는 6학년을 1등으로 마쳤다. 내가 3학년, 4학년일 때는 1등을 하는 애들이 부러웠다. 도대체 그 애들의 머리는 어떻게 생겼을까 싶어 온갖 상상을 다 했었다. 그 애들은 아무런 힘도 들이지 않고 우등상을 받는 것 같았다. 반면 나는 시험에 붙으려고 정말로 열심히 공부해야 했다. 1등으로 시험에 통과하자 나는 스스로가 좀 두려워졌다. 담임선생님은 내게 영어로 쓴 남자아이들의 모험 이야기책을 선물로 주었다.

우리 삼촌 둘은 상급학교에 진학했는데, 한 명은 피터즈버그에 있는 3년 과정의 사범학교인 주교훈련학교(성공회)에 갔다. 그 삼촌은 일 년에 두 번 집에 왔다. 그 위의 삼촌은 그리스도부활공동체가 운영하는 세인트피터스 중등학교에 다녔다. 우리 어머니에게 형편이 되면 나를 그리로 보내라고 제안한 사람이 바로 그 삼촌이었다. 어머니는 남의 집에서 일해주고 한 달에 3파운드를 벌었는데 학비는 일 년에 15파운드였다. 내 남동생과 여동생을 초등학교에 보내고 책을 사주는 데도 돈이 들었다. 그래도 어머니는 나를 고등학교에 보내겠다고 했다. "공부를 마치고 돌아오면 너는 물론 두고 간 두 동생도 돌볼 수 있겠지." 어머니는 이렇게 말했다.

할머니는 할머니 말로 '대학'에 보낸 세 아들을 아주 자랑스러워했다. 막내삼촌은 자동차 기술을 배우러 나탈에 있는 학교에 다녔다. 그 삼촌은 거기서 3년을 보냈지만 아프리카인을 숙련공으로 뽑는 정비공장이 하나도 없어서 실망이 무척 컸다. 유럽인들의 노동조합이 그것을 허용하지 않았고 정부는 아프리카인 견습공을 인정하지 않았던 것이다. 그 삼촌은 지금은 버스검사관이고 형편이 더 나아질 기대는 전혀 하지 않는다. "자식들을 대학에 보내면 쫄쫄 굶거나 밥과 스튜만 먹고 살아야 하지. 그게 어떤 건지 아는 사람은 별로 없어." 할머니는 이런 말을 자주 했다.

세인트피터스 학교는 요하네스버그 남쪽에 있는 백인들의 거주지 로제텐빌에 있었다. 근처 광산 단지에서 오는 통학생들은 얼마 되지 않았다. 그중에는 도시에서 오는 인도인 학생 네댓 명도 있었다.

내가 그곳에 처음으로 도착한 날은 1월 중순이었는데, 나는 학교 건물이 쓸쓸해 보이고 거대해서 질려버렸다. 그곳의 모든 벽돌담에는 어떤 안정된 분위기가 어려 있었다. 마라바스타드의 낡은 감리교 학교에서 같이 온 학생들 두세 명과 함께였지만 나는 완전히 얼이 빠진 기분이었다.

6시에 수도원 종이 땡땡 울리는 소리를 들었는데, 세월이 흐른 뒤에도 그 소리는 세인트피터스 학교의 이미지와 구분이 안 될 정도였다. 나는 남자아이들 여럿과 기숙사에서 함께 자야 하는 것 때문에 기분이 안 좋았다. 그리고 나중에 '조버그* 애들'인 걸 알게 된 그 아이들의 거

---

* Joh'burg: 요하네스버그를 줄여 부르는 말.

친 성질이 나를 좀 질리게 만들었다. 다음 날 아침 리빙스턴 기숙사에서 잠이 깼을 때 나는 목에 땡그랑거리는 방울을 단 피터즈버그의 어떤 숫염소 꿈에서 깨어나려고 애를 써야 했다. 그 염소의 얼굴은 사감인 로저 형제의 얼굴로 바뀌었는데, 그가 우리 방 창문에 서서 기상 종을 울리고 있었던 것이다. 나는 로저 형제와 종을 하나의 제도로 생각하게 되었다.

그 밖에도 그레이, 카마, 림보, 필립, 모팟 기숙사가 있었고, 리빙스턴 기숙사까지 합해서 모두 약 200명의 남자아이들을 수용했다.

교실은 별 꾸밈이 없고 간소했지만 마라바스타드의 판잣집과는 딴판이었다. 과학실험실에는 장비가 잘 갖추어져 있었다.

학생들은 돌아가면서 식당의 '근로장학생' 노릇을 했고 800미터 정도 떨어진 착유장에 가서 우유도 가져왔다. 우리는 기숙사와 교실을 청소하고 운동장도 말끔하게 정돈해야 했다. 매주 월요일에는 사감이나 반장이 빨래와 다림질을 잘했는지 살피려고 사물함을 검사했다. 바닥과 벽과 침대도 차례로 검사했다.

세인트피터스 교회는 트란스발 지역에서 가장 아름다운 아프리카인 교회 가운데 하나였다. 그 교회는 길쭉한 모양에 양편에는 네 개의 예배실이 있었다. 로제텐빌과 그 인근의 하인들, 그리고 근처의 광산 단지에 사는 사람들이 일요일 오후면 세인트피터스 교회에 왔다.

로저 형제는 세인트피터스 학교 기숙사 사감이었다. 아주 엄격하지만 마음이 열린 분이었다. 그는 매질을 아주 심하게 했기 때문에 그에게 걸리지 않은 게 나는 기뻤다. 그는 여러 백인들을 초청해 우리에게 다양한 주제로 강의를 하게 했다. 세인트피터스 학교의 남학생과 여학생들은 어떤 주제를 놓고도 자유롭게 토론할 수 있었다. 나는 인생에서 처음으로 해방감을 느꼈다. 로저 형제는 항상 깔끔하게 면도를 하고 있었고 절대 머리가 길게 자라도록 내버려두지 않았다. 그는 가볍고 우아하게 성큼성큼 걸어 다녔으며, 한 손은 성직복을 잡고 다른 한 손은 무대 위를 휩쓸고 다니는 배우처럼 허공에 휘젓고 다녔다. 그는 아주 활기차고 생기가 넘쳤으며 웃을 때는 어찌나 행복하게 웃는지 입술에서 피가 다 빠져나가 입술 주위에는 핏기 없는 누런 색조만이 남은 것 같았다.

"너는 네가 아주 대단하다고 생각하는 것 같구나." 그는 학생에게 이렇게 말하기를 좋아했다. 때로는 "이 녀석 엉덩이를 갈겨주겠어…… 늙은 암소(우리 어머니를 말한다)는 요새 어떻게 지내셔?…… 안녕하시오, 삐뚤이 할머니!(머리를 한쪽으로 기울인 채 걸어가는 나이 든 라틴어 여선생을 놀릴 때)…… 그 지긋지긋한 소리 좀 그만 내시지요, 응, 이 고약한 할망구야!(교회에서 하도 기침을 심하게 해서 예배 중이면 반드시 예배당 한구석으로 가야 했던 세인트아그네스 여학교의 뚱뚱한 여선생에게)…… 여학생들이 교회로 들어올 때 네 녀석들이 얌전해지는 걸 보면 그저 놀라울 뿐이다……" 그가 아는 한 그의 반장 학생들은 언제나 옳은 일만 했다.

나는 고등학교에서 무엇을 가르치는지 전혀 아는 바가 없어서 한동안 어리둥절했다. 수학, 물리학, 화학은 내겐 정말이지 생소한 것들이었다. 1학년 남학생과 여학생들은 그저 웃으며 선생님들을 존경하고 자신 있는 분위기를 풍기며 서로 붙어 다녔는데, 우리보다 상급학년 학생들은 자기들이 찾아낼 수 있는 가장 가까운 칠판에 기하 문제나 수식 등을 분필로 풀면서 뻐기는 분위기였다. 그들은 문제를 푸는 영웅들을 무리지어 지켜보곤 했다.

"넌 수학 문제는 절대 못 풀겠다." 아프리카인 수학 선생님은 내게 화를 내면서 이런 말을 자주 했다. 그가 성질이 좀 급하기는 해도 학생들에게 인기가 많고 뛰어난 교사라는 것을 알고 있었기 때문에 나는 괴로웠다. 나는 영어와 라틴어에서는 어렵지 않게 1등을 차지했고 중간고사와 진급시험에서 1등을 해 부러움을 살 수 있었다. 나는 수업이 끝난 뒤 교실에 남아 작도법과 기하 문제, 방정식을 천천히 내 속도대로 공부해야 이해할 수 있다는 것을 알게 되었다. 나는 덧셈과 나눗셈과 피제수와 퍼센트를 공부해야 하는 산수가 여전히 싫었다.

세인트피터스 학교에서 나는 내 인생에서 처음으로 무언가를 서서히 깨닫게 되었는데, 그것은 바로 백인들의 방식과 그들의 목적이 무엇인가 하는 깨달음이었다. 학교에서는 우리들과 백인 교사들, 그리고 백인 교사들과 아프리카인 직원들 사이가 아주 조화로웠다. 하지만 로저 형제나 교장, 지역 신부들 중 학교 바깥의 백인이나 백인 당국자들에게 우리가 어떤 태도를 취해야 하는지 말해주는 사람은 아무도 없었다. 나는 서서히 내가 학교 바깥의 백인들을 얼마나 증오하는지 깨닫게 되었다.

나는 전에 프리토리아에서 아프리카너들이 피부가 까만 아프리카인 도로보수 일꾼들을 감시하는 것을 여러 번 본 적이 있었다. 어깨가 구부정한 어떤 백인은 주머니에 손을 찔러 넣은 채 그저 이따금 떨리는 집게손가락으로 지시만 내리며 서 있었다. 나는 그 백인이 거기서 그냥 손가락질만으로 일을 처리하는 걸 당연하게 생각했다. 하지만 이제는 그 비슷한 길거리 노동자를 만나게 되면 무기력한 분노에 휩싸이게 되었다.

로제텐빌과 도시 사이에는 유럽인들을 위한 이층버스 노선이 있었다. 컬러드 승객들은 위층 한구석에 제한된 좌석에만 앉을 수 있었다. 언제나 그랬다. 어떤 백인 차장들은 아프리카인 몇 명이 타는 것을 눈감아주었다. 안 그러는 사람도 있었다. 그래서 우리는 웬만하면 그 거리를 걸어가거나 아프리카인을 위한 비정기 전차를 이용했다. 우리 반 학생 한 명과 내가 어느 토요일 오후 학교로 돌아오기 위해 시내에서 우연히 버스를 타게 되었다. 우리가 막 시내를 벗어났을 때 차장이 다가왔다. 그 사람은 이리저리 뻗친 머리카락을 제대로 간수도 못하는 볼품없는 모자 아래로 우리를 노려보았다.

"네 녀석들 도대체 여기서 뭐하는 거야?" 그가 새끼 곰처럼 으르렁거렸다.

"학교로 돌아가려고요." 나는 학생증을 보여주며 말했다.

"이 버스는 카피르 타라고 있는 거 아냐."

"우린 컬러드예요." 내 친구가 말했다.

"카피르처럼 새까만 주제에 컬러드라고!" 새끼 곰이 말했다. 유럽인 승객들은 아무도 뒤돌아보지 않았다. 나는 그들의 무정한 등짝과 무정한 빨간 목에 충격을 받았다.

"당장 내려!" 그 새끼 곰이 문 옆 버튼을 누르면서 이렇게 말했다.

버스가 멈췄고 우리는 내려서 6킬로미터 이상을 걸어 학교로 돌아왔다. 그동안 내 친구와 내가 서로 한 말이라고는 "야아아!" 하고 길게 소리를 지른 것뿐이었다. 그날 내디뎠던 한 걸음 한 걸음이 백인에 대한 분노와 증오의 맥박을 더욱 강하게 하는 것만 같았다.

매주 일요일 오후는 외출하는 시간이었다. 선임반장이 근처 야산으로 우리와 동행했고 여학교인 세인트아그네스의 선임반장은 자기가 맡은 학생들을 데리고 뒤를 따랐다. 나는 나와 마찬가지로 프리토리아 출신인 친구 둘과 함께 인도 위에서 왼쪽 모퉁이를 따라 걷고 있었는데, 오토바이에 탄 백인 두 명이 반대편에서 학생들을 갈라놓으면서 다가왔다. 운전대를 잡은 사람이 우리를 향해 똑바로 달려왔기 때문에 우리는 포장도로 위로 펄쩍 뛰어내렸다.

"당신, 보어 사람들, 훠이!" 나는 충동적으로 그렇게 소리를 질렀다. 그들이 뒤돌아보았다. 선임반장이 무슨 일인지 알아보려고 왔다. 그들은 선임반장에게 무슨 일인지 얘기했고, 반장은 우리 말에는 귀를 기울이지 않았다.

"너희들, 우리가 여기서 유럽 사람들한테 쫓겨났으면 좋겠어?" 땅딸막한 요크셔 출신 교장이 우리 둘에게 그렇게 말했다. (다른 한 명은 자진해서 물러난 상태였다.) "유럽인들한테 욕을 하면, 그래, 그 사람이 어떻게 나오겠니, 응?"

제파니아*—모두 '제프'라고 불렀다—라는 상급학년 학생은 학교의 골칫거리였다. 그 학생은 키가 크고 말랐으며 커다란 광부용 부츠를 신고 다녔는데 불도그 코처럼 생긴 구두코 부분만 열심히 광을 내고 다녔다. 우리 학교 교복은 낮 동안은 카키색 셔츠와 반바지를 입는 것이었는데, 그가 토론용 단상 위에서 남아프리카의 백인 지배와 영국의 제국주의에 종말을 예고하면서 왔다 갔다 활보할 때면 정말로 기괴하게 보였다. '무기가 없는 나라는 나라가 아니다'라는 그의 말은 인기가 아주 좋았다. 처음에는 정치 토론이 오가면 온통 못 알아들을 말뿐이었

---

* Zephania Lekoane Mothopeng(1913~1990): 정치인. 범아프리카주의회의(PAC) 당원. 애덤스칼리지 등에서 수학했고 1950년에 트란스발 교사협의회 회장직을 맡아 활동했다. 소웨토 봉기와 관련해 체포되었고 수감 중에 PAC 대표로 선출되었다. 그는 세 차례나 투옥되었으며 1989년 당시 대통령 드 클레르크Frederik Willem de Klerk에 의해 석방되었으나 1년 뒤 사망했다.

다. 하지만 귀 기울여 듣다 보니 차츰 프리토리아에서 살면서 겪었던 기억의 조각들을 제자리에 맞출 수 있게 되었다. 가난, 어머니의 체념, 도라 이모의 거친 성격, 한 번도 일관된 적 없이 그저 과거와 현재를 연결할 뿐인 할머니의 방식들, 경찰의 단속, 10시 10분 전의 통행금지 벨소리, 백인들과 우연히 맞닥뜨리는 것, 치욕적인 기분 같은 것들 말이다. 하지만 나는 번갈아가며 내 이해력을 혼란스럽게 만드는 악몽을 이리저리 짜 맞추는 데 성공했을 뿐이었다.

세인트피터스에서 보낸 첫해인 1935년에 내게 두 명의 컬러드 친구가 생겼다. 토머스는 우리와 같은 부족 출신인 아프리카인 아버지와 컬러드인 어머니 사이에서 태어났다. 참 다정하고 똑똑한 친구였다. 그에게는 자기가 지나치는 것은 뭐든지, 나무든 벽이든 책상이든 사람 코든, 무엇이든 꼭 건드려보고 싶은 충동이 있었다. 건드려보고 싶은 것이 있으면 그 애는 하던 말도 멈추곤 했다. 그러고는 손가락이나 신발 끝을 갖다 대고 마치 환희에 빠진 듯이 그리고 자기가 만진 그 물건이 자신을 무거운 짐에서 해방이라도 시켜주었다는 듯이 고개를 쳐드는 것이었다. 만일 하수구에 전기가 흐르면 우리는 토머스 덕에 그 사실을 미리 알고 그런 장소를 피해 다녔다. 토머스는 자기가 늘 몸에 지니고 다니는 사진 속의 어떤 여자애에 대해 얘기했다. 그는 꼭 그 여자와 결혼할 거라고 맹세했다. 토머스에게는 대부분의 요하네스버그 출신 컬러드 같은 잘난 체하는 분위기가 전혀 없었다. 토머스는 자기가 그렇게 철저한 낙천가가 된 것은 자기 윗입술이 아랫입술보다 조금 더 두껍기 때문이라고 늘 말했는데, 내가 비관적인 것은 내 아랫입술이 윗입술보다 살짝 더 길기 때문이라고도 했다.

또 한 명의 컬러드 친구는 피터 에이브럼스*였는데 지금은 작가가 되었다. 그 애가 마커스 가비** 얘기를 하면서 우리가 그 사람을 당연히 알고 있을 거라 생각하던 것이 또렷하게 기억난다. 그 애는 이 세상의 모든 흑인들이 아프리카로 돌아오면 얼마나 멋진 일일까,라며 꿈꾸듯이 말했다. 에이브럼스는 자기 공책에 시를 써서 우리에게 읽으라고 줬다. 나는 그 시들을 대단하다고 칭찬해주었는데 그건 학교 교과서에서 배우는 영시선처럼 그 애도 무언가를 쓰는 아이였기 때문이었다. 지금 생각해보면 아주 침울한 시들이었다. '흑인이지만 그게 자랑스럽다'라는 주제를 가지고 검은색 피부를 정당화하고 영광스러운 것으로 애써 묘사한 시들이었던 것이다.

학교 근처에는 유대인 부부가 살고 있었다. 남편은 땅딸막하고 머리카락이 황갈색이었으며, 부인은 임신을 해서 배가 동산만 했다. 피터는 어찌어찌 그들을 사귀게 되었고 그 사람들은 가끔씩 피터를 만나러 학교에 오기도 했다. 그는 우리를 아주 어리둥절하게 만들고 놀라게 하는 방식으로 그런 교제를 미화했다. "쟤는 백인 친구가 있어, 너 알아?" 학생들은 피터 얘기만 나오면 그렇게 말했다. 나는 피터를 정복자로 보게 되었다. 나는 마커스 가비에 대한 피터의 생각이 그를 항상 머

---

* Peter Abrahams(1919~): 남아공 출신의 소설가로 빈민가에서 태어났으나 영국으로 건너갔다가 1956년 자메이카에 정착했다. 남아공의 대표적인 작가 중 하나로 정치적이고 사회적인 문제들 특히 인종주의를 다룬 작품을 발표했다. 『소년 광부*Mine Boy*』(1946)와 『피터 에이브럼스 자서전*Tell Freedom*』(1954)은 아파르트헤이트를 다룬 작품이고, 그 외 『어둠의 언약*Dark Testament*』(1942), 『천둥의 여정*The Path of Thunder*』(1948), 『우도모의 영광*A Wreath for Udomo*』(1956), 『길고 긴 밤*A Night of Their Own*』(1965), 『혼돈의 섬*This Island Now*』(1966), 『코야바 풍경*The View from Coyaba*』(1985) 등의 작품이 있다. 『찬란한 미래*Vision Splendid*』는 에이브럼스의 초기 작품으로 보인다.

** Marcus Garvey(1887~1940): 자메이카의 국민 영웅으로 출판인, 언론인, 사업가, 흑인 민족주의자.

나먼 곳을 동경하는 전형적인 인물로 만들었다는 느낌을 은근히 갖게 되었다. 피터는 자기가 백인들과 동등하다는 것을 백인들에게 보여주고 싶다는 말을 했었다. 나는 그 말에 조금 겁을 먹었지만 당시에는 그 말에 대해 별로 생각하지 않았다.

피터는 세인트피터스에서 겨우 1년 동안 우리와 함께 지냈다. 그리고 그때조차 우리와 특별히 어울리지도 않았다. 그 애의 이름은 어떤 학생이 떠난 지 몇 년 뒤에 학교에서 떠도는 식으로, 즉 만능선수니 단거리 선수니, 1,500미터짜리 선수니, 높이뛰기 선수니, 아침꾼이니 하는 식으로는 불리지 않았다.

학교 도서관에 푹 빠져들 수 있는 책들이 엄청나게 많다는 걸 발견한 것은 정말 멋진 일이었다. 초등학교 때 누더기를 걸친 용감한 인물인 세르반테스를 알고 난 뒤 태어나서 처음으로 나는 유명한 사람들과 악수를 하게 된 것이다. 로버트 린드, 알파 오브 더 플라우, 애디슨, 스틸, 골드스미스* 같은 사람들을 알게 되었다. 그다음에는 셰익스피어, 디킨스, 'Q', R. L. 스티븐슨**도 알게 되었다. 내가 특히 좋아해서 외우

* Robert Lynd(1879~1949): 아일랜드의 작가이며 민족주의자.
Alfred George Gardiner(1865~1946): 영국의 수필가이며 'Alpha of the Plough'는 그의 필명으로 북두칠성의 으뜸별을 말한다.
Joseph Addison(1672~1719): 영국의 수필가이자 시인으로 1711년 리처드 스틸과 함께 『스펙테이터』 잡지를 창간했다.
Sir Richard Steele(1672~1729): 아일랜드 출신의 작가이자 정치인으로, 1711년 조지프 애디슨과 함께 『스펙테이터』 잡지를 창간했다.
Oliver Goldsmith(1728~1774): 영국의 시인이자 의사로 『웨이크필드의 목사』(1766)라는 가정소설로 유명하다.

** 아서 퀼러-쿠치(Arthur Quiller-Couch, 1863~1944): 영국 콘월 출신의 작가. Q라는 필명으로 활동했다.
Robert Louis Stevenson(1850~1894): 스코틀랜드 출신의 소설가이자 시인으로 『보물섬』(1883)으로 유명하다.

기도 했던 시는 로버트 허릭*의 「수선화에게」였다.

우리는 교실에서 하는 연극이나 우리가 직접 쓴 대본 가운데 재미있는 걸로 공연하기를 좋아했다. 나는 그렇게 연극에 대한 열정을 키웠다. 하지만 이제는 마라바스타드의 콘서트 무대에서 테니슨의 '후프 아 리이이그, 후프 아 리이이그, 후프 아 리이이그 온와아아드'**나 바이런의 「산헤립의 멸망」을 고래고래 소리치며 연기하기 좋아했던 어설픈 웅변술의 수준은 벗어나 있었다. 나는 연료로 쓰이는 파라핀을 공연 전에 들이켜지 않아도 되었는데, 그 시절에는 가래를 없애주고 성대의 상태를 좋게 해준다고 믿었기 때문에 그렇게들 하곤 했다!

어떤 영국인 여자가 우리에게 영어를 가르쳐주었는데 우리는 그 선생님을 아주 좋아했다. 우리가 싫어했던 선생은 핑크 부인으로, 나라의 두번째 공식 언어인 자신의 모국어 아프리칸스어를 가르친 아프리카너였다. 그 여선생은 얼굴에 긴 머리를 드리우고 다녔는데 키가 크고 쇠약해 보였으며, 몸에 딱 붙는 치마를 입고 다니면서 과장된 후음으로 말했다. 토머스는 그 선생을 보면 성서에 나오는 소금기둥이 떠오른다고 했다.

핑크 부인이 교실에 들어와서 굽 높은 구두와 딱 붙는 치마를 입은 채 우리 앞에 서면 우리는 부인이 우리를 싫어한다는 걸 단번에 알 수 있었다. 그 선생은 손을 살짝살짝 움직였고, 역겹게도 애교라도 부리고 싶었는지 머리를 한쪽으로 살짝 기울였으며 그럴 필요가 없는데도 머

---

* Robert Herrick(1591~1674): 영국 시인.

** Huff a leeeeegue, huff a leeeegue, huff a leeegue onwaaaard: 앞서 나온 테니슨의 시 「경기병대의 돌격The Charge of the Light Brigade」의 도입 부분인 'Half a league, half a league/ Half a league onward'를 발음한 대로 표기한 것.

리카락을 자주 가다듬었는데, 남학생이나 여학생이나 모두 그게 다 조금이라도 젊어 보이려고 애처로울 정도로 미친 듯이 애쓰는 동작이라고 말했다. 그 선생은 "이 반에서는 무슨 냄새가 나"라면서 코를 킁킁거리는 버릇이 있었다. 그 여자의 판에 박힌 위협은 "창밖으로 집어던져버릴 거야"였는데, 그걸 영어로 말했다. 그래서 우리는 왜 핑크 선생님이 차라리 백인 아이들을 가르치지 않는지 서로에게 묻곤 했다. 그 여자는 18개월 뒤에 세인트피터스를 떠났고 우리는 그 선생을 금방 잊어버렸다.

학교에는 '6 더하기 6'이라는 별명의 아프리카인 산수 선생님이 있었다. 그 선생님은 웃옷이 아주 짧아서 단은 엉덩이에 딱 걸리고 소매는 손목 한참 위에 걸렸다. 그 선생님이 한쪽에서는 냄새나는 고기와 기름기 많은 그레이비와 빵 덩어리를 팔고, 다른 한쪽에서는 옷을 파는 어떤 광산 구내매점에서 그 옷을 6실링 6펜스에 샀다는 소문이 돈 적이 있었다.

우리가 싫어했던 일 중 하나는, 어떤 애가 누군가의 시계나 조끼를 훔쳐놓고는 고백하지 않았다는 이유로 로저 형제가 하루 종일 아이들을 굶기고 빈속으로 「십자가의 길」을 외우게 하는 것이었다!

나는 어머니의 허락을 받아서 성공회 교회에 다니게 되었고 나중에 견진성사를 받았다. 나는 엄숙한 종교 의식과 예복을 보거나 예배 중에 떠다니는 향을 맡으면 가슴이 두근거렸다. 그리고 수도원 학교에서 온 아프리카인 학생 수도사들이나 유럽인 신부들은 설교를 할 때 감리교나 루터교 또는 아프리카감리교감독파의 목사나 순회설교자들처럼 소리를 지르지 않았다. 그래서 나는 그들의 설교에 깃든 감동적이고 호소력 강한 힘에 나 자신을 맡길 수 있었다.

세인트피터스에서 첫 6개월을 보내고 나서 겨울방학에 프리토리아로 돌아온 나는 이질감마저 느꼈다. 옛날 학교 친구들 몇몇은 아주 신이 나서 나를 맞아주었지만 나를 거부하는 아이들도 있었다. 어쨌든 기숙학교에 다니는 것은 흔한 일이 아니었고 그런 곳에 다닐 정도로 운좋은 아이들은 대개 부러움을 크게 샀던 것이다. 생활환경에 대한 나의 민감한 마음은 놀라울 정도로 예민해졌다. 나는 고등학교를 마칠 때까지도 방학 때는 여전히 청소와 요리를 하고 빨랫감을 배달했다.

"너 요 몇 달 동안 어디 있었니?" 내가 빨랫감을 가지러 갔을 때 술주정뱅이 마-보틀즈가 물었다. 그 여자의 꼴은 내가 세인트피터스로 갔을 때와 비슷하게 엉망이었다.

"요하네스버그에 있는 학교에 다닙니다, 부인."

"칼리지 말이니?"

"예, 부인."

그 여자는 마치 '흥, 어쨌든 네 일이지 내 일은 아냐'라는 듯 콧방귀를 뀌고 몸을 덜덜 떨었다.

"빨랫거리 가지러 온 애는 그럼 네 동생이냐?"

"예, 부인."

"아주 불한당같이 생겨먹었어. 날 보고 히죽 웃는 못된 버릇이 있더라." 나는 어쩔 수 없이 받아야 하는 돈을 받아 쥐고 그곳을 떠났다. 그 여자는 내 동생의 '역겨운 태도'에도 불구하고 내가 없는 동안 내 동생에게 돈을 주었다.

나는 마-보틀즈가 내 동생 솔로몬에 대해 한 말이 무슨 뜻인지 알고 있었다. 걔는 별것 아닌 일에도 아주 심하게 웃어댔다. 특히 장애를 가진 사람에 대해서는 더 그랬다. 솔로몬이 입을 있는 대로 벌리고 웃을 때는 화를 돋우지는 않는다 하더라도 사람을 불안하게 만드는 조롱의 기미가 있었다. "이 녀석아, 그렇게 웃다가는 죽을 때까지 네 입이 다물어지지 않는 때가 언젠가는 올 거다." 할머니는 그런 말을 자주 했다. 할머니는 당신도 어떻게 해볼 수 없다는 걸 알고 있었다.

솔로몬은 짓궂은 농담을 좋아했다. 한 번 웃기 시작하면 엄청나게 웃어댔다. 온몸을 뒤틀고 머리를 심하게 흔들어대고 눈을 질끈 감고 허리를 들썩거렸다. 우리 집안과 가까운 분으로 바칼리사라는 노인이 있었는데 원주민행정부에서 일하는 분이었다. 솔로몬은 휴일이면 그 부서에 가서 그분 밑에서 일했다.

어느 날 오후 솔로몬과 바칼리사 어른이 집으로 돌아오려고 같은 버스에 올라탔다. 솔로몬은 노인 건너편 줄에 자리를 잡았다. 5시 30분이 되자 (솔로몬의 표현으로) '부엌 시계 같은' 벨소리가 바칼리사 노인 쪽에서 약하게 들렸다. 내 동생은 발작하듯이 웃어대기 시작했다. 모든 승객들이 도대체 무슨 일인가 하며 그쪽으로 고개를 쭉 뽑았다. 바칼리사 노인의 조그마한 가방에서 그 소리가 새나오고 있었다. 노인은 안달이 났지만 자기 자리에 가만 앉아 있을 수밖에 없었는데 솔로몬 말로는 노인이 참 대책 없고 폭삭 늙어 보이더라고 했다. 버스 안은 왁자한 웃음소리로 가득했다고 한다.

"왜 가방을 열고 소리를 끄지 않았대?" 나는 이유가 궁금했다.

"가방 안에 술병이 들어 있었거든."

나는 얘기를 들으면서 솔로몬이 그 모든 걸 알고 있지 않았나 하는 의심이 생겼다. 솔로몬은 알고 있었다. 바칼리사 노인은 시내에서 시계를 하나 샀고 솔로몬에게 가방에 넣어두라고 시켰다. 내 동생은 가방 안에서 술병을 발견하고는 꾀를 내서 둘이 버스 안에 있을 시각에 맞춰 벨이 울리도록 알람을 맞춰놓은 것이다. 솔로몬은 만일 노인이 가방을 열면 몰래 숨겨둔 술병을 누군가가 틀림없이 발견하게 될 거라고 짐작하고는 노인이 어떻게 궁지에서 벗어나는지 지켜보려고 했던 것이다. 사복을 입은 아프리카인 형사들이 늘 버스를 타고 다니기 때문에 노인은 그들 중 누가 버스에 타고 안 탔는지 알 수 없었다.

"만일 그 할아버지가 체포되기라도 하면 어쩌려고 그랬어!" 나는 숨이 다 막혔다.

"흑인이고 그게 불법인 줄 알면서 도대체 왜 그 노인이 술병은 가지고 다닌대?"

내 동생은 계속 웃으면서 대머리가 땀투성이가 된 바칼리사 노인이 시계 벨이 계속 울리는 상황을 어떻게 모면하고 어떻게 버스에서 내렸는지 전해주었다.

"네 엄마한테 내가 너 생긴 게 싫다더라고 전해라." 가슴이 커다란 레이네케 부인이 그런 말을 했다고 한다. "너는 너무 깡패같이 생겨먹어서 마음에 안 들어." 그래도 솔로몬은 웃었다. 그 말 때문에 우리는 5년 동안이나 빨래를 해주었던 그 여자와 관계를 끊어버렸다. 싱어 부인의 차 마시는 개는 어쩌다가 그만 유리 조각이 들어간 차를 마셨다고 한다. 그들은 개를 죽일 수밖에 없었다. 나는 개가 죽은 것에 대해 아무런 느낌도 들지 않았다. 골드스미스 씨는 여전히 성을 잘 냈다. 하지만 그는 내가 학교로 돌아간 지 석 달이 지났을 즈음에도 세상을 떠나버릴 기미는 전혀 보이지 않았다.

레보네도 여전히 활기차 보였고 그 어느 때보다 초연해 보였다. 그때는 판얀과 느슨한 관계를 맺고 있었고 판얀도 특권이라는 생각은 거의 없이 그냥 레보네와 지내는 것 같았다. 레보네의 아버지는 장사가 아주 잘되었다. 그래서 레보네는 6학년을 마치려고 학교로 다시 돌아갔다.

어머니는 다섯 달 동안 용돈으로 쓰라고 5실링을 주었다.

1936년은 내게는 거의 아무런 일도 일어나지 않고 지나갔다. 조지 5세*가 사망한 날에 우리는 학교에 가지 않았다. 그해에는 요하네스버그가 생긴 지 50년이 된 것을 기념하기 위해 제국박람회가 개최되었다. 학생들도 박람회장을 찾았지만 우리는 백인 깡패들에게 거칠게 떠밀려 처음에는 몇몇 코너에서, 나중에는 박람회장 자체에서 쫓겨났다.

나는 꾸준히 수학과 씨름했고 수학 필기시험을 치는 학생이 되었다. 하지만 1등 자리는 계속 유지했다.

1937년에는 중요한 일이 세 가지 일어났는데, 그해는 대입 자격 수료 과정의 마지막 학년도였다.

또한 그해는 영국에서 대관식이 거행된 해였다. 조지 6세**가 왕위를 계승했고 공휴일이 선포되었다. 우리는 빵과 왕의 얼굴을 새긴 커다란 '할머니 잔'에 든 찬 음료수를 받았다. 5학년 남학생들은 그 행사를 보이콧하기로 결정하고 음식도 거부했다. 우리 학교 남학생 대부분은 그들을 따랐다. 우리는 그 컵을 박살냈다. 우리가 절실히 필요로 하는 것들, 즉 더 많은 학교, 대학 교육을 받을 수 있는 더 많은 기회, 우리 부모에게는 더 많은 봉급, 더 좋은 집 등을 주지 않는데 자존심이 있다면 그 어떤 음식도 받을 수 없다는 말이 나돌았다. 학교 당국은 무관심했고 우리는 무시당했다는 기분이 들었다. 우리는 그 모든 일에서 승

* King George V(1865~1936): 재위 기간 1910~36년. 제1차 세계대전이 일어난 뒤 영국 왕실은 현재 가명(家名)인 윈저 왕가로 이름을 바꾸었다.

** King George VI(1895~1952): 재위 기간 1936~52년. 형 에드워드 8세가 왕위에서 물러나자 뒤를 이었다. 현재 영국 여왕 엘리자베스 2세의 부친.

리감을 느끼려 하면서도 특별히 아무것에도 승리감을 느끼지 않았다.

어느 일요일 아침 남학생들이 세인트아그네스 기숙사를 방문하는 날에 나는 킴벌리 출신의 어떤 여학생에게 좋아한다고 말했다. 고백은 금방 성공했지만 기대했던 만큼 승리감을 느끼지는 못했다. 그다음 날인 월요일 아침 휴식시간에 우리는 스퀘어*에서 보수적인 방식으로 만났다. 우리는 그곳을 둘러싸고 있는 교실들 이곳저곳으로 억지로 참고 있지만 터질 것 같은 긴 웃음소리가 퍼져가는 것을 느꼈다. 나는 마리아 로우의 얼굴을 감히 똑바로 쳐다보지도 못하고 발가락으로 돌을 몇 개 집어 올리기만 했다. 나는 나중에 토머스가 어떻게 됐느냐며 계속 물을 때 그 얼굴에 퍼져 있던 능글맞은 웃음이 너무 싫었다. "친구, 넌 윗입술을 조금만 더 길게 당겨야 해." 그가 말했다.

나는 허탈한 기분이었고 죄의식이 덮쳐왔다. '너는 떨어지면 안 돼, 얘야, 절대 시험에서 떨어지면 안 돼.' 어머니의 말이 낮이고 밤이고 내 머리에서 떠나지 않았다. 시험에 떨어져 어머니를 실망시킬지 모른다는 미신에 가까운 두려움이 2주 뒤 굳은 결심을 한 채 나를 세인트아그네스 학교로 가게 만들었다.

"우리 헤어져. 우리는 헤어져야 해." 나는 손가락을 비비 꼬면서 마리아가 아니라 내 마음이 상할까 봐 겁을 내며 그 애에게 말했다.

"왜, 뭣 때문에?"

"바빠서."

"바쁜 사람끼리 서로 좋아하는 거야." 그 애의 말이 순진하다고 나는 생각했다. 나는 머리를 가로저었다.

* square: 건물로 둘러싸인 사각형의 정원이나 휴게 장소. 중정(中庭).

"너 이제 나 안 좋아하니?" 나는 이별 때문에 그 애가 그렇게 비극적인 표정은 짓지 않기를 바랐다.

"나는, 좋아해, 물론 널 좋아해."

"내가 뭐 잘못한 거 있니?" 아, 안 돼, 지금은, 여기 세인트아그네스에서는 안 돼, 그렇게 상처받은 표정은, 지금은 절대 안 돼!

"아니, 없어."

"그러면 왜?"

"공부할 게 너무 많아." 그 애가 파고들기를 멈추지 않았으면 나는 비명을 지르며 도망치고 말았을 것이다.

"너 다른 애 생겼구나!" 그거였다. 뭔가 퍼뜩 머리에 떠올랐다. 하지만 나는 그저 그 애 옆에 앉아서 아무 느낌도 들지 않았다. 우리는 한동안 아무 말도 없이 그렇게 있었다.

"저기, 나 이제 가야겠어, 안녕!"

그 부드러운 얼굴에 드러났던, 나를 비난하는 표정이 요새도 자주 떠오른다.

그 뒤 얼마 지나지 않아 나는 신경쇠약에 걸렸다. 나는 해마다 두 번 치르는 시험에 떨어졌다. 그동안 나는 만약 떨어지면 그다음 해에 치르는 재시험을 위해 어머니가 돈을 낼 수 없을 거라고 늘 생각했었다. 나는 병에서 회복해 다시 시험 준비에 뛰어들었다.

나는 1937년의 기말시험에서 토머스를 포함한 다른 세 명의 학생 가운데 1등으로 시험을 통과했다. 게다가 나는 수학에서 A를 받았고 라틴어에서는 B를 받았다. 산수는 겨우겨우 통과했다. 토머스가 내게 편지를 써 보냈다. "넌 윗입술 수술을 받아야 해. 이 친구야, 넌 왜 자신을 좀 내버려두지 못하는 거야?"

나는 수료증을 액자에 넣어 벽에 걸어두었다. 그 수료증은 아직도 같은 액자에 들어 있지만 이제 벽에 걸어두지는 않는다.

우리가 시험 등록을 할 때 토머스는 자기 성을 아프리카 성으로 쓰지 않고 '베네트'라는 성으로 적었다. 만약 수료증에 진짜 성이 적히면 컬러드나 인도인 교사 양성 일반 대학에 들어갈 수 없을 거라는 게 이유였다. 봉급이 지독하게 적기 때문에 아프리카인 학교에는 절대 갈 수 없다고 했다. 그 말은 사실이었다.

컬러드나 인도인 교사는 아주 괜찮은 교사직을 얻는 데 대학 학위가 필요하지 않았다. 그 시절 컬러드나 인도인은 동등한 자격을 가진 아프리카인 교사의 네 배에 달하는 봉급을 받았다.

나는 토머스가 그런 일을 했을 때 그다지 실망하지 않았다. 하지만 똑같이 하고 싶지도 않았다. 게다가 그런 일은 내게는 너무나 어마어마한 일로 여겨졌다.

18. 백인들과의 마찰

뭘 하지? 우등수료증을 가지고 뭘 할 수 있을까? 대학입학시험을 본다? 그다음엔? 포트헤어 대학교? 학비는 어떻게 마련한단 말인가?

"재를 대학 시험 치게 할 돈이 있어?" 세인트피터스에 다녔던 삼촌이 우리 어머니에게 물었다. 어머니는 얼굴에 야릇한 표정을 지으면서 삼촌을 바라보았다.

"그래, 신께서 돈을 구하도록 도와주실 거야."

"하지만 시험을 치고 나면 포트헤어에 가야 해. 여기서는 대학입학시험 자격증을 가진 사람을 고용하지 않는다고. 저 애를 비웃기만 할 걸."

"넌 이런 거 잘 알잖아. 어떻게 해야 하는지 얘기 좀 해줘. 내가 뭘 아니." 어머니가 말했다.

"교사 양성 훈련이지. 나도 그래서 했잖아. 재가 교사가 되면 자기 앞가림은 할 수 있어. 나도 그러고 있고. 최고 좋은 학교는 내가 다녔던 학교야. 나탈에 있는 애덤스칼리지 말이야."

"성공회에서 운영하는 거니?"

"미국인 기숙학교야. 그 학교는 받아줄 거야. 그건 걱정 마. 내가 학교 다닐 때 누나가 늘 내 뒤를 봐준 것처럼 나도 재가 나탈에 가면 학비를 대서 누나한테 은혜를 갚을게. 그런데 지금은 너무 늦어서 지원 못 해. 교복 값을 저축하면서 내년 1월까지 일을 하면 되지."

"저 애가 애덤스에 가고 싶어 할까? 에스키, 너 가고 싶니?"

나는 내가 뭘 하고 싶은지 몰랐다. 그래서 그렇다고 대답했다.

애덤스칼리지는 그래서 그다음 해에 다니게 될 터였다.

프리토리아에 돌아와서 나는 일거리를 찾으며 길거리를 돌아다녔다. 나는 일거리를 찾아다니는 과정이 너무나 수치스러워서 그것이 정말 싫었다. 나는 마침내 어떤 변호사 사무실의 사환 자리를 얻게 되었다. 고용주는 험상궂은 거인이었다. 여러 번 "안녕하세요"라고 말했다가 아무런 대꾸도 듣지 못한 끝에 다시는 인사를 건네지 않게 된 사람이었다. 어쩌면 키가 크다 보니 귀도 아주 높이 달려 있어서 내 인사를 못 들었는지도 모르겠다. 그 사람을 보면 왠지 스크루지 영감 생각이 났다. 그의 책상 위에 있는 잉크병과 커다란 잔을 치울 때면 나는 늘 벌벌 떨었다. 우리는 절대 눈을 마주치지 않았으므로 나는 그를 전기를 만들어내는 기계로 생각하게 되었고, 그것도 인식하기 힘든 먼 곳에서 그런다고 생각하게 되었다.

흑인들의 승강기 이용을 금지한 고층 건물에서 나는 아래위로 뛰어다녔다. 나는 차를 준비했고 나를 볼 때마다 무언가를 떠올리는 것 같은 백인 여자들의 심부름을 하며 뛰어다녔다. 그 여자들은 딕터폰* 스위치를 끄고, 가방을 들고, 기다랗고 빨간 손톱을 옷 속에 넣어 몸을 벅

* dictaphone: 속기용 구술 녹음기의 상표명.

벽 긁고, 개인 심부름을 시키면서, "알았어? 알았어? 알았냐고?"라고 끝없이 늘어놓으며 지시사항을 강조했다. 그런 일을 하면서 나는 일주일에 1파운드를 벌었다. 어머니는 그 돈을 모두 나를 위해 저축했고 영화를 보라며 일주일에 1실링을 주었다. 학교에서 보내는 5개월 동안 5실링 받았던 것에 비하면 상당히 큰돈이었다.

나는 백인들과 그들의 잘난 체하는 짓거리 때문에 나름대로 골치를 앓았다. 여기서는 "그래, 존", 저기서는 "그래, 짐" 하거나, "야, 뭣 때문에 왔어?"라고 하는 말 때문이었다. 내 말을 분명하게 할 수 있는 곳에서는 나도 거칠게 대답했다. 내가 '불손'하다고 때려주겠다거나 '저 카피르 놈을 원래 제자리로 돌려보내버리겠다'며 백인 녀석들이 몇 번인가 나를 잡으러 쫓아온 적도 있었다. 하지만 운이 좋아서 나는 한 번도 잡히지 않았다.

나는 불안정했다. 나의 감수성이 이번에는 내 적이 되었다. 어떤 백인의 사소한 말도 조금이라도 나를 향한 것이다 싶으면 나는 공격에 나섰다. 나는 만성적으로 정서가 불안해져서 생각을 제대로 하려고 애쓰면 애쓸수록 더 급하게 분통이 터지곤 했다. 나는 밤에 식은땀을 흘리며 깨고 어둠 속에 앉아서 그날 낮에 백인들과 무슨 언짢은 일이 있었는지 기억해내려고 했다. 끝도 없는 대화가 머릿속에서 계속 맴돌았는데, 나는 낮에 맞닥뜨린 그 백인에게 했어야 했지만 기회가 없었거나 내뱉을 배짱이 없어서 하지 못한 말들을 떠올렸다. 옆방 직원에게 전화해서 아프리칸스어로 "○○씨, 여기 서류를 들고 온 카피르 말예요"라고 하던 그 백인 여자. 비실비실 걸어와서 "짐, 중앙우체국이 어디야?"라고 묻던 그 노인네. 그 우체국 직원은 계산대 너머에서 이렇게 소리를 질렀었다. "당신들 카피르 말이야, 줄 똑바로 안 서면 처리 안 해준다.” 낮에 당했던 이런저런 모욕들이 계속 새롭고도 불쾌하기 짝이 없게 되살아나 잠을 이루지 못하게 나를 괴롭혔다.

나는 우리 동네 성공회 교회에 계속 다녔다. 그 교회에 대한 낭만적인 감정은 이제 전혀 중요하지 않았다. 하지만 나는 할머니 집에서는 잘 다니는 체해야 했다. 그렇지만 가끔씩 오래된 불씨가 다시 불붙기도 하고, 나는 속으로는 내가 그 교회 신자라고 생각했다.

내가 세인트피터스로 떠난 뒤에 마라바스타드의 일상은 조금씩 변했다. 옆집의 시끌벅적한 아이 몰로이와 반툴레 출신의 아이작은 북쪽에 있는 교사양성학교로 갔다. 길 아래쪽에서 살았고, 영화 「샌더스의 강」에서 보트 노래를 부른 폴 로브슨* 흉내를 잘 냈던 역시 시끌벅적한 아이 대니도 나중에 그 둘을 따라갔다. 치나와 리틀 링크스와 나머지 폭스단 멤버들은 시내에서 심부름꾼 노릇을 했다. 결핵을 앓던 기타 연주자 시키는 더 말랐다. 그래도 카트리나는 여전히 그를 좋아했다. 그 여자는 교외에서 하녀로 일했다. 우리 반 급우 중 많은 아이들이 시내에서 심부름꾼으로 일하고 있었다. 그들 가운데 상당수가 컬럼비아 홀이며, 돌아가며 한 멤버에게 봉급을 모두 몰아준 뒤 먹고 노는 일요일 오후의 ‘스탁 페어’ 파티며, 주말의 축구와 테니스 같은 마라바스타드 식 생활에 완전히 빠져 있었다. 내가 아직도 소속되어 있는 학생 모임도 있었다. 우리는 한 해의 마지막 날에 벌이는 ‘새벽의 춤판’ 행사와 새해 첫날의 소풍을 준비하려고 매년 12월 방학 중에 만났다.

다른 수많은 대도시들처럼 프리토리아도 정치적인 활동으로 생기가 넘쳤다. 사람들이 헤르트초크 법**이라고 부르는 법은 아프리카인에

---

* Paul Robeson(1898~1976): 미국 흑인 배우이며 가수, 작가, 민권운동가.

** Hertzog Bills: 헤르트초크는 아파르트헤이트의 핵심 법안 여럿을 만들었는데, 케이

게 엄청난 고통을 가져온 원인이었다. 우리는 분리된 투표용지를 받았는데, 백인 국회의원 투표는 지역에 따라 하고, 국회 밖에 따로 존재하는 흑인 의회인 원주민대표의회(NRC) 투표도 지역에 따라 별도로 해야 했다. 주거 분리 정책은 법으로 영원히 묶여 있었다. 흑인은 '풀린 지역'에서만 땅을 살 수 있었다. 흑인은 백인에게서 땅을 살 수 없고 백인도 흑인에게서 땅을 살 수 없었다.

아프리카인 거물 정치인들 중에는 원주민대표의회라는 미끼에 걸려 결단력이 흐려진 사람들도 있었다. 그 법안 때문에 헤르트초크를 만나러 갔던 많은 사람들이 그 문제를 놓고 서로 갈라졌다. 비백인 저항 운동을 전개하는 데 관심 있는 사람들은 아프리카민족회의와 범아프리카주의회의* 사이에서 누가 누구와 갈라섰는지, 누가 배신했는지 같은 문제를 두고 계속 입씨름을 했다.

내가 프리토리아에서 돈을 벌고 있던 때인 1938년에는 일요일마다

프 지역에서 아프리카인의 참정권을 박탈한 원주민대표법안(Representative Native Bill), 원주민위원회법(Native Council Bill), 원주민토지법(Native Land Act), 컬러드 권리법(Coloured People's Right Bill), 미혼 백인과 아프리카인의 성관계를 불법으로 규정한 부도덕법(Immorality Act) 등이 있다. 본문에서 말하는 법은 원주민위원회법이다.

* 아프리카민족회의(African National Congress, ANC)는 1912년 흑인 인권을 증대하기 위해 존 두베John Dube와 작가인 솔 플라체Sol Plaatje 등이 블룸폰테인에서 창설한 전국남아프리카원주민회의(South African Native National Congress, SANNC)가 원형이다. 올리버 탐보, 슈마, 모로카, 시술루, 만델라 등이 참여했는데, 1950년대 초 백인 정부의 탄압에 대규모 불복종 운동으로 저항하면서 차츰 폭력적인 모습을 띠게 되었다. 요하네스버그의 아프리카인 강제 이주와 반투교육법에 제대로 대처하지 못하면서 지지를 잃게 되자 1959년 조직 내 급진 그룹이 범아프리카주의회의(Pan-Africanist Congress)를 결성해 독립해 나왔다. 1960년 샤프빌 학살 사건 이후 남아공 정부는 ANC와 PAC를 불법 조직으로 선포했으며, 1961년 ANC의 지도자가 된 넬슨 만델라는 주로 태업과 같은 평화적 수단으로 저항했다. 그러나 1963년 만델라가 체포되면서 이 단체는 최대의 시련에 빠지게 되었다. 현재 ANC는 1994년 이후 남아공의 집권 여당이다.

아프리카민족회의(ANC)라고 적힌 깃발 아래 사람들이 정치 집회를 여는 것이 흔한 풍경이 되었다. 나는 순전히 호기심으로 집회에 가보기도 했지만 도대체 무슨 소리를 하는지 알 수가 없었다.

내가 고등학교에 가기 전에는 5번가의 테카네라는 젊은 사람이 끝도 없이 정치 이야기를 하면서 돌아다닌 적도 있었다. 당시에는 그 사람이 미쳤다고 생각했는데, 왜냐하면 그 사람이 우리 폭스단원들의 '비밀 회합'에도 불쑥 나타나서 백인들이 얼마나 사악한 족속인지에 대해 늘어놓거나 우리가 알아야 하고 매일같이 느껴야 하는 것들에 대해 많은 얘기를 해주었기 때문이다. 프리토리아에 아프리카민족회의 지부가 설립된 것이 테카네에게는 유용했지만 혼란스럽기도 했던 활동의 기회를 준 것 같았다. 나이 든 분들은 테카네의 아버지가 그를 포트헤어 대학교에 보내지 말았어야 했다고 말했다. 테카네가 자주 얘기하는 두꺼운 책들이 그의 머릿속에 벌레가 생기게 해서 이제는 머리를 뚫고 나오려고 한다고들 했다. 테카네 아버지는 자기 아들이 교양 과정 2학년에 다닐 때 백기를 들어버렸다. 학비를 감당할 수 없었던 것이다. 그래서 테카네는 집으로 돌아와야 했다. 그는 정치 이야기와 종교적인 선언이나 예언을 뒤섞어 말했다. 언젠가 백인들이 지금 우리가 하고 있는 더러운 일을 하고 우리처럼 힘들게 돈을 벌고 마라바스타드에 살면서 하수처리장에서 나는 역겨운 냄새를 맡게 될 날이 올 거라고 했다. 우리가 백인들의 집을 차지하게 될 거라고도 했다. 그것이 신의 의지라는 것이었다.

1938년 겨울 테카네는 푸른 고무나무 플랜테이션의 나무 한 그루에 스스로 목을 매 자살했다. 그런가 하면 민족회의의 어떤 간부는 키가 크고 매부리코에 광대뼈가 툭 튀어나온 굶주린 인상의 남자였는데 먹고살려고 로케이션에서 고기를 팔다가 그만 병에 걸렸다. 그의 상태가 계속 안 좋아지면서 그가 민족회의의 돈을 횡령했다는 소문이 돌았다. 돈이 사라진 건 확실했다. 모든 간부들이 그를 지목했다. 그런데 그가 다 죽어간다는 소식이 들려왔다. 하지만 그가 주변 사람들에게 소리 질러 말했듯이, 자신이 가져간 지폐가 불타는 가운데 자신도 불타고 있었기 때문에 편히 죽지도 못했다. 죽어가는 그의 침대 둘레에서 계속된 기도 끝에 그는 세상을 떠났고 우리는 헤르트초크 법안을 대면하게 되었다.

나는 용기를 내서 레보네에게 내가 그녀를 얼마나 사랑하는지 고백했다. 야만스러운 말라이타들의 횡포를 또 한 번 목격한 직후인 어느 일요일 저녁의 일이었다. 어떤 백인 경찰이 말을 타고 한 남자를 추격해 갔다. 낮 동안 말라이타 추격을 즐겼을 때와는 달리 나는 화가 났다. 그래서 레보네를 찾아갔을 때는 내 인생을 괴롭히는 창을 받아줄 어떤 부드러운 쿠션이 필요하기도 했다.

레보네는 웃었다. "진심은 아니겠지, 에스키?"

"내가 진지하다는 걸 어떻게 보여주면 되겠어?"

레보네는 입을 닫았다.

"우리 이러지 말자."

"하지만 난 진지하다고."

레보네는 웃었다. 웃을 때 그녀의 타고난 깊은 음색은, 레보네가 내게 어떤 감정을 느끼고 있는지 진실을 말해주는 것 같았다. 나는 괴로움을 억누를 수가 없었다.

"판얀은 어쩌고?" 레보네가 갑자기 물었다.

"너 장난치는구나."

"그 얘기는 관두자. 요새는 엠파이어 극장에서 뭘 하고 있지?" 스타 픽처 팰리스 극장은 엠파이어로 이름이 바뀌었다.

나는 판얀의 그림자가 우리 사이에 어물쩍거리고 있는 상황에서는, 아무리 그러고 싶어도 레보네에게 영화 보러 가자고 감히 청하지 못한다고 말했다. 할머니는 이제 내가 어디 가는지 알리기만 하면 밤에 좀 더 자유롭게 나다니게 해주었지만, 이제는 허락 받는 것이 환상적일 것도 없었다.

일요일 밤이었다. 마라바스타드에는 무기력함이 내려앉았다. 누군가가 소란스럽게 노래를 부르면서 2번가를 비틀거리며 헤집고 다닐 만한 시각이었다. 로케이션 어디에선가는 아직도 파티에서 취주악대의 음악이 울려 퍼지고 있을 터였다. 주말이 다 가고 있었다. 흥청망청한 주말 일상의 마지막 몇 시간이 흘러가고 있었다. 내일은 일하는 날이다. 마지막 손님이 돼지 족발을 휘두르며 우리 집을 나갔는데, 그것은 내 동생이 그 손님을 위해 사다 준 것이었다. 하지만 그 손님은 먼저 우리 집 화장실 뒤로 비틀거리며 가더니 벽에 기대 팔을 구부리고 거기에 머리를 대고는 하늘을 한 번씩 쳐다보는 것이었다. 그는 지금 자기가 내뿜고 있는 오줌 줄기를 인지하게 해주는 자기 안의 어떤 기계장치를 껐다 켰다 할 것이다. 내일 아침이면 내 동생은 화장실의 역겨운 오줌 자국을 닦아내면서 기다란 입술을 쑥 내밀 것이다.

아직도 고함과 비명 소리가 로케이션 중심부에서 2번가까지 퍼져가고 있었다. 그 중심부는 약하게 고동치고 있었지만 금요일 저녁부터 주고받은 방탕한 삶의 한 모습을 상기시켰다.

나는 약 세 시간 전에 레보네와 헤어졌다. 그런데 레보네가 몹시 흥분한 모습으로 갑자기 우리 집에 들이닥쳤다. 레보네는 할머니에게 갔다.

"아버지가 경찰관을 죽였어요." 레보네가 말했다.

"누가?" 도라 이모가 물었다.

"아빠요. 아빠가 백인을 죽였어요. 경찰을요. 죽었어요. 그 사람이 죽어서 바닥에 자빠져 있어요."

"얘야, 같이 가보자." 할머니가 검은색 숄을 가져오면서 말했다. 도라 이모와 삼촌 둘이 뒤따랐다.

레보네는 그다음 날 내게 모든 걸 얘기해주었다. 그리고 레보네는 자기 아버지의 재판이 벌어지는 법정에서도 그와 똑같이 증언했다.

이야기는 이러했다.

우리는 자고 있었어, 아빠는 방 저쪽에 나는 이쪽에. 아빠는 아주 피곤해서 죽은 듯이 자고 있었지. 식사도 탁자에 그냥 남겨두었어. 평소엔 잘 드시는데 그날은 손도 대지 않아서 아빠가 밤에 깨면 드시라고 그냥 두었던 거지. 나는 안 자고 있었는데 그때 문 두드리는 소리가 들리는 거야. 누구냐고 물었어. 경찰이야, 문 열어! 하더라고. 그런데 목소리가 아주 거칠고 화가 나 있었어. 도둑인지도 모르는데 내가 어떻게 알고 문을 열겠느냐고 했지. 그런데 이 카피르, 문 열어,라고 소리를 지르더라고. 나는 그 사람이 백인이고 경찰이라는 걸 알았지만 아빠를 깨웠어. 자는 걸 깨웠다고 날 잡아먹으려고 하실까 봐 겁이 났어. 나는 아빠에게 백인 경찰이 왔다고 말했어. 아빠는 침대에서 일어나서 눈을 비비셨어. 아빠가, 뭐?라고 해서 나는 경찰이에요, 백인요,라고 했지. 나는 문으로 가서 아빠가 문 열러 올 거라고 그 사람에게 말했어. 아빠를 쳐다보니 아빠는 화가 잔뜩 나 있더라고. 아빠는 또 떨고 있었는데 경찰을 보면 항상 떨잖아. 그 백인은 모자에 번쩍거리는 커다란 배지를 달고 혼자서 들어왔어. 왜 나를 바깥에서 그렇게 오래 기다리게 하는 거야? 그가 아빠한테 그러더라. 흐음, 카피르, 뭘 숨겨놨지? 아무것도 숨기지 않았어요,라고 아빠가 대답했는데 그게 아빠가 한 마지막 말이었어. 너 그 커다랗고 시커먼 입으로 거짓말하는 거지, 아님, 너 여기 이 개 같은 년하고 담요 덮고 뭘 하느라 아주 바빴던 거 아니었어? 그런데 그 백인이 손가락으로 날 가리켰으니까 그게 나란 거였어. 몸을 떨던 아버지가 갑자기 떠는 걸 멈춘 거야. 그런 건 처음 봤어. 백인이 아빠 침대로 가더니 매트리스와 이불을 벗겨내고 뭔지는 모르겠지만 뭘 찾더라고. 아마도 유럽산 술을 찾았나봐. 그 경찰은 욕을 계속 퍼붓더니 내 침대로 왔어. 그 사람이 침대 위로 몸을 수그리고 있는데, 더는 몸을 떨지 않게 된 아빠가 탁자에서 빵 자르는 칼을 집어 들고 몸을 숙이고 있는 그 백인에게 다가갔어. 그 백인이 고개를 들고 아빠를 쳐다보는데 아빠가 백인의 목 옆쪽에 칼을 꽂아버렸어. 아빠가 물러나자 그 경찰이 바닥으로 쓰러져서 발을 마구 차대면서 몸을 비트는데 아빠는 그 경찰을 내려다보면서, 나는 이제 절대 경찰을 두려워하지 않아, 하늘에 맹세코, 내 이름 딩쿠 디카에에 맹세코!라고 하는 거야.

레보네는 나중에 딩쿠 디카에가 아무것도 숨기지 말고 진실을 있는 그대로 다 말해야 한다고 했노라고 내게 말해주었다. 레보네가 증인석에서 그렇게 말할 때 나는 처음으로 레보네가 흐느끼는 것을 보았다. 레보네는 너무나 연약해 보였다.

딩쿠 디카에가 자신을 변론하면서 한 말이라고는, "내가 그자를 죽였습니다. 그자는 나를 모욕했고 나와 피를 나눈 사람 모두를 모욕했습니다"가 전부였다. 그리고 그는 그 경찰이 자신에게 한 말을 법정에서 진술했다. 피의자는 그 밖에 다른 어떤 질문에도 대답하기를 거부했다.

그에게 사형선고가 내려졌다. 경찰의 호송을 받으며 법정을 나설 때 그의 육신이 얼마나 강인하고 순수해 보였는지 나는 아직도 기억한다. 나는 프리토리아를 떠나기 며칠 전에 그를 한 번 더 보았다. 그는 내가 알고 있던 그 어떤 모습보다 더 침착하고 강인하고 확신에 차 있었다.

삼촌 둘은 우리 지역에서 교사 일을 했다. 막내삼촌은 아직 자동차 기술학교에 다녔다. 남동생 솔로몬과 여동생 타비타는 내가 하던 집안 일 대부분을 맡아 했다. 도라 이모는 여전히 성질이 불같고 원기 왕성했다. 이모는 아직도 "나는 날 좋아하는 사람을 좋아해"라는 말을 자주 했고 여전히 고기라면 환장했다. 이제 예순이 넘은 할머니는 그때까지도 도라 이모를 도와 교외 지역 사람들의 빨래를 해주었다. 할머니는 전보다 더 근엄해졌고 계속 '무덤에 누운 타이터스'에 대고 맹세했다. 딩쿠 디카에가 처형되던 날 2번가는 물론이고 마라바스타드와 반틀레 전역, 케이프 로케이션, 그리고 레이디 셀번까지 칠흑 같은 암흑이 드리워졌다. 할머니는 그때만큼은 "남을 죽이면 자기도 죽어야지, 그게 폴 크루거의 법이야"라는 말을 하지 않았다.

1938년에는 이전에는 한 번도 겪어보지 못했던 빈곤이 나를 엄습했다. 내가 태어났을 때도 그 정도는 아니었다.

그해는 태어나서 처음으로 대학교에서 일요일에 입을 양복을 한 벌 살 마음을 먹은 해였다. 나는 열 달 동안 매달 15실링을 양복점에 가져다주었다. 더 이상은 인도인들의 뒷마당에서 쓰레기를 뒤질 수가 없었다.

그해 말쯤부터 나는 원주민행정부에서 한 달에 5파운드를 받고 사환으로 일했다. 나는 이 사무실에서 저 사무실로 서류를 갖다주었고 차를 만들고 타자수들의 심부름을 했다. 차를 준비하는 작은 방에서 나를 찾는 벨이 울리기를 기다리는 동안 조금씩 짬을 낼 수도 있었다. 나는 R. L. 스티븐스의 『검은 화살』, 디킨스의 『두 도시 이야기』, 그리고 스콧의 작품도 몇 권 읽었다. 집에서도 책을 읽었다. 내가 차 만드는 것을 감독하던 키가 크고 뚱뚱한 여자 타자수가 있었다. 그 여자는 늘 뜨개질을 하고 있어서 볼 때마다 드파르주 부인*이 떠올랐다. 그 여자는 자기가 먹던 샌드위치를 내게 먹으라고 내미는 버릇이 있었는데 그때마다 나는 거절했다. 그래도 그 여자는 계속 샌드위치를 내밀었는데 정말 구제불능으로 우둔한 짓거리였다.

내가 할머니에게 그 얘기를 하자 할머니는 나를 칭찬해주었다. 할머니는 근엄하게 턱을 단단히 당기고, "네가 우리 집안 피를 물려받았다는 것을 보여줘라"고 했는데, 마치 내가 할머니네 피를 물려받은 게 올바른 선택이었다는 투였다. 할머니는 자기가 마시는 차와 그걸 만드는 방식에 대해 아주 까다로웠다. 한번은 주중에 이틀 빨래를 해주는 교외의 어떤 백인 여자가 할머니에게 마시라며 머그에 차를 담아 준 적이 있었다. 할머니는 그걸 거절했다. 그 뒤로 할머니는 교외로 갈 때 바구니에 항상 자그만 찻주전자와 찻잎 한 스푼, 설탕 조금, 컵과 컵받침, 가당연유를 조금 담아서 갔다. "자기 할머니한테나 받침 없는 잔에 차를 주라 했지, 나 말고."

그 시절에 나는 할머니에 대해 궁금한 것이 참 많았다. 할머니는 원칙이 엄격한 베를린 루터선교회 가르침의 산물이었다. 동부 트란스

* Madam Defarge: 찰스 디킨스의 『두 도시 이야기』에 나오는 인물. 음모와 관련해 항상 뜨개질을 하고 있다.

발 지역 아프리카인들의 독자성을 상당 부분 무너뜨려 시골이나 다름없는 슬럼가 로케이션에서 백인들이 던져준 음식 부스러기를 받아먹으려고 배를 깔고 납작 엎드리게 만든 그 가르침 말이다. 할머니는 설교단에서 죄인들에게 저주를 내리고 교회에서 쫓아내기도 하고, 못 나오게 하기도 하고 용서해주기도 한 파울렌 목사가 세운 규율의 산물이기도 했다. 그러나 할머니는 어떤 것은 포기하기도 했지만 백인들이 법으로 무장하고 있지만 않으면 자신의 독자성을 지키기 위해 고양이처럼 싸웠다.

내가 나탈의 학교로 떠나기 직전에 판얀이 사라졌다. 레보네는 자기 아버지가 돈과 거래명세, 우체국예금 등을 적어놓은 여러 서류들을 보여주었다. 그 필체는 굵직했고 글 쓴 사람의 도량 넓은 성격을 보여주는 것 같았다. 어쨌든 그도 딸의 가르침 덕에 이득을 본 셈이었다. 그는 돈을 꽤 저축해놓은 상태였다. 그는 레보네에게 교사양성학교에 가고 싶지 않으냐고 물은 적이 있었다. 레보네는 그 제안에 좋아서 팔짝 뛰었었고 프리토리아 지역의 감리교 학교인 킬너튼 교사양성학교로 갔다. 그 일은 레보네가 아버지의 장사를 정리하고 유품을 모두 팔아치운 뒤의 일이었다. 레보네는 그 돈을 신탁에 맡겨달라고 학교 측에 넘겼다.

우리는 자주 편지를 주고받았고 레보네는 내 편지의 열정적인 어조를 두고 자주 경고했다. 내 편지는 레보네 학교 사감의 검열하는 손가락을 통과하지 못했던 것이다!

19. 애덤스칼리지

우리는 택시로 더번*에서 3.2킬로미터 떨어진 아만짐토티('달콤한 강'이라는 뜻)에 도착했다. 몇백 미터 정도 걸어가자 새로운 세계가 갑자기 펼쳐졌다. 줄루 식 발음으로는 아둠스 콜레지인 애덤스칼리지였다. 남녀 모두 합해 400명가량이나 되는 그야말로 인간 정글로, 세인트피터스와 세인트아그네스를 합한 것의 두 배나 되었다. 당시 80년이 된 이 미국선교재단협회는 거대한 면적을 차지하고 있었다. 우리는 남자 기숙사인 주빌리관과 교실, 예배당, 식당 사이의 먼 거리를 걸어 다녔다. 주빌리관에서 쏟아져 나오는 학생들이 마치 쿵쾅거리며 지나가는 가축 떼 같았다. 나는 남학생들이 발코니에서 지르는 소리나 줄루 족의 전투가를 합창하는 소리에 곧 익숙해졌다. 부족의 전통적인 생활에서 멀어지고 문명의 혜택을 입은 내륙 출신인 우리와는 달리, 그들은 남자고 여자고 대체로 키도 크고 골격도 굵어 덩치가 컸다.

그곳에 도착했을 때 나를 처음으로 충격에 빠뜨린 건, 거대한 석

* Durban: 콰줄루나탈 주에서 가장 큰 항구도시. 줄루 족이 많이 거주하는 지역이다.

조 건물들과 그 건물들 주위에 엄청나게 자란 풀들, 그리고 꽤 큰 체육관을 아무렇지도 않게 수용한 기숙사 건물들이었다. 바닥은 항상 먼지투성이였고 소형 홀 내부에는 반쯤 건조시킨 풀 냄새가 심하게 났는데, 풀은 매트리스 속을 채우는 데 쓰이는 것이었다. 세인트피터스에서 온 우리 같은 학생들은 그곳에서 유지했던 수준의 청결함은 더 이상 지킬 수 없으리라는 것을 즉각 알아차렸다. 애덤스에서는 기숙사 방이나 사물함을 전혀 검사하지 않았다. 세인트피터스가 자랑했던 학구적인 분위기는 전혀 없었다. 애덤스칼리지는 차라리 광산 단지에 더 가까웠다.

에드거 브룩스 박사가 그 학교의 교장이었으며, 그 아래에는 고등학교와 교사양성반, 직업반, 음악반 주임교사들이 있었다. 브룩스 박사는 남아공유니언의회의 상원에서 나탈 지역 아프리카인을 대표하는 상원의원이었다. 그는 커다랗고 교수다워 보이는 머리에 체격이 땅딸막했으며 소심해 보이는 윗입술에, 상처받고 미안해하는 듯한 인상을 주는 부드럽고 물기 많은 눈을 하고 있었다. 그는 프리토리아 아프리칸스 대학교에서 정치학 교수를 지낸 사람이었다.

브룩스 박사는 매년 1월부터 6월까지 국회가 열리는 동안에는 케이프타운에 가 있다가 짧은 부활절 휴일이 되면 허겁지겁 돌아왔다. 그가 없는 동안에는 비버같이 생긴 조그만 독일 사람 브뤼크너 박사가 교장 노릇을 했다. 그는 철학자에 신학자이며 전기기술자이자 건축가였다. 짤막한 염소수염을 길렀고 겨울 양식을 준비하는 다람쥐처럼 항상 종종거리며 뛰어다녔다. 비록 무뚝뚝해서 학생들 사이에서 제일 인기가 없었지만 능력이 있어서 학생들은 대체로 그를 존경했다.

애덤스칼리지에는 아프리카인 교수와 유럽인 교수를 구분하는 묘한 분류법이 있었다. 피곤해 보이고 지루한 교수들은 아프리카인들이었고, 종교 과목 때문에 찾아가야 하는 비사교적이고 쇠약하고 심술궂은 사람들은 백인 교수들이었다. 덩치 큰 아프리카인 교수들은 바다만큼이나 거칠고 불친절하게 웃는 사람들이었으며, 음울한 표정의 백인 선교사들은 강연을 할 때면 항상 우리가 아주 운이 좋아서 교육을 받는다는 소리를 했다.

기숙사 사감은 코밑에 팔자수염을 기른 거만하고 조그마한 줄루 사람이었다. 그는 별명이 사카불라(캠퍼스에 널려 있는 구아바 열매를 먹고 사는 새)였다. 항상 입에 음식을 가득 넣은 채로 점심 시간이 끝났다고 휘파람을 불어댔기 때문이다. 맑은 휘파람 소리 뒤에 곧장 날카로운 고음이 따랐다. 그는 목소리도 눈도 수염도 축 처져 있었고, 튀어나온 배를 수습해보려고 맸지만 늘 헛수고인 널찍한 벨트도 항상 배 아래로 축 늘어져 있었다.

브룩스 박사는 '족장의 후예들'이라는 과목을 만들었다. 이 과목은 흑인만의 기관인 족장, 지역의회, 자문기관, 원주민대표의회 같은 기관들이 아프리카인들에게 민주주의의 절차를 가르치는 데 유용하게 활용될 수 있다는 그의 신념에 기반하고 있었다. 브룩스 박사가 자기 고향에 있을 때 학교에서 가르치던 사회 과목에서 생긴 것이었다.

하지만 우리는 세인트피터스에서 누렸던 표현의 자유를 이곳 애덤스칼리지에서는 누리지 못했다. 광부용 부츠를 신고 다니던 제프도 애덤스에 와 있었는데, 대학 입학시험 후 교사 양성 과정을 듣고 있었다. 그에게는 옛날의 불같은 성질이 아직도 남아 있었지만 어쩐지 갇혀 지내는 듯했고 아주 불안해 보였다. 어느 날 그와 그의 친구 세 명이 학교 강당에서 열린 어떤 연주회에서 유럽인 교원들의 좌석을 차지하고 앉음으로써 대놓고 학교 당국에 저항하는 일이 벌어졌다. 그들 말로는,

왜 유럽인에게는 미리 좌석을 마련해주어야 하는지 그 이유를 알 수 없기 때문에 그랬다는 것이었다. 사실 그 좌석들은 교수들을 위해 준비되었던 것으로 밝혀졌다. 결국 제프를 비롯한 네 명의 학생은 학교에서 쫓겨났다. 그들은 나중에 일주일 이상 외바퀴 수레에 흙을 실어 나르는 벌을 받는 조건으로 재입학이 허가되었다.

나는 항상 그 많은 남학생과 여학생들의 발아래 깔릴지도 모른다고 느꼈다. 그렇게 금욕적인 미국선교재단협회의 분위기 속에서는 오지 학교로 교생실습을 떠나는 길고 긴 여행을 위안으로 삼아야 했다.

그다음 해에 남학생들은 학교 측이 병들어 죽은 쇠고기를 먹였다고 여기고 동맹휴업을 벌였다. 주동자들은 퇴학을 당했다. 우리는 그 조치를 백인 지배를 받는 비백인들이 어떤 문제를 가지고 소동을 일으킬 때마다 백인들이 늘 사용하는 전형적인 수법으로 여기게 되었다. 여러 선교학교에서 온 학생들이 서로 만나 비교해볼 때마다 우리는 학교가 다른데도 동일한 방법이 사용되었다는 것을 알게 되었다. 주동자를 잡아내어 쫓아내는 방법이 그것이었다.

바로 그즈음 온 나라에 동맹휴업이 빈발했다. 포트헤어 대학교는 그 시절 일어난 사건에서 주역을 맡았다. 선명한 정치의식을 가진, 혈기 왕성한 젊은 학생들 모임이 만들어졌다. 나중에 그 모임은 두 개의 정치 집단을 통해 출구를 찾게 되었는데, 하나는 아프리카민족회의의 민족주의자들이 만든 청년연맹*이었고, 다른 하나는 그다지 유명하지는 않았지만 범아프리카회의 소속의 아주 수준 높은 지식인 집단이었다.

포트헤어에서 정치적 기운이 강력해질수록 선교학교 당국도 더욱

* Youth League: 1944년 아프리카민족회의의 급진적인 무리가 만든 조직.

완고해지고 무자비해졌다. 많은 학교가(정부는 1940년에야 통학 고등학교를 아주 조금씩 설립하기 시작했다) 특정 정치 잡지의 발간을 금지했다. 교내에서 벌어지는 토론 주제들은 엄격한 검열을 받게 되어 결국 정치 토론은 금지되었다. 학교에서 퇴학당한 학생은 다른 학교에 들어갈 기회를 완전히 잃어버렸다. 제2차 세계대전이 한창이었기 때문에 학생들의 혈기도 학교 건물을 불태워버릴 정도로 타올랐다. 제2차 세계대전의 종전도 그 혈기를 잠재우지 못했다. 전쟁이 끝나고 5년이 지나도 학교 건물은 여전히 불타올랐다. 어떤 루터교 선교학교는 불법을 저지른 학생들을 가둘 감방을 임시로 만들기도 했다. 애덤스칼리지도 아름다운 고등학교 건물과 도서관 건물을 잃었다. 불에 완전히 타버린 것이다. 교회와 선교 지도자들은 그저 어깨를 으쓱거리면서 이런 말만 했다. "자기 얼굴에 고통을 주려고 제 코를 잘라내고 있군…… 바보같이…… 책임을 져야 할걸……"

나의 정치의식은 지적인 의미에서는 모호한 것이었다. 나는 내 인생에서 거의 모든 것을 차단해버렸다. 떨어지면 안 돼, 떨어지면 안 돼. 유령이 다시 나타났다. 그러다가 기적이 일어났다. 2학년이 되었을 때 나탈 지역 교육부에서 내게 2년간 장학금을 준다고 한 것이다. 내가 대입 자격 수료 과정 시험에 1등으로 합격했기 때문이었다. 책값을 제외하고도 어머니가 학교에 내려고 그토록 고생하며 번 돈을 돌려줄 수 있었다. 22파운드가량이었다. 그 사실을 알린 내 편지에 대한 답장은 눈물로 푹 젖어 있었다. 어머니는 그 돈에서 15파운드를 이혼 소송을 하는 데 썼다. 아버지가 우리를 떠난 지 9년 만이었다. 어머니는 그 소송을 별 고생 않고 치러냈는데, 아버지가 관습에 의해 이미 결혼을 하고 두번째 부인에게서 아이를 셋이나 두었기 때문이었다.

나는 나탈에 퍼져 있는 강력한 부족 감정의 기운에 대해 쉽사리 잊기 힘든 기억을 품은 채 애덤스칼리지를 떠났다. 나탈에는 두 가지 부족 감정이 있었다. 영국인과 줄루 족. 인도인들은 양쪽의 끄트머리에 속했다. 그 지역은 주민 대부분이 줄루 족인 곳이었으며, 애덤스의 학생 대부분도 늘 줄루 족이 차지했다. 그들은 줄루 족이 아닌 사람들이 학교에 오는 것을 싫어했다. 그들은 우리를 외국인으로 보고 피했다…… 그들은 우리를 트란스발에서 온 위험한 건달들로 보았고 터무니없게도 우리가 주머니에 날카로운 칼을 가지고 다닌다고 믿었다.

1940년 말이 되어갈 즈음에 리프에서 온 어떤 사람이 애덤스칼리지 교장에게 곧 졸업할 학생 중에 맹인들을 위한 기관에서 사무원으로 일할 생각이 있는 학생을 추천해줄 수 있겠느냐는 편지를 보냈다. 교사 양성반의 주임교사가 나를 추천했다. 나는 그 제안에 끌렸다. 나는 항상 교사가 되고 싶어 했기 때문에 무엇 때문에 그 자리에 끌렸는지 정말 모르겠다.

나는 스스로를 확신하지 못했다. 내 성격은 고향의 삶에 대한 기억들과 야망과 이상의 본류와 역류가 뒤얽힌 소용돌이에 불과했다. 나는 아버지에 대해서는 거의 생각하지 않았지만 어머니가 이혼 소송을 내자 오래된 상처가 되살아나는 것만 같았다. 압력화로에서 나오는 파라핀 가스 냄새, 끓는 토마토와 고기, 그레이비와 카레 냄새, 어머니의 비명 소리, 병원의 약품 냄새와 붕대, 다리를 절던 잔인한 그 사람의 모습…… 9년 동안이나 잠자고 있던 감정이 왜 되살아났단 말인가? "너희들은 계속해서 아버지 성을 따라야 한단다, 얘들아." 어머니는 이렇게 말했다. "하지만 아버지 성을 써도 너희들을 내게서 절대 데려갈 수 없어." 우리는 아버지 성을 계속 썼다. 나는 갑자기 내 인생이 이미 그

취지를 잃은 거대한 목적 같은 것이 되었다고 느꼈다.

그렇게 무모한 자포자기 상태에서 나는 트란스발과 오렌지자유주와 나탈에 걸친 지역에서 아프리카인 맹인들을 돌보는 유일한 기관인 '에젠젤레니'에 가게 된 것이다. 애덤스칼리지에 편지를 보낸 사람은 아서 윌리엄 블랙설* 목사(현재는 박사)였는데 그때는 교육감이자 남아프리카기독교인위원회 서기였다. 나는 1941년 1월 요하네스버그에서 20킬로미터 떨어진 로데포르트역에 그가 나를 데리러 트럭을 몰고 왔던 그날 오후를 아직도 생생하게 기억한다. 나는 스물두 살이었고 엄청난 혼란을 겪고 있었으며 자신에 대해 전혀 확신이 없었지만, 에젠젤레니에 일하러 가면서 피할 수 없다고 느꼈다.

나는 하루에 한 시간씩 설명서의 도움으로 타자 치는 법을 스스로 익혀야 했다. 서기일은 별로 힘들지 않았지만 사이사이에 여러 다른 일도 했다. 약 두 달 동안 블랙설 씨에게 운전을 배우고 난 뒤에는 요하네스버그 교외나 근처 도시로 맹인들이 만든 물건들을 배달해주었다. 나는 바구니, 매트리스(깨끗한 것도 있었고 아주 오래된 오줌 냄새가 나는 것도 있었다)를 트럭에 싣고 내렸다. 아침에는 트럭으로 우편물을 모으러 다녔다. 일주일에 두 번씩 글을 아는 맹인들에게 타자 치는 법을 가르쳐주었는데 나는 그 일을 아주 좋아했다. 나는 한 달에 6파운드 10실링을 벌었는데 그 액수는 전임교사직으로 벌 만한 액수였다. 매달 방값으로 1파운드를 냈고, 내 방의 여러 집기 사용료를 내는 대신 가외 일

* Arthur William Blaxall(1891~1970): 영국 태생으로 1923년 남아공에 와서 시각과 청각 장애가 있는 사람들을 위해 평생 봉사했다. 그는 아프리카민족회의(ANC)와 범아프리카주의회의(PAC) 등을 돕다 체포되었고 형집행정지가 된 뒤 영국으로 돌아가 1970년 사망했다. 그가 세운 맹인학교는 망명 후 이름을 빼앗겼으나 1996년 3월 원래 교명인 '아서 블랙설 맹인학교'를 되찾았다.

을 하기도 했다. 매달 한 번은 일요일에 맹인 남자와 여자들을 데리고 약 800미터 떨어진 로케이션의 교회에 갔다. 나는 그 로케이션의 성공회 교회에 계속 다녔고 블랙설 씨가 집도하는 우리 기관 예배당의 아침 미사에도 나갔다. 역시 어쩔 수 없다는 기분으로 갔다.

그해에 나는 대학 입학시험 자격증을 위해 혼자서 공부하기 시작했다. 책을 사고 어머니에게 돈을 부치고 옷도 사 입어야 했기 때문에 힘들었다. 에젠젤레니에서 일했던 4년 반 동안 나는 1실링도 저축할 수 없었다.

내가 시험 준비를 하던 시기에 에젠젤레니가 기숙 시설을 보수해야 하는 일이 생겼다. 나는 빈민가의 낡은 지역에 있는 어떤 집에서 남자 맹인들 여럿을 돌보아야 했다. 내게는 방 하나가 따로 나왔다. 골함석 벽과 지붕에 새로 은색 페인트를 칠했기 때문에 맹인들은 그 집을 '실버 하우스'라고 불렀다. 나중에 그 집을 다시 녹색으로 칠했다고 얘기해줘도 그들은 계속 그렇게 불렀다. "당신들 눈에는 거슬릴지 몰라도 우리 눈에는 아무렇지도 않아요." 메샥은 그저 그렇게만 말했다. 나는 그가 비장애인인 학교 여선생과 결혼할 때 들러리를 서주었다. 그 사람들은 늘 올바르게 처신했으며 지역 모임 같은 곳에도 나가려고 애썼다. 나는 내 공부에 빠져 있었기 때문에 그런 관계를 거의 맺지 못했고, 고작 밤에 비명 소리와 북소리, 확성기 소리, 반은 이교도로 반은 기독교인으로 구성된 시오니즘 분파의 합창 소리나 들을 뿐이었다. 1년 반 뒤에 실버 하우스 주인이 집을 돌려달라고 해서 우리는 에젠젤레니로 돌아갔다. 2년째 되던 해에 나는 남아공 공동 대학입학시험위원회가 주관하는 필기시험에서 모두 여섯 과목에 응시했다. 이 기관은 유럽인이든 비유럽인이든 외부 학생들을 항상 동등하게 대우해주었다. 나는 그 시험에 3등으로 통과했는데 무척이나 실망했다. 블랙설 교육감은 내가 한 달에 10파운드의 월급에다 약 2파운드의 생활비를 추가로 받게 될 것이라고 했다. 그곳 경영진은 내가 하는 일이 대입 자격 수료증이나 교사 자격증 이상의 자격이 필요한 일이 아니라고 봤기 때문에 봉급이 더 오를 가망은 없다고 했다.

그동안 나는 피트먼 식* 속기를 독학했고 구술 내용을 아주 능숙하게 타자로 칠 수 있게 되었다.

하지만 저축은 전혀 할 수 없었다. 남동생과 여동생은 프리토리아에서 통학 고등학교에 다녔고 집에도 돈이 점점 더 많이 필요했다. 나는 히틀러가, 나면서부터 줄곧 찢어지는 가난밖에 모르는 우리 같은 사람들이 그가 일으킨 전쟁으로 목이 졸려 죽을 지경이라는 건 예상하지 못했을까, 하는 순진한 생각을 여러 번 해보았다.

나는 맹인 몇몇과 아주 친하게 지내게 되었다. 복음주의자인 벨릴레는 나중에 에젠젤레니 여자 기숙사 출신의 반맹인인 여자와 결혼했다. 메색은 몸집이 작고 지적인 인상을 한 남자였다. 컬러드인 애덤 대니얼즈는 타자를 배우러 일주일에 한 번 요하네스버그의 컬러드 지역에서 오는 사람이었다. 그는 색소폰도 배웠다.

방학은 프리토리아에서 보냈다. 마라바스타드는 곧 이전될 처지였다. 강 건너편에 있는 로케이션은 이미 비워진 상태였다. 그곳에 있던 베를린 루터교 선교회는 주민들에게 돈을 거둬 시내의 가난한 백인 동네와 붙어 있고 마라바스타드와는 강으로 나뉜 땅을 샀다. 주민들은 할당받은 작은 땅에 진흙으로 판잣집을 지었다. 그러고 나서 몇 년이나

* Pitman system: 아이작 피트먼 경(Sir Isaac Pitman: 1813~1897)이 1837년에 발표한 영어 속기 방식.

지나 백인들이 자기 동네 근처에 흑인들이 사는 것이 싫다며 변덕을 부렸다. 시 당국에는 이미 그 로케이션을 옮겨달라는 청원이 들어가 있었다. 시의 고관들은 이미 거기서 살던 사람들을 다른 지역으로 이주시켜야 한다는 생각은 꿈에도 하지 않았다. 5천여 명의 주민들은 사방으로 흩어져야 했지만, 그들은 선교회 측에 그들이 모아준 돈을 돌려받기 전까지는 움직이려 하지 않았다. 선교회는 보상금으로 엄청난 액수의 돈을 받았던 것이다. 하지만 주민들의 노력은 실패로 돌아갔다. 그들은 영수증을 받지 않았거나, 받았어도 잃어버린 것이다.

그 땅은 백인들의 럭비 운동장으로 개조되었고 나중에는 시영 버스 차고가 되었다.

그러더니 다음에는 마라바스타드에서 14킬로미터쯤 떨어진 애터리지빌로 마라바스타드를 옮기기 위해 시가 스무츠 정부*의 승인을 받아냈다. 비록 방들은 가로세로 3미터에 불과했지만 지저분한 마라바스타드에서 뚝 떨어져 있는데다, 전기가 들어오고 하수도가 있고 작은 석탄난로와 담장을 친 방 세 개짜리 주택에서 살게 되어 좋아하는 주민들도 여럿 있었다. 보상비가 터무니없이 적어서 가장 절망에 빠진 사람들은 마라바스타드에 집이 있던 사람들이었다. 그들은 사전에 아무런 말도 듣지 못했고, 게다가 마라바스타드에서는 집이 있었는데 새 부지에서는 집을 가질 수 없게 된 것이다. 세를 사는 사람이나 집을 소유한 사람이나 일하러 오가는 데 거리가 너무 멀어 전시의 형편없는 대중교통을 이용해야 했기 때문에 불평이 컸다. 버스를 기다리는 줄이 너무 길

---

* Smuts Government: 남아공의 정치인·군인·철학자인 얀 크리스티안 스무츠(Jan Christian Smuts, 1870~1950)는 1919~24년, 1939~48년 남아프리카유니언의 총리직을 역임했다.

어 사람들을 더욱 화나게 만들었다.

할머니는 체념하고 그 변화를 받아들였다. "그게 바로 백인들의 법이지." 할머니는 중얼거렸다. "새 집에서 살다가 죽는 것도 괜찮을 거야. 이 집에다 그렇게 큰돈을 들이고 나면 앞으로 살기 힘들어질지 어떨지 나도 모르겠다만, 어디로 가든지 간에 죽으면 반툴레에 있는 영감 옆에 눕고 싶어. 지금은 백인이 우리들의 신인데 우리가 뭘 어쩌겠어. 이제 너희들 모두를 학교에 보냈고 너희들도 어디로 가든지 각자 앞가림을 할 수 있으니 됐고, 늘 하느님이 보살펴주시기를 바랄 뿐이다."

2번가의 2A 주택이 철거되었다. 쥐들도 흩어져 도망갔을 것이다. 할머니의 막내아들은 버스운전수로 돈을 좀 모아서 시내에서 16킬로미터 떨어진 레이디 셀번에 있는 아프리카인 자유보유권 타운십*에 낡은 집이 붙은 노점 하나를 구할 수 있었다. 그 삼촌이 할머니를 모셔갔다. 도라 이모와 이모의 가족들도 같은 동네에 노점 하나와 집을 한 채 샀다. 다른 두 명의 삼촌들은 리프에서 학생들을 가르치기 위해 집을 떠났다.

어머니는 애터리지빌의 새 집에서 동생들을 키워야 했기 때문에 하녀 일을 그만둘 수밖에 없었다. 어머니는 시의 조폐국에 일자리를 잡았고 매일같이 먼 거리를 통근했다.

어머니는 몸이 점점 야위어갔다. 어머니는 늘 열심히 일했고, 식구들은 물론 남들에게도 부지런하고 참을성이 많다는 칭찬을 듣는 분이었다. 도라 이모는 어머니에게 늘 힐난조로 '끔찍하게 참을성이 많다'고 말하곤 했다. 내 동생 둘이 모두 더는 고등학교에 다니지 않겠다고

---

* freehold township: 흑인들이 땅을 소유할 수 있는 극히 일부의 흑인 거주 지역을 말한다.

하자 어머니는 거의 쓰러질 지경이었다. 동생들은 학교에 다닐 이유가 없다고 말했다. 내가 그 둘을 교사양성학교에 보내줄 수 있을 만큼 돈을 벌지 못한다는 것을 잘 알고 있었다. 어머니는 모든 일을 나와 의논하셨고 나는 어머니가 어떤 기대를 하든 그 기대에 맞추지 못할 때마다 부끄러웠다. 어머니와 나는 오랫동안 떨어져 살았지만 이제는 어느 정도 함께 지낼 수 있게 되면서, 어머니의 사는 모습이 내게 너무나 큰 영향을 미쳐 나는 어머니가 나와 다른 식구들을 위해 했던 그 모든 일에 크게 보답하지 못해 너무나 마음이 쓰라렸다. 어머니의 넘치는 사랑 때문에 나는 어머니와 싸움이라도 하고 싶은 심정이었다. 그런데 그러는 사이에 어머니의 기력이 쇠잔해지는 것을 눈치채게 되었다.

나는 방학이면 자주 레보네를 찾아갔다. 레보네는 이제 마라바스타드에서 학생들을 가르치고 있었는데, 그곳은 시가 완전히 철거하는 데 3년이 걸린 구역이었다. 레보네는 그곳에서 세를 살고 있었다.

우리는 어설픈 어른 흉내를 내며 어린 시절 얘기를 했다. 이 어려운 시절에 그곳을 다시 찾음으로써 비열한 이득을 취한 나를 조금 부끄럽게 만든, 이제는 과거의 유령 같은 몰골이 된 감리교 학교, 컬럼비아 댄스홀에서 보낸 밤들, 판얀, 확실히 자기보다는 훨씬 낙천적이었을 어떤 인도인에게 가게를 팔아넘긴 압둘 같은 사람들 얘기 말이다. 레보네 아버지만 뺀 여러 사람들 이야기도 했다. 레보네는 몸가짐이 훨씬 더 얌전해졌지만 그래도 고집은 여전했다. 내가 사랑하는 것처럼 레보네도 나를 사랑하는 것이 아직도 불가능하냐고 나는 한 번 더 물어보았다.

"우리는 여전히 남매 같잖아, 에스키. 우리는 함께 자랐고, 서로 너무 잘 알아, 그런데 어떻게 애인 사이가 되겠어?"

"그러면 네가 킬너튼에 있을 때 내가 보낸 편지 싫었어?"

"지금 그 얘기를 하는 건 아니잖아."

얼마 뒤 나는 에젠젤레니에서 레보네가 인도인 의사와 연애를 한다는 얘기를 들었다. 나는 그 얘기가 프리토리아 전체에 퍼졌다고 들었다. 누가 "우리한테는 없고 인도 사람한테는 있는 게 뭐지?"라고 물으면 "돈"이라는 빈정대는 대답이 나왔다. 나도 엄청 분한 마음을 속으로 꾹 삼켜야 했다. 나는 레보네가 인도인과 연애를 하리라고는 생각지도 못했다. 내 사랑은 질투에 불과했다. 누가 이렇게 결론을 내렸다. "말하는 걸 들어보면 레보네는 아프리카 사람 같지가 않다니까. 걔한테는 확실히 인도 사람 피가 섞였어…… 우리가 갓난앤가 뭐, 안 그래?" 그 모든 무성한 말들에 대해 레보네는 눈썹 하나 까딱하지 않았다.

레보네의 애인을 보고 나서 나는 그자가 아프리카 여자와 사랑에 빠지기 위해서는 관습이라는 장벽도 뚫고 나아갈 부류라는 결론을 내렸다. 그는 생기 넘치고 열성적인 해적 같은 표정이었고 아주 짙고 윤이 흐르는 콧수염을 길렀으며 깊고 반짝이는 눈을 갖고 있었다. 그는 언제나 흥분 상태로 사는 사람 같았다. 몇 달 뒤에 그는 자동차 사고로 죽었다. 그자와 같이 있었던 레보네는 간발의 차이로 목숨을 구했다.

나는 1943년 가을에 어머니가 쓰러졌으니 빨리 프리토리아로 오라는 연락을 받았다. 어머니는 병원으로 급히 이송되어 당뇨병이라는 진단을 받았다. 나는, 어머니가 아주 오래전부터 몸이 안 좋다는 것을 알고는 있었지만 일을 그만둘 생각은 감히 할 수 없었다는 것을 처음으로 알게 되었다. 하지만 이제는 일을 그만두어야 했고 직접 주사를 놓도록 약물도 처방받았다.

한번은 교사 양성 기관에서 맹인들을 위문하러 가수들이 찾아왔다. 그중에는 내 또래의 젊은 아가씨가 하나 있었는데 그녀는 청중들에게 워즈워스의 시를 암송해주었다. 뭔가 번쩍했고, 나는 다가오는 방학 동안 그녀가 집에 있을 때 소피아타운에 있는 그녀의 집을 찾아가기로 단번에 계획을 세웠다. 그녀는 그해 졸업반이었다. 나와 레베카 사이에 금세 결혼 약속이 이루어졌기 때문에 내가 거둔 성공에 스스로도 놀랐다. 레베카의 아버지는 죽었고 레베카는 소피아타운에 있는 양철로 지은 판잣집에서 어머니와 같이 살고 있었다. 레베카의 아버지는 세놓을 방이 몇 개 있는 노점을 그들에게 남기고 갔다. 하지만 그들은 최근에 지은 방 네 개짜리 집에 엄청나게 저당을 잡힌 상태였다. 확실히 두 모녀는 사치라는 것은 거의 모르는 사람들이었다. 레베카는 요하네스버그 근처의 지저분하고 오래된 빈민촌인 브레데도르프에서 태어났다. 레베카 어머니도 내가 초등학교 때 우리 어머니가 그랬던 것처럼 맥주를 만들어 팔았지만 나중에 그만두었다. 결국 끝에는 항상 경찰이 이기는 법이다. 오십대 후반이 될 때까지 밀주를 만들어 파는 일을 계속하는 여자는, 있기는 하겠지만 거의 없었다.

내가 레베카와 연애하는 것을 토머스에게 편지로 쓰기도 하고 얘기도 해주자 그는 길고 두껍고 짧고 얇은 입술에 대해 예의 그 장미십자회식 장광설을 늘어놓았다.

며칠 뒤에 레보네가 자신이 나를 얼마나 열렬히 사랑하는지 고백하면서 자기는 항상 나를 사랑했다는 것을 알고 있었으며 학교 친구이자 놀이 친구로 너무나 익숙한 사람과 연애할 자신이 없었다는 얘기를 늘어놓은 아주 긴 편지를 받고 나는 무척 당황했다. 그때 레보네도 나처럼 영화광이었다는 것이 떠올랐다. 나는 레베카와의 약속을 저버릴 수가 없었다. 그러고 싶지도 않았다. 안 돼, 발걸음을 되돌릴 수 없어, 그저 시늉만 해도 안 돼! 하지만 레보네를 내 머릿속에서 내보내기가 쉽지 않으리라는 것을 알고 있었다. 나는 시도조차 하지 않았다. 나중에 레보네를 만났을 때 레보네는 이렇게 말했다. "너 되게 똑똑한 리프 여자들 중에서도 아주 괜찮은 여자를 만난 것 같던데, 그랬어?" 어떤 점에서는 레보네가 옳았다. 나의 사랑에 레보네보다 더 빨리 그리고 더 부드럽게 응해온 누군가를 찾았으니 말이다. 하지만 나는 한 번도 진심으로 레보네를 탓하지 않았다. 레보네는 나중에 어떤 교사와 결혼했고 꽤 행복해 보였다. 지금까지도 레보네는 일어날 수도 있었을, 늘 미련이 남는 어떤 일에 대한 기억으로 남아 있다. 드러나지 않는 한 아무래도 상관없는 페티코트 레이스처럼 진실을 가리는 장식 레이스로 남은 기억 말이다.

에젠젤레니에서 보낸 세월이 내게는 안정된 목표를 세우게 해주었다. 나는 과거처럼 마음의 창을 열고 살기 위해 내면을 샅샅이 뒤집어 볼 충분한 시간을 가졌다. 나는 나의 껍데기를 벗어버렸다. 맹인들이 어떤 목적을 찾으려고 의식적으로 암중모색하고 스스로 즐거운 일을 만들어내는 것을 보면서 내 껍데기가 벗겨졌다. 그들의 궁핍한 삶의 모습은 내게 항상 매우 격렬한 감정을 불러일으켰다. 맹인들 중에는 버려진 상태에서 발견된 사람들도 있었다. 나는 나 자신의 궁핍함을 비백인들이 겪는 고통이라는 커다란 그림을 배경으로 해서 바라보는 법을 배웠다.

아프리카인 사회복지사인 앨프리드라는 사람이 나와 함께 방을 쓰게 되었다. 그는 아서 블랙설이 회장으로 있는 농아협회에서 일하고 있었다. 앨프리드에게는 간질병이 있었다. 특히 보름달이 뜨는 밤에 그가 침대에서 날카로운 비명을 지르고 발작을 하면서 몸을 뒤트는 바람에 나는 여러 번 잠에서 깨곤 했다. 나는 재빨리 일어나 그의 이 사이에 숟

가락을 끼워 넣었다. 그런 날 아침이면 그는 몸이 녹초가 되고 부끄러워서 자리에서 일어나지 못했다. 얼굴은 생가죽 같았다.

그래도 그는 아주 유쾌한 냉소주의자였다. 그는 아주 솔직한 얼굴에, 말할 때 남의 화를 돋울 때도 있었지만 거리낌 없이 말하는 성격이었다. 누가 자기한테 뭔가 털어놓으려고 하면 "왜 나한테 그런 말을 하는 거지?"라고 했다. "지금 네가 나한테 하고 싶은 말을 그 얘기의 당사자 앞에서도 할 수 있겠어?" "왜 사람들은 얘기를 들어줄 사람으로 날 고르는지 모르겠어. 동기가 순수한 건지 알 수가 없다니까……" 이런 말이 앨프리드가 사람들과 맺는 관계의 특성을 보여주었다. 그와 내가 서로 털어놓고 얘기할 수 있는 유일한 주제는 백인들의 억압과 백인들의 신뢰할 수 없는 성질이었다. 우리는 서로가 다녔던 학교의 백인 선교사들에 대한 아주 씁쓸한 이야기들을 주고받기도 했다.

그러나 앨프리드에게 발작은 커다란 근심거리였다. 하지만 그는 한 번도 불평하지 않았다. 그와 함께 지낸 2년 반 동안 나는 과거에 전혀 겪어보지 못한 인간 고통의 어떤 면을 잠시라도 목격했다고 할 수 있다. 13년이 지난 뒤인 1957년에 앨프리드는 동부 리프 타운에서 살해되었는데, 제식 살인*으로 추정되는 아주 괴이하고 끔찍한 사건이었다.

1945년 6월 어느 날 밤, 나는 금방 발작을 일으키고 난 뒤 졸고 있는 앨프리드를 지켜보며 앉아 있었다. 그날 나는 교직에 들어가려고 에젠젤레니를 떠날 결심을 한 터였다. 나는 날아오를 수 있는 기회가 더 필요하다고 느꼈다. 그때 나는 인구 10만 명이 넘는 올랜도의 유일한 중등학교인 올랜도 고등학교의 교장으로부터 편지 한 통을 받았다. 자

* ritual killing: 신의 노여움을 달래거나 하나의 제의로 희생자를 살해하는 것.

기 학교에서 아프리칸스어와 영어 교사로 일해달라는 내용이었다. 그날 밤 나는 그 교장에게 나의 결심을 알리는 편지를 썼다.

레베카와 나는 1945년 8월 29일에 결혼하기로 계획을 잡았는데, 그날은 내가 새 학교에서 일을 시작할 무렵이었다. 어머니는 아주 기뻐했고 세상에서 제일 행복한 여자의 표정을 지었다. 어머니는 초대장을 보내고 피로연 준비를 도울 친구들과 친척들을 뽑아놓았다. 아프리카식에 따라 첫 피로연은 신부 집에서, 두번째 피로연은 신랑 집에서 열릴 것이었다. 나는 올랜도의 집에서 쓸 몇 가지 가재도구를 구하러 어느 주말에 어머니를 만나러 갔다. 그런데 어머니는 발작을 일으켜 침대에 누워 있었다. 어머니는 "아주 오래 걷고 난 것처럼 피곤하구나, 아주 피곤해"라는 말 외에는 아무 말도 하지 않았다.

일주일 뒤, 내가 침대에 누운 어머니를 두고 떠난 그날이 어머니를 보고 어머니의 말을 들은 마지막 날이 되었다. 나는 어머니가 할머니의 품 안에서 돌아가셨다는 얘기를 전화로 전해 들었다. 당뇨성 혼수상태에서 돌아가신 것이었다. 어머니는 45세였다. 프리토리아로 가는 기차 안에서 이런 생각이 계속 떠올라 나를 괴롭혔다. 어머니, 왜 하필 지금 떠나셨어요, 어머니를 기쁘게 해드리려고 막 신부를 집으로 데려오려고 하는 이때, 왜, 왜요? 전차 바퀴가 먼 거리를 끽끽 달리며 깔깔 웃는 바보 같은 소리를 내는 동안 그런 생각은 계속 떠올랐다. 우리는 영국 왕의 생일날 어머니를 땅에 묻었다.

할머니는 프리토리아에서 일하는 내 남동생 그리고 여동생과 함께 살게 되었다.

막간극

마라바스타드는 사라졌지만 악의 나사가 부러질 때까지 마라바스타드 같은 곳은 계속 존재할 것이다. 너무 늦게 부러질 수는 있겠지만 절대 빨리 부러지지는 않을 것이다. 그리고 흑인들은 지난 300년 동안 계속 그랬던 것처럼 쉬지 않고 봇짐을 지고 계속 움직였으며 굽은 등으로 터덜터덜 걸으며 자기가 힘이 더 세다고 말하는 사람에게 자리를 내주었다. 이제 흑인들은 예전처럼 춤을 추지도 노래를 부르지도 않았고 과거에 등을 지고 흐릿한 지평선을 마주보면서, 수량이 늘었다 줄었다 하는 저수지에 갇힌 물 흐름 속에서 움직일 뿐이었다. 그들은 흑인들의 귀에 늘 소리를 질러댔다. 움직여, 이 깜둥이야, 말 안 들으면 잡아 가둘 테다, 어서 움직여. 그들은 흑인의 거대한 그림자가 당신 집에 계속 드리워지는 한 절대 마음을 놓지 말라고 말하는 양심과 맺은 조약을 수행하는 것을 슬럼가 철거라고 불렀다. 양심 철거가 아니라. 방 한 칸 세를 얻었던 집이 철거되기 전, 결핵에 걸린 기타 연주자 시키는 자기 기타 줄이 퉁하고 튕기는 것처럼 계속 기침을 해댔고 결국 입에서 피를 뿜으며 기침을 하다 죽었다고 라메체 노인이 말했다. 시키 같은 사람이 앞으로도 많이 태어나겠지만 그 사람처럼 끊어진 기타 줄이 손가락에 감긴 채 죽는 사람은 거의 없을 것이다. 마지막으로 그가 연주하는 것을 들었다는 사람들도 있었다. 그의 방세를 내주었던 시키의 영원한 애인 카트리나는 그를 위해 몹시 울었고 할머니는 방세를 물지 않아도 되고 신을 위해 연주할 수 있는 기타를 많이 가질 수 있는 곳으로 그가 떠났다고 말했다. 레보네도 어머니를 따라 우리를 떠나버렸다. 알 수 없는 병이 레보네를 소용돌이 속에 쓸어가버렸다. 레보네가 나를 사랑했고 내가 생각했던 것 이상으로 나를 원했다는 것을 나는 이제 알게 되었고, 레보네의 결혼 생활은, 아, 이제 그게 무슨 상관이란 말인가? 자기 아버지처럼 레보네도 활달하게 살았다. 얘야, 마-레보나도 죽었단다, 할머니가 말했다, 마-레보나가 죽었단다. 2번가에 살 때 우리 앞집에 살았고 남편하고도 며느리하고도 함께 살지 못했던 여자 말이야, 엄마가 죽어 더는 젖을 빨 수 없을 때까지 엄마한테 들러붙어 젖을 빨았던, 그 염소 같은 애 조엘 엄마 기억나지? 할머니는 마-레보나가 천사가 나팔을 불면서 특급 여행을 떠날 편도 표를 사라며 찾아올 날에 대비해서 죽기 몇 년 전에 수의를 만들어놓았었다고 얘기해주었다. 너도 알다시피 그 여자는 가슴에 염증이 있어서 지붕이 떨어질 정도로 기침을 해댔지. 그 여자는 네 할아버지가 반툴레의 무덤에 누워 있는 것만큼이나 확실하게 기적으로 이루어진 여자야. 얘야, 마-레보나는 기도하는 여자들이 자기를 위해 기도해주기를 바라지 않았어. 왜냐하면 그 여자들은 신에게 자기를 데려가든지 낫게 해주든지 하라고 기도를 드리는데, 이러나저러나 자기들은 괜찮다는 듯이 그 여자들이 신에게 선택권을 주게 하고 싶지 않다는 거였어. 마-레보나와 그 목사가 같은 젖을 먹고 자란 사이는 아니지만 그 목사가 마-레보나를 찾아오는 걸 겁냈는지는 나도 모르겠어. 마-레보나는 여섯 달 동안이나 죽음과 싸웠지. 어느 날 마-레보나가 조엘한테, 나 어젯밤에 죽음을 보았는데 그것이 너무나 흉측하더라, 그래서 옛날보다 훨씬 더 많이 알게 되었어, 죽기 싫어, 그러니까 저 기도하는 여자들 내보내거라, 조엘. 마-레보나가 또 말했지. 조엘에게 말하기를, 내가 죽으면 상자 안에 있는 수의로 몸을 덮어다오, 내 마지막 소원은, 네가 집 안에 벌레를 들어오지 못하게 하는 거다. 그리고 또 마-레보나는 계속해서 언덕 위 애터리지빌의 새 묘지에는 묻히고 싶지 않다고 했어. 아직도 풀이 많았거든. 그러면서 네 할아버지가 누워 있는 반툴레의 묘지는 보기 좋고 깨끗하고 나무가 많으니 거기 묻히고 싶다나. 그런데 얘야, 신은 바보가 아니거든, 그래서 마-레보나를 고쳐주셔서 그 여자가 자리에서 일어나 자기는 자기 할아버지한테서 아주 강인한 피를 물려받았다지 뭐냐. 마-레보나는 해가 지는 아주 아주 먼 곳에 사는 자기 친척들을 만나러 갔는데, 그만 신랑이 오셔서* 마-레보나를 데려가버렸어. 결혼식 예복은 여기 있었는데 말이야. 그래서 조엘이 제 어미한테 그 옷을 갖고 갔더니 그 친척들 하는 말이, 네 어머니가 만든 옷을 입혀서 묻어달라니, 도대체 어디서 그런 희한한 걸 봤느냐고 했다지. 조엘은 할 수 없이 그 옷을 갖고 돌아왔어. 조엘 어미는 가시나무가 있는 묘지에 묻혔는데 비석은 없고 그냥 낡고 개미가 파먹은 나무 십자가뿐, 아주 아주 멀리서도 궁기를 맡을 수 있는 그런 곳이란다. 돌아가신 우리 어머니는 마-레보나가 깔본 새 애터리지빌 공동묘지에 여섯번째로 묻힌 분이었다. 어머니들이 더 태어나고 또 죽겠지만 아프리카의 현자는 고통은 누구에게나 찾아온다고 말

* 신랑은 예수를 가리킴. 마-레보나가 죽었음을 암시함.

할 것이다. 구정물과 파리와 가랑이 아래로 흘러내린 오줌 자국을 묻힌 아이들과 아이들의 의자를 쪼아대는 닭들이 있는 2번가 같은 곳은 아주 많다. 나는 태어나서 줄곧 2번가에서 왔다 갔다 했고 그 악몽에서 벗어나리라고는 꿈도 꿔보지 않았다. 아직도 내가 살아 있는지, 실은 이게 '저승 문턱을 넘는' 또 다른 길은 아닌지 의아할 때가 많다……

인도인과 중국인 가게들은 방향을 바꿔서 이제는 상피 붙어 생긴 기형아 같은 인도인들과 컬러드들을 향하고 있다.

20. 결혼

시골이건 도시건 오늘날 아프리카 사람들에게는 공공기관에서 시민들 간의 의식으로 결혼식을 올리고 교회에서 그 결합을 엄숙하게 선서하는 것이 관례가 되었다. 원주민판무관이 정부 주관 결혼식의 집행자여서 그의 사무실에 결혼 예고문이 공지되는 한편, 목사는 3주 동안 일요일마다 교회에 결혼 예고문을 붙인다. 식이 연기되는 것이 싫어서 또는 결혼하기 전 부부에게 대다수 교단이 의무적으로 부과하는 교회 예식을 피하려고 치안판사 법정에서 특별 허가증을 받아가는 부부들에게 아프리카인 대부분은 눈살을 찌푸린다. 이때가 자유계약직 목사가 요긴해지는 때였다. 원주민내무부에서 결혼사무관의 증명서를 어찌어찌 가짜로 얻어내면 예비 부부는 대체로 2파운드의 평시 요금을 내고 재빨리 결혼식을 올릴 수 있는데, 이것은 모든 교단이 예외 없이 부과하는 액수이다.

우리는 정통 방식을 택했다. 1944년 말경 혼인 협상이 처음 시작되었을 때 레베카의 삼촌들은 아주 강하게 나왔다. 그들은 신부 값을 60파운드로 정해놓고 버텼다. 그 와중에 우리 어머니 측 대표가 그만 성질을 부렸고, 레베카 삼촌들도 화를 냈다. 하지만 혼인사절단에게 대접하려고 닭 두 마리를 잡았기 때문에 그날은 조용히 끝났다. 관습대로 그때서야 손님들에게 음식을 대접하기 위해 레베카와 레베카 어머니가 밖으로 나왔다. 나는 집 안으로 들어가지도 못했다. '회담'이 완전히 끝날 때까지 나는 어디 다른 곳에서 기다려야 했다.

60파운드라는 말을 들었을 때 나는 완전히 한 대 맞은 기분이었다. 어디서 그런 돈을 긁어오란 말인가? 아서 블랙설은 내게 근무시간 외 일거리를 주었는데 그것은 기독교인위원회 총회를 준비하는 비서직 같은 것으로, 블랙설은 그 단체의 비상임 기획자였다. 이렇게 6개월 동안 일해서 나는 겨우 60파운드를 모았고, 그래서 자랑스럽게 신부를 요구하러 갔던 것이다.

레베카도 나만큼 이런 거래를 역겨워했다. 하지만 그런 입장에 처한 모든 여자들처럼 레베카도 아무런 힘이 없었다. "우리가 쓰레기더미에 내다버린 표주박이나 깨진 표주박 때문에 온 줄 알아?" 그녀의 삼촌들 중 한 명이 그렇게 말했다. "레베카 엄마는 딸을 학교에 보내줬다고." 다른 삼촌이 거들었다. "그런데 딸이 시집가버리면 다리 하나를 잃어버리는 거나 마찬가지란 말이다." 그러면 우리 어머니는 다리가 하나 더 생긴단 말인가?

신부 어머니가 혼수 일부, 즉 웨딩드레스와 장신구를 장만하는 것으로 합의되었다. 우리는 오후에 신부가 갈아입을 드레스를 사야 했다.

결혼식 날이 되었다. 1945년 8월 29일이었다. 신부의 삼촌들은 결혼식 날 잡을 황소 두 마리를 사두었다. 음식 접대할 사람들이 아주 많았다. 마당 한 곳에는 손님용으로 커다란 캔버스 천 텐트를 세웠다. 레베카의 어머니는 세 들어 사는 사람 한 명에게 도라 이모, 할머니, 우리 삼촌 셋, 남동생과 여동생, 그 외 가까운 친척 몇이 특별히 써야 한다고 방을 비워달라고 부탁해놓았다. 관습대로 잔치의 안주인은 신랑 측 하객에게는 음식을 대접하는 특별한 시중꾼을 준비해두었다. 신랑 측 하객들에게 소동을 피우거나 까다롭게 구는 특권이 있는 것도 관습이었다. 할머니는 차를 가지고 특히 까다롭게 굴었는데, 제대로 끓인 것이 아니라는 이유였다. 제대로 끓였으면 할머니가 도리어 놀랐겠지만. 할머니는 젊은 시중꾼들 눈에서 바람기가 보이는 것도 못마땅했다. 할머니가 쇠고기를 먹지 않는다는 것은 이미 오래전에 알려놓은 터였다. 그래서 그들은 양고기를 마련해두었다.

우리는 결혼식을 치르기 위해 소피아타운에 있는 아프리카감리교감독교회로 갔다. 떠들썩한 잔치 분위기와 마당에서 벌어진 춤판과 여자들의 루루루루리리리 소리를 듣는 중에도 나는 외로웠고 어머니의 부재로 인한 무거운 마음을 떨쳐낼 수가 없었다. 나는 민속춤을 추지 않겠다고 했지만 레베카는 손님들에게 감사를 표해야 했기 때문에 신랑, 신부 들러리들과 거리로 나섰다. 나는 기분을 전환하려는 시도조차 별로 하지 않았다.

저녁에는 피로연을 위해 시내에 있는 비유럽인 복지관에 갔다. 그렇게 여럿이 함께 행진해 가면서 기분이 좋아졌고 다음 날 새벽 2시까지 밤새 춤을 췄다. 완전히 다른 사람이 되었던 것이다. 레베카는 내내 들떠 있었다. 나는 레모네이드로 한 건배에 화답해 아주 쾌활하고 달변의 연설을 했다고 우쭐해하기도 했다.

그날 택시 요금이 22파운드나 나왔다. 내가 요금을 내야 했지만 돈이 없었다. 장모가 나를 구해주러 왔다.

우리는 9월에 올랜도이스트로 이사 갔는데 내가 근무할 고등학교 근처였다. 그 학교는 기혼 직원을 위해 시에서 후원을 받아 주택을 확보해놓고 있었다. 우리가 살 집은 바로 직전에 시의 세입자가 비워준 것이었다. 방은 두 개밖에 없었고 마루는 낡고 꺼진 데다 천장은 미색인데 그을음이 잔뜩 묻어 있었다. 학교에서 마루를 파내고 콘크리트로 새로 깔아주었다. 천장은 하얗게 다시 칠했다. 공사를 하는 동안 우리는 모래를 깐 바닥에서 살았다. 한 달 집세로는 17실링 4펜스를 냈다.

우리는 그 집에서 약 10개월을 살다 올랜도웨스트의 새 집으로 이사했다. 큰 방이 네 개에다 근사한 식품저장실, 수도꼭지가 달린 식기실도 있었다. 올랜도이스트에서는 길거리에 있는 공동 수도에서 물을 길어왔었다. 새 집의 집세는 한 달에 2파운드 10실링이었다.

좀 높은 지대에 있는 우리 집에서 내려다보이는 올랜도이스트는 인구 10만에 빨간 지붕 집들로 가득한 거대한 블록이었다. 요하네스버그에서 19킬로미터 떨어진 동부 지역은 1933년에 세워졌다. 우리를 요하네스버그와 이어주는 전차 노선과 열차 시각표에 '원주민 열차'로 표시된 일레븐코치 열차가 수많은 사람들을 일터로 실어 날랐다.

올랜도에서 유일하게 아름다운 것은 마을의 어두운 서쪽 끝인 우리 집에서 바라보이는 가로등이었다. 그 가로등 불빛과 함께 정착지의 가두리에 있는 발전소의 흐릿한 유령 같은 탱크가 모든 것들 위로 우뚝 서 있는 모습이 보였다.

우리 집 아래로는 철도와 광산 지대에서 흘러나온 물이 흐르는 작은 강을 따라 섄티 타운*이 펼쳐져 있었다. 그 당시에는 3년 정도 된 작

* shanty town: 도시 변두리에 합판 조각이나 플라스틱, 골함석 등으로 지은 집이 밀집해 있고 전기나 하수도 시설이 갖추어지지 않은 무허가 판자촌을 이르는 말로, 남아공의 섄티 타운은 악명이 높다.

고 지저분한 정착지였다. 좁고 사람들로 북적거리는 올랜도이스트의 집들에서 대량으로 이주한 8천 명의 무단 점유자들이 세워놓은 최초의 판잣집 자리를 이번에는 콘크리트 블록집들이 차지하고 있었다. 판잣집을 지은 건 주택을 더 지어주지 않는 시에 저항하는 행위였다. 그러자 시 당국은 콘크리트 블록집을 세우고 방 한 칸 한 칸을 나누어 한 가구씩 들어가 살게 했다. 지붕에는 골함석을 대고 돌로 눌러놓았다. 거주자들은 맨바닥을 개조해 실내용 바닥 꼴이 되게 만들어야 했다.

이곳의 더러움과 궁핍함은 내게 큰 인상을 남겼다. 다시 2번가로 되돌아간 셈이었다. 나는 잠이 깰 때나 잠이 들 때 뒤척거렸지만 나를 괴롭히는 정신적이고 영적인 갈등에서 헤어날 길을 찾지 못했다. 나는 1947년에 더는 교회에 나가지 않기로 마음먹었다. 백인들의 언론, 백인들의 라디오, 백인들의 의회, 백인 고용주, 백인 교회는 '기독교인의 신탁통치'니, '원시적인 야만 상태에서 벗어나고 있는 원주민'이니, '원주민 교화' '백인의 후견' 등등 진부한 말을 지껄이거나 거짓말을 늘어놓았다. 종교와 무관한 기관은 교회에서 설교단을 빼앗고 성서를 인용했으며, 백인들은 자신들이 비백인들의 영원한 선교사라고 생각했다. 교회는 그저 이따금씩 흐릿한 저항의 음성을 낼 뿐이었다. 오랫동안 비백인들은 교회에서 이웃, 그러니까 백인들을 사랑하라고 배웠다. 비유럽인 목사, 비유럽인 신도들은 영원한 삶에 대한 희망에서 피난처를 찾았다. 백인 목사들이 만족스럽게 사는 교외의 회중들에게 라디오 방송 설교로 골고다와 개인의 구원을 이야기하면, 백인 교인들은 자기들이 집단의식과 우월한 백인이라는 신화 유지에 기여한다고 느꼈다. 이와 마찬가지로 백인 목사들은, 악의 세력들이 소위 기독교적인 정의에 기초한 야만적인 국민감정으로 탈바꿈한 상황에서 바로 그 악의 세력에 저항하는 집단 행동의 필요성은 거들떠보지도 않는 윤리에 자신들이 헌신한다고 생각했다.

동포애? 사랑? 법에 대한 복종? 나는 갑작스레 내가 위치한 이 사회에서 이런 말들이 무슨 뜻인지 알 수 없게 되었고 그런 설교에 저항하게 되었다. 어떻게 내가, 경기관총만 쥐면 행복해지는 애송이 경찰들의 손에 자신들의 안전을 맡긴 무법자 후어트레커 후손들의 패거리나 다름없는 의회에 투표해, 1년 뒤면 백인들의 우월함이라는 대의에 몸을 바치게 될 집권 세력과 그들의 유권자들에게 수동적인 저항의 태도만 취할 수 있겠는가? 1945년 아프리카인들이 보다 나은 생활환경을 바라면서 마라바스타드 근처 시영 주택지에서 일으킨 소요 사태를 진압하기 위해 스무츠 정부가 무장 군대를 보냈는데도 내가 어떻게 짐짓 연합당이 더 낫다고 생각할 수 있겠는가? 연합당 정부의 스터록이 백인과 비백인이 각자 다른 입구를 통해 다른 플랫폼에 들어가게 하려고 요하네스버그역을 개축하기 시작한 것을 내가 어떻게 받아들일 수 있겠는가? 도대체 사람들은 어떻게 부끄러운 줄도 모르고 내게 헌법에 따라, 다시 말해 나 같은 사람들은 그 수립에 전혀 관여하지 않은 부도덕한 헌법의 명령에 복종해 일을 처리하라고 요구할 수 있단 말인가?

극적인 무엇이 내 안에 자리 잡고 있었다. 정상적인 과정의 일부로 받아들였던 것들을 이제 내 인성이 거부했다. 2번가에서는 도저히 벗어날 길이 없어 보였고, 나의 증오심은 그 거리의 모든 집들을 다시 세우게 했다. 나는 종교의 필요성에 의문을 던졌다. 나는 사면초가에 몰린 채 믿음과 불신을 모두 어중간하게 보류시켜버렸다.

1940년대 초기에 나는 영어로 시를 짓고 있었는데 지금 읽어보면 형편없다는 생각이 든다. 에젠젤레니의 목가적인 환경 탓이다. 당시에 나는 단편소설도 썼다. 나는 단편소설의 형식을 공부해본 적이 전혀 없었고 감정이 부르는 대로 받아 적기만 했다. 1945년에 올랜도 고등학교로 온 직후 나는 케이프타운에 있는 '아프리칸 북맨' 출판사에 단편소설 열 편을 보냈는데, 그 출판사는 아프리카인들이 정치적이고 사회적인 주제로 쓴 논문과 팸플릿들을 펴내는 모험을 해온 곳이었다. 출판사 발행인이 그중 다섯 편을 묶어 책으로 내고 싶다는 답신을 보내면서, 소설은 한 번도 출판해본 적이 없으니 일단 한번 시도해보는 거라는 말도 덧붙였다. 1947년에 최종 결과물을 보내왔는데, 『인간은 살아야 한다』라는 제목에 펜으로 삽화를 그려 넣은 깔끔하고 자그마한 책이었다.

처음으로 인쇄되어 나온 내 글을 보는 건 정말 황홀한 경험이었다. 신중하게 찍어낸 초판 700권은 거의 대부분 팔려나갔다. 그렇게 성공적인 '데뷔'는 아니었지만 나는 그 조그만 책이 자랑스러웠고 그러면서도 크게 신경 쓰지는 않았다.

백인들 신문은 부분적으로는 아주 선심 쓰듯 평을 내놓았지만, 무슨 말인지 모호한 것도 많았다. 요하네스버그의 『스타』지 평론가는 이런 말을 했다. "이 이야기들은 서유럽 전통에 기대는 것이 거의 없다. 슬라브 전통에 더 많이 기대고 있다. 음파렐레 씨는 러시아 사람같이 썼고〔……〕 이야기를 아주 멋지게 썼다. 이 작가는 자신이 묘사하고자 하는 이 놀라운 세상에서 약간 비켜서 있다. 그럼에도 이야기에는 감정이 가득하다〔……〕"

케이프타운의 『케이프 아르고스』지는 언론인의 글답게, 누가-언제-어디서,라는 식의 '비평'을 늘어놓았는데, 시작은 좀 모호했다. "〔……〕이 이야기들은 백인 작가라면 동일한 시각에서 절대 그려낼 수 없는 아프리카인 인생의 여러 국면을 그리고 있다." 『케이프 타임스』는

"이 책은 작가가 아프리카인이라는 사실 덕에 일단 흥미롭다. 따라서 문체와 구성 양면에서 작가의 미숙함이 드러나는 것은 놀라운 일이 아니다." 그리고 마치 나를 위로라도 하려는 것처럼 이렇게 적고 있었다. "모든 문학 형식 중에서 단편이 가장 숙달되기 어려운 형식이다."

요하네스버그의 문예지인 『트렉』은 이렇게 적었다. "운명이나 신 또는 사회 제도처럼 누구나 건드리는 추상적인 것을 비난하는 대신, 작가는 얼마나 많은 인간의 비극이 사악한 의지와 인간 자신의 나약함 때문에 초래되는지 잘 알고 있다. 그러므로 그의 단편들은 인간에 대한 경제 이론이나 정치 이론이 아니라, 주기도 하고 받기도 하고 상처주기도 하고 희생하기도 하는 진짜 인간들을 우리에게 제시하는데, 이것은 겉으로 드러나는 변화 저 아래에 수백 년을 흐르면서도 전혀 변하지 않는 나약하면서도 고귀한 인간성 바로 그것이다." 이런 평과는 정반대로 케이프타운의 좌파 주간지인 『가디언』에는 다음과 같은 글이 실렸다. "불행하게도 이 단편들을 쓴 작가의 조상들이 믿었던 신들은 선교사에게 쫓겨나버렸다. 작가는 자기가 아프리카 사람이라는 것을 잊어버렸다. 이 작가의 단편 속 주인공들의 이름을 바꾸어보면 그 인물들은 모든 인종과 나라의 주인공이 될 수 있을 것이다. 인물들은 이상적인 사랑, 천상의 정의, 인내심을 믿는다〔……〕 이 인물들은 빅토리아 시대 소설의 주인공들과 꼭 마찬가지로 스스로 타고난 육체적이고 정신적인 나약함과 함께 타인의 이기심과 냉담함과도 싸워야 한다. 하지만 이 주인공들은 통행법*이나 픽업트럭이나 백인의 오만함에 대해 한 번도 불만을 터뜨리지 않는다〔……〕 이 인물들은 독창적이지 않다〔……〕 (작

* pass law: 흑인에게 신분증 소지를 의무화한 법률.

가는) 자기 부족 사람들에게 돌아가서 영감을 찾아야 할 것이다."

이 서평에 나는 어쩔 줄 몰랐는데, 그 당시의 내 단점이 만천하에 드러나서가 아니라 (나는 내 단점을 아주 또렷하게 인식하고 있었다) 그 평론가가 파헤친 절반의 진실 때문이었다. 그것은, 백인인 자신은 단 한 번도 통행증을 들고 다닐 필요가 없고 아프리카인의 운명이라고 할 수 있는 수많은 모욕을 견딜 필요가 없는 사람이라는 것이었다.

그 시절 나는 가르치는 것을 아주 좋아했다. 가외의 여러 활동과 권투, 그리고 내가 그 학교에 도입한 연극 수업이 아주 좋았다. 나는 단막극 여러 편을 연출하고 연기도 했다. 일부는 셰익스피어의 극이었고 일부는 민담이나, 무대에 맞게 고친 찰스 디킨스 이야기에서 따온 대목들이었다. 나는 요하네스버그의 한 유럽인 연극·음악 여교사에게 엄청난 격려를 받았는데, 그녀는 내가 어울리면서 자랑스럽고 행복해한 몇 안 되는 유럽인 친구 중 세번째 친구였다. 그녀는 언제나 내게 엄청난 믿음을 갖고 있었지만, 때때로 나는 그걸 감당하기 어려웠다.

우리는 용감하게 시내에 있는 반투* 남성 복지관에도 진출했는데, 거기서 우리는 다양한 인종으로 이루어진 사람들의 후원을 받을 수 있었다. 그러나 나중에 '자신들의 노선대로'(이 말에는 온갖 냉소적이고 이중적인 의미가 다 들어 있었다) 모든 지역사회 성원들의 삶을 좌지우지하게 된 사람들이 행사하는 압력이 더욱 거세어지면서 백인들은 점점 찾아보기 어려워졌다. 힘을 가진 이들은 여러 인종들로 구성된 청중이 모이는 것을 금지하는 법을 제정하는 대신, 백인 후원자들에게 냉전의 차가운 손가락을 흔들어대는 것에 만족했다. 그것이 효과를 발휘했

---

* Bantu: '반투어(군)' 또는 '반투 족' 같은 말에서 '반투'는 사하라 사막 이남 아프리카 지역에 분포하고 있는 언어와 부족을 통칭하는 말이며 원래 반투는 '사람'이라는 뜻이다.

다. 우리는 '우리 노선대로 개발하기 위해' 우리 동네로 물러났다. 우리는 그 노선과 발자국을 직접 볼 수는 없었다. 시간이 흐르면서 그 노선과 발자국은 다른 발자국들과 마구 뒤섞여버렸고 어떤 발자국은 바람에 날려가버리기도 했다.

고등학교 교원이 된 지 4년이 흐른 뒤에 나는 사우스아프리카 대학교의 외부 학생*으로 영어, 심리학, 원주민행정학을 전공해 학사학위를 받았다. 나는 아프리칸스어 과정의 학위도 받았는데 당시 나는 대입 시험 수업에서 영어는 물론이고 아프리칸스어도 가르치고 있었다.

레베카와 나는 앤서니라는 이름의 아들 하나를 두었다. 매달 13파운드 봉급에서 조금씩 올라 이제는 매달 총 42파운드를 받게 되어 결혼 생활 초기의 몇 년 동안과 비교하면 레베카와 나는 부자가 된 기분이 들었다.

레베카도 월급 8파운드를 받고 학생들을 가르쳤다. 레베카는 특히 두 번의 유산을 겪은 뒤 건강이 좋지 않았지만, 힘들게 공부하던 몇 년 동안 내게 신성한 영감의 원천이 되어주었다. 우리 둘은 매년 거의 목을 조를 지경인 학비를 줄이기 위해 내 교재를 찾아 헌책방을 샅샅이 뒤지고 다녔다.

악명 높은 '반투교육위원회' 보고서가 발표되자 나는 늘 그렇듯이 저항하는 마음이 생겼다. 훗날 이 보고서에 따라 반투교육법**이 만들어

* external student: 통신 과정으로 수학한 학생을 가리킨다.

** Bantu Education Act: 아파르트헤이트 체제 하였던 1953년 발표된 교육법으로, 모든 교육기관에서 인종별로 교육을 시키도록 정한 법. 대학도 인종별로 구분되었는데 이에 선교학교 세 곳을 제외한 모든 학교는 정부의 지원금이 차단되자 자진 폐교했다. 이 반투교육법 아래에서 흑인들은 과학과 수학 교육을 전혀 받지 못하고 농업 교육을 집중적으로 받았다. 아프리카인은 오직 백인의 노동력으로만 존재하도록 한 교육법이었다.

졌다. 흑인으로서의 삶에 대한 나의 전망에 들이닥친 이런 변화를 내가 제대로 알아차리기도 전에 나는 교사들의 운동에 동참하게 되었다. 나는 1950년 우리 지역 분회의 서기로 선출되었다.

반투교육위원회 보고서가 발표되기 전에 나는 이미 트란스발 아프리카인 교사들(남아공에서 교사는 그냥 교사가 아니다. 교사는 아프리카인 교사거나 유럽인 교사거나 인도인 또는 컬러드 교사인 것이다)의 연례 총회에서 논문 한 편을 발표한 적이 있었다. 그 논문에서 나는 당시 현존하던 소위 '원주민 초등학교 교과목 규범'을 비판했다. 나는 그 규범이 노예 종족을 위한 것이고, 환경을 변화시킬 수도 없고 환경에 의해 변화되리라 기대할 수도 없으며 그저 순응만 할 뿐인 학생들을 위한 것이며, 정착 농민이나 도시 공동체가 되어야 할 필연성 없이 그저 이곳저곳 떠도는 불안한 공동체를 위한 것이라며 없애야 한다고 주장했다. 나는 교육부가 아프리카인 학교에서 사용하라고 명령한 교과서들을 비난했다. 백인의 식민 정책과 국경 지대의 전쟁, 아프리카 종족들의 패배와 백인 지배를 찬양하려는 의도로 이루어진 여러 왜곡들로 가득 찬 역사 교과서, 저 카피르가 칼을 훔쳤다, 저것은 게으른 카피르다, 같은 예문만 가득한 아프리칸스어 문법책, 비백인 여자를 가리키는 아이아, 비백인 남자를 지칭하는 오우타 같은 듣기 거슬리는 말뿐인 아프리칸스 문학들, 경멸당하고 조롱받는 야만인 아니면 어정쩡한 바보천치들인 비백인 인물, 또는 도시 생활에 별수 없이 낙담해 '집' 그러니까 리저브로 돌아가기로 한 좌절당한 주인공으로 가득 찬 문학 작품 따위 말이다.

나는 그저 의무 수업이어서 아프리칸스어를 가르쳤는데, 학생들처럼 나 역시 우리를 억압하는 도구이며 치욕감을 느끼게 하는 원천인 이 언어가 억지로 부과된 상황에 사로잡혀 있음을 느끼는 것이 가장 고통스러운 일이었다. 나는 자연현상에 대한 서정적인 허장성세 아니면 대이주*와 트란스발 독립전쟁, 영국-보어 전쟁으로 고무된 전쟁 시뿐인 아프리칸스 시도 가르쳐야 했다. 새로운 시적 전망이나 신선한 시적 충동이 부족하기 때문에 예나 지금이나 아프리칸스 문학비평가들이 쥐어짜고 있는 시들을 말이다.

이런 것들이 내가 교과목 규범을 공격할 때 나를 더더욱 화나게 만든 일이었다. 그런데 그 위원회의 회장이던 W. 아이셀렌 박사**는, 흑인 유럽인들***을 절망하게 만들고 그들을 '반투 문화'에서 단절시킴으로써 '배운 원주민'을 자기 종족으로부터 유리되게 만들었다는 근거를 들며 이 규범이 시대에 뒤처졌다고 주장했다. 루터교 선교사의 아들인 아이셀렌 박사는 오랜 세월 동안 장학관직을 수행했는데 당시에는 바로 그 규범을 적용하는 아프리카 학교들의 일등 장학관이었다. 그는 아프리카인의 교육을 위한 완전히 새로운 토대를 만들자고 주장했다. 그래서 그는 국민당 정부에서 내무장관직을 얻게 되었다.

이런 상황에서 트란스발교사협의회 회장인 제프 모토펭, 교사 학회지의 편집인 아이작 마틀라레, 그리고 서기인 나는 방학 동안 아이셀렌 보고서의 권고 사항에 저항하는 십자군 운동을 벌이기 위해 지역을 돌아다녔다.

---

* The Great Trek: 1830년대와 1840년대 보어인들이 케이프콜로니를 떠나 현재 남아공 내륙으로 이주한 것을 대이주(The Great Trek)라고 한다.

** Werner Eiselen: 원주민행정부 장관을 지냈으며 아파르트헤이트 정책의 토대를 닦은 인물.

*** Black Europeans: 조상이 아프리카인이거나 아프리카와 문화적 유대를 지닌 채 유럽에서 태어난 사람을 가리킨다.

우리는 모두 같은 학교에서 가르쳤다. 제프는 고교 시절 세인트피터스의 무대에서 광부용 부츠를 신고 쿵쾅거리며 왔다 갔다 하던 때의 혈기 가득한 모습 그대로였지만, 이제는 좀더 자제력을 갖춘 상태였다. 네덜란드개혁교회—국민당을 지지하는 주의 교회— 신자였던 그 당시 올랜도 고교의 교장은 정부의 정책에 반대하는 것에 경고를 보냈었다. 그 교장은 학교 회의에서 대놓고 아이셀렌 체제를 옹호하는 동시에 자기가 봉사하는 모든 정부 여당의 깃발을 높이 치켜들겠다고 말했다. 그는 아프리카인들도 최초로 부장학관직에 선출될 거라고, 그것이 아주 새로운 경험이 될 거라고 했다. 그는 우리에게 이런 말을 했다. "여러분에게는 먹여 살려야 할 애들이 있지요. 목이 잘리면 안 되겠지만, 정치 얘기를 그만두지 않으면 그렇게 될 거요."

그런데 정말로 해고 통지가 날아왔는데 우리는 해고 사유를 듣지 못했다. 우리는 유니언* 내의 어떤 학교에서도 가르칠 수 없게 되었다. 우리를 해고한 사유는 이른바 전문가의 견해란 것뿐, 다른 근거는 거의 없었다. 교사들은 바로 얼마 전 그게 무슨 가치가 있는지는 모르겠지만 봉급이 상당히 올랐고, 그래서 그들은 대놓고 우리를 동정했다가 일자리를 잃는 위험을 감수할 수 없었다. 아프리카인 정치지도자들은 교육 부문의 변화가 갖는 중요성에 그제야 눈떴을 뿐이었고 그들의 관심은 열의가 없고 기껏해야 학구적인 관심에 불과했다. 아프리카인 교사들의 경우 고용 조건이 너무나 열악해 해직 교사는 법정에서 재판을 받을 수

* The Union: 남아프리카유니언(The Union of South Africa)은 오늘날 남아공의 예전 명칭이다. 이전에는 분리되어 있던 케이프, 나탈, 트란스발, 오렌지자유주가 1910년 남아프리카유니언으로 통합되어 영국 제국의 자치령이 되었고 1961년에는 영연방을 탈퇴해 현재의 남아공이 되었다.

도 없고 교육부는 해직 조치를 취한 이유를 설명할 의무도 없었다.

많은 수의 학생들이 우리가 해고된 것에 저항해 즉각 등교 거부를 했다. 우리는 보이콧을 조장해 결과적으로 공공연한 폭력을 일으켰다는 혐의로 체포되었다. 우리 중 셋은 제4포트 감옥에 나흘간 구금되었다가 보석금을 내고 풀려났다. 재판이 벌어지는 동안 많은 학생들이 지역 경찰서로 끌려가 우리에게 죄를 뒤집어씌우는 진술서에 서명하도록 강요 받았으며 거부하면 교정 시설로 보낼 수도 있다는 협박을 받았다는 공범 증언을 했다. 우리는 석방되었다. 학교위원회 의장인 유럽인 위니프레드 회른레 여사는 아프리카인들과 함께 자원봉사를 많이 한 사람인데, 백인 신문에 우리를 '반역자 교사'라고 부르면서 지독하게 공격하는 글을 썼다. 우리는 백인 언론에 우리의 목소리를 실으려고 애썼지만 허사였다. 우리는 문제 전반을 논하기 위해 그녀와 면담을 하려고 해봤지만 거절당했다.

나는 영국 고등판무관 영토인 베추아날란드 보호령*의 교사직에 지원했다. 답신이 왔는데, 내가 '체제 전복 활동으로 해고'되었기 때문에 방와토 대학에 자리를 얻을 수 없다는 연락이 그 지역 교육부에서 왔다고 했다. 그때 나는 내가 해고된 '이유'를 처음으로 알게 되었다. 쓰라린 감정이 암 덩어리처럼 나를 파먹었다. 동료 중 한 명인 마틀라레 씨는 스와질란드 보호령에서 가르치려고 그곳으로 갔지만 몇 달 뒤에 유니언의 범죄수사과 안전지부에서 그 학교로 찾아왔고, 하루 뒤에 그는

* The Bechuanaland Protectorate: 독일의 비스마르크가 독일을 통일하고 현재 나미비아 유역에서 차츰 세력을 키우자 이에 자극받은 영국은 1885년 베추아날란드 남쪽 지역을 케이프콜로니에 합병하고 북쪽은 보호령으로 삼았다. 베추아날란드 보호령은 1966년 보츠와나로 독립했다.

학교로부터 당장 나가라는 짤막한 해고통지서를 받았다.

나는 법학 공부에 뛰어들고 싶었던 적이 여러 번 있었다. 용기를 북돋워주는 친구들도 아주 많았다. 하지만 나는 변호사로 성공하지는 못할 것이고, 냉철한 머리가 필요한 그 일을 하기에는 너무 신경질적인 성격에다 법적인 논쟁을 따르거나 분석하는 일에는 별 쓸모가 없는 인간이라고 생각했다. 하지만 그런 생각이 비록 옳지 않다 하더라도 나는 가르치는 일은 포기할 수 없었다.

그다음 해에 나는 일자리를 찾으러 시내를 헤매고 다녔다. 그러다 송장 업무를 처리하는 서기직에 채용되어 주급 4파운드를 받기로 하고 어떤 공장에 들어갔다. 하지만 내가 대입 자격증을 갖고 있다는 이유로 일주일 뒤에 해고되었다. (이미 내게는 학사학위가 있었다.) 공장주는 "필요 없소. 대입 지원자는 쓰지 않소"라고 했다. 일자리를 구하려면 결코 학력을 자랑해서는 안 된다는 것을 배운 경우였다. 나는 그저 내 모습 그대로를 밝힌 것뿐이었다. 당장 다른 일자리를 구하지 못했지만 나는 최소한 공격적인 태도는 보이지 않았다. 조금이라도 신경을 써서가 아니었다. 하지만 그렇게 돌아다니다 보면 마음 상하는 일이 많이 생겨서 무슨 일이 벌어질지 전혀 알 수가 없었다. 백인들은 나를 '짐'이니, '야'니, '존'이니 하며 불렀다.

나는 제대로 된 통행증을 가지고 다니지 않아서 체포될 뻔한 적이 많았다. 나는 옛날 서류를 가지고 교사인 척했다.

교사일 때는 교사 자격으로 통행법에서 면제되는 것을 증명해주는 풀스캡* 서류를 가지고 다녀야 했지만 통행금지는 면제되지 않았다. 밤

* foolscap: 풀스캡 판(版). 216×343밀리미터 크기.

11시부터 다음 날 새벽 4시 반까지의 통행금지는 아프리카 사람들에게만 적용되었다. 이 서류는 현직 교사일 경우에만 유효했다. 그 말은 내가 매달 고용주가 서명하고 매달 새로 갱신하는 통행증을 가지고 다닐 필요가 없지만, 그 통행증을 지닌 사람이 등록된 고용주 밑에서 일하지 않으면 통행증은 즉시 무효가 된다는 뜻이다. 하지만 그 풀스캡 종잇장을 가지고 다녀도 경찰의 제지나 심문에서 면제가 되는 것은 아니었다. 내가 학교에서 가르치고 있을 때에도 나는 통행금지법에 따라 특별 통행증을 가지고 있지 않다는 이유로 길에서 잡혀 경찰서 유치장에 갇힌 적이 여러 차례 있었던 것이다.

더 이상 통행증이 있는 체하다가는 반드시 가혹한 꼴을 당하게 될 것이고 베탈 노역교도소로 끌려갈 위험에 처하리라는 것을 깨닫자 나는 신분증명서를 얻기 위한 긴 줄에 합류하기로 마음먹었다. 그것은 이류 신분에서 벗어날 출구였다. 나는 코뿔소같이 목에 주름이 가득하고 얼굴이 무척이나 벌건 어떤 사람에 의해 분류된 뒤, 일단 통행증사무소에서 사진을 찍었다. 그런 식으로 분류되니 마치 면도날로 베이는 기분이었고, 배 속 깊숙한 곳에 있는 쓸개주머니에서 쓸개즙이 콸콸 새는 것 같은 기분이 들었다. 고무도장 찍는 소리와 엄지로 서류를 넘기는 소리에 맞춰 이런저런 일자리로 옮겨 다니는 완전 문맹인 무수한 사람들에게 깊이 공감하면, 통행증을 얻기 위해 줄을 설 때 그다지 대단한 모욕감을 느끼지는 않을 거라고 나는 생각했었다. 그러나 나는 자신을 속여왔음을 깨달았다.

다음 할 일은 긴 줄에 서서 첫번째 사무원 책상에 서류 한 장을 제출하는 것이었다. 그 서류는 올랜도의 감독관이 보낸 것으로, 내가 그 구역에 등록된 세입자임을 증명하는 것이었다. 그러고 나서 서기는 내게 신분증—통행증—을 주었고 통행증 한 장에 내 사진을 붙였다. 그자는 내게 신분증에 기입하려면 우선 소토식 이름이 있어야 한다고 고집을 피웠다. 나는 한 번도 소토식 이름을 가진 적이 없다고 했다. 그는 화난 표정이 되어 툴툴거렸다.

나는 다음 직원에게 갔다. 그는 두 개의 카드를 만들어서 나의 신상정보를 기입하고 그것을 복사했다. 카드 하나에 내 사진 한 장을 붙여서 파일로 만들었다. 그다음 직원은 인구유입통제기구의 덩치가 큰 자였는데, 누구든 24시간 안에 짐을 꾸려 도시를 떠나게 만들 수 있는 커다란 고무도장으로 무장하고 있었다. 그자는 자기가 일하는 시에서 소위 말하는 '잉여 토착민'의 수를 줄이고, 구직 활동을 허락하는 내용을 따분하게 적어놓은 허가증을 발행하고, 언제 어디서든 흑인들의 동향을 파악해 통제하기 위해 모든 고용주와 모든 고용인들을 등록하는 일을 맡은 사람이었다. 고무도장 한 개가 내 신분증 한 장에 찍혔고, 내게 요하네스버그에서 일자리를 찾아보라는 허락이 떨어졌다. 내가 일자리를 찾으면 내 직장 사장은 그 신분증에 매달 자기 이름으로 서명하고, 나를 쫓아내거나 내가 일을 그만두면 '해고됨'이라고 기록하게 된다. 하지만 이 일은 내가 요하네스버그에서 일하는 동안 그곳에 머물러도 된다고 허가해주는 또 하나의 고무도장이 찍힌 뒤에나 가능했다. 만일 나중에 내가 '적당한' 일자리를 찾지 못하고 이 덩치 큰 사내가 내 구직 허가를 갱신해주는 데 짜증이 나면, 내 고향 프리토리아로 나를 돌려보내는 도장을 쿵 찍을 것이고 그러면 나는 똑같은 과정을 다시 거쳐야 하는 것이다.

레베카는 곧 셋째 아기를 낳을 예정이었고 저축은 바닥을 드러내고 있었다. 우리가 일자리를 잃은 1952년 크리스마스는 아무 일 없이 그냥 보냈다. 그러다가 나는 어떤 변호사의 이등 사환 일자리를 구하게 되었다. 내 선임은 때때로 회계장부 기록도 하는 별 볼일 없는 사환이었다. 타자를 칠 줄 알았기 때문에 나는 가끔씩 백인 여성 타자수를 도와주었다. 어느 날 나는 앞으로는 접수실에서 타자를 치지 말라는 지시를 받았는데, 백인 고객들이 들어오자마자 흑인 남자 얼굴을 보면 당황하기 때문이라는 것이 이유였다. "타자기를 들고 대기실로 가." 사장이 말했다. "네가 차를 끓이는 곳 말이야."

나는 매일같이 우체국에 가야 했다. 내가 예상했던 것보다 훨씬 더 자주 갔다. 창구의 한 젊은 백인은 '비백인 전용' 줄에 선 우리에게 줄을 똑바로 서지 않으면 처리해주지 않겠다고 소리치는 걸 대단히 재미있어했다.

"너 주근깨가 있구나." 내가 우표 값을 건네자 그가 아프리칸스어로 말했다.

"그래서? 백인들 얼굴에 난 주근깨는 더 보기 흉해." 나도 아프리칸스어로 대답했다. 나는 높은 건물 아래위를 뛰어다니느라 아주 지친 상태여서 흥분하고 싶지 않았다. 그래서 나는 기어를 중립으로 바꾸고 무감각하게 저절로 굴러가게 했다.

"세상에, 너 아프리칸스 말 끝내주게 하는구나. 어디서 배웠어?" 그가 물었다.

"학교에서."

"그래도 내가 영어로 글을 쓰는 정도로 아프리칸스어로 쓰지는 못할걸."

"해볼까?"

"좋아. 넌 아프리칸스어로 에세이를 쓰고 나는 영어로 쓰지. 그다음에 각자 쓴 걸 읽어보는 거야."

나는 그러자고 했지만 쓰지는 않았다. 다음 날 그가 자기 공책을 주었지만 나는 줄 게 없었다.

시내에서 심부름을 하러 다니던 몇 달 동안 나는 똑같은 아버지 밑에서 난 것 같은 백인들을 보는 데 익숙해졌다. 그들은 승강기 운전수였다. 그들 대부분은 신체적인 장애가 있었고 불만으로 가득 찬 족속들이었으며, 언제나 영원을 상대로 소리 없는 전쟁을 치르고 있었다. 흑인에게 어느 문으로 가야 할지 알려줄 열쇠를 쥔 남아공식의 누추한 성 베드로였다.

가끔씩 나더러 이용하라는 게 화물용 승강기일 때도 있었다. 그 승강기는 17층에서 21층까지 쿵쿵 소리를 내며 올라갔다. 나는 1층이나 서늘하고 특징 없는 지하에서 출발하는 '원주민용' 승강기를 이용하기도 했다. 히즈매지스티즈 건물(시의 대극장도 그 건물에 있었는데 나는 한 번도 가보지 못했다)에는 유럽인용으로 약 네 대의 승강기가 운행되었다. 변호사 사무실은 위층에 있었다. 그 건물의 모든 승강기 운전수들은 아프리카인들이 여봐란듯이 파일이나 서류나 문서 들을 한 아름씩 안고 서 있으면 백인들과 함께 승강기를 타게 해주었다. 그런 경우에도 변호사 사무실로 가는 길이라는 것을 분명히 해야 했다. 그러지 않으면, 내가 전에 그 건물에 있는 아는 사람을 찾아왔던 때처럼, 승강기 운전수 하나가 날카롭게 쏘아보며 앙다문 입으로 "폭스 스트리트로!"라고 소리를 지른다. 거기는 화물용 승강기가 올라가는 곳으로 모든 사환들이 최후로 기대는 곳이고, 그 건물의 모든 청소부와 수위들이 이용하는 유일한 곳이었다. 가끔씩 나는 그 늙은 남자들의 꽉 다문 엄숙한 입 모양을 즐기면서 바로 운행하지 않는 아무 승강기 앞에나 서 있었다. 마치 승강기를 기다리는 것처럼 말이다. 승강기 운전수가 위용을 자랑하며 새로운 질서로 떠오른 어떤 것의 관리인이면서도, 다행히도 자신의 임무가 얼마나 중요한지 모르고 있다는 생각이 퍼뜩 떠올랐다. 그는 자기가 운전하는 승강기가 작동하듯 본능적인 반응기제에 전적으로 의존하는 것 같았다. 그가 의식하는 거라고는, 자기만의 뒤틀린 방식으로 일하면서 사람들을 승강기에 후딱후딱 실어 위아래로 나르는 그 죽어가는 기술을 살아 있게 하려고 눈을 부릅뜬 남아공 백인이 되어가고 있다는 것뿐이었다. 죽어가는 기술이라고 말한 건, 도시의 승강기 일부에는 운전수가 없기 때문이었다. 운전수가 없는 승강기에 탔을 때 백인이 가득한 가운데 나만 흑인인 걸 알면 걱정스러웠다. 나를 마치 대낮에 푸드덕거리며 돌아다니는 올빼미인 양 쳐다보는 사람들도 있었다. 그래도 그들은 쳐다보는 것 말고는 아무 짓도 하지 않았다.

한번은 '원주민'용 승강기를 놓치고 백인 승강기 운전수에게 그가 운전하는 승강기에 태워달라고 순진하게 부탁한 적이 있었다. 그는 할리우드 영화 속 홍인종 인디언 추장 같은 얼굴로 나를 쳐다보더니 분별력 있게도 손가락으로 내 뒤쪽을 가리키며 말했다. "저기 계단이 있잖아." 뒤를 돌아보니 정말로 반짝반짝 잘 닦아놓은 계단이 있었다.

내가 일하던 직장의 고용주는 그저 그런 남아공 변호사였다. 그의 모든 돈벌이는 비밀에 싸여 있었다. 그의 청동 같은 용모와 교활한 두 눈, 가늘고 빳빳한 콧수염을 보면서 나는 저자에게도 가족이 있는지, 그가 자기 아이나 아내를 사랑할 사람인지 종종 의아했다. 전혀 그럴 것 같지 않았다. 그는 엄청나게 충동적이었고 흑인이건 백인이건 가리지 않고 소리를 질러댔다. 한 달간 그자 밑에서 일하면서 내가 법학 공부를 할 취향이 아니라는 것을 새삼 확인했다. 도대체 어떻게 저런 인간이 될 수 있을지 영원히 알 수 없을 것 같았다.

"너한테 학사학위가 있다니까 마이클 씨가 안 믿던데." 하루는 내 선임 사환이 이런 말을 했다.

"뭐라고요?"

"어……"

"그런 말을 하면 안 되죠."

"뭐가 안 돼? 어쨌든 넌 학사학위가 있잖아. 미스 프레스턴도 되게 흥미로워하던데."

나는 이런 식의 얘기가 정말 싫었다. 나는 조만간 모든 일이 허사가 될 것을 알았다. 하급 타자수인 미스 프레스턴은 훨씬 더 고약한 선임 타자수 미스 차임즈의 감시 아래에서 제 능력껏 내 학력에 지대한 관심을 품었다.

시내에서 일하는 백인 여자 타자수라는 종족은 그 시절의 내가 몰두했던 또 다른 연구 대상이었다. 나는 사환으로서 모든 사무실의 타자수들을 만나고 다녔다. 그 여자들은 짜부라지고 쪼글쪼글한 엉덩이를 건들거리고, 깨지기 쉬운 도자기처럼 그저 자기 의자에 도사리고 앉아 손톱에 매니큐어나 칠하고, 거울을 들고 매만질 필요도 없는 머리를 매만지거나 혈색 나쁜 얼굴에 분첩이나 토닥이고, 전화통을 붙잡고 끝도 없이 수다를 떠는데, 시원하게 웃도록 입을 쫙 벌려주고 싶은 기분이 들 정도의 역겨운 고성으로 낄낄거리는 것 이상의 일은 하는 것 같지 않았다.

"기다려, 존." 쪼글쪼글한 가슴의 어떤 타자수는 이렇게 말하는 것이었다. "사무실의 사장님은 아직 바빠." 기다리는 동안 나는 이 여자들이 하루를 어떻게 보내는지 관찰해보았다. 우리가 승객으로 터져나가고 숨이 막히는 기차 안에서, 그리고 사람을 지치게 만드는 길고도 긴 줄과 버스 안에서 소리를 지르고 웃는 동안, 그들은 깨끗한 버스와 백인만의 플랫폼에서 백인만의 열차에 올라타 깨끗하고 조용하지만 쥐 죽은 듯 조용하거나 신경과민에 걸린 듯한 백인만의 교외 지역으로 가는 것이었다. 그런데 한쪽 끝의 인생살이에서 흑인들은 비록 차별받고 터져나가도록 인구가 조밀하고 폭력이 난무하는 암흑의 존재로 굴러떨어졌지만 그래도 생동감이 넘치고 원기 왕성하고 스스로 억압을 가하지 않았다. 백인들은 지금껏 그 하얀 손으로 무슨 육체노동을 해보았는지 모르겠다. 전혀 없을 것 같다. 백인들에게는 마음대로 부릴 수 있는 흑인 하인들이 언제나 있었다. 그 빨갛거나 분홍색인 손톱으로, 마라바스타드의 우리 집 탁자 위에 놓아두었던 종이로 만든 꽃같이 얇은 입술로 부리는 흑인 하인들이.

타자수들은 '사환 애들'을 가게에 보내 피시앤칩스*나, 간식, 꽃, 샌드위치를 사오게 하거나 세탁소에 보내는 걸 좋아했다. 어떤 타자수는 세탁소에 푹 빠져서 술탄의 딸처럼 구는 버릇이 있었다. 나는 시간이 좀 흐른 뒤에, 멍청하고 덩치 큰 흑인 내시 역할을 거부하고 사적인 심부름을 하지 않겠다고 했다. 바로 그 주에 다른 사무실의 어떤 여자가 내게 이렇게 말했다. "이 머슴애야, 오늘 오후에 다시 와."

"뭣 때문에 내가 머슴애라고 생각하는 거지? 계집애가 아니고?" 내가 공격적으로 대꾸했다.

"너 나한테 이렇게 무례하게 굴 거야!" 그 여자가 말했다.

"예절 교육 제대로 시키는 학교에 온 것 같군."

---

* fish and chips: 생선튀김과 감자튀김을 같이 먹는 대중적인 요리.

"경찰 부르기 전에 당장 나가."

나는 강도 사건 같은 게 생기면 경찰기동순찰대에 전화하기 위해 모든 백인들이 외우고 있는 전화번호를 그 여자에게 알려주었다.

그 여자는 전화 거는 일 따위는 하지 않았고 나는 기분이 좋아져서 그곳을 나왔다. 이런 일이 일어날 수 있다는 것을 미리 알았어야 했다. 에젠젤레니 맹인학교에서 일할 때 비슷한 모욕을 당하고 더 심하게 되돌려준 적이 두 번 있었다. 감정이 상한 사람들은 블랙설 씨에게 전화를 걸어 불평을 늘어놓았다. 블랙설 씨는 나를 불러 사실을 확인해보는 것이 전부였다. 그것으로 끝이었다. 하지만 나를 고용한 변호사는 달랐다. 부루퉁한 타자수들도 마찬가지였다. 나는 목이 잘렸고 고작 석 달 일한 끝에 꽤 괜찮은 월급 21파운드짜리 일자리를 잃어버렸다.

우리가 굶어 죽을 상황에 처하면 유럽인 친구들이 우리를 구해주러 자주 찾아왔다. 하지만 나는 자존심이 너무 강해서 도움을 더 청하지 못했다. 이전 동료 교사였던 제프 모토펭도 나와 거의 같은 상황이었다. 관대하고 자비로운 그 어떤 알선소도 우리를 고용하지 않았다. "우리는 정부의 보조를 받습니다. 그래서 당신을 채용해서 위험을 감수할 수는 없어요." 그들은 이렇게 말했다.

나는 교직에 있을 때 실업보험기금에 의무적으로 돈을 냈었다. 그래서 나는 격주로 한 번에 5기니씩을 인출할 수 있는 60파운드가량의 돈이 있었다. 사무실들은 시의 통행증과 인구 유입 통제 구역에 있었다. 나는 법에 따라 매주 보고했다. 그곳에서 나는 흑인들이 선 여러 줄 가운데 한 곳에 서곤 했는데 모두 자기가 거의 알지 못하거나 전혀 모르면서도 자기들의 인생을 이리로 혹은 저리로 가도록 지시하는 서류를 한 꾸러미씩 들고 있었다. 이들은 자기 서류에 백인 관리들의 고무도장을 받기 위해 수많은 사무실 이곳저곳으로 옮겨 다녔다. 그 서류들은 그걸 들고 온 사람들이 어디에서 일할지, 어디서 살지, 어디서 살아서는 안 되는지 말해주고, 남들에게는 이들이 백인 주인 밑에서 일하는 농장 노동을 받아들이지 않으면 리저브로 돌려보내야 한다고 알려주고, 공식적인 용어로는 '외국 토착민들'인 영연방 밖에서 온 흑인들에게도 마찬가지로 적용되는 서류들이었다. 그리고 내가 기다리는 동안에도 장차 주인이 될 백인들이 들어와서 자기들이 제시하는 일거리를 외쳐댔다. "주방 보조, 한 달에 4파운드." "트럭 운전, 일주일에 3파운드." "정원 일꾼, 주중에 이틀 일하고 일당 6실링." "막일꾼(벽돌공 기술은 아님), 일주일에 3파운드." 그자들이 소리치면 사람들이 몰려들어 마치 선택권이 많은 것처럼 어떤 건 불평을 하고 어떤 건 받아들이는 것이었다. 흑인들은 시장에 내놓은 가축 같았다. 아프리카인 경찰들은 이리로 저리로 가라면서 소리를 질렀는데, 그들은 자기들의 권위를 확인하기 위해 과장해서 행동하고 주인보다 일을 더 잘하는 대부분의 아프리카인 공무원들과 비슷했다. 손에 서류를 쥔 흑인 어른들과 어린 남자아이들 대부분은 서류라는 장애물을 하나하나 뛰어넘고 황량하고 거무튀튀하고 썰렁하고 활력 없는 그 건물의 네 벽 속에서 언제까지고 이리저리 뒤섞이며, 통행증사무소에서 여러 날을 허비했다. 어떤 아프리카인이 내게 와서 선금 10파운드를 주고 통행증을 받은 뒤에 5파운드를 추가로 준다는 조건으로 통행증을 팔 수 있다고 말했다. 부정부패라는 잡초가 관리가 엉망인 음침한 정글 속에서 무성하게 자라고 있었다. 유럽인과 아프리카인 통행증사무소 직원들과 사환들 중에는 20파운드를 받아먹고 통행증을 팔아먹은 부정부패 사건 때문에 법정에 출두하는 사람도 있었다. 나도 통행증이 절박하게 필요했지만 15파운드는 내가 감당하기 힘든 돈이었다.

그 구역 바깥에서는 인도인과 시리아인 싸구려 장사꾼들과 뚱뚱하고 기름기가 잔뜩 낀 아프리카 여자들이 통행증사무소 순례자들에게 장신구와 음식을 팔았다.

나는 교외 지역의 아프리카인 하인들에게 옷가지를 파는 유대인 모자 상점의 타자수로 시간제 일자리를 얻었다. 나는 한 달에 10파운드를 벌었다. 뛰어난 요리사이면서 언제나 최고의 주부인 레베카 덕에 우리는 어려운 일들을 훌륭하게 헤쳐 나갔다. 게다가 레베카는 철저한 낙천주의자였다. 아내에게는 불행이 닥쳐도 그다지 걱정하지 않으면서 장기적인 계획을 세워 착착 진행할 수 있는 능력이 있었다.

21. 교회 헌금

어느 날 저녁 당시 올랜도의 성십자성공회의 책임자이며 그리스도재림회* 소속이던 워들 신부가 나를 찾아왔다.

잠깐 일상적인 대화를 주고받은 뒤에 워들 신부가 "교회 헌금 애기요"라고 말을 꺼냈다. "당신과 당신 부인 앞으로 27실링이 걸려 있소. 요새 형편이 어려운 건 잘 알지만 일단 일러주기는 해야겠다고 생각했어요. 또 교회 출석 문제도 있고. 당신의 종교와 정치적 성향은 화해하기 어려운 거요?"

"너무나 어렵지요." 나는 말했다.

"그걸로 기도라도 해보았소?"

"예. 그런데 기도를 포기했습니다. 공식적으로는 말입니다. 그냥 생각하고 또 생각만 합니다."

"요새는 누구나 어렵습니다."

---

* 그리스도재림회(The Community of the Resurrection): 1892년 찰스 고어 등이 설립한 성공회 남자 신도 공동체로서, 회원들은 궁핍·금욕·복종의 서약을 한다. 회원들의 이름 뒤에 흔히 C. R.이라는 약자를 붙인다.

"백인은 그렇지 않죠." 그는 고개를 숙이고 허리띠에 매달린 십자가를 만지작거렸는데, 그의 얼굴에 떠오른 비감한 표정에 나는 조금 짜증이 났다.

워들 신부는 최악의 상황에 그 문제를 들고 온 셈이었다. 바로 그 주에 내가 고등학교에서 가르쳤던 한 젊은이가 지역 아프리카인 경찰들과 부딪힌 어떤 사건 때문에 내게 조언을 해달라고 찾아왔던 것이다. 그 경찰들은 타운십에서 이 젊은이와 마주치자 통행증을 내놓으라고 했다. 통행증을 꺼내 보여주자 그들은 진짜가 아니라면서 그를 체포했다. 경찰서에서 그들은 그를 붙잡아 벤치에 엎드리게 한 뒤 사지를 벌려놓았고 한 백인 경찰이 그의 바지를 벗기고는 가죽 벨트로 엉덩이를 내려쳤다. 그런 뒤에 그 젊은이를 풀어주었다. 그는 내게 맞은 곳을 보여주었다. 나는 진단서를 떼려고 젊은이를 의사에게 데려갔다. 우리는 그 경찰서를 고발했고 젊은이는 자기를 때린 사람을 지목했다.

재판 때마다 그 백인 경찰은 출석할 수 없다는 연락을 해왔다. 나는 지방경찰청장에게 이 사건을 알리는 편지도 써 보냈지만 결국 포기할 수밖에 없었다.

그런데 그 사건 때문에 나는 여섯 달 전 레베카가 기차 안에서 백인 검표원에게 폭행당한 일을 떠올리게 되었다. 표를 가지고 말다툼이 벌어졌는데 그 백인이 레베카에게 욕을 하면서 기차 밖으로 난폭하게 끌어내는 바람에 레베카는 발목을 삐고 말았다. 아내는 고소했지만 그 자는 한 번도 법정에 출두하지 않았다. 그는 매번 아프다고 했다. 아내는 민사소송을 제기하기 위해 변호사에게 15파운드를 주었다. 사건이 일어난 지 1년이 지났지만 여전히 철도검표원 일을 하고 있던 그는 민사소송이기 때문에 법정에 나올 수밖에 없었다. 그는 유죄 선고를 받았고 레베카에게 손해배상금 10파운드를 주라는 판결을 받았다! 그 판결이 난 건 워들 신부와 만난 지 한참 뒤의 일이었다. 그 젊은이가 찾아왔을 때는 레베카가 또 한 번의 재판 연기를 통고받았을 즈음이었다. 그랬다. 워들 신부는 정말로 최악의 상황에 찾아온 것이었다.

"양보는 조금도 안 하고 일리 있는 말에도 전혀 귀 기울이지 않는 한 떼거리의 미친 사람들 중에서 누군가 마음의 변화를 일으킬 거라고 내게 기대하라는 것은 온당하지 않습니다. 기독교인다운 행동이나 늘어놓는 선교학교식 설교만으로 만족하고, 예의 바른 것이 범죄로 간주되는 환경에서 소극적인 저항만으로 버티라고 내게 요구하는 것도 부당합니다. 나는 내 일터를 지키려는 것뿐인데 경찰이 경기관총을 겨누면서 나를 내 집에서 쫓아내려고 하는 이런 상황에서는 말입니다. 이웃이라곤 이교도를 교화하라는 신의 명령에 따라 이집트를 탈출한 이스라엘 사람 흉내를 내는 백인들밖에 없는데도, 오랜 세월 저는 백인 목사와 흑인 목사들에게 이웃을 사랑하라는 말을 들었습니다. 불신자들이 가득한 사막으로 용감하게 나아가는 신의 백성이라는 상징을 먹고 사는 백인 떼거리들 말입니다. 오랫동안 저는 예배를 드린 뒤에 영적인 힘이 생기는 느낌이 괜찮다고 생각했습니다. 그런데 지금 저는 제 주위에서 고통 받는 사람들의 요구에 응답하는 것이 그런 힘이 아니라는 것을 알게 되었습니다. 그런 힘은 제가 가슴으로 갈구하는 것에 응답하는 것 같지도 않습니다."

워들 신부는 앉아서 듣고 있었다. 나는 그의 얼굴에 떠오른 비애에 젖은 표정에 다시 짜증이 났는데, 그 표정이 내 속을 찢어놓는 힘을 이해하지 못해서 지은 건지 아니면 동정하는 표정인지 알 수 없었기 때문이었다.

"당신의 가슴이 갈구하는 게 무엇입니까?"

"당신들 백인들이 사람을 무능력하다고 생각하게 만들 때, 사람들이 통렬하게 느끼게 되는 바로 그것이죠."

"당신은 마치 내가 백인들의 압제라는 제도를 대표하는 사람인 것처럼 말하는군요." 그가 말했다.

"그게 바로 좋든 싫든 가장 점잖은 흑인조차 빠져드는 비극이죠." 나는 그렇게 말하면서 못된 오만함에 사로잡혔는데, 바로 그때가 모든 백인들을 증오하고 싶은 순간들 중 한때였기 때문이었다. 백인을 증오하는 게 훨씬 간단하면서 덜 힘들 것 같았다.

"하지만 모든 선교사들을 잘못 판단해서는 안 돼요. 결국 당신도 선교학교에서 교육받았고 당신 아이들도 성공회 유치원에 다니고 있잖습니까. 선교사가 오기 전에는 유치원은 고사하고 흑인 학교를 짓는다는 생각을 한 정부도 없었습니다."

"케케묵은 논쟁이군요. 하지만 트레버 허들스턴* 신부가 이곳에 오기 전에는, 게다가 그것도 1943년이었죠, 선교사들이 정치를 내팽개친 결과 악의 세력이 이미 300년도 더 전부터 활개를 치고 있었다는 건 신부님도 인정해야 합니다. 그동안 선교사들은 백인들이 정의와 인간의 가치를 싹 무시하는 걸 선동하고 묵과하거나 그도 아니면 멀찍이 떨어져 방관하고 있었지요. 게다가 트레버 허들스턴 신부는 외로이 싸운 분입니다. 남아공의 나머지 교회들은 그가 한 말을 전혀 따르지 않았습니다."

"이토록 지독한 갈등에 빠진 당신을 도울 수는 없을까요?"

---

* Ernest Urban Trevor Huddleston(1913~1998): 영국 태생의 성공회 신부로 요하네스버그의 소피아타운 등에서 활동했고, 아파르트헤이트에 강력하게 반대했다.

"날 도울 수 있는 사람은 아무도 없습니다. 스스로 풀어갈 생각입니다. 그보다 더 급한 일들도 있습니다. 저기 샌티 타운에서 들려오는 웅성거리는 소리, 신음 소리, 비명 소리 같은 거 말입니다. 내 개인적인 갈등을 해결한다고 해서 샌티 타운의 비참한 상황이 좋아지지는 않을 겁니다."

나는 마음이 텅 비고 맥이 빠진 기분이었고 감정이 격하게 터져 나와 핵심을 제대로 전달하지 못한 것 같았다. 어쩌면 분명한 핵심은 아예 없는지도 모른다. 생각할 시간이 필요하다고 나 자신에게 말했지만 실제로는 생각을 할 수가 없었다. 게다가 과부하가 걸린 나의 정서적 반응기제가 나의 적이었다. 자주 그랬다. 교회에 대한 내 전망이 완전히 변했다는 것만은 확실히 알 수 있었다.

몇 주 뒤에 워들 신부는 우리 셋째 아이의 세례를 거부했다. 레베카는 세례는 받아야 한다고 여러 차례 주장했다. 나는 관심이 거의 없었기 때문에 레베카의 생각을 막지는 않기로 했다. 하지만 우리는 똑같이 환멸을 느끼고 있었기 때문에 아내가 관습을 따르는 것뿐이지 확신을 가지고 그러는 것은 아니라는 걸 나는 알고 있었다. 내 입장에서는 아내에게 세례 받는 걸 포기하라고 할 자신이 없었다. 내가 교회를 믿지 않고 교회에 빚을 지고 있는데 세례를 요구할 권리가 없다는 것이 워들 신부가 세례를 거절한 이유였다. 하지만 그때 나는 그 어떤 주장도 하지 않았다. 그래도 어떤 양심적인 교회 고문이 워들 신부에게 생각을 바꾸라고 종용한 뒤에 나는 그날 오후 교회에 가야 했다. 마음으로는 교회에 오지도 않은 척했다. 우리 집 앞을 지나는 차량 흐름처럼 예배는 그저 내 앞에서 둥둥 떠 흘러갈 뿐이었다.

그날 예배를 마친 뒤에 나는 내가 형식주의를, 특히 신비주의라는 요소를 담고 있는 형식주의를 얼마나 싫어하는지를, 또 예술 관련 집단이 아니거나 자유를 얻기 위한 투쟁과는 상관없는 집단에 형식적으로 충성하는 것을 얼마나 역겨워하는지를 더더욱 절실하게 깨닫게 되었다. 예배는 당시의 감각과 감정과 정신의 요동치는 반응 양식으로 내가 경험할 수 있는 어떤 것이어야 했다. 게다가 나는 교회 예배에서 미학적 체험을 하는 나이는 지나버렸다.

내게는 확고한 충성심이 있었다. 나는 한 예술가조합을 이끌고 있었는데, 그 단체는 고전음악 연주회를 열었고 나는 그 연주회를 방패막이 삼아 연극을 제작하고 연기도 했다. 연기자들 대부분은 고등학교 때 나와 함께 연극을 시작한 사람들로 교사, 사무원, 간호사, 사환, 공장노동자 들이었는데, 불안감이라는 영구적인 문제가 있었고, 먹고살기 위해 올랜도 외곽으로 가야 하는 사람들 때문에 계속 회원이 떨어져나갔다. 그뿐만 아니라 우리는 폭행을 당하거나 살해당할 것이 두려워 밤이면 올랜도 거리를 나다닐 수가 없었다. 우리는 일요일 오후에 연습을 해야 했다. 관객들은 셰익스피어 작품들과 내가 디킨스의 소설을 각색한 것, 그리고 민담에서 따온 장면들을 좋아했다. 그 어떤 것보다 사람들을 사로잡은 민담은 북부 트란스발의 벤다 민담 모음에서 내가 발췌한 이야기로, 키츠의 『이사벨라』와 플롯이 아주 유사했다. 나는 주인공 아가씨가 토분에 나무를 심고 자기 눈물로 나무에 물을 주는 장면을 무언극으로 즉흥 번안하고, 배경 음악으로 아프리카 민속음악을 틀었다. 우리는 무대 장면을 위해 늘 나뭇가지를 활용했다.

어느 일요일 오후 우리는 연극과 노래와 연주를 섞은 프로그램을 가지고 요하네스버그에서 24킬로미터 떨어진 저미스턴으로 향했다. 한 문화 단체가 이 나라에서 가장 낙후된 곳 중 한 곳인 그 로케이션에서 공연을 해달라고 우리를 초청한 것이다. 우리는 셰익스피어의 『줄리어스 시저』에 나오는 몇 장면을 공연했고, 카비 음은고마가 『메시아』의 레치타티보*와 아리아 한 곡씩을 불렀으며, 그의 부인인 콘트랄토** 그레이스도 『메시아』와 『나의 사명』에 나오는 레치타티보와 아리아를 불렀다. 우리 연주단의 피아니스트인 컬러드 밀튼 외르센은 스카를라티***의 소나타와 소품 두 곡을 연주했다.

그 지역의 작은 연주회장 밖에서 우리가 후원자들이 입장하기를 기다리고 있을 때, 한 유럽인이 분명 자기를 알리고 싶은 생각으로 이야기를 하러 다가왔다. 그는 광산 단지 관리자였다. 그가 엉뚱한 장소에 있는 건지 우리가 엉뚱한 장소에 있는 건지 알 수 없었다. 광산 단지 관리자는 아프리카인 광부와 직원들을 관리하는 사람이기는 하지만, 미국인 관광객에게 보여주려고 광산에서 준비하는 부족 춤과 관련지어서 관리자라는 부류를 바라보는 사람들도 있었다. 짜증날 정도로 으스대는 해변용 회색 정장을 입고 '해외 원조'로 잔뜩 부푼 주머니와 옷솔기와 뺨과 털이 북슬북슬한 팔을 가진 미국 남자들 말이다. 그런 자들 옆에는 손톱에 매니큐어를 칠하고 담배를 피우는 여자들이 늘 있었는데 특별히 신나는 표정들은 아니었다. 광산 단지 관리자가 이런 연주회에, 아니 무슨 연주회든 뭐하자고 온 것일까? 그자는 파나칼로****어로 말을

---

* recitative: 오페라에서 이야기하듯 노래하는 부분으로 극의 전개를 위한 것. 이와 달리 아리아aria는 서정적인 가락의 독창곡.

** contralto: 여성의 최저음.

*** Scarlatti: 이탈리아 바로크 시대에 작곡가. 아버지와 두 아들이 모두 작곡가여서 누구를 가리키는지 분명하지 않다.

**** Fanakalo: 파나갈로Fanagalo라고도 한다. 파나칼로어는 줄루어, 영어, 아프리칸스어가 섞인 피진어로 남아프리카의 금광이나 구리·다이아몬드 광산 지대에서 주로 쓰인다.

시작했는데, 그 말은 반투어와 영어, 아프리칸스어를 터무니없이 뒤섞은 말로, '애들'이 백인 관리자들과 백인 직원들의 지시 사항을 제대로 못 알아듣는 것을 질색하는 광산에서 유래된 말이었다.

"미나 부킬레 로 프로그램(프로그램을 보고 있었어)." 그자가 카비에게 종잇장을 흔들어대며 말했다.

"이니 웨나 쿰불라(어떻게 생각하세요)?" 카비가 이 대단한 후원자의 수준에 맞추려고 애쓰는 게 역력한 표정으로 그렇게 말했다. 카비는 훌륭한 영어 실력 때문에 자신의 시도가 좌절되지 않게 하려고 아주 조심하고 있었다.

"예나 모쉴레 스텔렉 로 한델(헨델이라면 아주 좋지)."

"웨나 아이코나 후나 스카를라티(스카를라티는 모르세요)?"

"오, 예스, 미나 탄다 로 스카를라티. 우피 예나 쿨라 스카를라티(어 그래, 나 스카를라티 되게 좋아해. 누가 스카를라티의 곡을 부를 건가)?"

카비가 외르센을 가리켰는데, 그는 예후디 메뉴인*이 케이프의 어떤 촌놈과는 완전 딴판으로 생긴 것처럼 그 성악가와 전혀 닮지 않았다고 할 수 있었다. 피아니스트인 외르센은 무표정한 얼굴로 카비와 그 관리자를 바라보았다.

"미나 자불라 카쿨루, 베리 머치(아, 기분이 아주 좋아)." 그러더니 그는 자기 '애들'이 해리 제임스와 텍스 리터에 푹 빠져서는 그 트롬본 연주자와 카우보이 기타 연주자가 나오는 영화를 더 갖다달라고 아우성이라고 했다.**

---

* Yehudi Menuhin(1916~1998): 러시아계의 미국 바이올린 연주자이자 지휘자.

** Harry James(1916~1983): 미국의 트럼펫 연주자.

연주는 아주 훌륭했다. 연주가 끝난 뒤에 그 대단한 후원자가 무대 뒤쪽으로 우리를 찾아왔다.

"정말 멋진 연주였네." 그가 자기 말을 확인이라도 시키듯 짐승 앞발 같은 손을 내뻗으며 영어로 말했다.

"티나 자밀레." 카비가 파나칼로 말로 대답했다. "시본길레 스텔렉, 예나 모쉴레 스텔렉 로 스카를라티(예, 연습을 많이 했죠. 감사합니다, 스카를라티 곡은 참 좋아요)." 그 관리인은 호탕한 웃음을 터뜨려 귀까지 벌게지더니 자기 '애들'한테 가느라고 얼른 방을 나섰다.

허들스턴 신부가 회장으로 있던 당시의 아프리카 학교 급식 계획을 돕기 위해 그런 자선연주회를 여러 번 무대에 올리다 보니 예술가조합의 기금이 줄어들었다. 정부는 아프리카인을 위한 학교 급식 계획은 철회했지만 백인들의 자녀를 위한 계획은 그대로 유지했다. 우리는 좀더 돈을 남길 수 있는 연주회를 열려고 했지만 다양한 인종이 섞인 청중은 이제 국민당 정부의 분노의 표적이 되었기 때문에, 겁을 잔뜩 먹은 백인 후원자들은 참석하지 못했다. 우리는 우리의 목표를 소홀히 하지 않았는데, 그것은 백인 극장이나 연주회장에 갈 수 없는 흑인들의 문 앞까지 주로 진지한 음악과 미술을 가져가는 것이었다. 우리는 아프리카인 화가 두 명의 전시회를 후원했고 영국 가수인 이소벨 베일리, 아프리카인 테너 빅터 음쿠누를 초대해 다양한 청중들에게 그들의 음악을 들려주었다.

1953년 후반기에 나는 아서 블랙설 밑에서 속기 타자수로 일했다. 그는 맹인복지사업 현직에서 물러나 이제는 남아프리카기독교인위원회

Tex Ritter(1905~1974): 미국 컨트리 음악 가수이자 배우. 본문의 '트롬본 연주자' 대목은 저자의 착오이거나 광산 관리자의 무지함을 지적한 것으로 보인다.

의 서기직을 맡고 있었다. 나는 매달 20파운드를 받았고 그는 자기 돈으로 8파운드를 더 보태주었다.

12월에 나는 다시 박차를 가하기 시작했다. 나는 그 어느 때보다 더 교실로 돌아가고 싶어 죽을 지경이었다. 그런 갈망 때문에 숨이 다 막힐 정도였고 더 이상은 신경이 못 견딜 것 같았다. 내가 엉뚱한 곳에 있다는 고통스러운 생각이 나를 공격했다. 비록 꾸려나가기 힘들어도 나를 진짜 괴롭히는 건 더 큰 수입을 잃어버렸다는 사실이 아니라 내 직업윤리에 의문이 생겼다는 사실이었고, 나를 변호할 길도 전혀 없었다.

나는 바수톨란드 보호령*의 한 고등학교 교사직에 무턱대고 응시했다. 1월에 그 학교에서 영어와 지리 교사로 와달라는 연락이 왔다. 나는 교사직을 위해 내 인생에서 두번째로 아서를 떠나게 되었다. 그해 1월 친구인 제프와 나는 가족들을 남겨둔 채 마세루**로 갔다. 제프는 나보다 6개월 먼저 그곳에 가 있었다. 우리의 '체제 전복 행위'에 대한 보고서는 이미 그곳 행정 당국에 가 있었지만 아무 일도 일어나지 않았다.

나는 영문학 우등학사학위를 따기 위해 공부하기 시작했다. 그 일에 학교 외의 모든 시간을 할애했기 때문에 처음 6개월은 정신없이 지나갔다. 나는 그저 영어가 너무 좋아서 그 학위를 따고자 했다. 나는 실

---

* Basutholand Protectorate: 오늘날의 레소토. 크웨나 족 족장인 모틀로미가 여러 부족을 결집해 세운 왕국을 모슈슈 왕(King Moshoeshoe I)이 계승해, 방어에 유리한 고원지대인 타바 보시우에 나라를 건설하고 영국 제국과 보어인 공화국 틈바구니에서 왕국을 잘 지켜나갔으나 보어인은 물론 영국도 1852년에 그들의 영토를 침입했다. 1854년 독립국 지위를 얻었으나 1858년 다시 보어인의 공격이 극심해지자 나라를 구하기 위해 영국에 보호를 요청함으로써 바수톨란드 보호령이 되었다. 바수톨란드는 1966년 레소토로 독립했다.

** Maseru: 레소토의 수도.

천비평과 시학, 셰익스피어, 빅토리아 시대 문학에 대한 논문을 특히 좋아했다. 제러드 맨리 홉킨스*가 외로웠던 시절 내 친구가 되어주었고, 근처 산을 오르면 거기서 모슈슈 왕의 나라의 웅장하고 장엄한 풍경을 바라볼 수 있었다.

바수톨란드에서는 돈을 벌 수 없었다. 그곳의 교사 봉급은 형편없었고 발전도 아주 느렸는데, 그 나라의 진보적인 교사 대부분이 유니언으로 가버린 것도 바로 그 때문이었다. 내 봉급은 23파운드로, 유니언의 교사 봉급 43파운드나 아서가 준 28파운드와 비교될 정도였다. 나는 다른 어느 곳에서보다 바수톨란드에서 생각을 더 많이 했다. 나는 그곳을 터전으로 삼을 생각도 해보았다. 하지만 그곳의 삶은 정체되어 있었고 사람들은 무감각했으며 공무원들은 무참할 만큼 교착 상태에 빠져 있었다. 사람들은 문화에 전혀 흥미가 없었고 나는 십자군이 아니었다. 나는 성인들의 활동을 조직하고 지시할 필요가 없는 일을 할 때 에너지가 넘쳐나는 사람이었다. 그리고 당시 나는 철저하게 도시적인 사람이 되어 있어서 그런 나라에서는 도저히 행복해질 수 없었다.

* Gerard Manley Hopkins(1844~1889): 영국의 시인으로 가톨릭으로 개종한 뒤 예수회 신부가 되었다.

막간극

나는 무엇인가를 찾으러 바수톨란드로 갔다. 그게 뭔지는 나도 몰랐다. 하지만 바로 나의 내면에 전에는 없었던 그것이 있었다. 증오일 수도 있고 사랑일 수도 있고 둘 다일 수도 있었다. 추함일지도 아름다움일지도 모르겠다. 앞에서 말했듯이 나도 몰랐다. 일단 모슈슈 국왕의 땅에 발을 디디자 그런 의문이 한시도 그치지 않았다. 지금이라고 그 의문이 그쳤는지는 확실하지 않다. 어느 날 밤 나는 어떤 야산 기슭에서 조금 떨어진 곳에 서 있었다. 바수톨란드의 어둠은 단단하고 만질 수도 있다. 나는 면도날 같은 나의 욕망으로 그 어둠을 잘라내고 싶었지만 내 영혼의 중압감을 덜어줄 것은 전혀 찾을 수 없었다. 나는 눈으로 하늘을 이리저리 살폈다. 나는 상상으로 하늘의 별을 긁어모으고 체는 진보랏빛 하늘에 내버려두었다. 그다음 그 별들을 모아서 하늘에 흩뜨려놓았다. 어떤 별들은 옮기는 중에 부서져서 하늘에 은하수를 그렸다. 은하수를 보니 다 쓴 나방약 가루가 떠올랐다. 나는 여전히 찾지 못했다. 화성의 노란 빛도 내겐 아무 말도 해주지 않았다. 어떻게 그럴 수가? 호기심 많은 어떤 방문객이 찾아와 내가 몸부림치고 몸을 비틀고 이리저리 기어 다니고 웅크리는 것을 보고, 내가 욕하고 불평하고 무한의 것과 대화하는 걸 듣고는 냉정하고 냉담하게 돌아가버린다. 가을 나무에게는 내게 말해줄 게 뭔가 있을지도 모른다. 갈색과 노란 낙엽들은 허공에 나풀거리다가 교만할 정도로 새치름하게 땅에 내려앉았다. 나무조차 타락한 인간처럼 멍하니 서 있었다.

나는 꼬리가 긴 모노페가 이리저리 휙휙 날다 귀족처럼 우아한 호를 그리며 나무에 내려앉는 것을 지켜보았다. 둥지를 나뭇가지에 매달아 짓는 체메디는 비둘기가 구애하는 소리를 흉내 내면서 짓궂고 날카로운 소리로 울었다. 새 떼들은 이리저리 움직이는 파도 꼭대기에 올라앉은 것처럼 떼를 지어 날아다녔다. 정찰에 나선 매 한 마리가 날개를 활짝 편 채 제물을 향해 메다꽂을 자세로 미끄러지듯 날았다.

나는 높은 산 정상으로 올라갔다. 그곳에서 나는 궁극적인 어떤 존재의 손길을 느꼈지만 그것은 아찔할 정도로 찰나의 순간에 불과했다. 산 아래로는 들이치는 물에 시달린 들판이 펼쳐지고 손가락 같은 고랑들이 비현실적인 사진처럼 뻗어 있었다. 잿빛의 흙이 하늘을 향해 소리쳤지만 헛된 일이었으니, 머나먼 곳의 광산으로, 허파가 썩기 시작하는 갱 속으로 떠나간 아들들을 외쳐 부르는 늙은이의 기침처럼 그것은 잿빛과 불모의 외침이었다.

아주 잠깐 동안 풍요로운 약속을 꿈꾸다가, 나는 해가 떠오르는 산 정상에 꿈쩍 않고 선 한 모수토 족* 사람의 원뿔형 모자와 담요에 비밀이 있다는 생각이 들었다. 하지만 그도 어쩌면 새벽의 순례자에 불과했는지도 모른다.

---

* Mosuto: 남아프리카의 부족명. Mosutho로도 표기한다.

모슈슈 왕의 나라에서는 삶이 정체되어 있다는 느낌이 든다. 미동도 않는 말이나 망아지에 올라탄 사람도 볼 수 있고, 다가서는 듯 물러나는 듯 반항하는 듯 위로하는 듯 꿈쩍 않는 장엄한 산들도 볼 수 있다. 마세루 채석장에서 캐낸 마세루 돌로 지은 건물들이 주는 영원한 분위기, 시간의 갈고리발톱이 새겨놓은 골짜기들, 소출이 형편없는데도 평평한 산 정상에 자리한 마을들, 태초부터 그곳의 듬성듬성한 풀밭에 있었던 것 같은 살지고 느릿느릿한 양 떼들, 부시먼*의 바위 그림, 장엄한 모슈슈의 영혼을 아직도 들이마시는 것 같지만 돌과 흙으로 불멸을 추구했던 전설의 스핑크스처럼 말이 없는 타바 보시우.** 눈에 들어오는 모든 풍경들이 저 홀로 만족에 겨워 꿈쩍도 않고 있었고 가끔 짜증날 정도였다. 바수토*** 사람들의 얼굴도 무표정했다. 그러나 그들의 고전적인 외모는 포효하는 물살의 낭만적인 분노를 가리고 있었다.

간절한 탐색은 계속되었다. 정신과 가슴은 고요했다. 내가 너무나 부족하다고 생각하니 고통스러웠지만 이유와 근거를 알지 못했다. 생각과 감정이 거센 물살처럼 터져 나와서 내 희망과 갈망을 비롯해 여러 가지가 마구 뒤섞인 상징물이 되기도 했다. 자주와 분홍이 섞인 일몰 풍경, 황량하고 퇴색한 땅덩어리, 산 측면에 불안정하게 걸친 바위, 칼

---

* Bushman: 남부 아프리카의 원주민으로 산, 쇼, 바사르와 등의 이름으로도 불리며, 짐바브웨, 레소토, 모잠비크, 스와질란드, 앙골라 등에 퍼져 살고 있다. 남아공에서는 공식적인 경우 대개 산 족으로 부르는데, '산'은 '이방인'이라는 의미이다.

** Thaba Bosiu: 타바 보시우는 레소토의 수도 마세루에 있는 해발 1,804미터에 약 2제곱킬로미터 너비인 사암질의 고원으로 현재는 유명한 관광지이다. 타바 보시우는 '밤의 산(Mountain at Night)'이라는 뜻이다.

*** Basuto: 바소토Basotho라고도 한다. 바소토 족은 15세기경부터 남아공 지역에 살던 부족으로 이 부족의 왕인 모슈슈 1세가 19세기 초 오늘날의 레소토를 세웠다.

데온 강*의 회색 흙탕물, 하늘의 주정뱅이처럼 길게 뻗은 영원 같은 구름. 하지만 아, 내 꿈은 이미 오래전에 날아올랐지만 지금은 반짝이는 거미줄에 걸려 말라버렸고 내 부글부글 끓어오르는 분노는 그 거미줄에 못 박혀버렸다……

그러던 어느 날 한 노인이 나를 찾아왔다. 아서였다. 우리는 밤새워 얘기하고 서로 비밀을 털어놓고 서로에게 배웠다.

새벽이 오면서 승리를 선언했다. 의문은, 그저 의문을 알게 된 것이 끝이라 할 수 있다면, 마침내 종결된 것이다.

그때 나는 내가 그동안 찾아다녔던 것이 무엇인지 알게 되었다. 그것은 바로 씁쓸함이라는 치명적인 아름다움을 가진 여인이었다. 나는 내가 그녀를 사랑하고 애무하고 키스하고 싶었다는 것을 알게 되었다. 그렇다고 해서 스윈번**식으로 말해서 그녀에게 물려 죽고 싶지는 않았다. 그녀를 쫓고 사랑하면 내가 그녀를 목 졸라 죽일 수도 있을 터였다. 그녀의 목을 매달아 말라죽게 하고 폭풍우의 노리개가 되게 할 수도 있을 것이었다.

이제 그녀는 내 품에 있다. 이제 더는 입 맞추지 않는다. 우리 입맞춤의 푸른 불길은 하얗게 되어버렸고, 그녀는 내 입술을 깨물었으며, 나는 얼마 전까지만 해도 애교 넘치고 관능적으로 부풀어 오른 돛처럼 보이던 그녀를 바짝 빨아먹어버렸다. 내가 그녀를 길들인 것이다. 그녀는 내가 멍청하고 쓸데없이 보낸 순간의 정부(情婦)였다. 나는 한때는 당당하게 쳐들었던, 그리고 내 머리털 뿌리까지 치받도록 내 핏속의 수

* Caldeon River: 세소토 족 말로는 모호카레Mohokare 강. 아프리카 동남쪽에 있으며 레소토의 드라켄스베르크 산에서 발원한다. 타바 보시우 고원이 바로 이 근처에 있다.

** Algernon Charles Swinburne(1837~1909): 영국의 시인이자 평론가.

백만 적혈구를 분출시킨 그 머리가 뎅겅 떨어져나가도록 발을 바닥에 쾅쾅 구를 수 있다. 하지만 이렇게 결정해서는 안 되는지도 모른다. 또 다른 한 사람에게 달려 있는 문제 아닌가. 그 사람에게 말해보자.

22.『드럼』잡지

나는 8월에 바수톨란드로 돌아가지 않았다. 그 대신 나의 모교인 세인트피터스에서 아프리칸스어와 수학을 가르쳐달라는 요청을 받아들였다. 하지만 정부가 승인해주지 않아서 나는 학교 돈으로 월급을 받았다. 한 달에 18파운드였다.

레베카는 내가 바수톨란드에 있는 동안 돈 때문에 너무 걱정을 해서 몸이 완전히 상해버렸다. 아내는 무서울 정도로 야위어 있었다.

그해 말 당시 세인트피터스의 교육감이던 트레버 허들스턴 신부가 다음 해에 내 봉급을 두 배로 올려주겠다는 제의를 했다. 하지만 내무부장관이 그곳이 백인 지역이라는 것을 '밝혀냈기' 때문에 그다음 해는 내 학교생활의 마지막 해가 되어버렸다. 나는 자리를 옮겨야 했다. 물론 그리스도재림회는 아이셀렌 위원회의 보고서에 의한 새 법령에 따라 반투 교육을 시행하는 주에 학교 건물을 내놓느니 계속 사립학교로 남을 계획이었다. 그것은 내가 1956년 이후에는 또다시 길거리로 쫓겨나야 한다는 뜻이었다. 그래서 나는 당시 앤서니 샘프슨*이 편집자로 있던 요하네스버그의 월간지 『드럼』에서 월급 25파운드를 받고 기자와 문학 편집자로 일하기로 했다.

11월에 나는 우등졸업시험을 쳤다. 정신적으로 큰 피로감을 느낀 나는 중간에 시험을 거의 포기할 뻔했다. 하지만 순전히 운이 좋아서 계속 붙들고 있었고 시험에도 통과했다.

내가 기자가 되기에는 무능하다는 것을 나는 아주 잘 알고 있었다. 나의 인생관 자체가 언론을 거부했다. 백인 언론에 대한 내 태도도 그랬고 백인·비백인 언론이란 것이 따로 존재하는 남아공 신문 정책의 이중적인 경향에 대한 내 태도도 그랬다. 또 도시 거주 흑인들은 섹스와 범죄와 사랑 이야기를 읽고 싶어 한다고 생각하는 『드럼』의 독단적인 기준이나, 남아공 비백인이 읽어야 할 것에 대한 잣대로 『드럼』이 소피아타운을 이용하는 것에 대해서도 나는 동의할 수 없었다. 『드럼』이 매년 사회악과 정치악을 폭로한 것이 언론의 당연한 역동적인 요소가 된 것은, 앤서니 샘프슨의 공이기도 했고 더 크게는 저 대담한 기자 고(故) 헨리 은후말로의 공이었다. 나는 앤서니 샘프슨 밑에서 3개월 동안 일했고 그 뒤 그의 후임인 실베스터 스타인 밑에서 27개월을 더 일했다.

기사 쓰기보다 더 흥미로운 단편소설 편집을 하면서 나는 행복해지려고 노력했다. 그 일을 하면서 '감상적이고 선정적이며 도발적인 이야기와 거친 범죄소설'을 골라야 했다. 나는 사장과 면담할 때마다 『드럼』은 잡지에 대한 분명한 기호를 한 번도 키워보지 못한 독서계(비유럽인 독자층)로 이미 뛰어들었고, 가능한 한 독창적인 방식으로 건전한

---

* Anthony Terrell Seward Sampson(1926~2004): 영국의 작가이자 언론인. 1950년대에 요하네스버그에서 『드럼』지의 편집자로 일했다. 영국으로 돌아온 뒤 1955~66년까지 『옵저버』에서 일했으며, 『영국의 지배계급*Anatomy of Britain*』(1963), 『검은 황금*Black Gold*』(1987) 등을 썼다.

읽을거리를 만들어내야 하며 반드시 속물적이거나 지적일 필요는 없지만 어떤 의미에서는 대중이 무엇을 읽어야 하는지를 일러주어야 한다고 입씨름을 했다. 사장은 그건 『드럼』의 사명이 아니라고 했다. 나는 편집부원이었지만 편집장을 통해 '정책'이라는 압력을 느낄 수 있었다. 그 또한 저 위에서 툭 떨어진 새장 벽에 마구 몸을 비벼대고 있지 않나 하는 생각이 들었다. 하지만 나는 실베스터 스타인이 자신의 열정과 저돌성, 그리고 지금 제일 중요한 것은 그것밖에 없다는 듯 그 일에 자신을 내던지는 능력 때문에 좌절하지 않는다는 생각이 들었다. 어쩌면 그는 좌절감을 드러낼 수 없는 처지였지만 나는 그럴 수 있었는지도 모르겠다.

내 단편들 중 일곱 편은 저속하거나 도피적인 작품들은 아니어서 어찌어찌 『드럼』지에 실리게 되었다. 그동안 나는 늘 제자리도 못 잡고 허둥대는* 기분이었다.

내가 아프리카민족회의(ANC)에 가입한 것은 1955년 후반이었다. 나는 몇 년 동안 아프리카민족회의와 범아프리카회의(AAC)** 사이에서 이러지도 저러지도 못했다. 1935년 이후 그 두 단체 사이에 벌어진 설전은 당시에도 여전했는데, 이런 식이었다.

---

* 'a bull without a china shop': '마구 횡포를 부리는 사람(a bull in a china shop)'이라는 관용구를 작가가 달리 표현했거나 단순한 실수로 보임.

** All-African Convention(AAC): 1935년 남아공공산당(South African Communist Party), 아프리카민중조직(African People's Organization), 남아공인도인회의(South African Indian Congress) 같은 다양한 조직 대표 약 400명이 결성한 단체. 이들은 전문직을 가진 중간층 출신으로 헤르트초크 법안의 억압적인 분리 정책으로 일자리를 잃은 상태였다. 그들은 청원 같은 온건한 방식으로 저항했지만 곧 와해되고 보다 급진적인 단체가 생기게 된다.

AAC: 당신네 자바부나 매슈스* 같은 자들이 헤르트초크한테 넘어가서 그 멍청한 원주민대표의회를 받아들였더군요.

ANC: 당신네들은 처음부터 동맹에서 뛰쳐나갔잖소.

AAC: 당신들이 바보 같은 제도와 노리개 허풍선이들을 보이콧하지 않겠다는데 우리가 어떻게 거기 남아 있을 수 있겠소?

ANC: 당신네들은 이론만 밝히고 대중과는 멀어졌다는 게 문제요. 도대체 언제 행동에 나설 거요?

AAC: 우리는 당신들 같은 모험주의자나 출세주의자가 아니란 말이오.

ANC: 겁쟁이들 같으니라고!

AAC: 당신들은 대중을 정치적으로 교육시키는 일을 먼저 해야 하오.

ANC: 도대체 언제쯤이면 그들이 교육이 된다는 거요?

AAC: 대중들이 더는 당신네들한테 속아서 백인 반동주의자들을 의원으로 뽑거나 당신네 촌동네 회장들을 멍청한 고문단으로 보내지 않게 될 때, 자기들이 진실한 어떤 일을 한다고 속지 않게 될 때지요.

ANC: 우리는 할 수 있으면 어디서건 우리 자리를 차지해야 합니다. 당신들은 꼭두각시들이 자리를 차지하게 내버려두기를 바랍니까?

AAC: 자신들이 소외되고 배신자 딱지가 붙을 걸 알면 그 꼭두각시들

---

* D. D. T. Jabavu(1885~1959): 학자이며 작가로 AAC의 회장을 역임했고 포트헤어 대학교 최초의 흑인 교수였다.
Z. K. Matthews(1901~1968): 아프리카민족회의 정치인이며 자바부를 이어 포트헤어 대학교 아프리카학부장을 맡았다.

에게는 의원으로 내세울 사람이 아무도 없겠지요.

ANC: 교리만 붙들고 있지 맙시다. 사람들이 지도력을 원하면, 우리끼리 타협하지 말고 우리가 거머쥘 수 있는 아무 자리라도 그들에게 줍시다. 그런 자리에는 방해 효과가 있으니까요. 그게 바로 매슈스 일당이 원주민대표의회를 막다른 길로 몰아가고 정부에 의해 해산당한 방식이란 말이오.

AAC: 또 공산주의 침투 전략을 들먹이는군요. 당최 그만둘 줄을 몰라요. 이제는 백인 자유주의자와 붙어먹다니, 그자들은 당신들한테 민주적이고 합법적인 투쟁 방식을 쓰라고 말하는 자들이지. 얼마 안 있으면 연합당*하고도 손을 잡겠군요.

ANC: 계속 냉소적이군요. 우리가 손을 잡는다면 우리는 현명한 선택을 할 것이고, 그리고 그건 공동 관심사의 문제이며 우리의 동맹은 우리 일에 간섭하지 않소, 도대체 그게 뭐가 문제란 말이오?

AAC: 그건 원칙 없는 동맹이오. 대중을 그 헛된 저항운동**으로 끌고 갔던 당신들의 우유부단하고 온갖 인종이 다 모여든 그 계획위원회처럼 말이오.

ANC: 처음에 당신들은 우리가 초창기에 내세웠던 아프리카민족주의

---

* United Party: 1934~48년 사이 남아공을 지배한 정당으로, 헤르트초크의 국민당과 얀 스무츠의 남아프리카당이 통합해 생긴 당이다. 정식 명칭은 국민남아프리카당연합(United National South African Party)이다. 영어 사용자, 아프리카너와 컬러드 등의 지지를 받았다. 연합당은 아파르트헤이트 자체에는 반대했지만 백인의 지배를 인정했다.

** Defiance Campaign: 정식 명칭은 '부당한 법률에 항의하는 저항운동(The Defiance Campaign against Unjust Laws)'. 1951년 12월 남아프리카 블룸폰테인에서 개최된 총회에서 ANC가 주창한 운동.

슬로건 때문에 우리를 인종주의자에 부족주의자라고 부르더니 이제 우리가 인도인, 컬러드, 유럽인 민주주의 조직들과 함께 일하니까 이제는 우리더러 원칙이 없다고 하는군요.

AAC: 왜 우리랑 합치면 안 되는 거요? 우리 조직의 '통합운동'*처럼 말이오.

ANC: 때가 무르익으면 미루지 않을 거요.

AAC: 하지만 당신네들에게는 아직 세 개의 소조직이 있소. 당신들도 우리처럼 동맹 단체 형식으로 '통합운동'에 참여할 수 있소. 그러면 소조직 문제는 사라지는 거지요.

ANC: 당신들이 우리의 민중의회**에 들어오지 그러시오?

AAC: 만약 인도인 조직이 ANC의 결정과 정반대의 결정을 내리면 어떻게 될 것 같소? 그러면 민중의회는 어디 있는 거요? 또 무원칙 아닙니까!

ANC: 당신들은 행동하는 게 두려운 거요, 그게 다요.

AAC: 당신들이 제대로 조직을 꾸리기 전에 사람들을 경찰 총알받이가 되게 거리로 내모느니 차라리 그게 낫겠소.

이런 식으로 끝도 없는 입씨름이 계속되었다. 언쟁 속에 드러난 사

---

* Unity Movement: 정식 명칭은 비유럽인통합운동(Non-European Unity Movement). 1943년 정부가 컬러드행정부(Coloured Affairs Department)를 만들자 이에 대항해 컬러드 조직들과 AAC가 연합해 1944년 설립한 조직.

** Congress of the People: 1953년 진보적인 백인을 포함한 여러 인종의 조직들이 결성한 조직. 이들은 여러 차례 회의를 갖다가 1955년 남아공 국민의 미래를 논하기 위해 요하네스버그 외곽의 클립타운(Kliptown)에서 회합을 갖게 된다. 여러 단체가 모여 작성한 자유헌장(Freedom Charter)이 채택되었고 이는 아프리카민족회의의 강령이 되었다. 이 집회에서 3천여 명이 체포되어 재판을 받았다.

실들은 명백한 것이었고, 그들 나름의 원칙은 서로 겹치는데도 양쪽은 그걸 인정할 준비가 안 되어 있었기에 그들은 반쪽의 진실 뒤로 숨는 것에 만족했다. 나는 그런 회합에 10년 동안이나 참석했고 양쪽의 토론 모임에 모두 참여했는데, 이제는 두 개의 벽 사이에서 정신적으로 충분히 왔다 갔다 했고 그 어떤 경우에도 최선을 다했다고 생각했다.

나는 우리에게 내던져진 정치적인 행정 명령을 보이콧하는 것을 전적으로 받아들였다. 동시에 나는 AAC가 회의할 때마다 빠져드는 지적인 방식이 편하지 않았고, 항의 행진이나 시위를 하고 싶어 하는 대중들의 갈망을 그들이 철저하게 경멸하는 것에도 익숙해지지 않았다. 나는 또 내가 아프리카인이라는 배타적인 감정을 느낄까 봐 그에 대한 방어책으로 AAC의 일부 정책을 받아들였다는 생각도 든다. 나는 내가 인도인과 컬러드에 대해 진짜 나쁜 감정은 품어본 적이 없다는 것을 본능적으로 소중하게 여기고 있었다. 한때 나는 소수 집단 문제가 일어나지 않도록, 결집이 잘된 비백인 집단을 이루는 것이 아주 긴박하다는 생각도 했었다. 하지만 아프리카인들이 하나의 국민 집단이 아니라는 차별을 받았다고 느꼈기 때문에 ANC가 설립되었다는 것도 떠올랐다. 그래서 나는 ANC가 1940년대의 극단적 배타주의를 떨쳐내고 현재 인도인의회, 컬러드 조직, 백인민주당의회 등과 밀접한 동맹을 맺고 있는 것에 만족하게 되었다.

기회가 생길 때마다 나는 ANC와 AAC의 통합을 역설했다. 더 괜찮은 말이 없어서 나는, AAC는 감정에 더 호소하고 진취적인 기상을 갖추면 더 잘될 것이고, ANC는 절대주의를 좀더 내세우고 AAC는 절대주의를 덜 내세우면 잘될 거라고 했다. 현재는 ANC가 캠페인을 시작하면 AAC는 그에 대한 이론 작업을 한다.

다인종 연합체(여러 의회들의 연합 같은)가 취할 단결된 정치 행동을 마냥 기다릴 수만은 없어 늘 사건이 터지고 엄청난 파장을 몰고 오곤 하는데 그때가 정확히 언제인지 말하기란 쉽지 않은 법이다. 시끄러운 공적인 회합에서 멀찍이 물러나 있던 나는 인도인과 컬러드 동료들 그리고 친구들과 토론을 벌였다. 나는 그들에게 인도인과 컬러드의 '집단거주지식' 정치*를 내가 얼마나 우려하고 있는지 알려주었다. 특별법이 지켜지지 않고 그것이 인도인의 사업에 위협이 되는 상황인데도 인도인 상인층은 도대체 얼마나 오랫동안 자기들 의회를 후원할 생각인지 나는 물었다. 왜 인도인들은 아프리카인들이 통행법 등에 저항할 때 한 번도 돕지 않았는가, 왜 인도인의 영업이 집단거주지법으로 목이 졸릴 지경이 되어서야 끼어들었는가? 인도인들은 국회의원과 시의원을 중요하게 생각했는가, 아니면 인도인은 그저 금전적으로 안전하기만 하면 되는 건가?

저 상인들에게 기회를 주게나,라고 내 친구들은 말했다. "정치적인 힘이 없으면 경제적인 힘은 일시적일 뿐이라는 걸 알기만 하면 그들도 깨어날 거야."

한 컬러드 친구가 내게 자기들 조직은 이름뿐이라는 말을 해주었다. 그는 정치를 진지하게 생각하는 유일한 컬러드는 '틀려먹은 캠프', 즉 통합운동 조직에 속한 지식인들이라는 것을 인정했다. 그는 또 보통의 컬러드는 통행증을 소지해야 하고 임금도 더 적게 받는 '원주민'으로 재분류되느니 '컬러드로 남는 것'에 더 신경 쓴다는 것도 인정했다. '방어 정치'가 그런 컬러드에게 붙은 딱지였다.

---

* 아파르트헤이트 정부가 1950년 제정한 집단거주지법(Group Area Act)에 빗댄 말. 비백인 조직이 백인 정부의 인종차별 정치에 휘말려드는 것을 경계하는 말이다.

내가 ANC에 가입한 해에 반투교육법이 아프리카인들의 초등학교에 적용되었다. 그 비슷한 시기, 요하네스버그에서 아프리카인들에게 유일한 자유보유지 타운십 세 곳 중 한 곳인 소피아타운*이 '백인 구역'에 위치한다는 이유로 이전 중이었다. 나는 『드럼』에 이 소식을 실었다. ANC는 두 사건 모두 허를 찔린 셈이었다. ANC의 지도자들은 교육이나 문화 문제를 조직 활동의 중대한 요소로 간주하고 진정한 관심을 기울인 적이 단 한 번도 없었다. ANC는 순전히 정치적인 이데올로기를 둘러싼 조직 사업에만 시간을 쏟아부었다. 이 두 조치에 대한 저항은 실패로 돌아갔다. ANC는 되는대로 슬로건 따위나 동원하면서 대중의 사기를 불러일으키려고 했다. 소피아타운의 경우는 그곳 변두리에 모여 살던 엄청난 수의 세입자들을 전혀 고려하지 않은 경우였다. 이 사람들은 아무리 엉망으로 지은 집이고 시가 어떤 조치를 내린다 해도 메도랜즈에서 방 세 개에 월 4파운드를 내는 것만으로도 행복해할 사람들이었다. 소피아타운에서는 방 하나에 최소한 2파운드를 냈던 것이다.

등교를 거부하고 반투교육법을 보이콧하는 일을 놓고 ANC 지도부는 끔찍할 정도로 분열되고 혼란에 빠졌다. 보이콧을 주장하는 사람들은, 일하는 부모들이 낮에는 아이들을 맡겨야 할 학교가 절박하게 필

---

* 1899년 요하네스버그 외곽에 세워진 소피아타운(Sophiatown)은 1913년 법으로 금지되기 전까지 남아공에서 흑인들이 땅을 소유할 수 있었던 몇 안 되는 곳 중 하나였으며 1940년대와 50년대 요하네스버그 인근 지역에서 흑인 문화의 중심지 역할을 했던 곳이다. 1955년부터 서부지역 이주계획(Western Areas Removal Scheme)에 따라 주민들을 백인 거주 지역에서 분리하기 위해 20킬로미터가량 떨어진 공지인 메도랜즈(현재는 소웨토 영토)로 강제 이주시키기로 결정되었고, 1956년 원주민재정착법(Native Resettlement Act)도 추가로 실시되었다. '소웨토South Western Townships'는 '요하네스버그 남서부 지역'을 조합해 만든 말이다. 남아공 정부는 1963년 말 소피아타운을 불도저로 완전히 밀어버린 뒤 백인만 거주할 수 있는 지역으로 지정하고 트리옴프라고 이름을 바꾸었다. 2006년 이 지역은 소피아타운이라는 이름을 공식적으로 되찾았다.

요하고 교실에서 억압의 도구가 될 반투교육법이 무엇을 의미하는지에 대해 부모들이 마음의 준비를 하는 데 몇 달이 걸린다는 악의 고리를 고려하지 않았다.

반투교육법 문제를 두고 분열되기는 교회도 마찬가지였다. 정부는 교회가 '흑인이 백인과 동등해질 수 있다고 가르치는 교육'을 하는데 계속 보조금을 줄 수는 없다는 이유로 학교 건물을 정부에 내놓으라고 교회에 명령을 내린 상태였다. 요하네스버그의 성공회 감독관구는 고통스럽지만, 그래서 용감한 일을 했다. 그 감독관구는 건물을 폐쇄함으로써 열등한 교육제도에 이용되는 것을 거부한 것이다. 조금도 주저하지 않고 정부의 명령에 순순히 따르는 종파도 있었다. 반투교육법을 합리화하려는 종파도 있었다. 감리교의 J. B. 웹 박사는 새 교육제도가 그렇게 나쁜 것은 아니라고 해외 독자들에게 알렸다. 로마 가톨릭교회는 사립학교를 운영하기로 결정했지만, 당시 원주민행정부장관이던 버워드* 박사는 결국에는 원주민행정부가 그 학교를 접수할 거라고 했다. 이 글을 쓰는 현재 요하네스버그의 성공회 건물들은 빈 채로 버려져 있다.

새 교과 과정이 이전 것보다 못하지는 않다는 취지의 인종문제연구소** 발표도 있었지만, 틀은 정해졌다. 즉 교사와 학생 모두 아래 항목들이 보여주고 있듯이 '현상태'를 따라야 한다는 것이었다.

과목: '시민의식과 선행'(버워드의 특허)

---

* Hendrik Frensch Verwoerd(1901~1966): 1958년부터 1966년 암살될 때까지 남아공의 총리를 지냈다. 아파르트헤이트의 핵심 설계자이자 샤프빌 학살 사건 당시 총리였으며 아프리카민족회의 등 여러 아프리카인 단체를 금지시켰다.

** Institute of Race Relations: 1929년 유럽인과 아프리카인들이 조직한 단체로 인종 간 긴장을 해소하고 화해를 추구하고자 했다.

1. 아래 사람의 서비스를 필요로 하는 이유
   (a) 부족 수령, 족장, 경찰, 농업공무원(감독관은 가급적 백인일 것)
   (b) 로케이션 교육감(가급적 백인일 것). 이 관리들과 전문가들의 일을 보조할 수 있는 방법.
2. 지방 정부: 도시와 시골 지역의 여러 반투 당국(버워드의 특허)
3. 아래 내용과 연관된 지시와 지침
   (a) 개인별 신분증(통행증을 말한다. 개인별이라는 온건한 표현은 흑인의 두려움을 누그러뜨린다는 의미임.)
   (b) 노동청과 노동청의 기능 방식(방식이라니! 노동청이라는 용어는 노동력 경매시장으로 바꾸어야 한다.)
   (c) 도시 지역 통제 수단. 도시 지역으로의 인구 유입과 유출 통제. 그리고 그 이유.

과목: '환경 연구'(버워드의 특허)
학교 주변 환경에서 아래 사람들이 하는 여러 유형의 일과 **그 지역의 행복과 발전에 대한 이들의 기여**(강조는 내가 한 것이다.)
   (a) 족장과 족장의 고문들
   (b) 농부(저임금 노동력의 냄새를 잘 맡는 코를 가진 백인일 것)
   (c) 상점 주인(시골 지역이면 백인일 것)
   (d) 원주민 트러스트의 관리자(백인일 것)

'역사와 사회적 삶'이라는 과목의 교과 과정 아래에는 다음과 같은 형식으로 살살 흔들어대는 살찐 손가락이 보인다.
주목: 유럽인의 케이프 정착과 관련된 아주 중요한 사실만 학생에게

가르쳐야 한다.

그동안 나는 온 나라를 뒤흔들고 대기업들을 거의 정신이 나갈 만큼 두려움에 떨게 만든 큰 규모의 버스 보이콧 사건을 『드럼』에 실었다. 요하네스버그와 프리토리아에서는 정부의 동의 아래 버스 요금이 1페니씩 올랐다. 전국의 여러 곳에서 '동조 보이콧'이 일어나고 사람들이 '걷다 지치면 그냥 집에 있지'라고 하자 백인들은 정말로 겁을 집어먹었다. 이 보이콧이 '조명하기로 한' 흑인들의 경제적인 곤경에 대해 백인 언론은 처음에는 독실한 신자처럼 행세했다. 하지만 그들은 곧 보이콧을 한 사람들에게 대놓고 적대감을 드러냈다.

내가 보도한 또 다른 큰 사건은 2만 명의 아프리카인 여성들이 프리토리아에 있는 유니언 빌딩으로 행진한 사건이었는데, 거기서 이들은 여성들에게 통행증을 가지고 다니게 한 정부의 조치에 항의하는 서명 용지를 제출했다.* 총리인 스트리돔**은 그곳에 없었고 서명 용지들은 그의 사무실에 남겨졌다. 이 여성들의 지도자인 릴리언 은고이***는

---

* 아파르트헤이트 아래에서 아프리카 여성들은 남성들 못지않게 고통을 당했다. 이들에게는 그 어떤 법적 권리도 없었으며 교육을 받을 수도 재산을 소유할 수도 없었다. 남편의 일터가 있는 도시에 동반하는 것이 금지되었기 때문에 남편 대신 자식을 돌보고 생계를 이어야 했으며 네덜란드개혁교회의 산아 제한 정책에도 시달렸다. 통행증 지참은 원래 남자 흑인에게만 강요했으나 이때부터 여성도 통행증을 가지고 다니게 했다.

** Johannes Gerhardus Strijdom(1893~1958): 1954년부터 1958년까지 남아공 총리를 지낸 인물. 철저한 아프리카너 민족주의자로서 전임 총리였던 다니엘 말란의 아파르트헤이트 정책을 확대하는 데 총력을 기울였다.

*** Lillian Masediba Ngoyi(1911~1980): 남아공의 반아파르트헤이트 운동가. 그들이 행진했던 스트리돔 광장은 2006년 8월 9일 릴리언 은고이 광장으로 이름이 바뀌었다. 8월 9일은 이들이 행진을 벌인 날이며 현재 남아공 여성의 날이다.

여성들이 유니언 빌딩 앞에서 엄지손가락을 치켜든 채 서서 20분 동안 침묵하게 하면서 그들을 완전히 사로잡았다. 나는 1910년 당시의 헌법* 으로 돌아갈 것을 정부에 요구하며 그 건물 입구에서 늘 교대로 서 있던 블랙새시** 단체 여성들(백인들만의)과, 그때 블랙새시가 서 있던 곳 바로 아래쪽에서 수천 명의 흑인들이 정부 관리들에게 1910년 헌법을 파기하고 다인종주의 원칙과 화해하라고 소리 높여 외치는 것을 보고 아이러니를 떠올리지 않을 수 없었다.

나는 항상 너무 깊게 생각해서 기사를 쓸 때 객관성을 유지하지 못했고 그래서 호된 편집을 당할 수밖에 없었다. 하지만 그 일은 내가 진심으로 언론인이 되고 싶지도 않은데 『드럼』에 남아 있어야만 했던 것보다 고통스럽지는 않았다. 나는 가르치고 싶었고 작가가 되고 싶었다. 그곳에서 보낸 30개월 동안 나는 두 개의 삶을 살아야 했다. 낮에는 기사 작성과 편집, 소설 편집을 하며 살았고, 밤에는 공부하고 창작을 하며 살았다. 가능한 한 열심히 노력했지만 그 두 삶 사이에서 편안

---

* 1910년은 남아프리카유니언이 설립된 해로서 역시 같은 해 선포된 유니언법(Act of Union)은 백인(강경 보어인)이 모든 인종을 정치적으로 철저하게 통제할 수 있도록 영국 정부가 동의해준 것이나 마찬가지인 법이었다. 따라서 1910년 당시의 법으로 돌아가라는 주장은 1948년 이후 강화된 인종분리법안 이전으로 돌아가라는 의미로 해석해야 할 것이며, 결국 백인중심주의에서 크게 벗어나지 못한 주장임이 드러난다.

** Black Sash: 남아공 반(反)인종분리 여성 단체 블랙새시는 1955년 진 싱클레어가 설립한 백인 여성들의 비폭력 저항 단체로서, 국민당 정부가 케이프 지역에서 컬러드와 혼혈인종의 투표권을 박탈하려는 것에 저항하면서 운동을 시작했다. 아파르트헤이트 정책이 본격화되자 이들은 통행법 등에 저항하는 운동을 벌였다. 이들은 불의의 법에 대한 저항의 상징으로 검은 어깨띠를 맸다. 그러나 흑인에게 불리하기는 마찬가지였던 1910년의 헌법으로 돌아가자고 주장하는 데서 드러나듯이 그들의 저항은 한계가 있었다. 1990년대에 아파르트헤이트가 종식되고 만델라가 석방되면서 이 단체의 존재 이유도 사라지는 듯했으나 1995년 조직 재편을 통해 인종차별에 반대하는 인도주의 여성 단체가 되었다.

한 합일점을 찾지는 못했다. 신문사 일에 따르는 가혹한 요구 아래에서 나의 창작 활동은 고통스러웠고, 어쨌든 고개를 빳빳이 들고 다니려고 애를 썼다. 나는 살짝살짝 피하기도 하고 몸을 좌우로 흔들고, 돈을 걸고 경기를 사랑하거나 포기해야 할 권투 링 안에서, 내뻗는 모든 펀치가 적중하기를 바라는 발이 느린 헤비급 권투선수 같은 기분이 들었다.

나는 1956년 사우스아프리카 대학교에서 석사학위를 받기 위해 제출하려고 준비하던 논문 연구를 시작했다. 주제는 '남아프리카 영어 소설 속의 비유럽인 인물'이었다. 틀에 박힌 비백인 인물을 만들어낸 아프리칸스 문학을 연구하다 보니 영어 소설을 읽으며 생긴 '수수께끼'에 의문을 품게 되었던 것이다. 나는 비백인 인물들을 묘사해놓은 아프리카 안팎의 영문학 작품을 조사해보았다. 콘래드, E. M. 포스터, 윌리엄 포크너, 키플링, 물크 라지 아난드, 펄 벅, 윌리엄 플로머, 조지 오웰, 해리엇 비처 스토우, 칼 반 베치턴, 카운티 컬른, 랭스턴 휴즈, 리처드 라이트, 클로드 맥케이, 로저 메이스, 조지 래밍, 존 스타인벡, 데이비드 카프*가 대

* Joseph Conrad(1857~1924): 폴란드 태생의 영국 소설가.
E. M. Forster(1879~1970): 영국 소설가.
William Faulkner(1897~1962): 미국의 소설가.
Joseph Rudyard Kipling(1865~1936): 인도 뭄바이 태생의 영국 소설가.
Mulk Raj Anand(1905~2004): 인도의 카스트 제도로 고통 받는 사람들의 삶을 주로 그린 인도 작가. 영어로 작품을 썼다.
Pearl S. Buck(1892~1973): 여성으로서는 최초로 퓰리처상을 받은 미국 작가.
William Plomer(1903~1973), George Orwell(1903~1950): 영국의 소설가들. 이 두 작가는 생애의 일부 기간이라도 제국주의 시대 식민지에서 활동했고 작품에서 식민주의가 어떤 형태로든 등장하고 큰 역할을 차지한다는 공통점을 가지고 있다.
Harriet Beecher Stowe(1811~1896): 흑인 노예의 해방을 주장한 미국 작가.
Carl Van Vechten(1880~1964): 미국의 작가이며 사진가.
Countee Cullen(1903~1946): 미국의 시인.

상이었다. 그다음에는 토머스 프링글에서 라이더 해거드*에 이르기까지, 남아프리카 문학 작품 속 인물의 초기 모습을 살펴보았다. 이 모든 작품들 속의 비백인 인물들은 싸움터의 야만인 아니면 고귀한 야만인으로 그려졌다.

다음으로는 남아공의 일류 소설가 네 명을 연구했다. 올리브 쉬라이너, 새러 거트루드 밀린, 윌리엄 플로머와 앨런 페이턴**이 그들이었다. 그다음에는 약간 무게가 덜한 소설가들인데, 그건 작품 속에서 비백인 인물을 큰 비중으로 다루지 않고 그들 작품이 내게는 지적으로나 정서적으로 그다지 호소력이 크지 않았다는 의미에서 무게가 덜하다는 뜻이다. 그런 작가들로는 로렌스 반 데르 포스트, 그렌펠 윌리엄즈, 헨

Langston Hughes(1902~1967): 미국 시인, 소설가, 극작가.
Richard Nathaniel Wright(1908~1960): 미국 작가.
Claude McKay(1889~1948): 자메이카 작가. 베치턴부터 맥케이까지의 작가들은 뉴욕 할렘을 중심으로 예술가들과 지식인들이 사회·문화 전반에 걸쳐 미국 흑인들의 역사적 경험을 탐구하고자 했던 할렘 르네상스Harlem Renaissance의 주요 인물들이다.
Roger Mais(1905~1955): 자메이카의 언론인이자 작가.
George Lamming(1927~): 바베이도스의 소설가이며 시인.
John Steinbeck(1902~1968): 미국 작가.
David Karp(1922~1999): 미국 소설가.

* Thomas Pringle(1789~1834): 스코틀랜드 출신 작가, 시인, 노예해방론자.
Sir Henry Rider Haggard(1856~1925): 주로 아프리카를 배경으로 한 모험소설로 유명한 작가.

** Olive Schreiner(1855~1920): 이스턴케이프 태생의 작가로 정치 활동가.
Sarah Gertrude Millin(1889~1968): 킴벌리 태생의 작가.
William Plomer(1903~1973): 다른 인종 간의 사랑과 결혼을 다룬 『터봇 울프』(1925)로 유명하며, 『종이로 만든 집』은 1929년 작이다. 앞서 나온 윌리엄 플로머와 동일인으로 남아공에서도 작품 활동을 했다.
Alan Stewart Paton(1903~1988): 나탈 태생의 작가로 아파르트헤이트에 반대한 행동가였고, 『조국의 눈물*Cry, the Beloved Country*』(1948)이 대표작이다. 이들 모두는 백인들이다.

리 존 메이, 올리버 워커, 피터 에이브럼스, 해리 블룸, 네이딘 고디머* 를 들 수 있다.

피터 에이브럼스의 책을 읽으면서 나는 이 작가에게 자신을 정당화하려는 욕구가 어떤 의미였는지 이해하게 되었다. 그는 사회적으로 금지된 것을 비극적으로 갈구하는 자신의 열정을 인물을 통해 지배적인 상징물로 만들어냈다. 극단적인 아픔을 겪던 시기에 나도 그런 생각에 자주 빠져들었기 때문에 그의 『찬란한 미래』가 백인의 후원을 갈망하는 헐떡임에 불과하다고는 보지 않는다. 왜냐하면 수많은 요소가 글의 범위를 제한하기는 해도 그가 문학의 세계에서 성취해낸 것들을 진심으로 존경하기 때문이다.

나는 남아프리카 소설을 망쳐놓은 정치적인 메시지나 설교에 속박되지 않으면서도 비백인 인물을 충실하게 묘사한 기준으로 E. M. 포스터, 조지프 콘래드, 윌리엄 포크너의 작품들을 활용했다. 남아프리카 작가들의 큰 약점은 자기 나라의 인종 문제를 지나치게 의식한다는 것이다. 이들은 인종과 피부색이라는 주제에 지나치게 사로잡혀서 창작을 할 때 자기들이 짜려는 플롯과 자기들이 창조하고자 하는 인물들, 탐색하고자 하는 환경에 인종 관계에서 자신들이 찾아냈다고 여기는 중요한 메시지나 발견을 꼭 끼워넣는다. 나는 윌리엄 플로머와 로렌스 반 데르 포스트의 시적인 아이러니를 매우 높이 사는데, 내가 보기에 그것이

---

* Sir Laurens Jan van der Post(1906~1996): 대표적인 아프리카너 작가로서 농부와 전쟁 영웅부터 영국 윌리엄 왕자의 대부에 이르기까지 다양한 경력을 가지고 있다.

Grenfell Williams, Henry John May, Oliver Walker, Harry Saul Bloom: 각각 『나는 흑인이다』(1936), 『총의 노래: 보어 전쟁 이야기』(1970), 『프라우드 줄루』(1949), 『휘터커의 아내』(1962)가 대표작인 남아공 작가들. 그 밖에 에이브럼스는 183쪽 각주를, 고디머는 314쪽 각주를 참조할 것.

『터봇 울프』의 주제를 페이턴의 설교보다 더욱 의미 있게 만들기 때문이다.

그러나 『터봇 울프』에서 윌리엄 플로머는 매우 특이한 방식의 폭력을 써서 어떤 신대륙을 발견한 백인으로서, 지배적인 백인 문화에 저항하는 아름다운 문화와 매우 특이한 인종적 태도를 지닌 어떤 민족의 입장에서 글을 썼다. 플로머가 훨씬 뒤에 『종이로 만든 집』을 썼을 때는 이미 경험을 더 많이 한 후였고 인종 간 접촉이라는 주제는 더 이상 그에게 낭만적인 저항이나 추앙, 그리고 어떤 해결책을 제시하려는 욕망을 불러일으키지 않았다. 그는 그저 인간에 대해, 그리고 계급 구조에 저항하는 인간의 문제에 대해 글을 썼는데, 이 계급 구조는 일본만 제외하고 전 세계에서 찾아볼 수 있는 것이다. 이런 이유 때문에 비백인 인물의 형상화를 두고 보면 그의 장편소설보다 단편집이 훨씬 더 중요하다. 동양과 서양 사이에 있는 어떤 갈등이나 화해도 그의 인물들은 이미 다 겪었으며, 그는 소설 속에서 인물의 성격을 묘사하는 것 말고는 어떤 설교도 하지 않는다.

올리브 쉬라이너도 플로머처럼 비백인 인물을 배경이나 다름없이 취급했지만 나는 그를 별도로 분류했다. 비백인 인물은 그런 배경에서 필수적인 요소였기 때문이다. 하나를 좋아하면 나머지도 좋아하게 되고 하나를 깎아내리면 나머지도 깎아내리게 되는 법이다. 플루머는 이 배경의 반작용을 '아프리카의 폭력'이라고 불렀다.

다음은 나의 논문 중 한 부분이다.

'비백인은 로케이션이나 리저브에 살며 도시와 농장에서 백인 밑에서 일하는데, 거기서 이들은 날품팔이 아니면 불법거주자 신세다. 모든 공동체들을 고립시키는 환경과 사회적이고 경제적인 교류가 어렵거나 불가능한 환경에서는 건전한 공동 문화가 거의 존재하지 않는다. 그리고 어떤 부족 문화의 문제는 그 자체로 이미 어떤 부족 문학의 문제이다. 그런 환경이 만연하는 한 부족 문학은 파벌이나 이루면서 빈약한 상태로 남을 수밖에 없다.'

1956년 말에 나는 논문을 제출했다. 나는 우등으로 석사학위를 받았다. 사우스아프리카 대학교 영문학과에서 석사학위를 주면서 우등상을 수여한 최초의 사례였다. 그 대학은 유럽인들과 비유럽인 특별 학위 심사 대상 학생들에게 동등한 대우를 해주었다.

1957년 겨울 졸업식에서 두 여자가 내 마음에 제일 먼저 떠올랐다. 돌아가신 어머니(살아 계셨다면 얼마나 좋았을까)와 레베카(그날은 레베카에게도 승리의 날이었다)였다.

인도인 두 명을 포함해 모두 60명이 조금 넘는 학위 취득자들이 프리토리아 외곽에 있는 아프리카인 기숙학교 킬너튼 학교의 조그마한 교회에 모였다. 그 학교는 레보네가 20년 전에 교사 연수를 받은 곳이었다. 학위 취득자들은 정규 직장이 있는 사람들이었고 독학으로 학위를 받은 사람들이었다. 나는 꼭 2년 전에도 영문학으로 우등학사학위를 받으며 졸업하기 위해 이곳에 왔었다. 유럽인들의 졸업식 행사는 프리토리아에서 이미 더 일찍 치른 뒤였다. 사우스아프리카 대학교는 백인이든 흑인이든 동일한 통신 교육비와 동일한 교과 과정을 적용했고 동일한 시험을 치게 했지만, 아파르트헤이트로 인해 공동 졸업식은 치를 수가 없었다. 그 대학 총장과 모두 유럽인인 교수진이 우리 앞에 나란히 앉았는데 남아공 사람 같기도 하고 중세 사람 같기도 한 끔찍한 모습이었다. 우리가 초대한 실베스터 스타인의 부인 제니 스타인, 아서 블랙설과 그의 부인은 청중석에 앉아 있었다. 제니는 맨 앞 두 줄을 차지한 몇 안 되는 백인들 속에 앉지 않겠다고 했다.

오렌지자유주의 반투교육 부감독관이고 문학 석사이자 교육학 석사인 크고아레 씨가 졸업식 축사를 했다. 그는 백인들이 교육을 시켜준 것에 감사를 표했고, 자기 지역의 '반투' 족에게 '이 나라에서 제일 가는' 학교를 세워준 교육부에 찬사를 보냈으며, 자기 일꾼들의 자녀를 위해 농장에 학교를 세워준 백인 농장주들을 찬양했으며, 이미 그곳에서 살고 있던 네 명의 인도인 외에는 더 이상 못 들어오게 했지만, 인도인에 대한 오렌지자유주 백인들의 냉정한 태도도 변명해주었다. 크고아레 씨는 아프리카인 청중들로부터는 전혀 박수를 받지 못했다. 그 대학의 백인들만이 그에게 짝짝짝 박수를 쳐주었다.

내 차례가 되어 총장의 좌석 쪽으로 가는데 에스컬레이터를 탄 기분이 들었다. 나는 사람들로 꽉 찬 강당에서 그날 오후 가장 요란하고 긴 기립박수를 받았다.

나중에 졸업생들과 내빈들 그리고 교수진이 다과를 나누게 되자 내가 초대한 사람들을 제외한 나머지 백인들은 다시 자기들끼리만 어울렸다. 그들은 완벽하게 갖추어진 다기로 차를 마셨고 우리는 되는대로 그러모아서 짝이 안 맞는 찻잔과 받침으로 차를 마셨다.

그다음 날 요하네스버그의 한 아프리칸스어 조간 신문에는 이제 유럽인들이 교육받은 '반토에'*를 '메네어'(미스터)로 부르도록 배워야 할 때가 되었다는 기사가 실렸다. 교육받은 '반토에'의 좋은 사례는 크고아레 씨라고 그 신문은 전했다.

영문학과 학과장 E. 데이비스 교수는 예전에 내게 좋은 의도로 이렇

---

* Bantoe: 반투를 아프리칸스어 발음대로 표기한 것.

게 말했었다. "석사학위 할 생각일랑은 말게." 나는 학부생이던 1947년부터 그에게서 영어를 배웠다. 하지만 그 생각은 데이비스 교수가 예상치 못한 식으로 내 머릿속에 박혀버렸다. 실베스터와 제니는 교외의 그들 집에서 나를 위해 파티를 열어주었다. 그들은 유럽인 친구 몇 명을 초대했고, 나는 유럽인과 비백인 친구를 모두 초대했다. 우리는 남아프리카의 소위 전통적인 생활방식이란 것을 별 생각 없이 어겨버렸다. 우리는 먹고 마시고 신나게 춤을 췄는데, 그날 밤 언제라도 경찰이 쳐들어와서 비백인들이 '법을 위반'했느니 야간특별통행증을 갖고 있지 않다느니 맥주를 너무 마셨다느니 하는 이유로 우리를 체포할 수 있는 일이었다. 그리고 아프리카인들에게 맥주를 많이 줬다고 실베스터와 제니도 체포될 수 있었다. 하지만 우리는 걱정은 잠시 접기로 했다. 우리 모두 한두 번씩은 그보다 더 심한 모욕을 당해본 적이 있었다. 우리는 인도인 친구인 바니 데사이에게 소토 족 민속 노래를 가르쳐주고 바닥을 쿵쿵거리며 그에 맞춰 춤을 췄다. 석사학위를 딸 생각도 바로 그런 식으로 내 머릿속에 들어간 것이었다. 그날 밤 집으로 돌아가는 24킬로미터 정도의 거리에서 우리는 다섯 번이나 제각기 다른 경찰들의 제지를 받았다. 기분 나쁘게도 제2차 세계대전 중 독일이나 점령국들에 사는 사람들을 보여주는 영화가 떠올랐다. 제지당할 때마다 우리는 차에서 내리라는 명령을 받았다. 수색을 당하고 야간통행증을 제시하라는 말을 들었지만 우리에게는 통행증이 없었다. 우리는 검문을 당할 때마다 거짓말을 해서 빠져나왔는데, 솔직히 말해 백인 경찰들이 아프리카인 경찰들보다 더 양심적이었다.

석사학위는 내 머리에 좀더 큰 자부심을 심어주었다. 우리는 일주일 뒤 우리의 올랜도 집에서 파티를 열어 아프리카인, 컬러드, 인도인,

유럽인 친구들을 초대했다. 그 파티는 실베스터와 제니 그리고 그 외 몇몇 친구들이 남아프리카의 전통적인 생활방식을 어기게 만들어주려는 것이었다. 영국 태생인 제니에게는 남아프리카 백인 속물들이 절대 따라 할 수 없는 용기와 대담함이 있었다. 이 나라에서 10년을 살았지만 제니는 아무것도 변하지 않았다. 교외에 사는 또 다른 친구들인 머틀과 몬티 버먼 부부는 '외국계 원주민'이라는 칭호를 받을 자격이 충분했다. 그들은 국적만 남아프리카공화국이었다. 그들은 백인의 우월함이라는 괴상한 것을 조롱하고 자신들의 에너지를 비백인 교육 사업에 쏟아부음으로써 자신들이 겪는 사회적 문제점을 극복하는 것 같았다.

그날 파티에 온 다른 백인 친구들로는 진과 맬컴이 있었다. 나머지는 아프리카인 친구들인데 그중 40명이 교사, 간호사, 사무직원, 의사, 사환, 언론인 들이었다. 서른 명가량이 밤까지 남아서 거실 겸 식당의 1.7제곱미터 정도 되는 공간과 9제곱미터짜리 아이들 침실에 마구 비집고 들어갔다. 집이 좁다고 짜증내는 사람은 아무도 없는 것 같았다. 성격 좋은 음악 담당 기자인 블로케 모디사네가, '자네에게 선물을 사주는 대신'이라며 모든 경비를 『드럼』이 내겠다고 말했다.

블로케는 카우보이 차림으로 왔다. 우리는 블로케가 영화 「세상에서 가장 빠른 총잡이」의 극적인 장면을 따라 할 수 있도록 몰래 관객을 몇 명 준비해두었던 것이다. 소피아타운 출신 색소폰 연주자이며 코미디계에서 무관의 제왕인 그위그위가 자기 옛날 상사인 유럽인 흉내를 내서 우리는 웃다가 그만 갈비뼈가 부러질 뻔했다. 하지만 도저히 말릴 수도 없는 초대받지 않은 손님들도 있는 법이니, 그중에는 가슴이 거대한 우리 동네의 한 여성도 있었는데 술이 좀 취해서 '당신이 너무 멋있어서, 제케'라며 나와 키스해야 한다고 고집을 피웠다. 그녀는 자기 나이인 쉰 살보다 더 어리게 보이고 싶어 했다.

우리는 둥글게 원을 만들고 목장에서 부르는 노래를 고래고래 소리쳐 불러 축음기에서 나오는 소리를 잠재워버렸다. 그다음에는 임부베 찬가와 다른 아프리카 노래들도 악을 쓰면서 불렀다. 우리는 춤추고 먹고 마셨다.

결국 도대체 무슨 일인가 싶어 어떤 아프리카인 경찰이 찾아왔다. 누가 그에게 진 한 잔을 주었다. 그는 그걸 꿀꺽 받아 마시고 재빨리 씩 웃고는 경찰식 인사를 던지더니 괜찮으니까 계속하라면서 자기는 동료들한테 '아무 일도 없다'고 말하겠다고 했다. 정상적인 상황이었다면 그런 '잡종' 파티는 아주 곤란한 지경에 처했을 터였다.

1957년 초에는 내 마음속의 꼬마 도깨비가 나를 들볶으며 이렇게 속살댔다. '움직여, 움직이라고!' 나는 갑자기 남아프리카를 떠나 더 높은 하늘로 날아오르고 싶은 욕망에 사로잡혔다. 나는 가르치는 일을 금지당했고 그런 처지 때문에 죽을 지경이었으며 내 쓰라린 감정이 내뿜는 산성 용액으로 쪼그라들고 있었다. 숨도 못 쉴 정도였다. 우리는 한 달에 40파운드라는 비참한 수입으로 집안 살림을 꾸려가고 있었다. 『드럼』이 봉급을 올려주었지만 그 액수로 고정된 상태였다. 나는 왕성한 글쓰기에 적응이 되지 않았다. 나는 새로운 제도 아래에서 우리 아이들이 교육받는 것 때문에 때로 절망감이 들었지만, 그래도 경찰국가에서 자라는 아이들을 가진 사람들과 나란히 서서 싸우지 않고 내 아이들만 데리고 빠져나갈 권리는 없다는 생각이 들었다. 하지만 도덕적이고 정신적인 피난처는 만들어둘 필요가 있다고 생각했다. 아서가 동아프리카와 서아프리카, 수단 등의 학교에 보낼 교사를 모집하는 런던의 해외고용국에 대해 얘기해준 적이 있었다. 나는 거기에 지원했고, 교사가 필요한 곳의 목록이 왔다. 나는 나이지리아 라고스에서 가르치기로 했다. 라고스의 C.M.S. 문법학교*에 교사 자리가 났고, 그해 4월 나는 받을 기대를 거의 할 수 없는 상태에서 여권을 신청했다. 최근에는 수많은 '무해한' 아프리카인들에게도 여권 발급이 거부되었던 것이다.

* C.M.S. Grammar School: 1859년 교회선교회(Church Missionary Society)가 나이지리아 라고스의 영국인 자녀 교육을 위해 설립한 학교.

막간극

토요일 밤이다. 전깃불! 멀리서 바라보면 전깃불은 얼마나 아름다운가. 전깃불 하나는 흐릿하지만 저런 식으로 여러 개가 뭉쳐서 밤을 배경으로 반짝이고 깜박거리면서 자그맣게 타오르는 보석같이 보이면 얼마나 황홀한지. 이렇게 어둡고 작은 세상에 서서 몇 킬로미터 떨어져 멀리서 저 불빛을 바라보면 저것에 손을 뻗칠 수 없다는 것을 알게 된다. 불빛이 아름답게 보이면 보일수록 불빛은 더 먼 곳에 있는 것 같다. 아니, 먼 곳에 있으면 있을수록 더 아름답게 보인다고 해야 할지도 모르겠다.

이곳은 암흑의 타운십 올랜도이다. 그 아래는 늘 그렇듯이 토요일의 비명과 신음과 북소리로 가득한 끓어오르는 암흑 덩어리인 섄티 타운이다. 그 위는 또 다른 올랜도로, 불빛이 환하고 그렇게 멀지도 않으며 아이로니컬하게도 미소 짓고 깜박깜박거리는 지역이다. 거기서 멀리 떨어진 곳에는 그런 불빛들이 여러 개의 덩어리로 뭉쳐져 있다. 그 불빛들은 물로 목욕하고 밤이라는 마술 같은 배경 속에서 수정 같은 질감으로 밝고 깨끗하게 떠오른 것인지도 모르겠다. 불빛들은 마치 갈퀴로 그러모아 바구니에 담고 체를 이 여름 밤 하늘에 내버려둔 것처럼 보인다. 사람이 만든, 그러나 당장은 거머쥘 수 없는 것처럼 보인다.

덥고 나방이 들끓어서 잠을 잘 수 없는 밤이다. 집에서 나와 마당으로 간다. 숨을 깊이 들이쉬고 아이들이 자러 갈 때까지 생각에 잠긴 채 먼 곳의 아름다운 전깃불을 바라본다. 거실이자 식당인 방을 공부방으로 쓰기 때문이다.

2번가에서 살던 때부터 늘 이런 식이었다. 공부하기 전에 가족들이 모두 잠들기를 기다리는 것 말이다. 레베카도 이 놀이에 뛰어들었다. 그해는 레베카의 3년짜리 사회복지학 수료 과정의 마지막 해였다. 레베카는 원주민행정부 장관인 버워드가 아이들을 노예로 교육시키는 일에 아프리카인 교사를 이용할 것임을 분명히 하자 교사직을 그만두었다. 주중에 레베카는 매일같이 오후 5시면 학교에서 돌아와 식사를 준비하고 나는 아이들을 씻기고 9시에 공부를 시작한다.

오늘 밤 레베카는 일찍 잠자리에 들었고 내게는 쓰고 싶은 이야기가 있다. 아니, 이야기를 쓰고 싶은데 어떻게 시작할까 생각하면서 전깃불을 바라보고 있는 것이다. 어디가 파크타운이고 파크우드인지, 어디가 에마렌시아, 웨스트클리프, 노스클리프인지 맞혀보기도 한다. 그곳들은 저렇게 불빛이 환한 곳이다. 하지만 잠시 후에 포기해버린다.

영화, 환상, 분투, 소망, 욕망, 기억, 머리가 만들어내는 이 모든 것들이 내 존재를 고문하기 시작한다. 그러다가 인생이 얼마나 구질구질한지 생각하게 되고, 인생이라는 생각 자체가 얼마나 웃기는 일인지, 인생은 헛되고 하잘것없고 끝도 없는 게임이 될 수도 있으며 동시에 그래서는 안 되는 것이라는 생각을 해본다.

모든 것이 내게 몰려들고, 내가 굳게 잠긴 방에 있다는 것을 알게 된다. 빠져나갈 길은 없어 보인다. 한때는 자신에게 재능과 능력과 정직한 사고와 갈망들과 찬란한 이상이 있었다고 좋아했다. 사람들이 야망이라고 하는 것이 자신에게 있다고 상상하기도 했다. 직장 생활도 했고 전문직도 가져보았고, 원하는 것과 느끼고 생각하는 방식을 세상에 대고 말하고 싶었다. 세상 사람들이 허락하지 않는 어떤 것을 자기 인생에 주고 싶었고, 남이 나한테 말하면 나도 말하고 싶었을 거라고 세상이 말하는 듯했다. 결국 인생에 아무것도 주지 못했다. 인생은 나의 노력에 화를 냈다. 자기 속의 노력과 욕망이 계속 자신을 고문하고 약을 올려 미치게 만들었다. 그러나 그 감옥에는 출구가 없다. 감옥에 갇힌 것은 자신의 영혼이라는 것을 알고 있다.

물론 가장 쉽게 빠져나가는 길은 그 영혼을 우리 안에 내버려둔 채 새로운 인생을 시작하고, 바람에 야망을 내동댕이치기로 결심하고 그저 철저하게 감각에만 충실한 동물이 되는 것이다. 영감과 야망, 이상, 계획, 미학은 선택받은 자들에게 맡겨버리는 것이다. 아니면, 자기 내면에 야망이 존재한다는 것을 부인하고 그저 음식과 잠자리와 옷만 찾아다녀도 될 것이다. 소처럼 순전히 꼭 필요한 것만 바란다면 얼마나 기쁘고 충만한 만족감을 얻게 될 것인가! 아니면, 그저 그 많은, 아, 그다지도 많은 교육받은 아프리카인들처럼 자기 체계에서 이 모든 형이상학적인 흥분을 마셔 없애버려도 될 것이다.

저 먼 곳의 전깃불들은 계속 깜박거리면서 밤의 영혼을 놀리고 있다. 저 조그맣고 반짝이는 불빛들은 도저히 세상의 것 같지가 않고 살아 있는 것 같지가 않다.

그러나 물론 있는 그대로의 사물에 일단 민감해지면, 그것들이 거기 없지만 있어야 한다는 것을 알 정도로 민감해지면, 되돌아갈 수는 없는 법이다. 자신이 타고난 부족의 탯줄은 이미 오래전에, 아주 오래전에 끊어져버렸고 반투 문화니 자기 노선을 개발하는 흑인이니 하는 따위의 모든 이야기는 돼먹지 못한 소리에 불과했다. 그저 이 세상이 자신에게는 너무 작은 것이 되어가고 계속해서 줄어들어 자신을 그 속에 가둔다고 느낄 뿐이다. 이 세상은 숨통이 막히는 곳이 될지도 모른다. 내가 뛰쳐나온 방처럼 숨통이 막히는 곳 말이다. 설령 어딘가에서 벗어나 아무런 신경도 쓰지 않겠다고 해도 여전히 신경이 쓰이는 이 세상의 더 큰 파벌 속에 놓이거나 더 신랄한 냉소주의자가 될 수도 있다. 자신의 냉소가 내뿜는 산성 용액 속에서 쪼그라드는 동안 이 세상은 내가 거기서 빠져나간 뒤 더 나빠지지도 않을 것이다. 뒷걸음질은 불가능하므로 더 좋은 그리고 더 위대한 남아프리카를 위해 움직이고 나머지 것들과 싸워야 한다. 어떤 식으로든 무조건 행동해야 한다. 이 일은 결코 소일거리가 아니며, 절대적으로 필요한 일이고 알게 되면 상처를 입는 일이다.

올랜도. 영광스러운 마라바스타드. 이곳의 토요일 밤은 10시 10분 전 통행금지 사이렌만 빼면 25년 전 마라바스타드의 토요일 밤과 똑같다. 겁에 질리고 신경과민에 걸려 베개 밑에 권총과 수면제를 넣어두는 백인들을 보호하기 위해 시내와 교외 지역에만 통행금지가 있기 때문이다. 그렇다. 유일하게 타르로 포장된 도로는 백인 감독관들의 사무실로 이어지는 길이라는 것도 예전과 똑같다. 이 타운십은 1934년 이후로 서쪽과 남쪽으로 방 세 개짜리 주택을 지어 확장했다. 동쪽으로 확장하지 않은 것은 그쪽으로 20킬로미터만 가면 요하네스버그이기 때문이다. 북쪽으로 확장하지 않은 것은 그쪽은 금광이 늘어선 쪽이기 때문이다. 우리는 전깃불도 하수도도 없는 방 네 개짜리 집에 살면서 그동안

한 달에 50실링의 아주 저렴한 임대료를 지불했는데, 이제는 임대료가 치솟아 5파운드까지 올랐다. 우리 동네 바로 근처에는 세상에서 제일 큰 전력 발전소 중 하나가 있다. 올랜도가 메도랜즈와 모폴로, 두베, 자바부, 모로카, 몰라포, 몰레싸네 등으로 퍼져나가면서 인구가 20만 명 이상이 되자 섄티 타운이라는 형태의 폐해를 만들어냈는데, 이제는 우리 동네 바로 아래에도 그런 섄티 타운이 하나 생겼다. 그래도 흑인들의 거대 도시는 계속 성장해, 아프리카인들을 노동자로만 반기는 서부 지역 도시에서 밀려난 난민들이 모여 사는 다른 타운십과 접하게 되었다. 사람들을 억지로 부족 단위로 나누고, 둘레에 높은 담을 둘러친 합숙소의 거대한 기숙사에 미혼 남자들 수천 명을 처넣어버리도록 결정한 반투 족의 백인 최고지도자에게는 이런 분파 간의 싸움이 즐거움의 원천일 것이다.

시 소유 집의 세입자보다 소피아타운 같은 토지 자유보유권이 있는 도시에서 세입자가 되는 것이 훨씬 더 좋았던 시절도 있었지만, 오늘날의 차이점은 탁상공론에 불과하다. 경찰은 시민의 생활과 사유재산을 보호하기 위해서가 아니라 법을 돌보고 통행증을 내놓으라고 윽박지르기 위해 우리 집 앞길을 계속 순찰 돌고 있다. 백인 구역에서 경찰이 쉬지 않고 순찰을 도니 폭력의 불똥은 우리 집 문간에 떨어졌다. 비교적 집이 깨끗하고 크다 보니 경찰의 불만이 여기서는 날이 무디어졌지만, 그래봐야 우리는 게토에 살고 있을 뿐이다. 아, 신이여, 저 전깃불은 너무 멀어서 도저히 손이 닿지 않는다. 나와 저 전깃불 사이에는 암흑의 구덩이가, 비명과 신음과 고함과 울음과 웃음과 노랫소리로 가득한 암흑의 구렁텅이가 놓여 있다. 그것들은 커다랗게 부풀어 올라 광란의 절정에 달하지만 밤의 영혼에 짓눌릴 뿐이다.

지저분한 구렁텅이 아래에서 도움을, 음식을, 피난처를 구하며 울부짖는 인간의 소리가 들린다. 공기를 찾아 헐떡이는 인간의 소리가 들린다. 하지만 세상사의 논리는 한 바퀴 돌아 결국 제자리로 돌아온다는 것을 안다. 즉 철조망 속에 한번 내던져진 인생은 그곳에 오래 있을수록 점점 더 얽혀들면서 상처를 입는다는 것을. 그리고 상처를 입으면 입을수록 점점 더 무력해지고, 스스로를 구해내지 못하면 그 철조망 속에 더욱더 오래 갇혀 타락하게 되리라는 것을.

"도대체 당신이나 다른 사람들이 지금 당장, 아니면 장차 무슨 일을 할 수 있다는 거야?" 유대인 친구인 사샤가 이렇게 물었다. 5년 전 일이다. "가치 있는 것으로 클 거라는 자신감을 가지고 자네의 씨앗을 뿌릴 어디 작은 새 땅을 찾아보면 안 될까?" 그는 부드러우면서도 살피는 듯한 눈으로 나를 쳐다보았다. 나는 대답을 해야 한다는 것을 알고 있었다.

"나도 아직 몰라. 올가미가 곧 죄어들 거라는 것 말고는 아는 게 없어. 어디 다른 데로 가면 상황이 더 악화될지도 몰라. 내 마음속의 고집쟁이가 그냥 여기 있으라고 해. 현자들이 자주 하던 말을 스스로 되뇌지. 기적에는 끝이 없다."

"그건 현실적이지 않아."

"쳇, 사샤, 안 그래. 임박한 미래를 봐, 절대 안 그래."

"피할 수 없는 짐이군."

하지만 그 임박한 미래조차 그다지 가까운 것은 아님을 알고 있었다. 내 앞의 모든 것이 흐릿할 뿐이었다.

불빛은 영원히 흔들리고 있다. 불빛은 무심하고 비인간적이며, 단단하고 차가운 아름다움을 띠었다. 불빛과 밤에게는 둘만의 비밀이 있었다. 그 둘은 점차로 하나의 상징이 되었다.

"도대체 언제까지 미룰 건데?" 사샤가 물었다.

"나도 몰라. 하지만 지금 당장은 이런 나라가 있는 세상에서 아이를 낳는 것은 범죄라는 생각이 들어."

"음, 또다시 감상적인 분위기에 젖는 거야?"

"아주 당연한 정도 이상은 아니지."

"종교적인 자기 부정이 아니면서 스스로에게 많은 것을 부정하는 건 아주 안 좋은 일이야. 최소한 이 세상이 아이를 못 갖게 할 수는 없지."

"종교랑은 상관없어." 나는 짜증내며 말했다.

"내가 종교를 들먹인 건, 자네가 자식들에 대한 책임을 실제로는 두려워하지 않는다는 얘기를 하고 싶기 때문이야. 자네는 열심히 일하지 않는가."

그랬다. 5년 전 인력시장에 나가던 시절 나는 내가 당한 것과 똑같은 영혼의 고통을, 그리고 어쩌면 육체의 고통까지도 겪을지 모르는 아이들을 이 세상에 내지르는 것은 범죄라고 생각했다. 지금은 안 돼, 지금은 아니라고, 어쩌면 앞으로 영원히. 나는 계속 그렇게 되뇌었었다.

맙소사, 정말 더운 밤이다. 공기조차 꿈쩍하지 않는 것 같다. 침실에서 기침 소리가 들린다. 레베카가 뒤척인다. 정말 이상한 일이다. 5년 전, 오늘 같은 밤에 나는 베란다에 서서 저 멀리 깜박이는 불빛들을 바라보며 사샤가 한 말을 생각하고 있었는데, 그때 레베카가 기침을 하고 침대에서 뒤척이다 일어나 내 곁에 왔었다. 잠시 뒤에 레베카가 몸을 기대면서 이렇게 말했었다. 나, 아기 가졌어요. 뭐라고? 아기라고요, 기쁘지 않아요? 그렇게 시간이 흘렀고, 그동안 자신과의 화해, 영구한 것과 피할 수 없는 것들과의 화해의 바퀴가 여러 차례 돌았다. 그러고는 세상이 넓어진 것 같았다. 사샤, 저 다정하던 사샤 생각이 났다. 내 귀는 내 바깥의 모든 것에 무감각해졌다. 무언가가 내 속에서 녹아버렸다. 피가 혈관 속을 따뜻하게 흘렀고, 차츰 셋째 아이의 아버지가 될 거라는, 내가 부인할 수 없는 유일한 사실이 떠올랐고 희한하게 행복을 느꼈다…… 5년 전 일이었다.

불빛은 그 어느 때보다 더 환하게 깜박이고, 너무나 깨끗하고 기쁨에 들떠 있고 신선해 보이며, 내 안 생명의 태곳적 원천을 희롱하니, 이번에는 그 원천이 밤의 신비에 둘러싸여 내게로 건너오는 빛의 상징적인 부름에 답한다.

셋째인 모쓰위리는 이제 겨우 네 살인데 내가 어릴 때 마라바스타드에서 본 것처럼 경찰이 사람들을 벌금소로 잡아가거나 시 경찰이 남자 어른이나 사내아이를 길에서 두드려 패는 것을 너무 자주 본다. 모쓰위리는 경찰이 거리를 지나가면 내게 딱 달라붙어서, 은타테,* 경찰이 날 잡으러 오는 거예요? 아빠를 잡으러 오는 거예요, 엄마를 잡아가려고 오는 거예요?라고 묻는다. 나는 놀란 아이를 꼭 안고는 그 오래전의 2번가를 떠올린다. 한번은 모쓰위리가 철사로 조잡하게 만든 수갑을 가지고 와서는, 손 이리 내놔, 통행증 어디 있는 거야, 두 번 다시 바보짓 못 하게 가르쳐주마,라고 소리를 지르는 것이었다. 이제는 횃불이니 곤봉이니, 널따란 허리띠니, 배지 따위를 달라고 하기도 한다. 이 얼마나 참담한 일인가! 통행증이라는 걸 얻을 수나 있을까, 통행증은 저 전깃불들 속에 둘러싸여 있는 것은 아닐까? 무언가를 간절하게 원하면

* Ntate: 아버지.

얻게 된다는 트레버의 말이 계속 귓전에 울린다. 저 불빛들은 머리가 만들어낸 허상이 아니라는 것도 기억났다……

이제 열 살이 된 맏아들 앤서니는 내가 보통 일요일 아침 가게에 갈 때, 통행증 빼먹지 마세요,라는 말을 하고 또 한다. 일요일 아침에 통행증 없이 다니던 남자 어른과 사내아이들이 긴 줄을 지어 벌금소로 끌려가는 것을 봤기 때문이다. 나는 더 참담해졌다.

어쨌든, 남아프리카에서 일어난 가장 큰 반역 사건 재판 기사가 바로 『드럼』에 쓴 내 마지막 기사였고 나는 직장을 그만두어야 했다. 전깃불 때문에 놓쳐버린 또 다른 이야기는, 아니, 지금은, 나는 홉킨스 역할을 떠맡아 '시간의 환관'*을 연기하는 척해야 한다.

---

* Time's eunuch: 홉킨스의 시 구절. 자신의 무능함을 빗댄 표현.

23. 나이지리아행 비행기 표

다섯 달 동안 기다리고 기다린 끝에 결국 여권을 받을 수 없다는 말을 들었다. 나는 오랜 세월 알고 지낸 네덜란드개혁교회의 아프리카인 목사를 만나러 갔다. 나는 그의 조언을 바랐다. 그때부터 계속 요하네스버그와 프리토리아 사이를 여러 차례 왔다 갔다 했다. 나는 그를 통해 아프리카인이 여권을 신청하면 어떤 절차가 이어지는지 들었다. 내가 아는 것은 첫 단계와 마지막 단계뿐이었다. 원주민판무관은 우선 관계 당국의 어떤 사람에게서 받은 신청자에 대한 세 장의 증언서와 가장이 떠나는 걸 부인이나 자녀들이 동의했다는 문서와 함께 신청서를 접수한다. 그다음에는 100파운드의 보증금을 내야 한다. 그러면 판무관은 그 모든 서류를 피터즈버그에서 160킬로미터도 더 떨어진 곳에 있는 일등원주민판무관에게 자기 편한 시간에 보낸다. 이번에는 일등원주민판무관이 제 편한 시간에 지역 판무관의 추천장 복사본과 함께 모든 서류를 프리토리아에 있는 원주민행정부로 보낸다. 범죄수사과 안전지부는 별도의 서류를 원주민행정부에 보내고 원주민행정부는 다시 모든 서류를 내무부장관에게 보낸다.

그런데 그 목사는 프리토리아에 있는 범죄수사과 본부로 곧장 갔다. 그 부서의 장은 나에 대한 서류를 불쑥 내밀었다. 이야기는 이렇게 된 것이었다. 내가 지역 교사 모임의 서기가 된 1950년부터 언론에 쓴 모든 글과 반투교육법과 정부의 이런저런 조치에 반대했던 나의 연설이 모조리 드러난 것이었다. 요하네스버그 거리를 걸어 다녔던 몇 년 동안 나는 대중적인 정치 집회에서 수많은 연설을 했다. 뜨거워진 모루에서 막 나온 것처럼 신랄한 비판을 튀겨댄 연설들이었다.

그 모든 것들이 기록되어 있었던 것이다. 나도 그들이 기록하고 있다는 것을 알고 있었고 왜 여권 신청이 거부되는지도 속으로는 알고 있었다.

범죄수사과의 그 간부는 결국 목사에게, 어떤 사람의 기록이 이렇게 스스로를 부정하는 악다구니를 내지르는데 어떻게 이 자를 나라 밖으로 내보낼 수 있겠소?라고 했다는 것이다. 하지만 그 목사는 나를 내보내지 않으면 나는 점점 더 증오에 가득 차서 공산주의자가 되어버릴 거라고 주장했다고 한다.

그 간부는 "내 사무실로 오라고 하세요. 그 사람 말을 한번 들어봅시다"라고 했다.

나는 모든 일을 제대로 알아야겠다고 마음먹고 그곳으로 갔다. 나는 남아프리카에서 가장 무시무시하고 인기 없는 부서의 안전지부에서 그 간부가 뭘 하고자 했는지 아직도 모르겠다. 나는 보통 경찰들처럼 거칠고 사납고 변덕스럽고 냉담한 사람이 아니라 교양 있는 백인과 얼굴을 마주하게 되었다. 아버지같이 간섭하는 편이지만 인간적이고 말투가 부드러운 자였다. 언제나 머리털이 곤두서게 만드는 그런 경찰은 아니었다. 그 간부는 내게 자기 모국어인 아프리칸스어를 할 줄 아느냐고 물었다. 그때부터 우리는 영어는 한마디도 하지 않았다. 그는 내가 살아온 이야기를 해보라고 했다. 그렇게 얘기하는 동안 그는 내가 유창하게 아프리칸스어를 하는 것을 매우 놀라워했다. 그렇다고 내 기분이 좋아지진 않았다. 그는 내가 학위를 받기 위해 배운 과목들, 내가 살아오면서 친교를 맺은 백인들 얘기를 들으며 메모를 했다. 그는 내가 나이지리아에서 일자리를 얻은 경위를 알고 싶어 했고 누가 그 일을 도왔는지, 심사위원은 누구인지 물었다. 모든 것을 털어놓지는 않았지만 나는 그가 다 알고 있었다고 확신한다.

질문이 끝난 뒤에 그는 교사직을 금지당한 뒤 내가 왜 그토록 괴로워했는지 이해할 수 있겠다고 했다. 또 우리가 생각하는 것처럼 정부가 정말로 우리를 억압하려는 것이 아니며, 자기 자신도 연합당 정부에서 일하고 있고, 사실 자기는 개인적으로 흑인들의 발전을 지지하고 있으며, 자기도 그 교회 신자지만 네덜란드개혁교회의 반대에 맞서서 아프리카인들이 유럽산 술을 살 수 있도록 정부가 허용해야 한다고 주장하는 유일한 사람이 자기라고 했다. 그는 이렇게 말했다. "내 인생에서 마지막으로 할 수 있는 일이 있다면, 그건 당신을 공산주의에서 구해내는 일일 것이오. 난 그렇게 하겠소." 그는 나를 나이지리아로 보내달라고 내무부장관에게 요청했다. 하지만 그는 만약 남아프리카에 대해 내가 공적으로 말할 일이 생기면 내게 교육의 기회를 준 나라에 대해 나쁘게 말하는 건 좋지 않을 거라고 했다. 나는 아프리카의 다른 어떤 식민 열강보다 남아프리카가 비백인들을 위해 더 많은 일을 했다는 사실을 머릿속에 집어넣어야 했다. 그는 내게 뭘 맹세하라고 하지는 않겠다고 했다. 나는 그 목사의 인정 어린 호의에 신세를 졌다. 2주 안에 여권을 받게 될 거라고 했다.

그 만남은 내가 9월 6일자 항공권을 예약하기 3주 전에 이루어진 것이었다. 그 3주 동안 나는 유니언 빌딩 복도를 살피고 다녔다. 그곳에 갈 때마다 나는 여권을 담당하는 하급 서기에게서 내 서류와 그 범죄수사과 간부의 가장 최근 서신이 내무부장관 승인을 기다리며 책상 위에 대기하고 있다는 얘기를 들었다. 그동안 나는 철저한 무관심이나 명백한 증오가 실린 공권력이라는 거대한 날개가 퍼덕이는 것을 느낄 수밖에 없었다. 통행증사무국이나 우체국 사무원이 쓰는 못된 말을 듣지는 않았다. 유니언 빌딩의 기둥과 벽과 토대처럼, 그곳의 권력의 모습은 정교하고 분명했으며 드러나지 않게 교만했다. 내가 갈 때마다 그 목사도 나와 함께 갔는데 나는 언제나 그를 통해 말을 전달받았다. "디 그로트 바아스 이즈 노크 베시크(대장님은 아직도 바쁘십니다)." 서기는 이 말만 되풀이했다. 목사는 오랜 세월 인내심을 길러온 모습으로 나를 놀라게 했다. 나는 그렇게 기다리는 내 능력에 경이도 느끼고 놀라기도 했다. 나는 언젠가 내가 맘 편하게 어떤 일을 기다리고 어떤 사건을 받아들이게 될 날이 올 거라는 게 항상 두려웠다. 비록 결코 기다리거나 생각하거나 느낄 새도 없이 나는 표류하고 있었지만 정말 놀라웠다. 도대체 '대장님'이 무슨 일로 그렇게 바쁜지 알 수만 있다면 어마어마한 금덩어리라도 바칠 수 있을 것 같았다. 그렇지만 권력을 쥔 거대한 새의 날개는 계속 내 주위에서 퍼덕이고만 있었다. 그렇게 느끼니 깊은 상처를 받을 수밖에 없었지만 그럭저럭 버틸 수 있었다.

라고스행 비행기를 타기 전날 나는 프리토리아로 가서 여권을 가져왔다.

9월 6일 나는 친구들에게 작별을 고하고 남아프리카에 작별을 고했다. 로열더치항공 비행기가 구름을 박차고 오르던 그 짧은 순간에 지난 10개월 동안 내가 바라고 꿈꿨던 일들이 마구 밀려들었다. 한 인간의 37년 인생에서 가장 굉장한 하루였다!

레베카와 우리의 세 아이들, 앤서니, 테레사, 모쓰워리가 12월 22일에 나와 합류했다. 아내는 아버지의 훈계 같은 잔소리만 빼면, 내가 겪은 모욕을 똑같이 당해야 했고 출발 바로 전날 여권을 받았는데 내용이 잘못 기재되어 있었다. 떠나는 날 아침 아내는 출입국사무소에 가서 내용을 정정할 수밖에 없었는데 그 때문에 비행기 출발이 한 시간 지체되었다.

C.M.S. 문법학교는 우리 가족의 편도 요금 전액을 대주었다. 친구인 아서와 트레버, 그리고 연극 수업을 도와주고 우리 가족의 든든한 지지 역할을 해주었던 여성이 새로운 모험에 나선 우리에게 끊임없는 용기와 물질적인 도움을 주었다.

많은 친구들이 떠나지 말라고 나를 설득했다. "계속 투쟁해야지." 그들은 그렇게 말했다. "내가 기여하는 건 아무것도 없어." 나는 그렇게 말했다. "여기서는 가르칠 수 없는데 나는 가르치고 싶어. 여기서는 글을 쓸 수 없는데 나는 글을 쓰고 싶다네."

"자네에게 필요한 것은 여기 다 있는데 자극은 항상 저곳에 있다고 하는군."

"그게 문제라고. 그 자극이라는 것이 사람을 마비시키는 자극이라니까. 계속 움직여야 하고 극도의 긴장 상태에서 온통 신랄함이 가득한 글을 써야 하지. 정치적 상황에 의한 희생자가 아니라 인간으로서의 인간에 대해 생각할 틈이 거의 없어. 그러면 인간은 결국 어느 지점에 이르면 못쓰게 된다고. 이게 바로 날 위한 건지도 몰라. 나는 이제 저항을 위한 창작에는 신물이 났고 이 남아프리카의 상황은 문학의 소재로는 끔찍스러울 정도로 진부한 것이 되어버렸어. 나를 잡아 세우고 내 에너지를 모두 빨아내서 아무것도 쓸 게 없도록 만드는 미친 백인들의 고함소리를 들으면서 가족을 먹이고 입히기 위해 끝도 없이 싸운 것뿐이라고."

"위로가 필요하다?"

"상당한 정도로." 그렇게 말은 했지만 내가 정말로 원하는 것이 정확하게 무엇인지 나 자신도 분명하게 알지 못했다. 그러나 나는 정신적이고 도덕적인 휴식처가 몹시 필요하다고 느끼고 있었다. 그리고 아이들의 교육 문제도 있었다. 아마도 일시적인 휴지기가 될지도 몰랐다. 내 삶을 형성하는 데 좋기도 하고 나쁘기도 했지만 어쨌든 본질적인 역할을 했던 사람들과 제도를 남겨두고 떠나야 한다는 의미였다.

나는 피터즈버그에 있는 친할머니가 이제 많이 늙었고 머리도 백발이 되었다는 말을 전해 들었다. 아버지는 어머니가 돌아가시고 나서 얼마 되지 않아 돌아가셨지만, 두번째 부인이 아이 셋을 남겨두고 다른 남자를 따라 집을 나갔을 때까지만 해도 살아 있었다. 고모 둘은 어디에 사는지 알 수 없었다. 남동생은 행복한 결혼 생활을 누리고 있었고 아이가 일곱이었다. 남동생은 몇 년 동안 원주민행정부에서 서기로 일했고, 지금은 공무원직을 그만두고 다른 일을 찾고 있다. 여동생의 결혼은 실패였다. 여동생은 자식을 다섯이나 낳은 뒤에 이혼했다. 불이 활활 타는 압력화로의 끔찍한 파라핀 냄새와 끓어오르는 고기와 감자와 카레 냄새를 풍기는 그런 상황에서 이혼한 것이다…… 나는 생각도 하기 싫다. 여동생은 요하네스버그에 있는 의류 공장 재봉사이고 자기와 자식들 입에 풀칠하기도 바쁘다. 하지만 새 노동법 때문에 여동생의 일자리는 백인 노동자의 일자리가 될 판이다. 여동생의 전 남편은 올랜도의 감독관을 꼬드겨서 여동생과 아이들을 집에서 내쫓는 데 성공했고, 이제 그들은 요하네스버그에서 외곽으로 26킬로미터 떨어진 샌티타운 한 곳에서 살고 있다.

2번가의 외할머니는 이제 여든이고 편찮으시다. 도라 이모와 이모네 아들들과 집을 바꾼 뒤에 할머니는 프리토리아의 레이디 셀번 자유보유권 타운십에서 막내삼촌과 살고 있다. 소피아타운처럼 거기도 백인이 사는 지역에 너무 가까운 '검은 점'이라는 이유로 옮겨야 하는데, 그곳 주민들은 어디로 가더라도 땅을 소유할 수 없다. 할머니는 아직도 아침저녁으로 기도를 드리고 일요일과 목요일 오후에는 여신도들의 기도모임에 참석하기 위해 어떻게든 교회에 나간다. 하지만 할머니의 아들과 며느리는 시 외곽으로 15킬로미터나 떨어져 있는 일터로 새벽 4시면 일하러 가야 해서 할머니 홀로 무릎을 꿇고 기도를 드린다. 할머니는 가구의 먼지를 털고 설거지를 하기 위해 냄비와 접시를 그러모을 때 지팡이를 짚고 절뚝이며 걸어 다닌다. 도라 이모는 이제 아이가 다섯이다. 이모는 레이디 셀번으로 온 뒤에 훨씬 더 차분해졌다. 이모가 점잖게 행동하니 어머니 생각이 나기도 해서 나는 도라 이모를 아주 좋아한다. 이모부는 아직도 시내의 국립박물관에서 일하고 있지만, 결핵으로 많이 야위었다. 그들도 곧 이사를 해야 하는데, 거실과 세놓을 방이 여럿 있는 괜찮은 집을 하나 지으려고 땅을 저당 잡히려는 참이다. 맏아들은 교사이고 다른 아들 하나는 통학제 학교에서 대입을 준비하고 있으며 딸 둘은 전문직은 아니지만 시내에서 일하고 있다. 레베카의 어머니는 지금은 예순이 넘었는데, 소피아타운에서 다음 차례로 불도저로 밀릴 구역에 살고 있다. 장모에게는 거기서 좀 떨어진 거리에 세를 준 집이 한 채 있는데, 그 집은 장모의 다른 재산을 적당히 굴려 지은 집이었다. 장모가 보상금으로 얼마를 받든지 간에 그 돈은 주택조합에 장모가 진 빚 1천200파운드를 갚는 데 몽땅 들어갈 것이다.

제프 모토펭은 요하네스버그의 한 변호사 사무실에서 도제 계약을 한 서기로 일하고 있는데 곧 그 계약이 만료될 예정이다. 아이작 마틀라레는 법학 공부를 마쳤고 지금은 변호사이다. 제프의 둘째아이는 우리가 해직된 뒤에 시력을 잃어, 아서 블랙설과 그의 부인이 1920년대에 케이프타운 근처에 설립한 아틀로네 맹인학교에 다니고 있다. 제프와 교사인 그의 아내에게는 몹시 힘든 시절이었다. 레베카가 교직을 떠나 사회복지학을 배우게 된 것과 같은 이유로 제프의 아내도 그렇게 했다. 성인이 된 자녀 셋을 부양하는 것 외에도 그들에게는 아직 중등 통학제 학교에 다니는 아들이 있었다. 제프는 아프리카주의자라고 부르는 ANC 내 작은 조직*의 일원인데, 그들은 아프리카인들이 다른 인종 집단과의 동맹을 끊어야 한다고 주장한다. 그들이 내세우는 이유는 이렇다. 다른 소수 집단은 아프리카인들처럼 진정으로 백인들의 억압을 느끼지 못하고, 이런 소수 집단과의 동맹은 아프리카민족주의 문제와 '아프리카인을 위한 아프리카'라는 슬로건의 명백한 논리를 흐려놓으며, 아프리카 사람은 다른 인종의 개입 없이 충분히 자유를 성취할 수 있고, 민중의회의 자유헌장은 모든 남아프리카 사람들이 땅을 동등하게 나누어 가지기를 원하는 정신 나간 헌장이기 때문이라는 것이었다. "스트리돔 패거리와 내가 어떻게 땅을 동등하게 나누어 가질 수 있느냐고. 그자의 조상들과 그자와 같은 나라 출신들이 우리한테서 땅을 빼앗아 간 건데?" 제프의 말이었다.

---

* 후에 범아프리카회의(Pan-Africanist Congress)로 분리해 나간 조직을 가리킨다.

아이작은 '통합운동'의 회원이다. 그는 키가 작고 똑똑한 친구다. 의회 지지파를 포함한 자신의 정적에게 날카롭고 신랄한 말을 퍼붓는 지독한 냉소주의자다. 한쪽 눈을 아주 사납게 찡그리고 있으면 한참 독설을 퍼부었다는 뜻이다. 그의 아내는 간호사다.

에젠젤레니 시절을 돌이켜보면 내가 타자 치는 법을 가르쳐주었던 고아에 맹인인 컬러드, 애덤 대니얼즈가 떠오른다. 지금은 정치에 목을 매달고 있기 때문에 애덤은 예전보다 색소폰을 덜 분다. 그는 ANC의 동맹 가운데 하나인 컬러드 조직의 트란스발 지부 회장이다.

아서와 플로렌스 블랙설은 에젠젤레니를 떠난 지 아주 오래되었다. 아서는 남아프리카 기독교인위원회의 기획 담당 서기이다. 그들을 생각하면 에젠젤레니가 떠오른다. 제1차 세계대전 때 폐 한쪽을 잃어버려서 어깨를 수그리고 다니던 아서, 회의에 참석하거나 맹인복지사업 또는 아프리카인 농아학교에 대해 상의하기 위해 기차나 자동차, 비행기를 타고 정부 관리들을 만나러 가려고 장거리 여행 짐을 꾸리던 아서, 자기가 감독관직을 맡고 있던 안과 병원이자 의원인 파머 호스텔로 가기 위해 에젠젤레니의 사무실을 지나 성큼성큼 걸어가던 블랙설 부인의 모습이 떠오른다. 귀 멀고 말을 못 하고 눈이 먼 래드클리프가 자신을 표현할 수 있도록 매일같이 참을성 있게 가르치던 그녀가 생각난다. 그녀는 래드클리프가 척수수막염을 앓은 탓에 두 손과 두 발로 기어 다니고 있을 때 그를 입양해 똑바로 서서 걸어 다닐 수 있도록 훈련시켰다.

아서 블랙설이 자신보다 지적으로 떨어지는 사람들을 참을성 없이 다그쳐 내가 아주 싫어했던 것도 기억난다. 하지만 나는 그가 비유럽인을 괴롭히는 사회적이고 정치적이며 경제적인 문제들을 이해하려고 진정으로 갈망했기에 그를 존경한다. 그는 항상 젊은이의 마음을 탐색했고 다른 사람들의 고통을 알아내고 도울 방법을 찾기 위해 귀를 땅에 붙이고 다녔다. 그는 정치 집회와 노동조합 회의에 늘 참석해 참을성 있게 배웠지만 한 번도 은혜를 베푸는 척하거나 자신의 의견을 강요하지 않았다. 나의 종교적인 시각이 바뀐 뒤로는 그가 하나의 수수께끼가 되었다. 아서같이 자기 교파에 대한 충성과 선교사적 전망에서 인습을 거부하는 사람이, 자기가 좋아하지 않는 바로 그 억압 세력이 모든 도덕을 바람결에 내팽개쳐버린 상황에서 어떻게 기독교 평화주의자의 신념을 계속 굳건히 지킬 수 있었는지 나는 아직도 알 수가 없다. 그와 나는 정치적이고 종교적인 실천을 두고 견해가 갈렸지만, 그를 생각할 때마다 떠오르는 것은 그의 선교사같지 않은 선교사의 모습이다.

나는 20년 전에 자전거를 탄 백인들에게 욕을 했다고 당시 세인트피터스 중등학교의 교장에게 작대기로 맞은 적이 있었다. 그는 우리가 아무 생각도 없이 로제텐빌을 끌어들여 세인트피터스를 없애버리려 한다고 말했었다. 1956년에 그 학교는 정부 법령으로 문을 닫았다. 그런데 그 이유는 아이로니컬하게도 한 흑인 아이가 백인을 모욕해서가 아니었다. 백인들의 이익을 대변하는 정부와 마찬가지로 로제텐빌에 사는 백인들이 학교 이전에 책임이 있기는 했지만, 세인트피터스는 '백인을 위한 보존 구역'(문자 그대로 그리고 비유적인 의미로도)에서 감히 비백인들에게 좋은 교육을 시켰기 때문에 이전된 것이었다.

그 학교는 그래도 좋은 일도 좀 한 셈이다. 칠판 위에 온통 수학 문제를 풀어대던 수많은 남녀 영웅들이 다 잘된 것이다. 그들은 지금 변호사, 의사, 대학교 강사, 간호사, 교사, 사회복지사가 되었다. 그들 중에는 정치 지도자가 된 이들도 많다. 알려지지 않은 영웅들로는 이런 사람들도 있다. 이학 석사학위를 받은 조지프 모코에나는 지금 가나의 쿠마시에서 수학을 강의하고 있고, 역시 이학 석사인 앰브로즈 팔레는 포트헤어 대학교에서 물리학을 강의하고 있으며, 마거릿 추에네는 랜드에서 의사 일을 하고 있고, 딘추 타바리아도 랜드에서 의사 일을 하고 있다. 애런 레보나는 현재 오렌지자유주에서 의료업을 하고 있으며, 새뮤얼 세노코안야네는 요하네스버그의 의사이고, 이학사인 올리버 탐보*는 요하네스버그의 변호사이자 ANC의 서기장이다. 그들 뒤를 이어 학교를 다닌 사람들 중에는 자기 부족을 위해 정치 투쟁을 하다 투옥되거나 반역죄로 체포된 자들도 있다. 변호사 조 매슈스, 교사인 헨리 막고티, 교사이며 작가인 앨프리드 허친슨, 사업가인 조 몰레피, 그리고 변호사인 두마 노크웨가 그런 사람들이다. 그들은 모두 대입 자격증을 따서 세인트피터스 교문을 나섰던 사람들이었다. 그들은 포트헤어로 진학할 장학금을 얻으려고 이리저리 해매 다녔다. 운이 좋아서 관대한 유럽인 후원자를 찾아낸 사람도 있었고, '사환만 가능'이라는 문구가 새겨진 문이 달린 잔인한 남아프리카 인력 시장에 아무렇게나 내팽개쳐진 이들도 있었다. 일단 사환이 되면 영원히 사환으로만 남게 되어 있었다. 사환은 아니라 해도 교사 아니면 아무것도 될 게 없었다. 법정 통역, 경찰, 재봉사 등이 모두 '사환'으로 통칭되었다. 세인트아그네스 여학교를 졸업한 일부 여학생들은 의과 대학에 진학했는데 대부분 간호사가 되거나 교직을 택했다.

1955년의 애덤스칼리지 백주년 기념식이 그 학교의 마지막 행사가

---

* Oliver Reginald Tambo(1917~1993): 정치인. 반아파르트헤이트 운동의 핵심 인물 중 하나로 아프리카민족회의의 대표를 지냈다. 2006년에는 요하네스버그 국제공항이 그의 이름을 따 O. R. 탐보 국제공항으로 바뀌었는데, 이 공항은 1994년 요하네스버그 국제공항으로 바뀌기까지는 얀 스무츠 공항이었다.

되었다. 그 학교는 원주민행정부가 모든 아프리카인 학교를 관리하고 그 어떤 개인이나 집단도 현실적으로는 사립학교를 운영할 수 없게 만든 반투교육법의 기요틴에 목을 들이밀게 된 것이다. 애덤스의 이사회는 자기들끼리 학교를 운영하려고 했지만 상황이 그렇게 돌아가지 않았다. 애덤스칼리지는 문을 닫았다. 킬너튼 학교는 '백인 구역'에 위치하기 때문에 집단거주지법에 의해 이전되었다.

아프리카 예술가조합은 지금 무너지고 없다. 돈 때문이었다. 정부는 우리가 정부의 도움을 원한다면 회원 자격을 아프리카인에게만 한정해야 하고 타인종 관객은 모을 수 없다고 계속 말했다. 그 조합을 운영하던 9년 동안 음악과 연극으로 흥겹고 친밀감을 느꼈던 밤들을 보내며 우리는 늘 즐거웠다. 바흐와 모차르트를 연주하던 날 밤에는 둘 다 그리스도재림회 소속인 마틴 재럿-커 신부와 트릴로니 로스 신부가 클라리넷과 피아노를 연주했다. 두 신부 다 로제텐빌에 있는 세인트피터스 수도원에서 왔다. 그들은 테너인 카비 음은고마와 삼중창을 부르기도 했다. 마틴 신부는 놀라운 지성과 넘치는 활력을 지닌 자그마한 체구의 신부이다. 그는 아프리카인 간호사들을 담당하고 있었기 때문에 간호사들이 자신들의 직업에서 겪는 아파르트헤이트에 저항하여 투쟁할 때 투신하기도 했다. 그는 비유럽인 관련 정치 문제에서 대체로 트레버 허들스턴 같은 역할을 맡은 것으로 알려져 있다. 바라그와나트의 비유럽인 병원은 그가 간호사의 권리를 위해 자꾸 나서서 골칫거리가 된다고 여겨 그를 병원 이사회에서 쫓아내버렸다. 그는 저명한 문학비평가일 뿐만 아니라 음악가이기도 하다.

카비 음은고마는 사우스아프리카 대학교 음악학과에서 이론과 실기 모두에서 수료증을 받았다. 그는 해외에서 공부할 기회를 얻지 못했고 그로 인한 좌절감으로 안타깝게도 생일 잔치에 '노래 한 곡 불러 달라고 찾는' 익명의 가수가 되어버릴지도 모른다. 그는 현재 시의회의 비유럽인 부서 음악 기획자로 채용되어 일하고 있다.

시내의 복지관에서 열린 딜런 토머스* 시낭송회에서 우리는 무대막이 내려오기 전에 에믈린 윌리엄스**를 볼 수 있었다. 그는 우리를 열광하게 만들었다. 실베스터 스타인은 그때 남아프리카를 방문 중이던 루이스 캐슨 경과 데임 시빌 손다이크***에게서 용케 약속을 받아냈다. 우리는 멋진 다인종 관객을 구성했다. 그 뛰어난 한 쌍이 「맥베스」를 연기하는 것을 본 것은 가장 감동적인 경험이 되었다. 황량하고 아무것도 없는 무대가 순식간에 사라져버렸다. 관객들은 배우와 시가 동떨어진 두 개의 실체가 아니라 하나로 통합된, 영광스럽고도 폭풍 같은 경험의 장엄한 순간, 그것만을 기억했다. 나는 감사의 표시로 체호프****의 독백극 「담배의 해로움에 대하여」를 낭송했다. 나는 열광적인 박수갈채와 루이스 경과 데임 시빌이 특별히 보낸 축하의 말에 기분이 으쓱해졌다.

---

* Dylan Marlais Thomas(1914~1953): 웨일스 태생의 시인으로 미국에서 특히 큰 인기를 누렸다.

** George Emlyn Williams(1905~1987): 웨일스 출신의 극작가이며 배우.

*** Sir Lewis Thomas Casson(1875~1969): 영국의 배우이자 연극 연출자.
Dame Agnes Sybil Thorndike(1882~1976): 영국의 배우. 캐슨과 손다이크는 부부였다.

**** Anton Pavlovich Chekhov(1860~1904): 러시아의 단편소설가이자 극작가.

에필로그

나는 좀처럼 용기가 나지 않아서 『인간은 살아야 한다』라는 제목으로 1947년에 출판된 내 단편집의 어떤 부분도 다시 읽어볼 수 없었다. 10년 후 나의 시야는 회피주의 문학에서 저항문학으로 엄청나게 변했고, 이제는 저항과 수용이 광의의 의미로 아이로니컬한 만남을 이루는 높은 차원의 어떤 것이 되기를 희망한다. 어쩌면 1947년 이후 내가 썼던 보잘것없는 지푸라기에서 알곡 몇 개를 주워냈는지도 모르겠다. 1955년에는 「수트케이스」라는 단편이 뉴욕에서 발간된 산문과 시 선집인 『뉴 월드 라이팅』에 실렸다. 그 단편은 이미 소설가이자 단편 작가로 이름을 알린 네이딘 고디머*가 출판사에 추천한 것이었다. 나중에 이 단편은 네덜란드어로 번역되어 흑인 단편 선집에 실렸다. 그 단편은 실화를 바탕으로 쓴 것인데, 소피아타운에서 일어난 사건을 레베카가

---

* Nadine Gordimer(1923~2014): 남아공 하우텡 주에서 태어난 소설가이자 극작가로 1991년 노벨문학상을 수상했다. 반아파르트헤이트 운동에 앞장섰으며, 『보호주의자*The Conservationist*』(1974), 『버거의 딸*Burger's Daughter*』(1979), 『줄리네 사람들*July's People*』(1981) 등이 대표작이다.

내게 말해준 것이었다.

주로 백인들이 읽는 남아공 잡지들은 내 글을 건드리지도 않으려 했고, 유럽인처럼 쓰거나 유럽식 이름을 사용하지 않으면 비백인 작가의 글을 건드리려고도 하지 않았다. 두어 명의 컬러드 작가들이, 자신들은 독자들의 체를 통과한 뒤에야 유럽인의 책에서 불멸의 이름이 된다고 말한 적이 있었다. 하지만 나는 그런 식으로 나를 팔아넘기려고 노력하지도 않았고, 나 자신의 쓰라린 심정과 싸우느라 너무나 바빴다. 그러나 내가 쓴 어떤 글들은 백인 신문의 독자란에 실리기도 했다. 그렇다고 해도 그 특정 신문은 태도가 분명하지 않았다. 비백인이 쓴 글이 백인 신문에 실리는 경우는 아주 드물었다. 내가 쓴 글이 출간될 때마다 나는 용기를 얻었다. 하지만 그때도 나는 항상 내 안에서 타오르는 어떤 것을 참을 수 없었기 때문에 글을 썼다. 그것은, 멍청할 정도로 지나치게 열성적인 각료들의 잘못이나, 할머니 표현으로 아프리카인의 심장이 어느 쪽에 달렸는지도 모른다고 잡아떼는 잘난 체하는 교외의 백인들의 잘못을 고쳐주고 싶은 욕망이었다. 또 케이프타운에는 어떤 컬러드 조직이 꾸려가는 『횃불』이라는 유일한 독립(백인이 운영하지 않는다는 의미) 신문이 있었다. 그 신문에는 독자란도 없었고 거기에 글을 쓰려면 통합운동 조직이나 범아프리카회의의 주장에 동조해야 했다. 다양한 인종으로 구성된 편집진을 갖춘 유일한 신문은 『뉴 에이지』였다. 그러나 전 아프리카 대륙 중 비백인의 문자 해독률이 가장 높은 나라에서 점점 늘어나는 비백인 독자를 감당하기에는 그것 하나로 결코 충분하지 않았다. 게다가 『뉴 에이지』는 언제나 재정적으로 어려운 상태였다.

나는 1957년 9월 나이지리아에 도착해 학교 일에 자리를 잡자마자 글을 쓰기 시작해 이 책의 나머지 반을 완성했다. 나는 나이지리아에서 글을 쓰는 것과 남아프리카의 사회 분위기에서 글을 쓰는 것에는 차이가 있음을 즉각 알아차렸다. 어찌 보면 끝없는 길을 요동치며 달려온 차에서 막 내려선 것과도 같은 기분이었다. 나는 시간이 날 때 나이지리아에 대한 글 정도는 쓸 수 있지만 단편소설을 쓸 준비는 안 되어 있었다. 나를 인도해줄 확실한 냄새를 찾으려고 그동안 늘 킁킁대며 돌아다녔다. 지금까지 그 냄새는 계속 나를 피해 다녔다. 이제 나는 남아프리카의 상황이 문학의 소재가 되기에는 너무나 파괴적인 상투(常套)라는 것을 깨달았다.

나는 백인들의 업적을 높이 사고 고층 건물과 강력한 기계를 설계한 그들의 정신을 존경한다. 과거에 나는 백인들 앞에 나 자신과 나와 같은 흑인들을 정당화하고 싶었다. 훗날 나는 그것이 아무 쓸데없는 일이라는 것을 알아차렸다. 나 자신을 정당화할 필요가 있는 것은 나 자신과 흑인들 앞이었다. 이제 나는 백인들이 내게 사회적인 존재로 살아가는 법을 알려주거나 나 대신 해줄 권리가 없다고 생각한다. 백인이 내게 옷 만드는 법이나 읽고 쓰는 법을 가르쳐줄 수 있듯이, 만약 백인이 귀 기울이고 스스로 느낄 시간을 갖는다면 내 조상들과 나도 백인에게 한두 가지 가르쳐줄 게 있을 것이다. 아프리카는 더이상 아프리카인들을 가르치고 물리적으로 통제하려고 할 뿐 배우려고는 하지 않는 백인들의 것이 아니다.

나는 피터즈버그의 깊은 계곡들과 울퉁불퉁한 산에 대한 꿈을 수도 없이 꿨다. 나는 꿈에서는 그곳에 여러 번 찾아갔지만 실제로는 한 번도 가지 않았다. 꿈꿀 때마다 나는 거대한 산 속에서 길을 잃고, 나를 쫓아오는 메아리 소리를 듣는다. 끊어지지도 않고 나를 쫓는 메아리를 피해 나는 쉬지 않고 달려 사이렌 소리와 자동차 경적 소리와 자전거 종소리, 전차 소리가 울리는 새벽으로 향하는데, 그러면…… 아침 식사 시간이다.

나는 음악의 바흐가 그랬던 것처럼 종교에 대한 믿음을 분명하게 밝힐 수 있는 사람을 존경한다. 하지만 나는 신에 대한 로버트 브라우닝*의 거창하고 호통치는 듯한 확신은 참을 수가 없다. 이런 생각이 떠오른다. 지금까지 내 인생은 어쩔 수 없이 내몰린 사건들의 연속이었다. 그렇다. 나도 다른 아프리카인들처럼 생각도 많이 했고 계획도 세워 보았고 숨 막히는 고통도 겪었으며 내 몫의 증오심을 품기도 했고 신물 나게 당해도 보았지만, 결국 언제나 현실이라는 용광로 속에 내동댕이쳐져서 어떤 결정을 내려야 하는지도 잘 몰랐다. 그러다가 거대한 파도가 밀려와 나를 피할 수 없는 해안으로 실어온 것만 같고, 그때서야 나는 내가 올바른 일을 해야 한다는 것을 깨달았다. 나는 가슴이 타는 듯한 좌절감도 느껴보았지만 증오하는 마음을 품는 것을 유감스러워하지는 않았다. 그것이 사라진 지금도 유감스러운 것은 없다. 어떤 사람**이 나를 2번가에 가두고는 자비를 기대하지 말라고 가르쳤다. 도대체 누가 자비를 구한단 말인가? 절대로 부엌문을 통해 구걸하지 말 것이며, 자기가 보고 있지 않으면 내가 가진 것을 힘으로 차지해야 한다고 했다. 그는 나를 철저히 궁지에 몰아붙여서 내가 흑인임을 절대로 잊지 않게 했다. 그는 나더러 자기에게 거짓말을 하면서도 뻔뻔해지라고 가르쳤다. 뒷문에 익숙해지게 만들었기 때문에, 나는 그의 흑인 하인이 주인의 가게에서 훔친 물건을 원가보다 싸게 샀다. 나 같은 사람이 수백만

* Robert Browning(1812~1889): 빅토리아 시대의 대표적인 영국 시인.

** the other man: 백인을 가리킨다.

이다. 우리는 그 사람에 대해 거의 다 알고 있지만 그자는 우리에 대해 아는 게 거의 없으므로 트럼프 카드를 쥔 것은, 우리인 것이다.

노래를 처음 들을 때보다 나중에 머리에서 뱅뱅 도는 그 노래의 멜로디에 나는 더 감동 받는다. 모욕 그 자체보다 더 사무치고 상처가 되는 것은, 과거에 겪은 모욕이 사라지지 않고 계속 떠오른다는 점이다. 이런 음악 저런 연극 그런 영화가 얼마나 감동적인지 얘기하려니 내가 너무 무뎌져서 기억이 떠오르기를 기다린다.

내 평생 수많은 사람들이 내 영혼 속에 들어와 지내면서 나의 영혼을 이리저리 잡아끌었다. 나는 냉혹한 통제와 열광적인 신앙과 경찰의 가혹한 감시 아래에서 온몸에 생채기를 내며 살았다. 나를 잡으려고 수많은 손이 뻗쳐왔고 무수한 목소리가 움직이는 기차 바퀴처럼 멍청하고 시끄럽게 귓전에서 떠들어대어 나는 제발 내버려둬,라고 비명을 질러야 했다. 철저한 아나키에 철저한 개인주의라고 말할지도 모르겠다. 어쨌든 나는 사상과 관련해서는 그 두 가지를 상당하게 누렸다고 할 수 있다. 적어도 이 나이지리아의 태양은 진정 내 것이 되지 못한 37년간의 편견과 쓰라림과 증오를 키쿠유 풀처럼 태워 없애줄 것 같다. 태울 것이 얼마 되지도 않을 것이다. 하지만 가난과 불의에 대해, 그리고 강자가 약자를 합법적으로 괴롭히는 것에 대해서는 항상 타는 듯한 분노를 느낄 것 같다.

나는 라고스에 있는 집의 널찍한 정원에 앉아 이 에필로그를 쓰고 있으며 때는 1월 초로, 내가 처음 여기 왔을 때보다 태양의 열기가 훨씬 더 건조해졌다. 글을 쓰기 전에 나는 비발디의 「사계」를 틀어놓았다. 거실에서 음악이 내 쪽으로 흘러오자 요하네스버그 파크타운에 있는 네이딘 고디머의 널따란 정원에서 맞았던 아름다운 겨울 아침이 떠오른다. 네이딘과 책의 소재를 찾기 위해 런던에서 온 앤서니, 그리고 나는 지금처럼 비발디를 들었다. "난 비발디가 제일 좋아요." 네이딘이 말했다. 그렇다. 베토벤의 포효하는 열기, 모차르트의 달콤하고 슬프고 섬세한 유머, 슈베르트의 서정적인 감미로움, 쇼팽의 애수에 젖은 향수, 차이콥스키의 변덕스러운 기분, 바흐의 압도적인 거대함, 림스키-코르사코프의 마법 같은 음악을 다 듣고 난 뒤에 비발디를 다시 들으면 이토록 시원하고 기분전환이 되는 것이다.

그렇다. 나이지리아의 이 뜨거운 햇빛을 받고 있는데도 내 속은 서늘한 기분이 든다. 나는 따스해진 콘크리트 벽에 붙은 도마뱀처럼 몸을 쭉 뻗어본다. 나는 편견과 분노를 품고 이 나라에 왔지만, 이제는 그런 것들이 너무나 낯설다. 나는 자유라는 신선한 공기를 들이마시고 있고, 이제는 쓰디쓴 쓸개즙 주머니 속도 말라버렸다. 이 자유로 무엇을 할지는 곧 알게 될 것이다. 나는 지금 당장은 여전히 허우적거리고 있으며, 내가 탄 카누는 그걸 2번가로 띄어준 힘을 아직도 느끼고 있다. 하지만 이 멋진 해방의 느낌이라니!

여기에는 자기만족감이 있다. 그런 만족감이 너무 많다는 생각이 들 때도 자주 있다. 내가 가르치는 중등학교 남학생들과 남아프리카의 고등학생들은 너무나 멀리 떨어진 세계에 속해 있다. 남아프리카에서 학생들과 나는 폭력적인 환경에 갇혀 있었다. 학생들과 나 모두 통행증을 가지고 다녔고 학교 운동장을 한 발짝이라도 벗어나는 순간 언제라도 경찰에 걸려 수색을 당하거나 체포될 수 있었다. 우리 모두 많은 것에 굶주려 있었지만 돌아오는 것은 거의 없었고, 결국 갈망의 끝이 날카로워졌다. 나는 그런 갈망으로 인한 고통과 불안의 박동에 응했고, 그 박동도 나의 갈구에 응했다고 생각한다. 이곳의 분위기는 평온하다.

어떤 의미로는 진공 상태 같기도 하다. 아, 이 해방감이라니. 레베카와 내게 도덕적이고 정신적인 휴식처가 생기다니 이 얼마나 행복한 기회란 말인가. 아이들도 행복해하고 뭔가 가치 있는 것을, 노예가 아니라 인간에게 어울리는 어떤 것을 배울 수 있을 것이다.

남아공에서 하나의 보편적인 세력으로서의 교회는 1910년 남아프리카유니언이 성립되기 전부터 이미 구석으로 숨어버렸다. 그 뒤 교회는 개인의 인성의 가치만을 강조하면서, 권력을 쥔 헤렌폴크*가 자기들 폴크의 이익을 위해 지난 300년 동안 온갖 짓을 다 한 상황에서도 낡은 기준만을 고집스레 계속 들이대고 있다.

사람들이 하나의 인종 집단으로 구분되어 억압을 당하고 있는데도 교회는 개개인을 보호할 수단이나 특권만을 쫓아다녔고, 집단행동에 나설 필요성과 책임에서는 빠져나갔다. 교회가 골고다에만 시선을 고정하고 정치 현실에서는 멀찍이 떨어져 있는 동안 앞으로 나아가지는 못하고 계속 뒷걸음만 친 것이다. 교회는 타산적인 백인 야만주의가 바로 코앞에서 쑥쑥 자라고 있고, 대를 이어 기독교를 수호할 것으로 교회가 믿은 자들 중에 오히려 선교사가 필요한 자들이 있었다는 것을 전혀 몰랐다. 1955년 BBC 방송의 아프리카 지식인을 주제로 한 어떤 대담 프로그램에서 내가 한 말을 여기서 한 번 더 해야겠다. '교회는 우리에게 서구의 부정(不正)을 상징하는 것이 되었다'라고. 나는 제도화된 종교의 필요성이나 무용함에 관해서는 아직도 믿음과 불신 모두 보류하고 있다. 내가 아는 것은 남아프리카에는 제도화된 종교가 필요하지 않고, 교회에 발길을 끊은 1947년 이후로 내가 남아프리카의 '교회

---

* Herrenvolk: 독일어로 지배민족, volk는 민족이란 뜻. 여기서는 보어인을 의미한다.

교'*와 나란히 번창하고 있는 신비주의적 형식주의의 모든 속임수에 점점 더 질리게 되었다는 것뿐이다. 일단 지금으로서는 그런 식의 충성서약에서 벗어나 앞으로 나아갈 수 있고 여러 생활방식들이 주는 충격에 나를 내맡기는 것에 만족한다. 마침내 그런 권리를 누릴 수 있게 되어 참으로 기쁘다.

* churchianity: 예수의 가르침보다 교회 생활이나 특정 분파의 제도 등에 더욱 무게를 두는 관행을 비꼬는 말.

게토가 품은 '남아공 문학의 별' 에스키아 음파렐레

1. 현대 아프리카 흑인문학의 아버지

에스키아 음파렐레(Es'kia Mphahlele, 1919~2008)는 남아프리카 공화국 프리토리아 출신의 작가이자 영문학자이며 아파르트헤이트 Apartheit 체제를 비판한 활동가이다. 그는 아프리카와 서구 문화가 혼재하는 환경에서 성장했고 영어로 교육 받았으나 일상어는 소토어였다.

음파렐레는 교원 자격증을 취득했음에도 남아공 정부에 의해 교직을 금지당한 뒤 사무보조원으로 생계를 이었으며, 사우스아프리카 대학교에서 영문학 석사학위를 받은 뒤에도 아프리카민족회의 활동 전력 때문에 1957년 망명길에 올라야 했다. 나이지리아로 망명한 뒤 1959년에 영국에서 자서전 『2번가에서』를 출간했으며, 1961년 남아공 정부는 음파렐레에게 국가전복죄를 씌워 작품 출판을 전면 금지하기도 했다. 음파렐레는 프랑스 파리, 나이지리아, 케냐, 잠비아 등지로 망명 생활을 이어가며 작품 활동을 했다. 미국에 일시 정착했을 때는 덴버 대학교에서 영문학 박사학위를 받았고, 1977년 남아공으로 돌아와 위트워터스랜드 대학교에서 학생을 가르치면서 남아공의 토착 문화를 보존하고 알리는 일에 평생 힘을 쏟았다.

음파렐레의 본명은 성서의 선지자에서 따온 이름인 이지키얼 Ezekiel(에스겔)이지만 남아공으로 돌아온 1977년에 어릴 때부터 집에서 부르던 이름인 에스키아로 개명했다. 2002년에는 그의 이름을 딴 에스키아 인스티튜트The Es'kia Institute가 설립되었다.

음파렐레는 평생에 걸친 업적을 인정받아 다양한 상을 수상했다. 1969년에는 노벨문학상 후보로 거론되었으며, 1984년에는 프랑스 정부로부터 프랑스 문학과 문화에 기여한 공로로 팔름 훈장을 받았다. 또 세계경제포럼이 수여하는 예술·교육 분야의 1998년도 크리스털 어워드 수상자가 되었으며, 1999년, 넬슨 만델라 대통령으로부터 남아공 정부가 수여하는 최고 훈장인 서던크로스 훈장을 받았다.

2. 아파르트헤이트에 대하여

『2번가에서』는 남아공의 국민 작가로 불리는 에스키아 음파렐레의 자서전이다. 음파렐레는 30대 후반에 나이지리아로 망명하기 전까지 남아공의 아파르트헤이트 체제 아래에서 극심한 고통을 겪었고, 그 경험을 이 자서전에 진실하고 철저하게 기록했다. 아파르트헤이트 체제의 잔혹함은 역사적 기록 못지않게 문학적 재현으로도 큰 충격을 준다고 할 수 있다. 그래서 이 작품을 보다 정확히 이해하기 위해서는 아파르트헤이트에 대해 알아야만 한다.

아파르트헤이트는 아프리칸스어로 '분리'라는 뜻으로, 남아공 백인 정권이 1949년부터 1990년까지 '합법적'으로 시행한 인종 분리 정책을 가리킨다. 이것은 백인에게만 특혜를 주는 정책이었기 때문에 국가 단위에 걸맞은 제도가 아니라 국가의 이름으로 자행된 인종 탄압과 인권 박탈 행위라고 해야 할 것이다. 그런데 1994년 아프리카민족회의의 넬슨 만델라가 대통령에 취임한 뒤에도 그 정책이 뿌린 씨앗으로 고통 받는 이들이 있었으며, 1949년 아파르트헤이트가 합법화되기 이전에도 인종 분리 정책이 엄연히 존재했다. 아파르트헤이트의 기원은 영국의 식민 통치 시대는 물론이고 네덜란드 동인도회사 직원들이 희망곶에 최초로 발을 디딘 17세기 중엽까지 거슬러 올라간다. 따라서 아파르트헤이트의 역사는 공식적으로는 50여 년 남짓이지만 실제로는 350년에 달한다고 할 수 있다.

17세기에 네덜란드 동인도회사 소속의 얀 판 리베이크Jan van Riebeeck가 아프리카의 최남단 희망곶에 당도하여 그곳을 선박의 기항지 겸 휴식지로 삼아 케이프타운을 형성하는데, 이때부터 백인들은 동북쪽으로 차츰차츰 원주인의 땅을 잠식해 들어간다. 네덜란드인에 이어 영국인이 이 땅으로 건너온 뒤로는 영국과 네덜란드계 백인들이 남아공을 두고 지속적으로 파워게임을 이어간다. 그 사이에 원주민과의 마찰은 피할 수 없는 일이었고, 19세기가 되면 이제 보어인으로 더 널리 불리게 된 네덜란드 정착민 후손들과 영국인들, 그리고 원주민인 코사, 줄루 족 사이에 영토 다툼이 더욱 치열해진다. 이때까지는 성문화된 사례는 상대적으로 적었다 하더라도 실생활은 엄연히 인종과 사회적 지위에 따른 차별이 심했던 시기이다.

그런데 다이아몬드와 금을 둘러싼 백인들의 이권 다툼인 두 차례의 보어전쟁이 끝난 뒤 영국은 여기저기 흩어져 있던 보어인들의 공화국을 통합하여 1910년 남아프리카유니언(The Union of South Africa)을 수립하고, 이 유니언의 탄생 이후에는 모든 것이 달라진다. 대이주 결과 영토가 확장되었고, 보어인, 즉 아프리카너 집단과 오랫동안 반목한 경험 끝에 영국 정부는 이 집단의 비위를 맞추면 통치 비용이 적게 든다는 것을 '깨닫게' 된 것이다. 따라서 1910년의 유니언 체제는 강경 아프리카너들에게는 그들만의 세상을, 흑인과 컬러드와 아시아인들, 즉 비백인 아프리카인들에게는 고난의 세월을 알리는 전조였다.

유럽인의 상륙과 함께 사실상 생겨난 원(原)'아파르트헤이트'는 영국의 식민 통치 아래 본격적인 합법화의 길을 걷게 된다. 1905년에는 흑인의 투표를 완전 금지하고 지정된 장소에서만 거주하게 하는 통행법이 실시되었다. 그리고 1913년이 되면 토지령으로 흑인 소유 토지의 약 87퍼센트를 강탈하고 아프리카인 보호구역을 설정한다. 도시 지역에서 거주하거나 일하는 모든 남자 흑인들은 통행증을 가지고 다녀야 한다는 원주민도시지역통행법은 1923년에 발효되었다. 도시 지역은 오직 백인들만의 땅으로 간주되었고 흑인은 검문을 받아야 하고 통행증을 제시할 수 없으면 그 자리에서 시골로 쫓겨났다. 흑인들만 차별을 당한 것은 아니었다. 1946년부터는 인도인들도 토지 매매를 금지당했다. 아시아인토지보유법안이 발효된 것이다.

그러나 남아공의 비백인 국민들에게는 살아내야 할 세월이 훨씬 더 길게 남아 있었다. 1948년의 총선 이후 대니얼 맬런Daniel Malan이 총리가 되고, 아파르트헤이트는 이때부터 합법의 이름으로 무한 증식을 시작한다. 아파르트헤이트 정부 아래 실시된 법을 살펴보면, 인종간혼인

금지령(1949), 인구등록령(1950), 인종별거주지지정령(1950), 통행법(1952), 흑인에게 단순한 기술이나 육체노동과 관계된 교육만 시키도록 한 반투교육법(1953), 인종에 따라 각종 편의시설을 분리 사용하게 한 편의시설분리사용법(1953), 케이프 거주 컬러드를 백인과 분리하여 투표하게 한 분리투표법(1956), 반투자치정부안(1959) 등, 1949년부터 1970년까지 무려 25개의 법안이 수립되고 시행되었다. 그 가운데에는 인종 간 수혈마저 금지하는 법안도 있었다.

이런 어처구니없는 법 가운데 아프리카인들의 삶에 가장 큰 영향을 미친 것은 인종별거주지지정령, 통행법, 반투교육법이었다. 흑인이나 컬러드는 인종별거주지지정령에 의해 반투스탄 또는 홈랜드라는 특정 지역에만 거주해야 했고 도시 지역에는 일자리 없이 들어올 수 없었으며, 일자리를 얻었다 하더라도 가족을 동반할 수 없었다. 그리고 반드시 통행증을 소지해야 하고 통행증 요구에 응하지 못하면 그 자리에서 구금되고 추방당했다. 반투교육법은 흑인을 백인을 위한 단순 노동자로 살아가도록 교육시키는 것이 목적인 법이기 때문에 흑인들은 이 법 아래에서 자존감과 정체성을 잃을 수밖에 없었다. 아프리카인의 교육 관련 업무도 교육부 관할이 아니라 원주민행정부 관할에 놓여 있을 정도였다. 이 세 법은 아프리카인의 가정과 육신의 자유와 정신세계를 파괴한 대표적인 법이라고 할 수 있다.

하지만 아프리카인들의 저항의 역사도 길다. 유니언이 수립된 직후인 1912년, 뒷날 아프리카민족회의로 이름이 바뀌는 전국남아프리카원주민회의가 결성되었고, 1919년에는 상공업노동조합이 결성되었다. 상공업노동조합의 온건파와 강경파는 갈등 끝에 결국 강경파가 남아프리카공산당으로 분리되었고(1921), 그 뒤 상공업노동조합은 와해된다. 그

밖에도 1966년 흑인의양심운동, 1978년 아자니아민중조직, 1983년 민주전선연합 등이 생겨 저항에 앞장섰다.

이렇게 긴 세월에 걸쳐 국가가 합법적으로 자국민의 대다수를 차별했던 아파르트헤이트는 1993년 아프리카민족회의와 백인 정권이 임시 헌법을 채택함으로써 철폐되고 남아공은 민주화 과정에 들어선다. 그리고 1994년 4월 27일, 전 세계는 남아프리카공화국이 역사상 최초로 민주적인 선거를 실시하고 선거에 승리한 아프리카민족회의가 정부를 구성하고 만델라가 대통령에 선출되는 것을 목격했다. 1995년에는 데스먼드 투투 성공회 주교를 위원장으로 하는 진실과화해위원회가 설립되어 수백 년에 걸친 국가 범죄의 후유증을 치유하는 일에 착수하게 된다.

3. 아파르트헤이트의 유산

아파르트헤이트가 사악한 제도인 이유 중 하나는 이것이 인간에게 노예의 심성을 심어놓는 제도였기 때문이다. 앞서 잠시 언급했던 아파르트헤이트의 대표적인 세 가지 법은 그 법 아래에 사는 사람들의 삶을 체계적으로 파괴했다. 움직일 수도 일할 수도 배울 수도 가족이 함께 살 수도 없다면, 그것은 인간이 아니라 기계 또는 짐승에 불과할 테니 말이다. 사육되고 노동 기계가 되어버린 인간은 인간다운 정신이나 사고력, 창의력을 유지할 수 없다. 결국 그런 인간은 자신이 인간성을 박탈당했다는 사실마저 잊어버리게 된다. 그것이 노예이다. 그래서 아파르트헤이트는 사악하다. 다음은 음파렐레의 말이다.

"아프리카인들이여, 우리에게 닥치는 일에 반응만 할 것이 아니라 우리가 일을 만들어내면서 삽시다."

"평생 구덩이 속에서 폭군에게 사다리를 내려달라고 매달리는 것은 희생자가 품어야 할 화두가 아니다. 우리는 피 흘리는 희생자의 처지에서 자신이 진정 바라는 변화를 잘 알고 있는 진취적인 선구자의 위치로 나아가기 위해 아직도 정신을 바로잡아야 한다."

1995년 데스먼드 투투 주교를 위원장으로, 그리고 그를 포함한 17명의 위원으로 구성된 진실과화해위원회는 아파르트헤이트의 잔재를 청산하는 작업에 착수했다. 그들은 이 위원회의 이름을 '진실과 화해'로 정함으로써 위원회의 목적과 기능을 분명히 했다. 그들은 화해는 궁극적으로 나아가야 할 방향이지만 '진실'이 규명된 뒤에야 비로소 그것이 가능하다는 것을 명확히 알고 있었던 것이다. 또한 가해자가 분명하고 철저하게 자신의 범죄를 밝히고 난 뒤에야, 즉 진실이 세상에 알려진 뒤에야 피해자는 고통의 기억에서 벗어날 수 있으며 용서와 화해의 가능성도 생긴다는 것을 잘 이해하고 있었다. 가해자들이 자신들의 어리석음과 추악함을 실토함으로써 피해자들은 희생자의 처지에서 벗어날 수 있고 어쩌면 가해자를 용서할 수도 있다는 것, 즉 진정 인간다운 모습을 되찾을 수 있다는 것 또한 분명히 인식하고 있었던 것이다. 진실의 적시(摘示)가 없는 용서는 허위이거나 또 하나의 집단적인 자기 최면에 불과하기 때문이다.

진실과화해위원회의 조사 과정에서 사면이 국가적 차원에서 원천 거부된 경우도 많았지만, 사면이 거부된 사람을 피해자 가족들이 기소할 수 있음에도 그런 사례가 없었다는 사실에 주목해야 한다. 세월이 흘렀기 때문에 피해 당사자는 물론 그 가족들의 생사도 불분명하여 기소가 불가능했을 수도 있었겠으나, 집단과 개인 차원에서 '극적'인 용서가 이루어져 진정한 화해에 이른 것임을 짐작할 수 있기 때문이다.

음파렐레는 앞의 인용문에서 백인과 접촉한 이후 언제나 그들 욕망의 희생자 역할만 했던 흑인들이 진실로 능동적인 행위자가 되기를 촉구함과 동시에, 희생자라는 수동적인 위치를 벗어던지는 것이야말로 진정으로 피해자들이 가장 먼저 이루어내야 할 일이라는 것을 지적하고 있다. '사면도 망각도 아니 되고, 오직 정의로만!'이라는 당시의 한 구호가 암시하듯이 진실을 밝히는 작업은 또 다른 비극을 불러올 수 있는 매우 위험한 일이기 때문이다. 남아공의 진실과화해위원회가 비교적 성공적으로 그 역할을 수행해온 데에는 인간성의 나약함과 잔인함을 철저하게 이해하고 있었던 음파렐레 같은 지식인들이 있었기 때문이라고 해야 할 것이다.

4. 남아공 자전문학의 신호탄

음파렐레의 자서전인 『2번가에서』는 그가 1957년 아파르트헤이트 정부에 의해 교직을 금지당하고 나이지리아로 망명한 2년 뒤 영국 페이버앤페이버 출판사에서 출간했는데, 이 책을 계기로 남아공 비백인 작가들의 자서전이 쏟아져 나오게 된다.

어린 에스키는 부모님과 떨어져 친할머니 댁에서 자라다가 프리토리아의 흑인 빈민가 마라바스타드 2번가로 옮겨 부모님과 같이 산다.

에스키의 어머니와 외할머니는 아파르트헤이트 체제 아래에서 차별과 가난의 고통을 겪으면서도 꿋꿋하게 살아간다. 어머니의 희생을 잘 아는 에스키는 열심히 공부해 대학 교육까지 마친다. 그러나 차츰 정부의 인종차별 정책의 비인간성과 부당함을 깨닫고 분노하게 된다. 에스키는 정치적이고 조직적으로 맞서지만 결국 탄압을 피해 망명길에 오른다.

『2번가에서』는 여러 가지 의미로 문학적 중요성을 띤다. 우선 이 책에는 남아프리카 지역의 전통적 삶이 풍부하고 흥미롭게 묘사되어 있다. 지역 주민들이 마을의 공동 화로에 모여 앉아 연장자에게 옛날 이야기를 듣거나 빈민가의 이웃들이 궁핍하게 살면서도 서로를 보듬고 보살피는 모습은 우리에게도 향수를 불러일으키는 정경이다. 인물들이 주고받는 대화에 등장하는 토속적인 표현이나 속담들은 매우 기발해서 그들의 상상력을 가늠하게 만들기도 한다. 우리는 탄자니아나 짐바브웨라고 가르기보다 그저 아프리카, 라는 대륙 명으로 두루뭉수리하게 그 지역을 받아들인다. 그러나 이 작품 속에 등장하는 인물들과 그들이 살아가는 이야기는 하나하나 개별적이고 고유하여 그곳에도 엄연하게 독창적인 삶과 문화가 꽃피고 있었음을 새삼 깨닫게 만든다.

앞서 잠시 언급했다시피 음파렐레는 어릴 때 소토어를 썼고 학교에 입학해서 영어와 아프리칸스어를 배웠다. 그에게 영어는 모국어라기보다 학업과 취업을 위해 익힌 언어일 뿐이다. 따라서 『2번가에서』의 문체는 매우 독특하다. 영어가 모국어인 사람이나 영문학을 공부한 사람들에게 익숙한 문체가 아니다. 객관적으로 사실을 서술하는 것처럼 보이는 문장도 그 표현법이나 어휘 자체에 오랫동안 누적되어온 역사와 문화의 흔적이 내재되어 있을 때가 많다. 셰익스피어의 희곡 대사와 에드거 앨런 포의 시와 필립 로스의 소설에는 그들이 물려받은 역사와 문화의 흔적이 고스란히 깃들어 있다. 그러나 아프리카 남단의 한 부족 출신 지식인의 삶과 정신을 영어라는 매개로 전달할 때, 영어는 새로운 표현형을 갖는다. 이 점은 나이지리아의 치누아 아체베Chinua Achebe 같은 작가의 작품에서도 확인할 수 있는 특징인데, 토착적인 표현이나 어휘가 자주 등장하는 데다 한국어로 번역하기 매우 어려운 영어 문장을 단순하게 구사함으로써 작품에 독특한 분위기를 부여한다. 그러나 영어는 남아공의 공식어 중 하나이기도 해서, 영어를 버리고 모어인 키쿠유어로만 작품을 쓰는 응구기 와 티옹오Ngugi Wa Thiongo 같은 작가와 음파렐레를 단순 비교할 수는 없다. 사실 음파렐레에게는 식민 지배국의 언어로 창작을 하는 작가가 겪는 자기모순은 별로 없다고 봐야 할 것이다.

작가의 유년 시절부터 망명길에 나선 30대 후반까지를 기록한 이 작품은 시대적으로는 1920년대에서 1950년대 후반까지를 기록한 자서전이다. 1920년대 미국 발 세계 대공황은 놀랍게도 아프리카 최남단까지 영향을 미치는데, 그렇지 않아도 더 바닥으로 내려갈 수 없을 정도로 가난하고 차별 받는 사람들이 어떻게 그 시절을 헤쳐 나가는지 목격할 수 있다. 그리고 이때는 영화로 대표되는 미국의 대중문화가 전 세계로 퍼져나가는 시기라고 할 수도 있는데 어린 에스키와 친구들도 무성영화의 세례를 받으며 서구의 대중문화에 빠져든다. 근대화 과정 속에 쏟아져 들어온 서구의 대중문화와 산업 문물이 비인도적인 제도 아래에서 신음하던 이른바 '제3세계' 민중의 삶에 어떤 인상을 남기는지 작품 속에서 확인할 수 있다. 어린 시절의 그 달콤한 혼란을 통과해 성인이 된 에스키는 아프리카인으로서의 정체성을 찾고 식민주의자들의 시각에 반기를 들게 된다. 전통적 삶과 서구적 삶 사이에서 혼란을 겪는 주인공을 통해 한국의 근대화 과정도 돌이켜볼 수 있을 것이다.

이 자서전에서 깊이 생각해봐야 할 점은 종교의 역할과 기능이다. 주인공은 집안의 전통대로 기독교 교회에 다녔지만 성인이 된 뒤에는 교회에 나가지 않는다. 남아공 교회들은 아파르트헤이트라는 유례가 없는 인종차별 제도에 저항은커녕 '부역자' 노릇을 했기 때문이다. 대표적인 교회가 네덜란드개혁교회인데, 이것 말고도 소설에는 각종 다양한 교회 집단이 등장한다. 종교의 자유는 중요하고 인간이 신앙을 지니는 것도 의미가 있겠으나 거대한 하나의 집단으로서 종교 단체는 그 근본에 인간에 대한 사랑이 있어야 함에도 불구하고, 남아공 아파르트헤이트 체제 아래의 거대 교회 단체들은 그러지 않았다. 대부분 정권의 하수인 노릇을 했고 군소 단체들은 혹세무민에만 정신이 팔려 있었다. 주인공은 아내의 간청을 외면하면서까지 종교를 기피하는데, 지식인으로서는 어쩔 수 없는 일이었을 것이다.

앞서 언급한 대로 음파렐레의 이 『2번가에서』를 시작으로 망명과 귀국 이야기가 담긴 아프리카 저항문학이 봇물 터지듯 쏟아져 나왔다. 그래서 그가 사망하자 '현대 아프리카 흑인문학의 아버지'가 죽었다면서 이제 아프리카 저항문학의 시대도 마감되었다는 진술이 나오기도 했다. 에스키아 음파렐레는 '정치 분야의 별'인 넬슨 만델라에 빗대어 '남아공 문학의 별'로도 불렸지만, 사실 그의 영향력은 문학을 넘어선다. 그는 아프리카의 토착 문화를 되살리는 데에도 많은 노력을 기울였다. 위트워터스랜드 대학교 최초의 흑인 교수로 재직하면서 아프리카 문학 관련 학과를 창설했고, 그의 이름을 딴 에스키아 인스티튜트는 음파렐레의 작품과 사상을 정신적 토대로 삼아 남아프리카의 전통문화를 발굴 보존하고 학문과 예술 발전에 기여하는 민간 단체이다.

이 책을 번역할 기회를 준 대산문화재단과 문학과지성사에 감사드린다.

2016년 11월 옮긴이 배미영

작가 연보

1919	12. 17. 남아프리카공화국 프리토리아 마라바스타드에서 모지스 음파렐레와 에바 모갈레 음파렐레의 아들로 출생. 어린 시절 이름은 이지키얼. 아프리카와 서구식 문화가 혼재하는 환경에서 성장했고 영어로 교육받았으나 일상어는 소토어였음. 한동안 노던트란스발 모파넹의 친할머니 집에서 성장하기도 했음.
1937	지금의 레소토에 있는 명문 세인트피터스 고교 졸업.
1940	나탈 주에 있는 애덤스칼리지에서 교사 자격증 취득.
1941~45	아서 블랙설 맹인학교 직원으로 근무.
1945	레베카 모차디바네(사회복지사)와 결혼. 다섯 명의 자녀를 둠.
1945~52	고등학교 교사로 근무.
1947	요하네스버그의 올랜도 고등학교에서 영어와 아프리칸스어를 가르침.
	프리토리아의 게토를 그린 첫 단편집 『인간은 살아야 한다*Man Must Live, and Other Stories*』 출간.
1949	통신교육으로 사우스아프리카 대학교에서 문학사 학위 취득.
1952	'반투교육위원회'에 저항하는 운동에 참여. 체제 전복 활동으로 해

고당함.

1954 바수톨란드 보호령(오늘날의 레소토)의 고등학교에서 교사로 근무.

1955~57 요하네스버그에서 잡지 『드럼』 기자로 일하면서 학업과 작품 활동을 이어감.

1955 아프리카민족회의(ANC)에 가입.

1957 사우스아프리카 대학교에서 영문학 석사학위 취득.

아파르트헤이트 정부에 의해 교직을 금지당하고 나이지리아로 망명. 나이지리아의 C.M.S. 문법학교에서 교사로 근무.

1959 영국 페이버앤페이버 출판사에서 자서전 『2번가에서*Down Second Avenue*』 출간(미국판은 1971년 발간). 이 자서전이 계기가 되어 남아공 작가들의 자서전이 쏟아져 나옴.

1961 남아공 정부는 음파렐레에게 국가전복죄를 물어 작품 출판을 전면 금지함.

나이지리아에서 단편집 『산 자와 죽은 자*The Living and Dead, and Other Stories*』 출간.

프랑스 파리, 나이지리아, 케냐, 잠비아 등지로 망명 생활 이어감.

1962 아프리카 문학 연구서 『아프리카 풍경*The African Image*』 출간.

1963 미국 콜로라도 주 덴버로 망명.

1967 케냐 나이로비에서 단편집 『코너 B에서*In Corner B, and Other Stories*』 출간.

1968 미국 덴버 대학교에서 문학 박사학위 취득. 미국의 고등학교와 대학에서 학생들을 가르침.

1970 덴버 대학교에서 학생들을 가르침.

1971 맥밀란 출판사에서 첫 장편 『방랑자*The Wanderers*』 출간. 미국에서 주목을 끎.

1972 산문집 『회오리바람 속의 목소리*Voices in the whirlwind, and other Essays*』

출간.

1974 펜실베이니아 대학교에서 가르침.
음파렐레는 이즈음 미국에서 평생 안락한 삶을 누릴 수 있는 보장을 받은 상태였음.

1977 아프리카의 문화와 예술을 그리워하고 미국 문화에 회의를 느껴 친구들의 반대와 남아공 정부의 홀대를 무릅쓰고 남아공으로 돌아옴. 남아공 노스 대학교의 교수직을 제안 받았으나 정부에 의해 저지당함. 이름을 아프리카식인 에스키아로 바꿈.

1979~ 남아공 위트워터스랜드 대학교 교수직을 제의받음. 거주지제한법 때문에 불가능해 보였으나 대학 당국의 노력과 정부의 묵인으로 성사됨. 1987년까지 교수직을 수행했고 이후 명예교수로 활동하면서 강의와 남아공 토착문화 보존에 전념.

1980 소설 『치룬두*Chirundu*』 출간. 1980년대에 들어 음파렐레의 저서들이 차차 해금되다.

1981 단편소설과 시를 엮은 『끊기지 않는 노래*The Unbroken Song*』 출간.

1984 자서전의 둘째 권에 해당하는 『나의 음악 아프리카*Afrika My Music*』 출간. 장편 『아버지의 귀향*Father Come Home*』 출간.

1988 단편집 『부활의 시간*Renewal Time*』 출간.

1994 넬슨 만델라가 남아공 최초 흑인 대통령으로 선출됨.

1999 넬슨 만델라 대통령으로부터 서던크로스 훈장 받음.

2002 에스키아 인스티튜트The Es'kia Institute 설립됨.

2008 10. 27. 남아공 림포포 주 레보왁고모 병원에서 사망.

'대산세계문학총서'를 펴내며

2010년 12월 대산세계문학총서는 100권의 발간 권수를 기록하게 되었습니다. 대산세계문학총서의 발간은 앞으로도 계속될 것이고, 따라서 100이라는 숫자는 완결이 아니라 연결의 의미를 지니는 것이지만, 그 상징성을 깊이 음미하면서 발전적 전환을 모색해야 하는 계기가 된 것은 분명합니다.

대산세계문학총서를 처음 시작할 때의 기본적인 정신과 목표는 종래의 세계문학전집의 낡은 틀을 깨고 우리의 주체적인 관점과 능력을 바탕으로 세계문학의 외연을 넓힌다는 것, 이를 통해 세계문학을 바라보는 우리의 시각을 전환하고 이해를 깊이 해나갈 수 있도록 한다는 것이었다고 간추려 말할 수 있습니다. 그리고 궁극적으로는 우리의 인문학을 지속적으로 발전시켜나갈 수 있는 동력이 될 수 있기를 희망하는 것이었습니다. 이러한 기본 정신은 앞으로도 조금도 흩트리지 않고 지켜나갈 것입니다.

이 같은 정신을 토대로 대산세계문학총서는 새로운 변화의 물결 또한 외면하지 않고 적극 대응하고자 합니다. 세계화라는 바깥으로부터의 충격과 대한민국의 성장에 힘입은 주체적 위상 강화는 문화나 문학의 분야에서도 많은 성찰과 이를 바탕으로 한 발상의 전환을 요구하고 있습니다. 이제 세계문학이란 더 이상 일방적인 학습과 수용의 대상이 아니라 동등한 대화와 교류의 상대입니다. 이런 점에서 대산세계문학총서가 새롭게 표방하고자 하는 개방성과 대화성은 수동적 수용이 아니라 보다 높은 수준의 문화적 주체성 수립을 지향하는 것이며, 이것이 궁극적으로 한국문학과 문화의 세계화에 이바지하게 되리라고 믿습니다.

또한 안팎에서 밀려오는 변화의 물결에 감춰진 위험에 대해서도 우리는 주의를 게을리하지 말아야 할 것입니다. 표면적인 풍요와 번영의 이면에는 여전히, 아니 이제까지보다 더 위협적인 인간 정신의 황폐화라는 그늘이 짙게 드리워져 있는 것이 사실입니다. 대산세계문학총서는 이에 대항하는 정신의 마르지 않는 샘이 되고자 합니다.

'대산세계문학총서' 기획위원회

대 산 세 계 문 학 총 서

001–002 소설 **트리스트럼 샌디**(전 2권) 로렌스 스턴 지음 | 홍경숙 옮김

003 시 **노래의 책** 하인리히 하이네 지음 | 김재혁 옮김

004–005 소설 **페리키요 사르니엔토**(전 2권)
호세 호아킨 페르난데스 데 리사르디 지음 | 김현철 옮김

006 시 **알코올** 기욤 아폴리네르 지음 | 이규현 옮김

007 소설 **그들의 눈은 신을 보고 있었다** 조라 닐 허스턴 지음 | 이시영 옮김

008 소설 **행인** 나쓰메 소세키 지음 | 유숙자 옮김

009 희곡 **타오르는 어둠 속에서/어느 계단의 이야기**
안토니오 부에로 바예호 지음 | 김보영 옮김

010–011 소설 **오블로모프**(전 2권) I. A. 곤차로프 지음 | 최윤락 옮김

012–013 소설 **코린나: 이탈리아 이야기**(전 2권) 마담 드 스탈 지음 | 권유현 옮김

014 희곡 **탬벌레인 대왕/몰타의 유대인/파우스투스 박사**
크리스토퍼 말로 지음 | 강석주 옮김

015 소설 **러시아 인형** 아돌포 비오이 까사레스 지음 | 안영옥 옮김

016 소설 **문장** 요코미쓰 리이치 지음 | 이양 옮김

017 소설 **안톤 라이저** 칼 필립 모리츠 지음 | 장희권 옮김

018 시 **악의 꽃** 샤를 보들레르 지음 | 윤영애 옮김

019 시 **로만체로** 하인리히 하이네 지음 | 김재혁 옮김

020 소설 **사랑과 교육** 미겔 데 우나무노 지음 | 남진희 옮김

021–030 소설 **서유기**(전 10권) 오승은 지음 | 임홍빈 옮김

031 소설 **변경** 미셸 뷔토르 지음 | 권은미 옮김

032–033 소설 **약혼자들**(전 2권) 알레산드로 만초니 지음 | 김효정 옮김

034 소설 **보헤미아의 숲/숲 속의 오솔길** 아달베르트 슈티프터 지음 | 권영경 옮김

035 소설 **가르강튀아/팡타그뤼엘** 프랑수아 라블레 지음 | 유석호 옮김

036 소설 **사탄의 태양 아래** 조르주 베르나노스 지음 | 윤진 옮김

037 시 **시집** 스테판 말라르메 지음 | 황현산 옮김

038 시 **도연명 전집** 도연명 지음 | 이치수 역주

039 소설 **드리나 강의 다리** 이보 안드리치 지음 | 김지향 옮김

040 시 **한밤의 가수** 베이다오 지음 | 배도임 옮김

041 소설 **독사를 죽였어야 했는데** 야샤르 케말 지음 | 오은경 옮김

042 희곡 **볼포네, 또는 여우** 벤 존슨 지음 | 임이연 옮김

043 소설 **백마의 기사** 테오도어 슈토름 지음 | 박경희 옮김

044 소설 **경성지련** 장아이링 지음 | 김순진 옮김

045 소설 **첫번째 향로** 장아이링 지음 | 김순진 옮김

046 소설 **끄르일로프 우화집** 이반 끄르일로프 지음 | 정막래 옮김

047 시 **이백 오칠언절구** 이백 지음 | 황선재 역주

048 소설 **페테르부르크** 안드레이 벨르이 지음 | 이현숙 옮김

049 소설 **발칸의 전설** 요르단 욥코프 지음 | 신윤곤 옮김

050 소설 **블라이드데일 로맨스** 나사니엘 호손 지음 | 김지원 · 한혜경 옮김

051 희곡 **보헤미아의 빛** 라몬 델 바예-인클란 지음 | 김선욱 옮김

052 시 **서동 시집** 요한 볼프강 폰 괴테 지음 | 안문영 외 옮김

053 소설 **비밀요원** 조지프 콘래드 지음 | 왕은철 옮김

054-055 소설 **헤이케 이야기(전 2권)** 지은이 미상 | 오찬욱 옮김

056 소설 **몽골의 설화** 데. 체렌소드놈 편저 | 이안나 옮김

057 소설 **암초** 이디스 워튼 지음 | 손영미 옮김

058 소설 **수전노** 알 자히드 지음 | 김정아 옮김

059 소설 **거꾸로** 조리스-카를 위스망스 지음 | 유진현 옮김

060 소설 **페피타 히메네스** 후안 발레라 지음 | 박종욱 옮김

061 시 **납** 제오르제 바코비아 지음 | 김정환 옮김

062 시 **끝과 시작** 비스와바 쉼보르스카 지음 | 최성은 옮김

063 소설 **과학의 나무** 피오 바로하 지음 | 조구호 옮김

064 소설 **밀회의 집** 알랭 로브-그리예 지음 | 임혜숙 옮김

065 소설 **붉은 수수밭** 모옌 지음 | 심혜영 옮김

066 소설 **아서의 섬** 엘사 모란테 지음 | 천지은 옮김

067 시 **소동파사선** 소동파 지음 | 조규백 역주

068 소설 **위험한 관계** 쇼데를로 드 라클로 지음 | 윤진 옮김

069 소설 **거장과 마르가리타** 미하일 불가코프 지음 | 김혜란 옮김

070 소설 **우게쓰 이야기** 우에다 아키나리 지음 | 이한창 옮김

071 소설 **별과 사랑** 엘레나 포니아토프스카 지음 | 추인숙 옮김

072–073 소설 **불의 산**(전 2권) 쓰시마 유코 지음 | 이송희 옮김

074 소설 **인생의 첫출발** 오노레 드 발자크 지음 | 선영아 옮김

075 소설 **몰로이** 사뮈엘 베케트 지음 | 김경의 옮김

076 시 **미오 시드의 노래** 지은이 미상 | 정동섭 옮김

077 희곡 **셰익스피어 로맨스 희곡 전집** 윌리엄 셰익스피어 지음 | 이상섭 옮김

078 희곡 **돈 카를로스** 프리드리히 폰 실러 지음 | 장상용 옮김

079–080 소설 **파멜라**(전 2권) 새뮤얼 리처드슨 지음 | 장은명 옮김

081 시 **이십억 광년의 고독** 다니카와 슌타로 지음 | 김응교 옮김

082 소설 **잔지바르 또는 마지막 이유** 알프레트 안더쉬 지음 | 강여규 옮김

083 소설 **에피 브리스트** 테오도르 폰타네 지음 | 김영주 옮김

084 소설 **악에 관한 세 편의 대화** 블라디미르 솔로비요프 지음 | 박종소 옮김

085–086 소설 **새로운 인생**(전 2권) 잉고 슐체 지음 | 노선정 옮김

087 소설 **그것이 어떻게 빛나는지** 토마스 브루시히 지음 | 문항심 옮김

088–089 산문 **한유문집–창려문초**(전 2권) 한유 지음 | 이주해 옮김

090 시 **서곡** 윌리엄 워즈워스 지음 | 김숭희 옮김

091 소설 **어떤 여자** 아리시마 다케오 지음 | 김옥희 옮김

092 시 **가윈 경과 녹색기사** 지은이 미상 | 이동일 옮김

093 산문 **어린 시절** 나탈리 사로트 지음 | 권수경 옮김

094 소설 **골로블료프가의 사람들** 미하일 살티코프 셰드린 지음 | 김원한 옮김

095 소설 **결투** 알렉산드르 쿠프린 지음 | 이기주 옮김

096 소설 **결혼식 전날 생긴 일** 네우송 호드리게스 지음 | 오진영 옮김

097 소설 **장벽을 뛰어넘는 사람** 페터 슈나이더 지음 | 김연신 옮김

098 소설 **에두아르트의 귀향** 페터 슈나이더 지음 | 김연신 옮김

099 소설 **옛날 옛적에 한 나라가 있었지** 두샨 코바체비치 지음 | 김상헌 옮김

100 소설 **나는 고故 마티아 파스칼이오** 루이지 피란델로 지음 | 이윤희 옮김

101 소설 **따니아오 호수 이야기** 왕정치 지음 | 박정원 옮김

102 시 **송사삼백수** 주조모 엮음 | 이동향 역주

103 시 **문턱 너머 저편** 에이드리언 리치 지음 | 한지희 옮김

104 소설 **충효공원** 천잉전 지음 | 주재희 옮김

105 희곡 **유디트/헤롯과 마리암네** 프리드리히 헤벨 지음 | 김영목 옮김

106 시 **이스탄불을 듣는다**
오르한 웰리 카늑 지음 | 술탄 훼라 아크프나르 여 · 이현석 옮김

107 소설 **화산 아래서** 맬컴 라우리 지음 | 권수미 옮김

108–109 소설 **경화연**(전 2권) 이여진 지음 | 문현선 옮김

110 소설 **예피판의 갑문** 안드레이 플라토노프 지음 | 김철균 옮김

111 희곡 **가장 중요한 것** 니콜라이 예브레이노프 지음 | 안지영 옮김

112 소설 **파울리나 1880** 피에르 장 주브 지음 | 윤 진 옮김

113 소설 **위폐범들** 앙드레 지드 지음 | 권은미 옮김

114–115 소설 **업둥이 톰 존스 이야기**(전 2권) 헨리 필딩 지음 | 김일영 옮김

116 소설 **초조한 마음** 슈테판 츠바이크 지음 | 이유정 옮김

117 소설 **악마 같은 여인들** 쥘 바르베 도르비이 지음 | 고봉만 옮김

118 소설 **경본통속소설** 지은이 미상 | 문성재 옮김

119 소설 **번역사** 레일라 아부렐라 지음 | 이윤재 옮김

120 소설 **남과 북** 엘리자베스 개스켈 지음 | 이미경 옮김

121 소설 **대리석 절벽 위에서** 에른스트 윙거 지음 | 노선정 옮김

122 소설 **죽은 자들의 백과전서** 다닐로 키슈 지음 | 조준래 옮김

123 시 **나의 방랑—랭보 시집** 아르튀르 랭보 지음 | 한대균 옮김

124 소설 **슈톨츠** 파울 니종 지음 | 황승환 옮김

125 소설 **휴식의 정원** 바진 지음 | 차현경 옮김

126 소설 **굶주린 길** 벤 오크리 지음 | 장재영 옮김

127–128 소설 **비스와스 씨를 위한 집**(전 2권) V. S. 나이폴 지음 | 손나경 옮김

129 소설 **새하얀 마음** 하비에르 마리아스 지음 | 김상유 옮김

130 산문 **루테치아** 하인리히 하이네 지음 | 김수용 옮김

131 소설 **열병** 르 클레지오 지음 | 임미경 옮김

132 소설 **조선소** 후안 카를로스 오네티 지음 | 조구호 옮김

133–135 소설 **저항의 미학**(전 3권) 페터 바이스 지음 | 탁선미 · 남덕현 · 홍승용 옮김

136 소설 **신생** 시마자키 도손 지음 | 송태욱 옮김

137 소설 **캐스터브리지의 시장** 토머스 하디 지음 | 이윤재 옮김

138 소설 **죄수 마차를 탄 기사** 크레티앵 드 트루아 지음 | 유희수 옮김

139 자서전 **2번가에서** 에스키아 음파렐레 지음 | 배미영 옮김